FERİDÜ'D-DÎN

Adı Muhammed'dir. 6 Şaban 553 bur'a bağlı Kedken'de doğmuş, 10 C Nisan 1230) Moğollar tarafından şehid edilmiştir. Şiir "Attâr" ve "Ferîd" mahlâslarını kullanmıştır.Yirmi yirmibeş yaşlarında tasavvufa intisap ettiği bilinen Attâr, aklî ve naklî ilimlerde yetişmiş büyük bir âlimdir.

Mantıkut'tayr adlı eserinin dışında Divanı, Muhtarnâme, Esrarnâme, Hüsrevnâme (İlahinâme), Musibetnâme ve büyük sufilerin hayatlarının anlatıldığı Tezkiretü'l-evliya'sı vardır.

MUSTAFA ÇİÇEKLER

1965 yılında Konya-Lâdik'te doğdu. Sarayönü İmam Hatip Lisesi'ni 1982' de bitirdi. İstanbul Üniversitesi Edebiyat Fakültesi Fars Dili ve Edebiyatı Anabilim Dalı'ndan 1986 yılında mezun oldu. Aynı yıl araştırma görevlisi olarak ünüversiteye intisab etti. 1989'da yüksek lisansını, 1994'te doktorasını tamamladı. 2000 yılında Fars Dili ve Edebiyatı doçenti oldu. 2006 yılında profesörlük kadrosuna atandı. Hâlen İ. Ü. Edebiyat Fakültesi Fars Dili ve Edebiyatı Anabilim Dalı'nda öğretim üyesi olarak görev yapmaktadır. Evli ve iki çocuk babasıdır.

kaknüs yayınları: 139
doğu klasikleri: 3

ısbn: 975-6698-40-3

I. basım;
2006, istanbul

kitabın farsça özgün adı:
mantıku't-tayr (kuş dili)
yazarı: fedridü'd-dîn attâr
farsça'dan çeviren: mustafa çiçekler

teknik hazırlık: kaknüs ajans
kapak düzeni: kemal serkan söğüt
iç baskı: alemdar ofset
kapak baskı: milsan
cilt: dilek mücellit

kaknüs yayınları
kızkulesi yayıncılık ve tanıtım hiz.
merkez: selman ağa mah., selami ali efendi cad., no: 11, üsküdar, istanbul
tel: (0 216) 341 08 65 - 492 59 74/75 faks: 334 61 48
dağıtım: çatalçeşme sk., defne han, no: 27/3, cağaloğlu, istanbul
tel: (0 212) 520 49 27 faks: 520 49 28
e-mail: kizkulesi@tt.net.net.tr

FERİDÜ'D-DÎN ATTÂR

MANTIKU'T-TAYR

Kuşların Diliyle

Türkçesi:

Mustafa ÇİÇEKLER

İçindekiler

Önsöz

Fars edebiyatının önemli temsilcileri arasında sayılan hiçbir şâirin hayat hikâyesi, Attâr'ın hayat hikâyesi kadar belirsiz değildir. Örneğin tasavvufî şiirin en önemli temsilcilerinden birisi olan Mevlânâ'nın hayatına dair elimizde mevcut olan bilgiler, Attâr'ınkilerle karşılaştırıldığında oldukça fazladır. Hatta Attâr'dan bir asır önce yaşamış olan bir diğer önemli şâir Senâî hakkındaki bilgilerimiz de çok daha aydınlatıcıdır.

Buna karşılık eserleri Attâr'ınki kadar bütün bir Doğu-İslâm âleminde sevilip yüzyıllar boyu okunmuş, hattâ Batı dillerine bile çevrilmiş Fars şâiri de çok fazla değildir. Attâr'ın İlâhînâme, Tezkiretü'l-evliyâ gibi tasavvufî muhtevalı eserlerinin yanında bilhassa Mantıku't-tayr'ı, İslâmî edebiyatın şaheserleri arasında başı çeken eserlerden olmuştur.

Bu benimsenişte ve asırlar ötesinden bugüne uzanışta, Mantıku't-tayr'ın alegorik bir dille bütüncül bir hikâye yapısı içerisinde İslâm kültürünün yapı taşlarından birisi olan tasavvufî öğretiyi edebî bir yetkinlik ve manevî bir yaşanmışlık tecrübesiyle vermesi ve tasavvufun, herkes için kolay olmayacak girift meselelerini mümkün olabildiğince anlaşılabilecek bir kolaylığa indirgeyip hikâyeler, meseller ve nasihatlerle süsleyerek anlatmasının payı büyüktür.

Bu eser Türk edebiyatında XIV. Yüzyıl Anadolu şairlerinden Gülşehrî tarafından adeta yeniden yazılmıştır. Gülşehrî eserini yazarken serbest bir yol tutmuştur. Şemseddin Sivâsî (ö. 1597) ve Fedâî (ö. 1636) gibi şâirler tarafından Türkçe'ye çevrilen Mantıku't-tayr, Cumhuriyet döneminde ise Abdülbaki Gölpınarlı tarafından günümüz Türkçesine tam metin olarak bir kere daha aktarılmıştır. Ancak bu çeviri tenkitli bir neşirden yapılan çeviri değil, eserin sayıları yüzlerle ifade edilebilecek yazma nüshalarından yalnızca birisine dayanılarak yapılmıştır.

Biz ise, çalışmamızda Mantıku't-tayr'ın Muhammed Rızâ Şefîî-yi Kedkenî tarafından hazırlanmış olan (Tahran 1383/2004) tenkitli neşrini esas alarak eseri bugünün Türkçesine çevirdik.

Böyle güç bir metnin çevirisinde hatalarımızın olmadığını söyleyemeyiz. Bunların, niyetteki samimiyete, gösterilen gayretteki ciddiyete ve yapılan hizmete göre değerlendirilip affedileceğini umuyoruz.

Bu çalışmamızda metindeki güçlüklerin çözümünde görüşlerinden faydalandığım arkadaşım Doç.Dr. Halil Toker'e, çeviriyi baştan sona okuyup güzel bir metin ortaya çıkması için katkıda bulunan Doç.Dr. M.Fatih Andı ve Prof.Dr. Kemal Yavuz'a müteşekkirim. Ayrıca kültürümüzün kaynaklarından olan Doğu klâsiklerini Türkçemize kazandırma hususundaki gayretinden dolayı Kaknüs Yayınevi'nin sahibi Muhammet Çiftçi'ye teşekkürü borç bilirim.

Mustafa Çiçekler

Üsküdar 2005

Attâr

Adı Muhammed, babasının adı İbrahim'dir. Tercümesi sunulan *Mantıku't-Tayr*'da (b. 406), kendisi de Hz. Peygamber'le aynı isme sahip olduğunu belirtir. Nişâbur'a bağlı Kedken'de doğmuştur. Şiirlerinde "Attâr" ve "Ferîd" mahlâslarını kullanmıştır. Aklî ve naklî ilimlerde yetişmiş büyük âlimdir.

Tarihçi İbn-i Fuvatî'nin aktardığına göre Hâce Nasîrüddîn-i Tûsî (ö. 672/1274) gençliğinde Attâr'ın sohbet meclislerinde bulunmuş, İbn-i Sînâ'nın *İşârât*'ını ve Oklidis'in eserlerini ondan okumuş, problemlerin çözümünde istifade etmiştir.

Doğum ve ölüm tarihi, gerek şâirler hakkında bilgi veren tezkerelerde gerekse tarih kitaplarında farklı şekillerde aktarılmıştır. *Mantıku't-Tayr*'ı neşreden Muhammed Rızâ Şefîî-yi Kedkenî, Devletşâh'ın Tezkire'sinde Attâr'a dair anlatılan bilgileri değerlendirirken, bu eserde aktarılanların güvenilir belge ve kaynaklara dayandığının kuvvetle muhtemel olduğunu, bu sebepten onun verdiği tarihlerin doğru kabul edilmesi gerektiğini söyler. Bu bilgilere dayanarak Attâr'ın doğum tarihi 6 Şaban 553 (1 Eylül 1158) [Kedkenî, Devletşâh'taki doğum tarihi olarak belirtilen h. 513 yılının istinsahtan kaynaklanan bir hata olabileceğini belirtir.], vefat tarihi ise 10 Cemâziyelâhir 627'dir (25 Nisan 1230). Şahsî yaşantısı, eşi, çocukları, anne babası ve yakınları hakkında kesin bir bilgi yoktur. Eserlerinden, attârlık yaptığı anlaşılmaktadır. Yirmi yirmibeş yaşlarında tasavvufa intisap ettiği, Cemâlüddîn Muhammed b. Muhammed en-Nuğanderî'nin elinde yetiştiği bilinmektedir. Ebû Saîd Ebü'l-Hayr'a kadar giden tasavvuftaki silsilesi ise şu şekildedir:

Cemâlüddîn Muhammed b. Muhammed en-Nuğanderî, Şerefüddîn er-Reddâd (470-544/1077-1149), Salâhuddîn Ahmed el-Üstâd (465-535 ?/1073-1140), Nûreddîn Münevver (456-533/1064-1139), Ebü'l-Feth Tâhir b. Saîd (420-502/1029-1109), Ebû Tâhir Saîd b. Fazlullah (400-479/1010-1086), Ebû Saîd Ebü'l-Hayr (357-440/968-1049).

Attâr'ın Moğollar tarafından şehid edildiği bilinmektedir.

Attâr, gerek hayatta iken gerekse ölümünden sonra son derece saygı ve hürmet görmüş, mezarı mübarek bir mekan olarak kabul edilmiştir. Devletşâh'ın naklettiğine göre, Attâr vefat ettiği sıralarda, Nişâbur ileri gelenlerinden baş kadı Yahyâ b. Sâid'in oğlu da ölür. Halk, çocuğun Şeyh Attâr'ın ayak ucuna gömülmesinin uygun olacağını düşünür. Yahyâ bunu kabul etmez ve "Benim çocuğumun, efsaneler anlatıp duran bir yaşlının ayak ucuna defnedilmesi uygun değildir." der. Bunun üzerine çocuğu bir başka yere defnederler. Kadı bir rüya görür, rüyanın etkisiyle özür dilemek için Şeyh Attâr'ın akrabalarının yanına gider ve çocuğunun şeyhin ayak ucuna gömülmesi için ricada bulunur ve oraya defnedilir. Yahyâ, Şeyh Attâr'ın kabri başına türbe yaptırır. Aradan geçen zaman içerisinde türbe ve etrafındaki imaretler harap olunca, Emîr Ali Şîr Nevâî Şeyhin mezarı başına muhteşem bir türbe yaptırır.

Attâr'ın eserleri

Attâr'ın *Mantıku't-tayr*'dan başka da devrinde sevilmiş, kabul görmüş eserleri de vardır. Attâr kendisi, hayatının sonlarında tertip ettiği rubâilerinden oluşan *Muhtârnâme* adlı eserinin mukaddimesinde eserlerinin adlarını; *Husrevnâme*, *Esrârnâme*, *Tuyûrnâme*, *Musîbetnâme*, *Dîvân*, *Cevâhirnâme* ve *Şerhu'l-kalb* olarak verir.

Dîvân: Tasavvufî düşüncelerini lirik bir tarzda ifade ettiği kasîde ve gazellerden oluşan *Dîvân*'ı, irfanî şiir tutkunlarının en çok ilgi ve alâka gösterdikleri bir eser olmuştur. Birçok defa basılmış olmasına rağmen, ilmî bir neşri henüz yapılmamıştır. En önemli neşirleri, Saîd-i Nefîsî (Tahran 1319/1940) ve Takî-yi Tefazzulî tarafından yapılmıştır (Tahran 1362/1983).

Muhtârnâme: Yaklaşık 2300 rubaîden oluşur. Attâr ömrünün sonlarında bu rubaîleri elli bab olarak tertip etmiş, başına da mensur bir mukaddime eklemiştir. Dr. Muhammed Rızâ Şefî-yi Kedkenî tarafından neşredilmiştir (Tûs yayınları, Tahran 1358/1979; ikinci baskı: Suhan yayınları, Tahran 1374/1995).

Esrârnâme: Yirmi altı bölüme ayrılan kısa irfânî hikâyelerden oluşan manzum bir eserdir.

Hüsrevnâme: Bir çok defa *İlâhînâme* adıyla basılan *Hüsrevnâme*, 6500 beyitlik bir mesnevidir. Çerçeve hikâyede bir padişah altı oğluna dünyadaki arzu ettikleri şeyleri sorar, onlar da sırasıyla cevap verirler. Babaları, her biri insanın ihtiraslarından birini temsil eden bu dünyevî arzulardan onları vazgeçirmeye çalışır. Eser, *İlâhînâme* adıyla H. Ritter (Leipzig-İstanbul 1940) ve Fuâd-ı Rûhânî tarafından neşredilmiştir (Tahran 1339/1960). Abdülbaki Gölpınarlı tarafından da günümüz Türkçe'sine tercüme edilmiştir (İstanbul 1967).

Musîbetnâme: *Mantıku't-tayr*'dan sonra Attâr'ın en önemli manzum eseridir. Fikirlerinin olgunluğu ve düşüncelerinin çeşitliliği açısından son derece önemlidir. Tarih itibariyle muhtemelen en son eseridir.

Tezkiretü'l-evliyâ: Manzum olanların dışında Attâr'ın en önemli eseridir. Büyük sûfîlerin hayatlarının anlatıldığı ve bazı sözlerinin nakledildiği *Tezkiretü'l-evliyâ*, gerek Osmanlı döneminde gerekse Cumhuriyet döneminde Türkçe'ye tercüme edilmiştir.

Attâr, *Muhtârnâme* adlı eserinin mukaddimesinde, *Cevâhirnâme* ve *Şerhu'l-Kalb* adlı manzum eserlerini tamamlayamadığını söyler.

Bunların dışında Attâr'a ait olduğu ileri sürülen *Bülbülnâme, Bî-sernâme, Pesernâme, Haydarînâme, Pendnâme, Cevhe-*

rü'z-zât, Hallâcnâme, Siyâhnâme, Uşturnâme, Lisânü'l-gayb, Mazharü'z-zât, Mi'râcnâme, Miftâhü'l-fütûh, Nüzhetnâme, Vuslatnâme, Heylâcnâme gibi eserler Attâr'a ait değildir.

Mantıku't-tayr

Attâr'ın *Muhtarnâme* adlı eserinde adı *Makâmât-ı tuyûr* olarak geçen, ancak sonraları *Mantıku't-tayr* diye şöhret bulan bu eser, dünya edebiyatlarında gönle hitap eden eserlerin en seçkinlerinden kabul edilir. Mevlânâ'nın *Mesnevî*'sinden sonra İslâm dünyasında manzum irfânî eserlerden hiç biri bu eserin derecesine ulaşamamıştır. Görüleceği üzere bu eserde, kuşların "Sîmurg"a olan yolculukları ve bu yolda çektikleri meşakkat ve sıkıntılar, bazılarının tahammül edemeyip yoldan ayrılmaları, bir kısmının da helâk olmaları, en sonunda o kalabalık topluluktan Sîmurg'a sadece "sî murg"un (otuz kuş) ulaşabilmeleri temsilî bir şekilde anlatılmaktadır. Bu eserde, Hak ile halk arasındaki ilişki ve seyr ü sülûkun zorlukları mümkün olan en güzel şekilde anlatılmıştır.

Her şâirin eserlerinde olduğu gibi Attâr'ın *Mantıku't-tayr*'ında da kendisinden önce yaşamış mütefekkir, şâir ve yazarların eserlerinden izler bulmak mümkündür. Attâr bu eserde anlatılanların çoğunu, *Tezkiretü'l-evliyâ*'da da aktardığı kendinden önce yaşamış şeyhlerin sözlerinden nakletmiştir. Ancak *Mantıku't-tayr*'da son derece sanatkârâne bir üslup kullanarak, bu alanda eşsiz bir eser ortaya koymuştur.

Kuşların dilinden ve onların konuşmalarından bahseden eserler, Attâr'dan önce de vardır. Hz. Süleyman'ın hayvanlar ve kuşlarla konuşması, tefsirlerde geniş olarak yer alır.

Şiirde ise Senâî-yi Gaznevî (ö. 529/1134-5)'ye ait olduğu belirtilen ve *Divân*'da yer alan bir kasîdede kuşlar sembol olarak kullanılır. Keza Hâkânî-yi Şirvânî'nin (520-

595/1126-1199) *Dîvân*'ında, "Mantıku't-tayr" başlıklı bir kasîde yer alır. Bu kasîdede Hâkânî, sabahı tavsif ettikten ve Kâbe'yi övdükten sonra, kuşları vasfeder ve onların dillerindeki sır perdesini aralar. Bu kuşlardan her birinin sembol ve sırları hakkında bilgi verir, kuşların bahçedeki çiçeklerle ilgili sözlerini nakleder. Sözkonusu kuşlar, guguk kuşu, bülbül, kumru, sığırcık, tahtalı güvercin, keklik, papağan ve Hüdhüd'tür. Şâir kasîdenin sonunda hepsini hakemlik yapması için Ankâ (Sîmurg)'nın huzuruna götürür ve ondan hüküm vermesini ister.

Bunlardan başka birçok şâir şiirlerinde kuşları sembol olarak kullanmıştır.

Mantıku't-tayr, Kuşların Dili ya da Kuşların Yolculuğu

Kuşların Sîmurg'a olan yolculuğunun hikâyesi, eski dönemlere, hattâ İslâm öncesi İran edebiyatına kadar dayanmaktadır. Böyle bir hikâye, toplumlardaki kültürel değişmelere paralel olarak farklılıklar göstermiş, farklı zamanlarda şâir ve yazarların elinde, onların hayal dünyası, düşünceleri ve tasavvufî bakış açılarıyla yeni bir hüviyete bürünmüştür. Biz bu bölümde, Attâr'dan önce İslâm dünyasında bu konuda yazılmış olan eserlerden kısaca bahsedeceğiz.

İbn-i Sînâ (ö. 428/1037), *Risâletü't-tayr*.

Bu risâle, tarih açısından kuşların yolculuğuna dair mevcut en eski metin olmalıdır.

Bu risâlede İbn-i Sînâ, ayakları bağlı yola çıkan, güç ve çetin dağları aşarak büyük hükümdarın (Melik-i A'zam) şehrine giden kuşları tasvir eder. Sühreverdînin Farsça'ya tercüme ettiği bu risâlede İbn-i Sînâ, topluluk içinde bulunan bir kuşun dilinden olayı şöyle anlatır:

Bir grup avcı ovaya gelip tuzak kurdular, üzerine yem saçıp korkuluklar koydular; kendileri de çalıların arkasına gizlendiler. O sırada biz de uçuşuyorduk. Avcılar bizi görünce, kandırıp aldatmak için güzel güzel ıslık çaldılar. Baktık ki güzel, hoş bir yer. Hiç şüphelenmedik, o tuzağa doğru gittik ve içine düştük. Bir de gördük ki tuzağın halkaları boyunlarımıza, ilmekleri de ayaklarımıza geçivermiş. Bu belâdan kurtulmak için hep birlikte hareket etmek istedik. Hareket ettikçe bağlar ayaklarımıza daha da oturdu. Bu sıkıntıyı kabullendik, ölüme razı olduk. Hepimiz kendi derdimize düştük, birbirimizi umursamadık. Sonra nasıl kurtulabiliriz diye çareler aradık. Bir süre böyle kaldık, giderek birinci vazifemiz olan kurtulmayı unuttuk, kafesin darlığına razı olduk.

Aradan zaman geçti. Bir gün bu bağların arasından dışarıya bir göz attık. Arkadaşlarımızdan bir topluluk başlarını ve kanatlarını tuzaktan çıkarmışlar, bu dar kafeslerden kurtulup uçmaya koyulmuşlar. Her birinin ayağında o tuzak ve iplerden bir parça kalmış, fakat gövdelerinin uçmasına engel olmuyor. Ben bu durumu görünce, ilk görevimi hatırladım. Yaptığıma üzüldüm ve onların geldikleri yere serbestçe dönebilmelerine imrenerek canımı bedenimden ayırmak istedim. Onlara seslendim, yalvarıp yakardım ve "Yanıma gelin ve bir çare bulmak için bana yol gösterin, sıkıntıma ortak olun; artık canıma tak etti." dedim. Kuşlar, avcıların tuzaklarını hatırladılar. Korkup benden kaçtılar. Onlara, eski dostluğumuz ve hoş sohbetlerimizi yeminlerle hatırlattım. Buna rağmen içlerindeki şüphe gitmedi. Bana yardım hususunda gönülleri mutmain olmadı. Tekrar eski sözleri hatırlattım ve düştüğüm çaresizliği gözlerinin önüne serdim. Yanıma geldiler. Benim durumumda iken o halden nasıl kurtulduklarını, üzerlerinde kalan bağlarla nasıl rahat edebildiklerini sordum. Kendi buldukları çare ile bana da yardım ettiler. Boynumu ve kanadımı tuzaktan kurtardım. Kafesin kapısını açtılar, dışarı çıktım. Bana, "Bu kurtuluşu ganimet bil." dediler. Ben de, "Bu bağı ayağımdan alınız." dedim. Onlar, "Eğer gücümüz yetseydi, önce kendi ayağımızdan çıkarırdık. Hiç kimse kendisi hasta bir doktordan ilâç ve çare istemez. İlâç alacak olsa bile fayda bulamaz." dediler. Sonra ben de onlarla birlikte uçtum. Onlar bana, "Önümüzde uzun yollar, güvenliği olmayan korkunç ve dehşetli menziller var. Belki de şimdiki halimizi bile kaybeder, önceki duruma tekrar düşeriz. Çok sıkıntı çekmeliyiz ki, bir çırpıda korkunç çukurlardan kurtulup doğru yola koyulabilelim." dediler.

Bundan sonra kuşların birlikte yolculukları şu şekilde gerçekleşir: Kuşlar iki yol ayrımına gelirler. Sulak ve yeşil bir vadiye varırlar. Uçarak tuzakları geçerler. Hiçbir avcının ıslığına iltifat etmezler. Önlerinde, zirvesine gözlerin ulaşamayacağı yükseklikte sekiz dağ belirir. Birbirlerine, o dağlara inmenin güvenli olmayacağını, her bir dağda kendilerini öldürmeyi bekleyen toplulukların bulunduğunu, onlarla meşgul olarak oradaki nimetlerin güzelliklerine ve o yerlerin rahat ve huzuruna kapılıp kalırlarsa geçitin başına varamayacaklarını söylerler. Bir hayli eziyet ve meşekkat çektikten sonra altı dağı aşıp yedinci dağa ulaşırlar. İçlerinden bir kısmı, dinlenmelerinin gerektiğini, uçacak güçlerinin kalmadığını, zaten düşmanlar ve avcılardan uzaklaştıklarını, çok mesafe katettiklerini, bir süre dinlenmenin kendilerini maksada erdireceğini, şayet bu meşakkat ve sıkıntı artacak olursa kendilerinin helâk olacaklarını söyler.

Dağa inerler. Orada, göz alıcı bağ ve bahçeler, güzel binalar, görkemli saraylar, meyveli ağaçlar ve akarsular görürler, kuş sesleri işitirler. O meyvelerden yiyip sulardan içerler, yorgunluk atacak kadar kalırlar. Nihayet gitme vaktinin geldiğini bildiren bir ses işitilir. Tekrar uçmaya başlarlar, sekizinci dağa varırlar. Tepesi gökyüzüne ermiş olan dağa yaklaştıklarında, kuşların nağmelerini işitirler. Çeşit çeşit nimetler görürler. Oraya konarlar. Orada kendilerine güzel davranılır. O yerin valisi kendilerini misafir edip ağırlar. Ona, çektikleri sıkıntıları, başlarına gelenleri anlatırlar. Vali buna üzülür, onların bu sıkıntılarını gidermek için can u gönülden yardımcı olacağını söyler ve "Bu dağın tepesinde bir şehir vardır; Hazret-i Melik oradadır. Onun huzuruna varan her mazlumun sıkıntısı ve maruz kaldığı zulüm yok olur. Onun hakkında ne söylesem eksiktir." der. Valinin bu sözleri kuşları rahatlatır. Onun işaretiyle Hazret-i Melik'in huzuruna gitmek için şehre doğru yola koyulurlar. Görevli, onlar gelmeden önce Melik'e haber verir. Huzura alınmaları için emir verilir. Kuşlar huzura çıkarlar, perdeler kaldırılır. Bir odaya girerler. Uzaktan Melik'in cemâlinin nuru görünür. Kuşların gözleri kamaşır, akılları başlarından gider. Melik lütfedip akıllarını geri verir. Kuşlar başlarından geçenleri, çektikleri sıkıntıları Melik'e arzederler. Kendisine hizmet edebilmek için ayaklarındaki bağ kalıntılarını çıkarmasını isterler. Melik, "Ayaklarınızdaki bağı, onu bağlayan çözebilir. Ben size bir elçi göndereceğim, ayaklarınızdaki bağı çözmeleri için onları çağırsınlar." der. Perdedarlar, "Dönmek gerek!" diye seslenir. Melik'in huzurundan ayrılıp onun elçisiyle birlikte yola koyulurlar.Bu risâle, tarih açısından kuşların yolculuğuna dair mevcut en eski metin olmalıdır.

Ahmed-i Gazzâlî (ö. 520/1126), *Risâletü't-tayr.*

Ahmed-i Gazzâlî'nin risâlesinde kuşlar, her an huzuruna çıkabilecekleri ve ihtiyaçlarını kendisine arzedebilecekleri bir padişahlarının olmasını isterler. Bütün kuşlar, padişahlık taç ve tahtına Sîmurg'tan daha lâyık birisinin olmadığında görüş birliğine varırlar. Sonra onun makamını soruştururlar. Sîmurg'un makamına varmış olanlar, onun izzet adasında, kibriyâ ve azamet şehrinde olduğunu haber verirler. Oraya varmak isteyen kuşlar arzu ve istekle yola koyulurlar. Bir kısmı yolda helâk olur, az bir topluluk adaya varabilir. Geldiklerini haber vermesi için padişah Sîmurg'a birini gönderirler. Padişah, kibriyâ ve azamet hisarında izzet tahtındadır. Sîmurg, habercisine hangi gayeyle geldiklerini sormasını emreder. Kuşlar, onun kendi padişahları olması isteğiyle geldiklerini söylerler. Sîmurg, onlar bunu kabul etse de etmese de zaten kendisinin padişah olduğunu, kuşların kendisine saygı ve ihtiram göstermelerine ihtiyacının bulunmadığını, geri dönmeleri gerektiğini söylemesini ister. Bunun üzerine bütün kuşlar ümitsizliğe düşerler; şaşırıp kalırlar, üzülürler. Ne orayı görebilirler, ne de geri dönebilirler. Son derece zor durumda kalırlar. Çaresizlik içinde, ümitsizce geri dönmenin nâmertlerin işi olduğunu, bunca zorluğu çektikten sonra geri dönmenin de mümkün olamayacağını söylerler. Huzuruna kabul etmesi için tekrar haber gönderirler ve "Her ne kadar senin bizim saygı ve ihtiramımıza ihtiyacın yoksa da, bizim senin devletine ve padişahlığına ihtiyacımız var. Burası, ihtiyaç sahiplerinin katıdır, bizi huzuruna kabul et." derler. Ardından Sîmurg'un mesajı gelir; kalkıp talihsizlik kulübelerine geri dönmelerini, bu makamın büyüklük makamı olduğunu, gözlerinin bu hazretin tecellîsine tahammül edemeyeceklerini, yarasanın güneşe tahammülü olmadığı gibi bunların da kendisini görmeye takatlerinin yetemeyeceğini bildirir. Kuşlar tekrar ümitsizliğe kapılırlar. Bu ümitsizlikleri samimi olunca, "Ümitsiz olmayınız!" diye nida gelir. Hepsi rahatlar

Sonra, birlikte yola çıktıkları, yolculuk esnasında helâk olup giden arkadaşlarını görmek istediklerini dile getirirler. Bunun üzerine kendilerine, henüz beşeriyet bağıyla bağlı olduklarından, ecelden ve ölümden korktukları, ancak beden kalıbından kurtulduktan sonra birbirlerini görebilecekleri ve ziyaretlerine gidebilecekleri söylenir.

Ebu'r-Recâ-yı Çâçî (ö. 516/1122), *Ravzatü'l-ferîkayn*. Mâverâünnehr'de yaşamış olan Ebu'r-Recâ-yı Çâçî bu eserinde kuşların Sîmurg'a olan yolculuklarını anlatır.

Sıcak ve soğuk iklimde yaşayan kuşlar bir araya gelip suda ve karada yaşayan kuşları da çağırarak, her canlı topluluğunun padişahının olduğunu, kendilerinin de bir padişahının olması gerektiğini söylerler. Kuşlar içinde padişahlığa kimin lâyık olduğu sorulunca, kuşların en yücesi olan Sîmurg'tur, derler. Bunun ardından, ona niyetlerini bildirmek için huzuruna gitmek üzere yola koyulurlar.

Soğuk iklimde yaşayan kuşlar sıcak bölgeye gelince, sıcaklığa tahammül edemeyip, kolları kanatları yanar, sonra da ölürler. Aynı şekilde sıcak iklimde yaşayan kuşlar da soğuk iklime gelince soğuğa dayanamayıp ölüp giderler. Keza karada yaşayan kuşlar sulak yere gelince o engeli geçemez, suya düşer ve boğulurlar. Suda yaşayan kuşlar da karaya ulaşınca çaresiz bir halde kalakalırlar. Kuşlardan hiç biri, hikâyeyi anlatmak için Sîmurg'a ulaşamaz.

Aynü'l-kudât-ı Hemedânî (492-525/1098-1131). Aynü'l-kudât-ı Hemedânî, mektuplarının birinin sonunda, kuşların Sîmurg'un makamına ulaşmalarıyla ilgili bilgi verir.

Şeyh Şihâbüddîn-i Sühreverdî (ö. 549-587/1155-1191). Şeyh-i İşrâk diye de bilinen Şeyh Şihâbüddîn-i Sühreverdî'nin sembolik hikâyelerinden biri Safîr-i Sîmurg adını taşır. Sühreverdî, risâlenin başında Sîmurg'u ve yaşadığı yeri tasvir eder. Bu tasvir, Attâr'dan önceki âriflerin düşünce dünyasında yer tutan Sîmurg'un varlığını anlamak için önemli bir altyapı sayılabilir.

Sühreverdî şöyle der: "Hüdhüd ilkbahar mevsiminde Kaf dağına gitmek istediğinde yuvasını terk eder, gagasıyla kanadını ve tüylerini koparır, Kaf dağına doğru yola koyulur. Kaf dağının gölgesi üzerine düşer. Bunun üzerinden, hakîkat ehlinin takviminde sabah anı kadar bir süre sayılabilecek bin yıl geçer. Bu zaman içerisinde Hüdhüd Sîmurg'a dönüşür. Çıkardığı ıslık, uyuyanları uyandırır. Sîmurg'un ikâmetgâhı bu dağdır. Islığı her yere ulaşır, ancak işiten azdır. Siroz hastalığına maruz kalan veya veremli olan hastalar için onun gölgesi ilâç gibidir. Abraşlık hastalığına faydalıdır, çilleri giderir. Bütün nakışlarımız ondandır, ama kendisinin rengi yoktur. İkâmetgâhı doğudadır, batı da ondan halî değildir. Herkes onunla meşguldür, o ise her şeyden müstağnîdir. İlimleri bu Sîmurg'un ıslığından elde ettiler. Erganun vb. sazlar, bu kuşun ses ve ritimlerinden çıkarılmıştır. Sîmurg'un gıdası dostluktur. Onun bir kanadını sağ tarafına bağlayan kimse, ateşin üzerinden geçse bile yanmaz. Sabah rüzgârı onun nefesinden oluşur. Bu yüzden âşıklar gönül sırlarını ve içlerindeki esrârı ona söyler."

Sühreverdî, burada Sîmurg'a dair aktardığı sözlerin, onunla ilgili anlatılabileceklerden yalnızca küçük bir cüz olduğunu belirtir.

Necmeddîn-i Râzî (654/1256), *Risâletü't-tuyûr.*

Bu mevzuda yazılmış eserlerden biri de, önemli mutasavvıflardan olan Necmeddîn-i Râzî'ye ait olduğu söylenen, ancak aidiyetinde şüphe bulunan *Risâletü't-tuyûr*'dur.

İzzeddîn-i Makdîsî (ö. Şevval 678/1280), *Keşfü'l-Esrâr an Hikemi't-tuyûr ve'l-eşcâr.*

İzzeddîn Abdüsselâm b. Ahmed b. Gânim-i Makdisî, zamanının seçkin yazar, şair ve hatiplerinden birisidir. Beytü'l-Makdis'te doğmuş, tahsilini burada yapmış, sonra Kahire'ye yerleşmiştir. Ömrünün sonuna kadar da Kahire, Şam ve Beytü'l-Makdis arasında seyahat etmiştir. Eserleri arasında en önemli ve en meşhur olanı, kuşlar ve çiçeklerin dilinin sembol olarak kullanıldığı, "Kuşlar ve çiçeklerdeki sırların üzerindeki perdenin aralanması" anlamındaki Arapça kaleme aldığı *Keşfü'l-esrâr an Hikemi't-tuyûr ve'l-eşcâr*'dır.

Makdîsî eserini iki bölüme ayırmış, sözlerini birinci bölümde çiçeklerin, ikinci bölümde ise kuşların dilinden aktarmıştır.

Attâr'ın *Mantıku't-tayr*'ını neşretmiş olan Kedkenî, mukaddimede bu eseri Farsça'ya tercüme etmiştir.

Varlıklara hakîkat gözüyle bakan Makdîsî, var olan her şeyin Yaratan'ın varlığını itiraf ettiğini, sessiz olan mevcudâtın bu meydanda gerçekleri söylediğini, hal diliyle konuştuğunu belirtir. Çiçeklerin hal diliyle, kuşların da dururken ve uçarken kendisine söyledikleri sırları açıklar. Birinci bölümde sırları açıklanan varlıklar şunlardır: Nesîm, gül, mersin ağacı, servi, nergis (fulya), nilüfer, menekşe, şebboy, yasemen, reyhan, papatya, hemîşe bahâr, şakayık ve bulut.

İkinci bölümde ise, bülbül, doğan, güvercin, kırlangıç, baykuş, tavus, papağan, yarasa, horoz, ördek, bal arısı, mum, ateş, karga, Hüdhüd, köpek, deve, at, ipek böceği, örümcek, karınca ve kuşların şahı olan Sîmurg'un sırları anlatılır.

Attâr'dan önce kuşlar ve onların yolculuğundan bahseden bu eserler incelendiğinde görülecektir ki, Attâr'ın *Mantıku't-tayr*'ı bunlar arasında en yetkin ve özgün olanıdır. Her ne kadar Attâr kendinden önce yazılmış bu eserlerden faydalanmışsa da, *Mantıku't-tayr*'daki konu bütünlüğü ve anlatım, onun yüzyıllardır beğenilerek okunmasını sağlamıştır.

Türkçe'ye yapılan *Mantıku't-tayr* çevirileri

Mantıku't-tayr'ın Türk edebiyatında da önemli bir yeri vardır. Eser, Gülşehrî'den (ö. 1317'den sonra) başlayarak Fedâî Dede'ye (ö. 1635) kadar değişik şairler tarafından tercüme veya şerh edilmiştir. Ali Şir Nevâî (1441-1501) *Mantıku't-tayr*'a nazîre olarak *Lisânü't-tayr*'ını 1498 yılında yazmıştır. Muhammed el-Bedahşânî, II. Bayezid için ihtisar etmiştir. Zaîfî (ö. 1559) *Gülşen-i Sîmurg* adı ile 1556 yılında; yine 16. yüzyıl şairi olan Kadızâde Şeyh Mehmed eseri İnşirâhu's-sadr adını vererek 1578 yılında yazmıştır. Kâtip Çelebi'nin bildirdiğine göre Şem'î (ö. 1005/1596-7), Tırnakçı Ağa diye meşhur Hasan Ağa'nın isteği üzerine *Mantıku't-tayr*'ı şerhetmiştir (*Keşfü'z-zunûn*, II, 1864). Attâr'ın İlâhînâme'sini tercüme eden Şemseddin Sivâsî, mukaddimede Mantıku't-tayr'ı da tercüme ettiğini belirtir. Fedaî Dede de 1635 yılında *Mantık-ı esrâr* adı ile manzum olarak Türkçeye aktarmıştır.

Ancak her şair Attâr'ın eserini aynen tercüme etmemiştir. Meselâ Gülşehrî 4439 beyti bulan ve *Gülşennâme* de dediği eserini çok serbest yazmıştır. O, *Mantıku't-tayr*'ın tercümesini yaparken bazı değişikliklerde bulunmuştur. Eseri aynen tercüme etmeyen Gülşehrî, *Mantıku't-tayr*'ın omurga kısmını ondan alır. Hikâyelerden de yalnızca yedi hikâye tercüme etmiştir. Konuya göre ele aldığı diğer hikâyelerin bir kısmını kendi bizzat yazdığı gibi, bazılarını da *Mesnevî*, *Kelîle ve Dinme*, *Gülistân* ve *Lemaât* adlı eserlerden almıştır. Bunun yanında Gülşehrî'de göze çarpan bir durum, kuşlardan bazılarını eserine almamasıdır. Gülşehrî eserinde sekiz kuşa yer verir. Ayrıca hikâyelerin giriş kısmında tasvir ve tavsifleri ile dikkat çeker.

Cumhuriyet döneminde ise Abdülbaki Gölpınarlı tarafından "Kuş Dili" adıyla tercüme edilen *Mantıku't-tayr*, iki cilt halinde basılmıştır (ikinci baskı: 1962-1963). Abdülbaki Gölpınarlı tercümenin başında Attâr'ın hayatı, eserleri ve *Mantıku't-tayr* hakkında bilgi verir. Önsözdeki ifadesine göre tercümesini Raif Yelkenci'ye ait olan yazma nüshadan yapmış, M. Garcin de Tassy basmasında olup Raif Yelkenci nüshasında bulunmayan beyitleri de tercümesine dahil etmiştir. Ayrıca Bombay ve Lahor'da basılan nüshalara da müracaat etmiştir. Her iki cildin sonuna da açıklamalar eklemiştir.

Biz tercümeyi yaparken Abdülbaki Gölpınarlı'nın çevirisinden de faydalandık. Ancak belirtmek gerekir ki, yazma bir eserden doğrudan yapılan tercümelerde hatalar söz konusu olabilir. Bu sebepten müellif nüshası mevcut olmayan eserlerin çevirilerinin güvenilir neşirlerinden yapılması, yanlış anlamaları ve hataları asgarîye indirecektir kanısındayız. Bundan hareketle biz tercümemize, Muhammed Rızâ Şefîî-yi Kedkenî'nin Suhan Yayınlarından çıkan *Mantıku't-tayr* nüshasını esas aldık. Giriş kısmında ve dipnot şeklinde verdiğimiz açıklamalarda da bu neşrin mukaddime kısmındaki zengin malumattan istifade ettik.

İslâmî Edebiyatta Sembolik hikâyelerle ilgili metinler için Derya Örs'ün çevirdiği *"İslam Felsefesinde Sembolik Hikâyeler"* adlı esere bakılabilir. İnsan yayınları, İstanbul 2004, üçüncü baskı.

Allahu Teâlâ'nın Birliği Hakkında

Esirgeyen ve Bağışlayan Allah'ın Adıyla

Toprağa can bağışlayarak iman veren o temiz yaratıcıya şükürler olsun.

Arşın temelini su üstüne atan, topraktan yaratılmışların yaşamlarını rüzgar üzerine koyan odur.

Gökyüzünü gücüyle kaldırdı; toprağı en alt seviyeye yaydı.

Birine sürekli bir hareketlilik; ötekine daimî bir sükûnet verdi.

Gökyüzünü bir çadır gibi kurdu, sütunsuz yaptı ve yeri onun tabanı yaptı.

2 "O, sizin hanginizin amelinin daha güzel olacağı hususunda siziimtihan etmek için, Arş'ı su üzerinde iken, gökleri ve yeri altı günde yaratandır..." âyetine işarettir. [Hûd sûresi, âyet 7]

5 "O, gökleri görebildiğiniz bir direk olmaksızın yarattı, sizi sarsmasın diye yere de ulu dağlar koydu ve orada her çeşit canlıyı yaydı..." âyetine işarettir. [Lokman sûresi, âyet 10]

Altı günde yedi yıldız yarattı, iki harfle dokuz feleği ortaya çıkardı.

Taşı altın gibi yıldızlar olan bir tavla yaptı, felekle her gece bu tavlada zar attı.

Beden tuzağına türlü haller kattı, can kuşunu toprağa bağlı kıldı.

Denizi emrine âmade kıldı, dağı korkusuyla perişan etti.

Denizin dudağını susuzlukla kuruttu, taşı yakut, kanı misk kokusu yaptı.

Rûh'u insan suretinde o gösterdi. Bütün bunları bir avuç topraktan yaratılan insan için gösterdi.

Serkeş aklı şeriat ile itaatkâr kıldı. Tene canla, cana imanla hayat verdi.

Dağa hem kılıç gibi doruk, hem de kemer gibi yamaç verdi de bunlarla onu komutanlığa yükseltti.

6 "Şüphesiz ki Rabbiniz, gökleri ve yeri altı günde yaratan, sonra Arş'a istivâ eden, geceyi, durmadan kendisini kovalayan gündüze bürüyüp örten; güneşi, ayı ve yıldızları emrine boyun eğmiş durumda yaratan Allah'tır..." âyetine işarettir. [A'râf sûresi, âyet 54]

6 Yedi yıldızdan kastedilen, Ay, Utarit (Merkür), Zühre (Venüs), Güneş, Mirrîh (Mars), Müşterî (Jüpiter) ve Zühal (Satürn)'dir.

6 İki harften maksat, Yâsin sûresinin 82. âyetinde geçen "kün" (ol!) kelimesindeki "kâf" ve "nun" harfleridir. Âyetin meâli: "Bir şey yaratmak istediği zaman Onun yaptığı "Ol" demekten ibarettir. Hemen oluverir."

6 Dokuz felekten kastedilen: Ay, Utarit, Zühre, Güneş, Mirrîh, Müşterî, Zühal, Sâbit felekler (felekü'l-burûc) ve Dokuzuncu felek (felekü'l-eflâk).

8 Âdem'in cismi, ruh kuşunun hapsedildiği tuzağa benzetilmiştir.

10 İçinde kan bulunan ve miske dönüşen ceylânın göbeğine işarettir. Bu, Hıtâ ve Hoten bölgesinde yaşayan ceylânlarda bulunan bir özelliktir.

11 Bu beyitteki rûh'tan kastedilen Cebrâil'dir. Cebrâil'in Hz. Meryem'e insan sûretinde görüldüğü Kur'an'da belirtilmiştir. "Meryem, onlarla kendi arasına bir perde çekmişti. Derken, biz ona ruhumuzu gönderdik de o, kendisine tastamam bir insan şeklinde göründü." [Meryem sûresi, âyet 17]

Bazen ateş üstünde gül derdi, bazen deniz üstüne köprü kurdu.

15 Zayıf bir sivrisineği düşmanın başına musallat etti, onun başında sinek dört yüz yıl kaldı.

Bir örümceğe hikmetiyle ağ kurdurdu, Âlemlerin Efendisi'ni onunla güvende kıldı.

Karıncanın beline bir saç teli gibi kemer bağladı, onu Süleyman'ın karşısına çıkardı.

Ona Abbasoğullarının hil'atini bağışladı, Tâsîn sûresini, ona sıkıntı vermeden indirdi.

İsa'nın yanında bir iğne gördü, o sır ortaya çıkınca onu dördüncü kat gökte bıraktı.

20 Dağın zirvesini lâle ile kanlara boyadı, gök kubbeyi dumanlarla kapladı.

Parça parça toprağı kana buladı, ondan akik ve lâ'l gibi taşlar çıkardı.

14 Hz. İbrâhim'in Nemrud tarafından ateşe atıldığında o ateşin gül bahçesine dönmesine işarettir.

14 Musa'nın İsrailoğulları'nı Nil'den geçirmesi ve Firavunla askerlerinin suda boğulmasına işarettir.

15 İlâhlık iddiasında bulunan Nemrud'un burnundan sivrisineğin girip ona azap etmesine işarettir.

16 Hz. Peygamber'in Hz. Ebû Bekirle birlikte Mekke'den Medine'ye hicreti esnasında mağaraya gizlenmeleri ve örümceğin mağaranın girişine yuva yapmasına işarettir.

18 Abbâsî halifelerinin giydiği elbise siyah olup, karıncanın siyahlığı ile Abbâsîlere has olan rengi aynı görmüştür.

18 "Tâ. Sîn" âyetiyle başlayan "Neml" (karınca) sûresine işarettir.

19 Hz. İsâ göğe götürülürken dördüncü kat semâya varıldığında, beraberinde dünya ile alâkalı bir şeyin olup olmadığı araştırılır; yanında dünyaya ait bir iğne görülmesi üzerine orada durdurulur. Bu sebepten hikâyelerde Hz. İsâ'nın yeri dördüncü kat semâdır. Beyitte buna işaret edilmektedir.

20 "Sonra duman halinde olan göğe yöneldi, ona ve yerküreye: 'İsteyerek veya istemeyerek gelin!' dedi..." âyetine işarettir. [Fussılet sûresi, âyet 11]

Güneşle ay gece gündüz ona secde etti, alınlarını yolundaki toprağa koydu.

Yüzlerinde secde izleri vardır. Secde etmeyen yüzde o iz, alâmet ne gezer?

Gündüz, ferahlığından beyazlara büründü; gece ise sıkıntısından siyahlara boyandı.

25 Papağana altından bir gerdanlık taktı, Hüdhüd'ü kılavuz etti, haber çavuşu yaptı.

Kâinat kuşu yolunda kanat çırpmada, kapısına halka gibi baş vurmada.

Feleği gece gündüz döndürmede, geceyi gönderip gündüzü getirmede, rızık vermede.

Balçığa üfürdü mü, insan yaratır, köpük ve dumandan âlemleri halk eder.

Bazen bir köpeğin dergâhına gelmesine izin verir, bazen bir kedi ile gerçekleri gösterir.

23 "... Onların nişanları yüzlerindeki secde izidir..." âyetine işarettir. [Fetih sûresi, âyet 29]

27 "Geceyi gündüze katar, gündüzü de geceye katarsın. Ölüden diriyi çıkarır, diriden de ölüyü çıkarırsın. Dilediğine de sayısız rızık verirsin." âyetine işarettir. [Âl-i İmrân sûresi, âyet 27]

28 "Ona şekil verdiğim ve ona ruhumdan üflediğim zaman, siz hemen onun için secdeye kapanın." âyetine işarettir. [Hicr sûresi, âyet 29]

29 Kur'an'da zikri geçen Ashâb-ı Kehf kıssasına işarettir. [Kehf sûresi, âyet 18] Kedi ile gerçeklerin gösterilmesi hadisesi ise şudur: İlâhlık iddiasında bulunan hükümdar Dakyonus, ülkesini teslim etmesini isteyen komşu ülke hükümdarıyla baş edemeyeceğini anlar. Ondan korkar, ancak bunu devlet erkânından gizler. Bir gün yemekten sonra şehzadelerinden birisi elini yıkaması için su dökerken bir kedi damdan atlayıverir. Saldırıya uğradığını zanneden hükümdar titremeye başlar ve yüzünün rengi uçar. Böylelikle onun tanrı olmadığı anlaşılır. Ashâb-ı Kehf de bu olay üzerine hidayete erer ve Dakyonus'un yanından kaçıp mağaraya sığınırlar.

Bir köpeği öyle bir derece verir, Ashâb-ı Kehf'e dost eder, köpeklikten çıkarıp arslan gibi er eder.

Gökyüzünde oturanlar için felek sofrası kurar, güneşi de ekmek olarak o sofraya koyar.

Bazen bir asâya Süleymanlık payesi, bazen de bir karıncaya söz söyleme kudreti verir.

Gâh bir asâyı yılana çevirir, gâh bir tandırdan tufan çıkarır.

Feleği başına buyruk bir tay yapar da onun hilâlden nalını ateş üstüne koyar.

Bazen bir taştan dişi deve çıkarır, bazen altın buzağıyı inletir, feryâd ettirir.

Kış mevsiminde gümüş saçar, sonbaharda dallardan altın döker.

Biri okun temrenini kan içinde gizlerse, o, bahar mevsiminde goncayı ok temreni gibi kana bulanmış olarak çıkartır.

32 Ölümünün üzerinden uzun süre geçmesine rağmen asasına veya tahtına dayanmış olan ve ölümünden kimsenin haberdar olmadığı Hz. Süleyman kıssasına işarettir. Karıncaların asasını veya tahtını yedikten sonra cesedinin düşmesi üzerine periler ve insanlar onun ölümünden haberdar olurlar.

33 "Bunun üzerine Musa asasını yere attı. O hemen apaçık bir ejderha oluverdi!" âyetine işarettir. [A'râf sûresi, âyet 107]

33 Nuh tufanının, yaşlı bir kadının tandırından çıkan sularla başlayıp bütün yeryüzünü kapladığı rivayet edilir. Hûd sûresi 40. âyette buna işaret vardır.

35 Hz. Salih'e kavminin, "Eğer hakikaten bir peygambersen dua et de şu taşın içinden bir dişi deve çıksın." şeklinde istekte bulunmaları üzerine mucize olarak o taştan istedikleri gibi bir deve çıkıvermişti. Bu beyitte o hadiseye işaret vardır.

35 "Bu adam (Sâmirî), onlar için böğürebilen bir buzağı heykeli icat etti. Bunun üzerine: İşte, dediler, bu sizin de, Musa'nın da tanrısıdır. Fakat onu unuttu." âyetine işarettir. [Tâ Hâ sûresi, âyet 88]

Yaseminin başına dört yapraklı tac koyar, lâlenin başına kanlı külah takar.

Bazen nergisin kafasına altın tac koyar, bazen gecenin nemiyle o taca inciler saçar.

Aklın tecrübesi ve canın sevdası onun sayesindedir, göğün dönmesi ve yerin durması da onun sayesindedir.

Dağ onun takdiriyle taş gibi parçalandı, deniz ondan utanarak masmavi kesildi.

Yeryüzü başını toprakla örtmüş, felek de kapıdaki halka gibi asılı kalmış.

Sekiz cennet onun katında bir eşiktir, yedi cehennem bir yalazdır ancak onun yanında.

Her şey onun birliğine gark olmuş, gark olmak ne ki! Tümüyle büyüsüne kapılmış.

Her ne kadar balığın sırtından aya kadar tüm zerreler onun varlığının şahidiyse de...

Yerin alçaklığı ile göğün yüksekliği, katî iki şahit olarak yeter.

Rüzgarı, toprağı, ateşi ve kanı delil getirir, sırrını tüm bunlardan ortaya çıkarır.

43 Sekiz cennet Kur'an'ın değişik âyetlerinde şu şekilde isimlendirilmiştir: Cennet-i huld, Dârü's-selâm, Dârü'l-karâr, Cennet-i adn, Cennetü'l-me'vâ, Cennetü'n-naîm, İlliyyîn ve Firdevs.

43 Cehennemin yedi kapısı olması itibarıyla yedi cehennem denmiştir. Kur'an âyetlerinde bu yedi cehennem için şu isimler vardır: Sakar, Saîr, Lezâ, Hutame, Cahîm, Cehennem ve Hâviye.

45 Eskilerin inancına göre yeryüzü suyun, su kayanın, kaya öküzün boynuzunun, öküz kum yığınının üzerinde, kum yığını balığın sırtında, balık rüzgârın üzerinde, rüzgâr zulmet (karanlık) üzerinde, zulmet de toprağın üzerinde yer almaktadır.

Toprağımızı kırk sabah yoğurdu, sonra içinde ruhu huzura kavuşturdu.

Can tene girince ten canlandı, ardından ona akıl verdi de o her şeyi görür oldu.

50 Aklın görme yetisine sahip olduğunu görünce, ona ilim verdi de her şeyi tanımaya başladı.

Akıl hakîkati anlayınca aczini ikrar etti, hayrete kapılıp teslim oldu.

Bu dünyada onu düşman da kabul etsen, dost da, tüm varlığın boynu onun minneti altındadır.

Onun hikmeti aslında herkese bir sorumluluk yükler, ama şaşılacak şey ki o herkesi kollar gözetir.

Önce dağı yeryüzüne çivi/kazık yaptı, sonra yeryüzünü denizin içinden çıkardı.

55 Yeryüzü öküzün sırtında dosdoğru durunca, öküz balık üstünde, balık da havada kaldı.

Peki hava neyin üstünde? Ancak bir hiçin üstünde.

Hiçin anlamı hiçtir. Öyleyse her şey bir hiç.

O padişahın sanatını bir düşün! Bu hiç üzerine kurulu olanların hepsini koruyup gözetiyor.

Mademki her şey bir hiçlik üzerine kurulu, öyleyse bütün her şey bir hiçtir şüphesiz.

Cüz ve küll onun temiz varlığının delili, yer ve gök de onun bir avuç toprak mülkü.

48 "Kırk sabah Âdem'in tînetini (maddesini) kendi elimle yoğurdum." anlamında hadis olduğu rivayet edilen söze işaret vardır.

54 "Dağları da birer kazık/çivi yapmadık mı?" meâlindeki âyete işaret vardır. [en-Nebe' sûresi, âyet 7]

60 Arş su üstündedir, âlem de hava üstünde. Bırak havayı suyu, tüm mevcudât o.

Gökyüzü ve âlem bir tılsımdan ibaret. Her şey odur, bütün mevcudât bir isimden ibaret.

Bir bak bu âlem de, o âlem de odur; yok ondan başkası. Eğer varsa o da odur.

Her şey bir zâttan ibaret, ancak sıfatlarla bezenmiş. Her şey tek bir harf aslında, ibareler değişik.

Hak erinin padişahı tanıması gerekir. Yüz değişik elbiseyle de görünse, onu bilmelidir.

65 Yanılmaz asla o er, Şah kimdir bilir? Mademki her şey odur, öyleyse bu yanılgı nedendir?

Yanılgıya düşmek, şaşı kimselerin işidir. Bu çeşit bakış, sapkınların işidir.

Heyhat! Kimsenin gücü yetmez buna, bunu göremez. Cihan güneşle apaydınlık olduğu halde, gözler kör!

Bu gerçeği görürsen aklını yitirirsin. Her şeyi o olarak görür, kendini kaybedersin.

Ne garip, aczinden herkes eteğini eline almış kaçmakta, çaresizliğinden özür beyan edip çıkış yolu aramakta.

70 Ey varlığının âşikârlığı yüzünden gözlere görünmeyen! Senin hakikî varlığının yanında âlemin varlığı bir gölge, bir hiçtir, ortada bir şey yoktur.

Can cisimde ve sen canda gizlisin. Ey canların canı, gizlilik içinde örtülüsün.

60 "... Arş'ı su üzerinde iken gökleri ve yeri altı günde yaratandır..." mealindeki âyete işarettir. [Hûd sûresi, âyet 7]

Ey herkesten ve herşeyden önce var olan, bütün kâinatı kendisinin gören ve kendisini de herkesin bilen!

Damında muhafız, kapında nöbetçi doluyken, sana doğru kim, nasıl yol bulur, kapına nasıl varabilir?

Akıl ve can, zâtının çevresine yaklaşamaz, sıfatlarını kimse anlayamaz.

75 Can içinde gizli hazine sensin, ten ve canda âşikar olan da sensin.

Tüm canlar varlığının künhünden habersizdir, Peygamberler bile yolunun toprağı için can verir.

Akıl senden bir iz, bir nişan bulsa bile seni anlayamaz. Buna imkân var mı?

Çünkü varlık âleminde ebedî olan sensin, bütün elleri kolları tamamen bağlamışsın.

Ey canın içinde ve dışında var olan sen! Ne söylersem söyleyeyim, sen hepsinden münezzehsin, fakat hepsi yine sensin.

80 İdrâk, dergâhında avare gezer. Akıl, senin yolunda kendini kaybeder.

Bütün âlemi senin sayende apaçık görürüm de, âlemde senden bir iz, bir nişan göremem.

Herkes senden bir iz, bir nişan verdi. Fakat ey sırları bilen, senden hiç iz yok ortada.

Felek gerçi bunca göz açtı, ama yine de senin yolunda bir zerre toz göremedi.

Yeryüzü senin derdinle toprağı başına saçtı ama, o da senin tozunu göremedi.

75 "Gizli bir hazine idim, âşikâr olmak diledim; sonra bilineyim diye insanları yarattım." meâlindeki kudsî hadîse işarettir.

85 Güneş senin şevkinle aklını kaybedip deli divane olmuş, her akşam yüzünü kara balçığa bulamada.

Ay da senin için yanmış erimiş incelmiş; her ay hayrete kapılmış, siperini terketmiş.

Deniz, coşkunla taşmış, kabarmış, etekleri ıslak, ama dudakları kurumuş kalmış.

Dağın yüzlerce zor geçidi yolda takatsiz kalmış, yarı beline kadar çamura, balçığa saplanmış.

Ateş, senin arzunla ateş özelliğini almış, ıztıraptan bu şekilde baş kaldırmış.

90 Rüzgar, sensiz başsız ayaksız kalmış, eli boş, yel ölçmeye koyulmuş.

Su, varlığını kaybedip senin aşkınla kendinden geçmiş.

Toprak, mahallende çaresiz kalmış, kendini yitirip acze kapılmış.

Ne kadar anlatayım ki seni, vasfa sığmazsın. Nasıl yapayım, marifetim buna yetmez ki!

Ey gönül, eğer onu talep ediyorsan, yola düş; önüne arkana bak ve uyanık ol.

95 Dergâha gelen Hak yolunun erlerine bak, hepsi omuz omuza birlikte gelmişler.

Her zerre, geçilip Hakk'ın marifetine yol bulunabilecek bir dergâh menzilesindedir. O halde her zerrede ona varmak için bir yol vardır.

Sen hangi yola gideceğini ne bileceksin? Ne bileceksin o dergâha hangi yoldan varılır?

85 Kur'an'da Zülkarneyn kıssasındaki şu âyetę işaret vardır: "Nihayet güneşin battığı yere varınca, onu kara bir balçıkta batar buldu..." [Kehf sûresi, âyet 86]

Onu açıkca aradığın zaman gizlenir, gizlice aradığın zaman da aşikâr olur.

Açıkta ararsan, gizli olur o an, gizli aradığın zaman da aşikâr oluverir.

100 Âşikâr ve gizli olarak da onu ararsan, keyfiyeti bilinemez olduğu için, her ikisinin de dışındadır.

Sen hiç bir şey kaybetmedin, bir şey arama. Ne söylersen söyle, bil ki o, o değildir; bir şey söyleme.

Söylediğin ve bildiğin şey, sensin. Kendini bil, tanı. Onların yüzlerce katı sensin.

Sen onu, onunla tanı, kendinle değil. Hak teâlâ kendini kula tanıtmadıkça, kulun kendi aklıyla Hakk'ı tanıma çabası boşunadır.

Onu vasfedenler, lâyıkıyla vasfedemezler. Onu vasfetmek, merd, nâmerd kimsenin harcı değildir.

105 Allah'ın zâtı hakkındaki insanlığın bilgisi, acziyetle karışıktır. Çünkü o ne açıklanır, ne de vasfedilir.

Halkın onun hakkındaki bilgisi, sadece zandan ibarettir. Ondan haber vermek, muhalden öte bir şey değildir.

Ne kadar iyi veya ne kadar kötü de söyleseler, kendi tasavvurlarında olanı söylemişlerdir; onun hakîkatinden habersizdirler.

İlim yoluyla ona ulaşılamaz. Onu tanımanın yolu gönüldür; tecrübe ve hissin dışındadır. Çünkü o kendi kudsiyetinde nişansızdır.

102 Mevzû hadis olduğu söylenen ve mutasavvıflarca farklı şekillerde yorumlanan, "Kendi nefsini tanıyan Rabbini tanımıştır." meâlindeki söze işaret etmektedir.

Onun marifetinin kemâli, onu bilmekten âciz kalmaktır. Onun nişânı, nişansız olmasındadır. Can feda etmenin dışında kimse bir çare bulamamıştır.

110 Kişi ister kendinde olsun, ister kendini kaybetmiş olsun; onun zâtı hakkındaki bilgisi, sadece aktarılan bilgidir.

İki âlemde de zerre zerre onu arasan, bulduğunu sansan, bu sadece senin vehmindir. Bildiğin, idrak ettiğin Allah değil, senin algılamandır.

Onun katı, o yüce makam, hiç kimsenin idraki dahilinde değildir. Onun bulunduğu makama kimin canı ulaşabilir?

Candan yüzbinlerce mertebe daha yücedir. Her ne söylersem, o ondan daha yücedir.

Akıl, onun sevdasında hayran olup kalmış, can, acziyetinden parmağını ısırıp durmada.

115 Akıl onun vuslat hazinesine ulaşamaz. Pâk olan can, o katta var olsa bile, aslında yoktur.

Can nedir? Onun yolunda bir avare. Gönül, kan revan içinde acı çeken bir varlık...

Ey hakbilir, bu kadar da kıyas edip durma. Çünkü keyfiyeti bilinemez olan Allah kıyasa gelmez; mantık bakış açısı ve felsefî yaklaşımla onun künhüne erişilemez.

Onun celâli karşısında akıl ve can kendini kaybetmiş; akıl hayran, can şaşırıp kalmış.

Nebîler ve peygamberlerden hiç biri o küll denizinden bir cüz bile elde etmedi.

120 Bu yüzden hepsi de aciz kalıp yere kapandılar, "Sana lâyık olduğu şekliyle biz seni bilemedik." dediler.

Ben kim oluyorum ki tanımaktan, bilmekten dem vurayım? Onu, ondan başkasıyla meşgul olmayan tanır.

Madem ki her iki âlemde ondan başkası yok, o halde kiminle meşgul olunur ki? İşte sana boş bir sevda, boş bir heves!

İnciyle dolu bir deniz var, köpürüp dalgalanmakta. Sen bu sözü anlamazsın, git kendini eğlendir.

Kim bu inciyi ve bu denizi bulamamışsa, tevhidin esası olan nefy ve ispattan mahrum olmuş demektir.

Vasfedilen, sözle anlatılan şey nasıl olur da o olur? Benim bunu sana anlatmam mı?

"O" deme, çünkü o işarete sığmaz. Sus, çünkü o, senin ifadelerine sığmaz.

O ne işaret kabul eder, ne de beyana sığar. Ne kimse onu bilir, ne de ondan bir nişane bulur.

Sen benliğinden kurtulduğun zaman, kemal işte budur. Sen kendinden kurtul, yok ol, kavuşma işte budur.

Sen onda yok ol, fani ol; hulûl denilen şey işte budur. Bunun dışındaki yaklaşım, saçmalığın ta kendisidir.

Birlikte yürü, yol al; ikilikten geç. Tek gönül, tek kıble ve tek yüzlü ol.

Ey marifetsiz insanoğlu! Marifette babanla eşit ol, aynı sıfatı taşı.

Hak teâlâ yokluk âleminden varlık âlemine ne getirdiyse, hepsi huzurunda secdeye vardı.

132 "Göklerde bulunanlar, yerdeki canlılar ve bütün melekler, büyüklük taslamadan Allah'a secde ederler." meâlindeki âyete işaret vardır. [en-Nahl sûresi, âyet 49]

Âdem yaratılınca, muhabbetinden onu yüzlerce perde arkasına gizledi.

Hak teâlâ: "Ey Âdem, sen kerem denizi ol. Bütün bunlar (melekler) secde ediyorlar, sen kendisine secde edilen ol." buyurdu.

135 İçlerinden biri secde etmedi, bundan kaçındı. O da çarpıldı, mel'ûn oldu ve Âdem'e secdeye davetin sırrını anlamadı.

Lânetlenip yüzü kararınca, "Ey ihtiyaçsız olan Rabbim! Beni nasipsiz kılma, işimi yoluna koy." dedi.

Yüce Allah şöyle buyurdu: "Ey yolda lânetlenen, Âdem hem halifedir, hem de padişah.

Bugün sen dünyada onun nazarlık gözü ol. Kıyamet günü de üzerlik otu gibi yan, kavrul."

Ruh cisimle birleşince, cüz mertebesinde olan beden küll oldu. Hiç kimse bundan daha acayip bir tılsım yapamaz.

140 Ruh yüceliğe sahipti, ten ise değersiz bir toprak. Değersiz toprakla temiz ruh birleşti.

Yüce olanla değersiz olan bir birine dost olunca, Âdem sırlardan meydana gelmiş şaşılacak bir şey oldu.

134 Hz. Âdem'in yaratılışı ve Allah teâlâ'nın meleklere ona secde etmesini buyurmasına işarettir. Bu yüzden insan kâinattakilerin hepsinden üstün olmuştur.

135 Melekler arasında Âdem'e secde etmekten kaçınan İblis kastedilmektedir.

138 Nazarlık gözünden kastedilen şudur: Topraktan yapılmış vazo benzeri bir şey güzel bir şekilde ipek ve desenli kumaşlarla süslenir ve üzerine göz ve yüz resmi çizilir. İnsanlar bir müddet ona baktıktan sonra damın tepesinden aşağı atarak kırarlar. Böylelikle göz değmesi ve nazarın defedildiğine inanılır. Aynı şekilde göz değmesi ve nazar için üzerlik otunun ateşe atılması da yapılagelen âdetlerdendir.

Fakat kimse onun sırlarını anlamadı. Onun işi, her yoksulun harcı değil.

Ne bilebildik, ne de tanıyabildik, ne de bir an gönlümüz huzur buldu.

Ne zamana dek söyleyip duracaksın? Sükuttan başka yol yoktur. Çünkü kimsenin bir âh çekmeye cesareti yok.

145 Bir çokları bu denizin üstünü bilir, fakat dibinden kimse haberdar değildir.

Hazine diptedir, âlem de tılsım gibidir. Sonunda bu tılsım ve beden bağı koptuğunda,

Tılsım ortadan kalkar, hazineyi bulursun. Cisim ortadan kalkıp yok olunca da ruh meydana çıkar.

Sonra, canın da başka bir tılsımdır. Gayb âlemine göre canın, bir başka cisimdir.

Böylece yürümeye devam et, sonunu sorma. Böyle bir derdin dermanını sorma.

150 Bu uçsuz bucaksız denizin dibinde nice kimseler garkoldular, hiç birinden haber yok.

Böyle görkemli bir denizde, âlem bir zerre, zerre de bir âlemdir.

Bu denizde âlem bir kabarcıktan ibarettir, bil. Zerre de bir kabarcıktır, bunu da bil.

Âlem de, zerre de kalmasa, bu denizden bir kabarcık nasıl eksilir?

Kim bilir ki böyle derin bir denizde çakıl taşı mı değerlidir, yoksa akîk mi?

155 Aklı, canı, dini ve gönlü kaybettim de, bir zerrenin kemâlini tanıyabildim.

Ağzını kapa, arştan ve kürsüden soruşturup durma. Hep bir zerreyi sorup duruyorsun, onu da sorma.

Aklın daha işin başında iken yandı, kül oldu. Artık soru sormaya kalkışma, ağzını sıkıca kapa.

Bu zerrenin künhüne tam olarak kimse eremez, öyleyse ne sorup, ne söylenip duruyorsun. Kes artık!

Felek nedir? Baş aşağı dönmüş, kararsız, kararsızlıkta karar kılmış bir şey.

160 Onun yolunda kendini kaybetmişsin; önünde perde var, onun önünde de bir perde, onun önünde de bir perde.

Böyle bir saltanatın kurulması bu çeşit avarelikle nasıl mümkündür?

Felek bu sırrı anlamak istiyor. O bu başı dönmüşlükle bu sırrı nasıl anlayacak?

Felek, başı dönmüş bir avareden ve aylaktan başka nedir ki? O, perdenin arkasında ne var, ne bilecek?

O, bunca yıldır hep tepelerde dönüp dolaşırken, şimdi hayran ve perişan bu dergâhın etrafında dolaşmaktadır.

165 O bile perdenin arkasındaki sırrı bilmezken, sen gibi birisine bu perde nasıl açılır?

Âlemin işi ibret ve hasretten ibarettir; hayret içinde hayret, hayret içinde hayrettir.

Her an bu yol daha da sonsuzlaşmada. Halk, her an daha da hayrete kapılmada.

Biliyor musun, sâlik bu yolu görünce, ne kadar ilerlerse ilerlesin, yolun daha da uzadığını gördü.

Sonsuzluğun sınırı olsaydı, şüphesiz sınırlandırılabilir ve sayılabilirdi.

170 Bu yolda olağanüstü olayların zuhûr ettiğini, her şeyin kendini kaybettiğini gördüm.

Kimsenin kendi künhüne ermesine izin yok, hiç bir zerrenin diğer zerreden haberi yok.

Tersine bir iş bu, ne başı var, ne sonu. Sanki âlem acziyet ve çaresizlik içinde elini ısırıp duruyor.

Kendime mübtelâyım, ama senin hayranınım. Kötü olsam da, iyi olsam da sana aitim.

Sensiz yarı bir cüzüm, bana bir bakıver. Sen bana nazar edecek olsan, küll kesilirim.

175 Kanayan gönlüme bir nazar et, bütün bu dertlerin, musibetlerin arasından beni çekip çıkarıver.

Eğer bir kerecik "Benim zavallı kulum!" dersen, kimsecikler ayağımın tozuna ulaşamaz.

Ben kim oluyorum ki senin karşında erlik taslayayim. Senin zavallı kulun olayım, bana yeter.

Nasıl olur da "Senin kulun, kölenim" diyebilirim? Ben, senin mahallendeki köpeğin toprağının kölesiyim.

Sana feda olmak için âmâde bir köleyim. Habeşli köleler gibi, senin kölen olduğuma dair nişanım var.

180 Eğer senin kölen değilsem, nasıl Mukbil adını aldım? Senin kölen olunca, mutlu oldum, sevince garkoldum.

Kulluk nişanesi taşıyan bu kulu satma, kulağıma, bir kölelik halkası tak.

179 Eskiden kölelere efendileri tarafından kölelik nişanı olarak işaret vurulması adeti vardı.

180 Eskiden bir köle satın alındığında, talihi iyi olsun diye Beşaret, Mübarek, Mukbil v isimler koyma âdeti vardı.

Ey ihsanından kimsenin ümit kesmediği Rabbim! Kulağımdaki halka ve kölelik nişanesi ebediyyen bana yeter.

Kimin gönlü senin derdinle hoş değilse, mutlu olmasın o. Çünkü o senin kulun değildir.

Ey derdime derman olan Allah'ım! Bana bir zerre dert ver. Çünkü senin derdin olmadan benim canım ölür, yok olur.

Kâfire küfür, dindara din gerektir, Attâr'ın gönlüne de senin derdinden bir zerre!

Ey Rabbim! Sen, benim "Ey Rabbim" diye yalvarışlarımı bilirsin, gecelerimdeki matemlerde benimle berabersin.

Matemim haddi aştı, bana bir neşe, sevinç gönder. Karanlıklar içindeyim, bir nur gönder.

Bu matemde şefaatçim, yardımcım sen ol, kimsem yok, elimden sen tutuver.

Müslümanlık nurundan lezzet ver bana, karanlıklarda kalmış nefsime yokluk ver, onu yok et.

Bir gölge içinde kaybolmuş bir zerreyim. Varlıktan bir sermayem yok.

O güneşe benzer huzurundan nasip istemekteyim. Belki o aydınlıktan bana bir nur parıltısı erişir.

Avare bir zerre gibi ben, parıltının içinde sıçrar, el çırparım.

Sonra var olan bu pencereden çıkar, önümdeki o aydınlık âleme dalarım.

Sahip olduğum canım ağzıma gelmeden, ben de herkes gibi birisiydim.

Can verirken, senden başka kimsem olmayacak. Son nefesimde canıma sen yoldaş ol.

Ben ölürken eğer sen yoldaşım olmazsan, vay bana!

Yoldaşlık edeceğine ümidim var; dilersen buna kadirsin ey Rabbim!

Gerçeği gören önderler, zaman zaman din yolunda gayret gösterdiler.

Canlarını tamamen hayrete düşmüş buldular, aczi ve hasreti canlarına yoldaş gördüler.

Âdem'e bak önce, nasıl davrandı? Matem içinde geçen yıllar ona ne yaptı?

Yine görevi suya gark etmek olan Nuh'a bir bak, bin yıl kâfire öğüt verip ne elde etti?

Yine aşka mübtelâ İbrahim'e bir bak, mancınık ve ateş, onun menzili oldu.

Koçu yarin mahallesinde kurban olan hüzünlü İsmâil'e bak.

200 Şeytan'ın vesvesesi ile Cennetten uzak düşen Hz. Âdem kıssasına işarettir.

201 Hz. Nuh yaklaşık bin yıl insanları Hak dine davet etmiş, ancak çok az kişi iman etmişti. Bunun üzerine Nuh (a.s.) Allah'a dua etmiş, neticesinde tufan gönderilmiş ve gemidekilerin dışında kalanların hepsi helâk olmuştu. Beyitte bu hadiseye işaret vardır. (Ayrıca bk. Kamer sûresi, âyet 9-15.)

203 Hz. İbrahim, gördüğü bir rüya üzerine oğlu İsmail'i Allah için kurban etmek üzereyken, son anda İsmail'in yerine kurban edilmek üzere cennetten bir koç gönderilir. Beyitte bu kıssaya işaret edilmektedir. (Bk. Sâffât sûresi, âyet 102 vd.)

Avare olmuş Yakub'a bir bak, oğlunu kaybedişiyle gözünden oldu.

205 Yine Yusuf'a bir bak, hükümdarlık yolunda kölelik, kuyu ve zindan nasibi oldu.

Yine sıkıntılara katlanan Eyyüb'e bak, böcekler ve kemirici kurtlar içinde kaldı.

Yine yolunu kaybederek itibarın zirvesinden inip balığın içinde kalan Yunus'a bak.

Hayatının daha başında dadısı Firavun ve beşiği tabut olan Musa'ya bak.

Zırh ustası Davud'a bak, ciğerinden çıkan bir üflemeyle demiri muma çevirmişti.

204 Oğlu Yusuf'tan uzak düşmesi sebebiyle ayrılık hasretiyle Hz. Yakub'un gözünün kör olması hadisesine işaret vardır.

205 Kardeşleri tarafından kuyuya atılan, oradan geçen bir kervan tarafından çıkartılıp köle olarak satılan ve sonunda Mısır'a sultan olan Hz. Yusuf kıssasına işaret vardır.

206 Servet ve güç sahibi iken Allah teâlâ'nın imtihan için belâ ve musibetlere uğrattığı, sabretmesi sebebiyle de bağışlanıp önceden sahip olduğu şeyleri ve daha fazlasını elde eden Hz. Eyyüb hikâyesine işaret edilmektedir.

207 Uzun süre kavmini dine davet eden, fakat inandıramayacağına kanaat getirerek öfkeli bir halde, onlara isabet edecek musibetten kendisini kurtarmak için onları terk ederek gemi yolculuğuna çıkan, fazla yükten dolayı batmak üzere olan geminin yükünü hafifletmek ve gemiyi kurtarmak için çekilen kura sonucu denize atlamak durumunda kalan Hz. Yunus'un balık tarafından yutulması kıssasına işaret vardır.

208 Doğduğunda, Firavun'un korkusundan annesi tarafından bir sandığın içine konularak Nil nehrine bırakılan, Firavun'un ailesi tarafından çıkarılıp beslenip büyütülen ve sonunda Peygamber olan Hz. Musa hikâyesine işaret vardır.

209 Demirin elinde yumuşayıp adeta muma döndüğü Hz. Davut hikâyesine işaret vardır.

210 Yine şeytan yüzüğünü çalınca, ülkesi berbat olan hükümdar Süleyman'a bak.

Gönlü coşkuyla dolan Zekeriya'ya bak, başına testere konulduğunda ses çıkarmadı, sustu.

Yine Yahya'ya bak, bir topluluk önünde perişan halde bir leğen içinde mum gibi başı kesildi.

Yine darağacının dibinde Yahudilerden defalarca kaçan İsa'ya bak.

Yine bir bak hele peygamberlerin ulusu, ne cevr u cefa çekti kâfirlerden!

215 Sen bu işin kolay mı olduğunu sanıyorsun? Belki can fedâ etmek daha kolaydır bundan.

Ne söyleyeyim artık söyleyecek sözüm kalmadı. Daldan bir gül deriyordum, o da kalmadı.

Tamamen hayrete kapıldım kaldım, çaresizlik dışında bir çare bilmiyorum.

Ey Rabbim, akıl seni ararken, süt emen çocuğa döndü. Yaşlı akıl seni ararken, yolunu kaybetti.

210 Hz. Süleyman (a.s.)'ın padişahlığının bir süre Sohre Cinnî adlı bir cinin elinde kaldığına ve o cinin Hz. Süleyman'ın yüzüğünü çalarak onun tahtına oturduğuna işaret edilmektedir.

211 Hz. Meryem'in hâmîsi olan Hz. Zekeriya kıssasına işaret vardır. Rivayete göre Hz. Meryem hamile kalınca, Yahudiler Zekeriya'nın Meryem'e kötülük ettiğini düşündüler. Zekeriya onlardan kaçtı, onlar da kendisini takip ettiler. O bir ağacın içine sığındı ve gizlendi. Yahudiler bir testere ile onu ikiye biçtiler.

212 Yahya (a.s.)'nın kıssasına işaret vardır. Rivayete göre zamanın padişahı, eşlerinden birinin kızıyla evlenmek istiyordu. Yahya (a.s.) ona engel oldu. Buna öfkelenen kadın, padişaha içki içirip sarhoş etti. Sonra kızını süsleyip padişahın yanına gönderdi ve ona, Yahya'nın başını kesip getirmedikçe padişahla yatmamasını söyledi. Kız denileni yaptı. Yahya'nın başı bir leğen içinde kesildi.

Böyle yüce bir varlığa ben nasıl ulaşayım? Ben nutfeden yaratılmışım, tasavvur ettiğimiz şeylerden münezzeh olan Hakk'ın zâtına nasıl ererim?

220 Sen ne ilme sığarsın, ne göz önüne çıkarsın. Fayda ve zarardan uzaksın, münezzehsin.

Ne sana Musa'dan bir yarar gelir, ne de Firavun'dan bir ziyan ve zarar erişir.

Ey sonu olmayan Allah'ım, senden başka kim var ki? Ucu bucağı olmayan çünkü sensin, senden başka ne var ki?

Şüphesiz ebedî olanın yarattıkları da ebedî olsaydı, o bir olarak nasıl kalırdı?

Bu sebepten bir cihan insan şaşırıp kalmış, sen ise perde arkasında gizlenmişsin.

225 Kaldır perdeyi artık, yakma canımı, daha fazla perde arkasında gizlenip yakma beni.

Ansızın hayret denizinde kayboldum, tüm bu avarelikten kurtar beni.

Tufanlı, dalgalı bu hayret denizinin ortasında kaldım. Perdenin ötesindeki sırdan uzaklaştım.

Kulunu bu namahrem denizden çıkar. Sen düşürdün beni, sen artık kurtar.

Nefsim beni baştan ayağa kapladı, elimi tutmazsan, vay hâlime!

230 Ruhum boş şeylerle kirlendi, bu kirliliğe dayanacak takatim kalmadı.

Ya bu kirlilikten kurtar beni, ya da akıt kanımı, toprağa gark et bendeni!

Halk senden korkuyor, ben ise kendi kendimden.

Ben senden iyilik gördüm, kendimden ise kötülük.

Yeryüzünde dolaşan bir ölüyüm ben. Ey can bağışlayan temiz Rabbim! Canıma can kat.

Mümin de, kâfir de kana bulanmış. Hepsi ya avare, ya yolunu şaşırmış.

235 Çağırıp davet ettiğin âvâreye döner, kapından sürdüğün ise kendini kaybedip mecnuna döner.

Ey Yüce Padişah! Gönlüm kan içinde, baştan aşağı felek gibi kararsızım.

Gece gündüz "Ben sizinleyim!" buyurdun. "Bir an bile duadan geri durmayın!"

Madem ki böyle birbirimize komşuyuz, sen güneşsin, bizler ise sanki gölgeyiz.

Ey sermayesizlere bağışlarda bulunan, ne olur komşularının hakkını bir gözetiversen!

240 Gönlüm gamla dolu, ruhumu keder bürümüş. Senin aşkınla bulut gibi gözyaşı dökmekteyim.

Derdimi sana söyleyemedim, seni ararken kendimi kaybettim.

Yolumu kaybettim, bana rehber ol. Huzuruna zamansız geldiysem de bana saadet bahşet.

Senin sokağında saadete eren, senin varlığında kaybolup bizâr olur, kendinden geçer.

Ümidimi kaybetmedim, ama kararım kalmadı. Ola ki Allah, yüzbinler içinden nazar edip beni bu durumdan kurtarır.

Hikâye

Haydutun biri bir zavallıyla karşılaştı. Onu evine götürdü, sıkıca ellerini bağladı.
Onun boynunu vurmak için kılıç almaya gidince, karısı zavallıya bir parça ekmek verdi.
Kocası elinde kılıçla geri döndüğünde, o zavallıyı gördü ekmek elinde.
Haydut: "Ey değersiz kişi, bu ekmeği sana kim verdi?" diye sordu. Adam, "Bu ekmeği karın verdi." dedi.
Haydut bu cevabı duyunca, "Bizim için artık seni öldürmek haramdır." dedi.
Çünkü ekmeğimizi yiyen kişiyi kesmek için, biz elimizi uzatamayız.
Ekmeğimizi yiyen kimseden can esirgemezken, kılıçla onun kanını nasıl dökerim?"

Ey Yaratan Rabbim! Başımı bu yola koyduğumdan beri, senin sofrandan yedim hep ekmeğimi.
Biri bir başkasının ekmeğini paylaştığında, ekmeği paylaşılan onun kadrini bilir.
Sen yüz binlerce cömertlik denizinin sahibisin, ekmeğini çok yedim, hakkını vermelisin.

255 Ey Âlemlerin Rabbi, âcizim. Kanlara gark olup karada kürek çektim, boş ameller işledim.

Feryadıma yetiş, tut benim elimi. Çaresizliğimden sinek gibi başımı elimle ne zamana dek tutarım.

Ey günahları bağışlayan ve af dilemeyi öğreten Rabbim! Yüz defa yandım, yanmamdan muradın nedir senin?

San karşı mahcubum, bu sebepten kanım coştu, çok namertlik yaptım, ört bunları.

Gafletimden yüz türlü günah işledim, sen karşılığında yüz çeşit rahmet verdin.

260 Ey Sultanım, ben miskine bir bak! Benden kötülük gördüysen, o geldi geçti, şu halime bak!

Bilmedim, hata ettim bağışla. Dertli gönlüm ve canım hatırına beni bağışla.

Gözüm açıkça ağlamasa da, ruhum gizliden gizliye aşkınla ağlamaktadır.

Ey Yaratan Rabbim! İyi olsun kötü olsun ne yaptıysam, kendi kendime yaptım.

Şımarıklığımı affet benim, görmezden gel hürmetsizliğimi.

Peygamber (s.a.v.)'i Medih

265 Dünyanın ve dinin Efendisi, vefa hazinesi; her iki cihanın yücesi ve dolunayı Mustafa!

Şeriat güneşi, yakîn denizi, âlemin nuru, âlemlere gönderilen rahmet,

Pâk olan kulların canı, onun tertemiz canına feda olmuştur; canı bırak, yaratılış bile onun içindir.

İki âlemin padişahı, bütün insanların sultanı, bütün âlemin canı ve imanın güneşi,

Miracın sahibi, kâinatın yücesi, Hakk'ın gölgesi, zatı bir güneş gibi nurlu olan yüce peygamber.

270 Dünya ve âhiret terkisine bağlanmış, Arş ve Kürsî toprağını kıble edinmiş.

Bu cihanın da büyüğü, öbür cihanın da; âşikâr olarak da, gizli olarak da kendisine uyulan önder.

266 "Resûlüm! Biz seni ancak âlemlere rahmet olarak gönderdik." [el-Enbiyâ sûresi, âyet 107] âyetinden alınan Kur'ânî bir ifadedir.

Nebilerin en ulusu, en şereflisi; temiz kişilere de yol gösterir, veli kullara da.

Allah'ın kendisini hak din olan İslâm'a rehber olarak gönderdiği, insanlara doğru yolu gösteren kılavuzdur. O, gayb müftüsü, cüz ve küllün imamıdır.

Hakkında ne söylesem, onlardan daha ötededir. Her şeyde, her işte herkeslerden öndedir.

Kendisini, "Arasat meydanının efendisi" diye isimlendirdi. "Ben doğru yola ulaştıran bir rahmetim" buyurdu.

İki âlem onun varlığından var oldu, arş onun adıyla sükûnet buldu.

Bir çiğ damlası gibi geldi varlık âlemine kerem denizinden. Âlem halkı onun yüzü suyu hürmetine yaratıldı.

Onun nuru, bütün yaratılmışların emelidir. Varlık âlemine gelenlerin de, gelecek olanların da aslı o nurdur.

Hak o mutlak nuru huzurunda görünce, onun nuruyla yüzlerce nur denizi yarattı.

Kendisi için tertemiz canı yarattı. Onun için de cihandaki bütün halkı var etti.

Yaratılıştan maksat yalnızca odur. Varlık âleminde ondan daha temiz bir varlık yoktur.

276 "Eğer sen olmasaydın, iki âlemi yaratmazdım." sözüne işarettir.

276 "Arşı suyun üzerine yarattım; arş titriyordu. Sonra üzerine 'Lâilâhe illallâh Muhammedün Resûlullah' yazdım; sükûnet buldu." hadisine işarettir.

278 "Allah (c.c.) ilk olarak benim nurumu/ruhumu yarattı" şeklinde farklı rivayetleri bulunan hadise işarettir.

280 "Eşyâyı senin için, seni de kendim için yarattım." kudsî hadisine işarettir.

Gayb âleminden ilk olarak görünen, hiç şüphesiz onun tertemiz nuru idi.

Sonra o yüce nur ortaya çıktı, Arş, Kürsî, Levh ve Kalem vücut buldu.

Onun temiz nurunun bir görünüşü âlemdir, bir görünüşü de Âdem ve neslidir.

285 O ulu nur aşikâr olunca, yaratanın huzurunda secdeye kapandı.

Asırlarca secdede kaldı, ömürler boyu rükûda durdu.

Yıllarca kıyamda kaldı, bir ömrü teşehhütte geçirdi.

O sır denizinin nuru namaz kıldı da, bu yüzden bütün ümmete namaz farz oldu.

Allah o nuru güneş ve ay gibi, cihetsiz olarak uzun süre huzurunda tuttu.

290 Sonra ansızın o nura hakikat denizinin yolunu açtı.

O nur, sır denizinin yüzünü görünce, kendisine yücelikle, nazla bir coşku düştü

Aşk ve şevkle yedi kere kendi etrafında döndü. Bu dönüşten feleğin yedi yörüngesi meydana geldi.

Hak'tan ona ulaşan her nazardan, bir yıldız meydana geldi, onda da bir istek.

Ardından o tertemiz nûr duruldu, yüce arş vücuda geldi ve Kürsi ad kazandı.

295 Zâtının aksinden arş ve kürsi ortaya çıktı; sıfatlarından da onca melekler meydana geldi.

Nefeslerinden nurlar, düşüncelerle dolu gönlünden sırlar aşikâr oldu.

283 Arş, Kürsî, Levh ve Kalem, Kur'ân'a ait tabirlerdir.

288 Namazın, Miraç gecesinde bütün Müslümanlara farz kılındığına işarettir.

Ruhun sırrı ancak düşünce âlemindendir. "Adem'e ruhumdan üfürdüm" ayetinde ifade edildiği gibi bir nefesten ibarettir.

O nefesler ve o sırlar bir araya gelince, birçok ruh bir araya toplandı.

Ümmetler onun nurundan yaratıldığı için, şüphesiz herkese peygamber olarak gönderildi.

Bütün zamanların halkına, kıyamete dek gönderilmiş peygamber oldu.

Şeytanı İslâma davet için aradı, kendi şeytanı da bu yüzden müslüman oldu.

Allah'ın izni ile, Cin gecesinde cinleri de İslâma davet etti.

Melekleri peygamberlerle birlikte topladı, hepsini bir gece İslâma çağırdı.

Hayvanları da açıkça dine çağırdığında; keçi ile keler onun tasdikçisi oldu.

Âlemdeki putları da davet etti. Bu sebepten onun huzurunda hepsi yere kapandı.

Zatı temiz olan Peygamber zerreleri de davet etti; avucunda çakıl taşları bu yüzden Allah'ı tesbih etti.

Peygamberlerden hangisi erişti bu yüceliğe ve izzete? Bütün ümmetleri dinine hangisi davet etti?

297 "Sana ruh hakkında soru sorarlar. De ki: Ruh, Rabbimin emrindendir. Size ancak az bir bilgi verilmiştir." âyetine işarettir. [el-İsrâ sûresi, âyet 85.]

297 "Ona şekil verdiğim ve ona ruhumdan üflediğim zaman, siz hemen onun için secdeye kapanın." âyetine işarettir. [el-Hicr sûresi, âyet 29]

301 "Benim şeytanım, benim elimde Müslüman oldu." hadisine işarettir.

302 Bir gece Hz. Peygamber Batnu'n-nahle denilen yerde bir grup cinle görüşmüş, cinler kendisine iman etmiştir.

Onun nuru, var olanların aslı olduğundan, zatı her zata ikramlarda lütuflarda bulunduğundan...

Her iki cihanı, açık ve gizli bütün zerreleri davet etmesi vacip oldu.

Cüz ve küll onun ümmeti olunca, onun himmet başağını toplar oldular.

Mahşerde, amelsiz bir avuç topraktan yaratılan insana, o "ümmetim" der, af diler.

Hak, o hidayet mumunun canı yüzüsuyu hürmetine, onun ümmetine hediyeler gönderir.

Her işte usta o olduğundan, işi düşen ona yönelir.

O her ne kadar günah işlemedi, harama bakmadıysa da, kendisine verilen her bir nimetin şükrü için ağlaması gerekiyordu.

Mevcut olan ne varsa, ona sığınmıştır. Maksat ne ise onun rızası kazanılınca elde edilir.

Âlemde her sınıf canlının efendisi olmasına rağmen, ümmetine tevazu ile hizmet ederdi.

Ona bahşedilen nimetleri, hiç kimse rüyasında bile göremez.

Kendini küll, küllü de kendi olarak gördü. Önündekileri nasıl gördü ise, arkasındakileri de öyle gördü.

Hak peygamberliği onunla bitirdi. Mucize, güzel ahlâk ve cömertliği onunla tamama erdirdi.

Hak, seçkinleri ve halkı davet etmesini emretti, ona olan nimetini tamamladı.

311 Kıyamet gününde bütün peygamberlerin kendilerinin kaygısına düşeceği, Hz. Peygamber'in ise "Ümmetim, ümmetim!" diye af için Allah'a yakaracağına işarettir.

Kâfirleri hemen cezalandırmadı, mühlet verdi; o hayatta iken onlara azap göndermedi.

Gece vakti onu miraca yürüttü, küll sırrını ona açıkladı.

Yücelik ve şeref sahibiydi, bu yüzden iki kıbleye de yöneldi; gölgesizliğinin gölgesi, doğuyu da batıyı da kapladı.

Hem Hak teâlâ'dan en yüce bir kitaba nâil oldu, hem de hesapsız lütuf ve ihsanlara erdi.

Eşleri müminlerin annesidir; miracı ise bütün peygamberlerin hürmetine lâyıktır.

Peygamberler arkasına dizilmişler, o öndedir. Ümmetinin âlimleri de nebiler gibidir.

Hak teâlâ ona verdiği değerden dolayı, Tevrat ve İncil'de adını anmıştır.

Bir taş parçası onunla değer ve yücelik kazanmış, "Yemînullah" hil'atini giymiştir.

Onun hürmetinden, doğduğu yer olan Mekke kıble olmuş; ümmeti, taşa dönmek ve gökten üzerlerine taş yağmak gibi azaplardan korunmuştur.

Onun Peygamberliği putları yere sermiş, ümmeti bütün ümmetlerin en seçkini olmuştur.

Kıtlık yılında, kurumuş bir kuyu, onun ağzından dökülen bir damla sudan berrak su ile dolmuştur.

325 Peygamber, müminlere kendi canlarından daha yakındır. Eşleri, onların analarıdır..." âyetine işarettir. [es-Secde sûresi, âyet 6]

329 Mirac gecesi Hz. Peygamber, ümmetinin yere batmak, taş kesilmek ve gökten üzerlerine taş yağmak gibi azaplardan korunması için Allah'a dua etmiştir.

330 "Siz, insanların iyiliği için ortaya çıkarılmış en hayırlı ümmetsiniz; iyiliği emreder, kötülükten meneder ve Allah'a inanırsınız..." âyetine işarettir. [Âl-i İmrân sûresi, âyet 110]

Parmağının işaretiyle ay yarılmış; bir emriyle batmış olan güneş ufuğa yeniden dönmüştür.

İki omuzunun ortasında güneş gibi apaçık nübüvvet mührüne sahiptir o.

En kutsal şehir olan Mekke'de önder, en kutlu asırda, en hayırlı insan odur.

Kâbe onun teşrifi ile "beytullah" oldu; oraya erişen herkes emniyet ve güven buldu.

Cebrâil onun elinden hırka giydi. Bu yüzden Dihye'nin kılığında göründü.

Toprak onun zamanında değer kazandı; secde edildi, temiz sayıldı.

Zerrelerin sırrı ona ayan olunca, defterden okumasın diye ümmî olarak gönderildi.

Hakk'ın dili onun dilidir. Zamanların en kutlusu onun zamanıdır.

Mahşer günü bütün diller mahv olur, yalnız onun dili kalır.

Ömrünün son demine dek, Allah'ın dergâhından şevkle niyazda bulunurdu.

Gönlü sır denizinde kendinden geçince, namazda kalbinin atışları bir millik yoldan duyulurdu.

332 Bir gün Hz. Peygamber, Hz. Ali'nin dizine başını koyup uyumuştu. Resûlullah uyandığında, Hz. Ali ikindi namazını kılamadığını söyledi. O zaman Hz. Peygamber Allahu teâlâ'ya dua etmiş, güneş tekrar ufuktaki yerine dönmüş, Ali de namazını kılmıştır.

335 "Orada apaçık nişâneler, İbrahim'in makamı vardır. Oraya giren emniyette olur..." âyetine işarettir. [Âl-i İmrân sûresi, âyet 97]

336 Cebrâil'in (a.s.), sahabeden Dihye'nin sûretinde Hz. Peygamber'e göründüğüne işaret edilmektedir.

338 Hz. Peygamber'e "ümmî" lâkabıyla hitap edilmesi, Kur'ânî bir ifadedir. [el-A'râf sûresi, 157 ve 158. âyetler]

Gönlü engin bir deniz gibiydi. Engin denizlerin coşkusu bir başka olur çünkü.

Sıkılınca, "Ey Bilâl, kalk, namaz vaktini bildir de bu hayal darlığından çıkalım." derdi.

345 Huzur âleminde coştuğunda da, "Ey Hümeyrâ/Aişe, benimle konuş" derdi.

Bu kendinden geçip geri gelişleri akıl idrak etse, bilmiyorum yüzlercesinden kaçı kendini sağ salim kurtarabilir?

Akıl onun halvetinin sırrına eremez, ilim de onun vaktini ve zamanını bilemez.

Dostla halvette olduğu zaman, Cebrail bile bulunamaz orda, kanadı yanar.

Onun can Sîmurgu görününce, Musa hayretten kumruya döner.

350 Musa da Yaratıcı'nın huzuruna çıktı, ancak kendisine, "Ayakkabını çıkar!" hitabı geldi.

Musa ayakkabısını çıkarıp onun huzuruna varınca, Mukaddes vadide nura gark oldu.

Yücelik mumu Muhammed ise miraçta, Bilâl'in ayakkabısının sesini duyuyordu.

İmran oğlu Musa da padişahtı, ancak huzura ayakkabıyla gidemedi.

Şu lütfa bak! Onun makamı hürmetine, Hak onun kölesine ne rütbe ihsan etti.

355 Onun hizmetçisini kendi mahallesinin has kulu yaptı, huzuruna ayakkabısıyla gelmesine izin verdi.

350 "Muhakkak ki ben, evet ben senin Rabbinim! Hemen pabuçlarını çıkar! Çünkü sen kutsal vadi Tuvâ'dasın!" âyetine işarettir. [Tâhâ sûresi, âyet 12]

İmran oğlu Musa onun hizmetçisini bu derece yakınlıkta görünce...

"Ey Rabbim! Beni onun ümmetinden eyle; onun himmetinin kulu kölesi yap." dedi.

Musa devamlı bunu ister dururdu gerçi, ancak bu yüce makamı İsa elde etti.

Kuşkusuz İsa o halvetten çıkınca, insanları onun dinine davet edecek.

Dördüncü kat gökten yeryüzüne inecek, yüzünü onun toprağına sürecek, ona var gücüyle hizmet edecek.

O yüce Mesih ona köle oldu da, bu yüzden Allah ona "müjdeleyici" adını koydu.

Birisi eğer, "Keşke biri gidip o dünyadan geri gelseydi, Müşkillerimizi bir bir çözseydi de gönlümüzde hiçbir şüphe kalmasaydı" derse,

İki cihanda görünen ve görünmeyen varlıklardan kimse gidip de geri dönmez, sadece gidip de o taraftan gelen Muhammed'dir.

Onun orada gördüklerini, diğer peygamberler ancak kendilerine bildirilenlerle öğrenmiştir.

"Hayatın hakkı için" tacı başına konulunca, dağ hemen huzurunda eğildi.

361 "Hatırla ki, Meryem oğlu İsa: Ey İsrailoğulları! Ben size Allah'ın elçisiyim, benden önce gelen Tevrat'ı doğrulayıcı ve benden sonra gelecek Ahmed adında bir peygamberi de müjdeleyici olarak geldim, demişti..." âyetine işarettir. [es-Saf sûresi, âyet 6]

365 "Resûlüm! Hayatın hakkı için onlar, sarhoşlukları içinde bocalıyorlardı." âyetine işarettir. [el-Hicr sûresi, âyet 72]

Sultan odur, herkes onun hizmetkârı. Daima sultan odur, herkes onun takipçisi.

Cihan onun saçlarıyla misk kokusuna büründü. Hasrete susamışlıktan denizin dudakları kurudu.

Onun yüzünü görmeye kim can atmaz? Direk ve taş bile ona âşık olmuştur.

370 O nur denizi minbere çıkınca, uzaktan Hannâne'nin iniltisi duyulurdu.

Sütunsuz gök nura garkoldu. O sütun ise onun ayrılığından üzüldü, gama garkoldu.

Onu ben nasıl anlatabilirim ki? Utancımdan, ter yerine kan döküyorum.

O âlemin en fasîhi, bense onu övmede dilsizim. Bu durumda onun halini nasıl anlatabilirim?

Onu övmek ben gibi bir değersize nasıl lâyık olur? Âlemin yaratıcısı vasfetmiş onu, bu yeter!

375 Ey âlemin makamından ötürü yoluna toprak olduğu Peygamber! Yüzlerce can âlemi senin pâk canın uğruna toprak olmuş.

Peygamberler senin övülmene hayran olmuşlar; sırrı bilenlerin ise başları dönmüş, kendilerinden geçmişler.

Ey gülüşüne güneşin kul olduğu Peygamber! Ağlaman bile buluta göz yaşı döktürür.

Her iki âlem de ayağının tozudur. Bir hasır üzerinde uyumuşsun, kalk, bu uyunacak vakit değil.

369 Hannâne, çok inleyen demektir. Hz. Peygamber mescitte hutbe okurken hurma ağacından bir sütuna yaslanırdı. Sonradan bir minber yapılınca, artık ona dayanmadı. Hz. Peygamber'den uzak kalan bu sütun inlemeye başladı. Beyitte de bu olaya işaret edilmektedir.

378 "Ey örtünüp bürünen Resûlüm! Birazı hariç, geceleri kalk!" âyetlerine işarettir. [el-Müzzemmil sûresi, 1 ve 2. âyetler]

Ey kerem sahibi! Hasırdan başını kaldır, şanına lâyık olanı yap.

380 Tüm peygamberlerin şeriati senin şeriatinde yok oldu. Bütün asıllar senin cüzünde kayboldu.

Kıyamete dek senin şeriatin ve hükümlerin geçerlidir. Allah'ın adıyla beraber anılır senin adın.

Nebîler ve peygamberlerden kim varsa, hepsi senin dinine girerler.

Senden önce hiç kimse yoktu. Bütün peygamberler, mertebe itibariyle senin ardında yer alırlar.

Öncekilerden de sonrakilerden de üstün olan sensin. Evvelkilerin ve sonrakilerin bulunduğu yerde sen varsın.

385 Ne kimse senin ayağının tozuna erişmiştir, ne bir başkası bunca yüceliğe ermiştir.

Bir olan Allah iki cihanın padişahlığını kıyamette Ahmed'e vermiştir.

Ey Allah'ın elçisi! Çok acizim; elimde hava, başımda toprak kalakalmışım.

Sensin her an kimsesizler kimsesi. İki cihanda da senden başka kimsem yok benim.

Keder ve üzüntüye garkolmuş olan bana bir bakıver; ben zavallının işine bir çare bul.

390 Ömrümü günahla tükettimse de tövbe ettim, bağışlanmamı dile Hak'tan.

"Allah'ın mekrinden emin olma" hükmünden korkuyorum, evet, ama "Onun rahmetinden ümit kesmeyin." fermanından da umutluyum.

391 "Allah'ın azabından emin mi oldular? Fakat ziyana uğrayan topluluktan başkası, Allah'ın (böyle) mühlet vermesinden emin olamaz." âyetine işarettir. [el-A'râf sûresi, âyet 99]]

Bir an benim için şefaat dilersin diye gece gündüz oturmuş, sayısız mateme boğulmuşum.

Kapından bir şefaat ulaşırsa, günahlar tâate dönüşür.

Ey kıyametin koptuğu o zorlu günde, bir avuç topraktan yaratılan insana şefaat dileyen, lutfet, şefaat mumunu yakıver de

Pervane gibi, etrafında toplananların arasına, senin mumunun etrafına, çırpınarak gelelim.

Senin mumunu gören herkes, pervane gibi canını feda eder.

Can gözüne, senin yüzünü görmek kâfidir. Her iki âlemde senin rızanı elde etmek yeterlidir.

Gönül derdimin ilâcı senin sevgindir. Canımın nuru, güneş gibi olan senin yüzündür.

Kapındayım. Can, hizmetine âmâde. Kılıca benzeyen dilimden dökülen sözlere bak.

Dilimden saçtığım her inciyi, canımın derinliklerinden çıkarıp yoluna saçmışım.

Can denizinden bu incileri, içinde senden bir nişan olduğunu göstermek için saçtım.

Canım senden bir nişan elde edince, kazancım, sende yok olmam oldu.

Ey yüce yaratılışlı Peygamber! Senden dileğim, lütfedip bana bir nazar etmendir.

O nazarınla beni kendinde yok et, sonra da o yoklukta ebedî et beni.

391 "... Allah'ın rahmetinden ümit kesmeyin. Çünkü kâfirler topluluğundan başkası Allah'ın rahmetinden ümit kesmez." âyetine işaret edilmektedir. [Yûsuf sûresi, âyet 87

Bütün bu şüphelerden, şirkten ve saçma sapan şeylerden arındır beni ey temiz yaratılışlı Peygamber!

Günahımdan dolayı yüzümü karartma, adaşlık hakkı için beni kollayıp gözet.

Senin yolunda olan bir çocuğum ben, etrafımda musibetler ve zorluklar halkalanmış.

[Elimden tutup bu zorluklardan çekmeni ve tekrar yola koymanı bekliyorum.]

Hikâye

Bir annenin çocuğu suya düşmüştü; annenin canı yandı, yakıldı.

Şaşkınlıktan çocuk elini ayağını çırpıyordu; su onu ta değirmen oluğuna götürdü.

Tam oluğa girmek üzere idi ki annesi gördü onu; savacağa koştu, önündeki tahtayı çekti.

Su başka tarafa, o kıymetli çocuk da o suyun üzerinde bir başka yöne gitti.

Annesi atladı ve onu kucağına aldı; hemen ona süt verdi bağrına bastı.

Ey annelere merhametiyle sevgi bahşeden! Bu girdapta ağır bir savacak vardır.

406 Attar'ın ismi de Muhammed'tir. Hz. Peygamberle aynı isimde olduğu için bu şekilde seslenmiştir.

415 Biz de o hayret girdabına düştük; hasret suyunun arkına düştük.

O sudaki çocuk gibi şaşırıp kaldık; ıztıraptan, el ayak çırpıp duruyoruz.

Ey yol çocuklarına şefkat elini uzatan; o an kereminden senin suyuna garkolmuş zavallıya bir bak.

Yanıp yakılan gönlümüze merhamet et. Lütuf ve kereminle önümüzdeki savacağı kapatıp yanlış yola gitmemizi engelleyiver.

Lütuf memesinden bize de süt ver ve önümüzden kerem sofrasını kaldırma.

420 Ey övgünün, kavranmanın ötesinde olan Peygamber!

Övenlerin, vasfedenlerin övgüsünden arınmış önder.

Kimsenin eli atının terkisine ulaşmadı; çaresiz yolunun toprağıyız.

Tertemiz ashabın senin yoluna toprak olmuşlar; âlemdeki bütün insanlar yolunun toprağı olmuşlar.

Senin dostlarına toprak olmayan kimse, senin dostlarına düşmandır.

Dostların ilki Ebûbekir, sonuncusu Murtaza. Sıdk ve arılık Kâbe'sinin dört direğidir.

425 Birincisi sıdkta sırdaşın ve vezirindir. Diğeri ise adalette parlayan bir güneş.

Üçüncüsü haya ve ar denizidir; dördüncüsü bilginlerin ve cömertlerin şahıdır.

Müminlerin Emiri Hz. Ebûbekir'in (r.a) Fazileti Hakkında

İlk ulu er, ilk dost odur. Mağarada iken, "ikinin ikincisi" odur.

Dinde en önde, en büyük doğrulayıcı, hakkın kutbu; her işte herkesten önde olan odur.

Allah yüce katından Mustafa'nın şerefli gönlüne ne döktü ise,

430 O da hepsini Sıddîk'in gönlüne döktü. Şüphesiz onda ne varsa, onun sinesine akıtıldı.

İki âlemi de bir nefeste içine çekti. Vakarından sustu, ağzına taş alıp sükûtu seçti.

427 "Eğer siz ona yardım etmezseniz, ona Allah yardım etmiştir: Hani, kâfirler onu, iki kişiden biri olarak (Ebu Bekir ile birlikte Mekke'den) çıkarmışlardı; hani onlar mağaradaydı; o, arkadaşına: 'Üzülme, çünkü Allah bizimle beraberdir' diyordu..." âyetine işarettir. [et-Tevbe sûresi, âyet 40]

430 "Sıddîk", Hz. Ebu Bekir'in en bilinen lâkabıdır. Çünkü o, Hz. Peygamber'in peygamberliğini tasdik eden ilk kişidir.

Bütün gece sabaha dek başını önüne eğer, gece yarısı yana yakıla ah çekerdi.

Onun çektiği "hû" Çin'e dek gider, miskler saçar; Tatar diyarının ceylanlarının kanını miske dönüştürürdü.

Bu yüzden şeriat ve dinin güneşi olan Peygamber, "İlim Çin'de de olsa gidip bulmak gerek" buyurdu.

435 Ağzında taşın bulunmasının hikmeti, vakarla dili "hû" desin içindi.

Yoksa ağzındaki taş, Allah'tan başka bir ismi ağzına almasın, kimseyle konuşmasın diye değildi.

Vakarın ortaya çıkması için ağırlık gerek. Ağır olmayan adam ne işe yarar?

Ömer onun kadrinden bir kıl gördü de, "Keşke onun göğsünde o kıl ben olsaydım." dedi.

Ey Rabbim, sen onu "ikinin ikincisi" olarak kabul ettinse, muhakkak ki Peygamber'den sonra "ikinin ikincisi" o olur.

Hz. Ömer'in (r.a.) Fazileti Hakkında

440 Şeriatın efendisi, din topluluğunun güneşi. Hakk'ın gölgesi, Hakla batılı ayıran, dinin ışığı.

Adalet ve insafı Hak onunla tamamlamıştı. Feraseti ve sezgisiyle vahyi önceden algılardı.

Hak ona "Tâhâ" suresini okudu önceden; böylece tertemiz oldu, doğru yola girdi.

"Tâhâ"daki "hâ" onun gönlünde coşkudur, heyecandır. "Hayy hû" ile coşan, heyecanlanan kimse ne bahtiyardır!

"Sırat köprüsünden ilk geçecek Ömer'dir" buyurdu Resul.

445 Cennetin kapısının halkasını ilk tutacak yine odur. Bu ne yüce bir makamdır!

440 Hakla batılı ayıran anlamındaki "Fârûk", Hz. Ömer'in lâkabıdır.
442 Tâhâ sûresi, Hz. Ömer'in Müslüman olmasına sebep olmuştur.
445 "Zinnûreyn", iki nur sahibi anlamında olup Hz. Osman'ın lâkabıdır. Hz. Peygamber'in iki kızıyla evlendiği için bu lâkabla anılmıştır.

Hak önceden onun elini tuttuğundan, sonunda da onu bulunduğu makama götürür.

Din işi onun adaletiyle tamamlandı. Nil coştu, sarsıntı onun keremiyle sükun buldu.

Cennet mumuydu. Onun bulunduğu mecliste onun nurunun ziyasıyla kimsenin gölgesi yere düşmezdi.

Mumunun parlaklığından ötürü gölgesi yere düşmezken, şeytan onun gölgesinden nasıl kaçabilir ki?

Gerçekler dilinden dökülmeye başlayınca, "Gönlüm Allah'ı gördü." sözüyle Allah ona ayan olurdu.

Bazen aşk derdinden canı yanar, bazen de Hakk'ın kelâmından dili kavrulurdu.

Peygamber onu inleyip yanarken görünce, "Ömer cennet ehlinin çerağıdır." buyurdu.

447 Cahiliye döneminde her yıl Nil nehrinin suyu azaldığında, bakire bir kızı süsleyip suya atmak âdeti varmış. Böylelikle su çoğalıp akmaya başlarmış. Nihayet sıra, evin tek kızı olan yaşlı bir Mısırlının kızına gelmiş. Birileri gelip yaşlı adamdan kızını süsleyip nehre atmasını istemişler. Adam, Hz. Ömer'in yanına gitmek için mühlet istemiş. Gidip durumu Hz. Ömer'e aktarmış. Hz. Ömer bir çömlek parçasını alıp üzerine, "Ey Nil! Eğer âsî olup akmaktan vaz geçmişsen, benim seninle işim var demektir. Yok eğer emre itaat edersen, ak, bir daha da durma." diye yazmış. Yaşlı adam o mektubu getirmiş. Şehrin valisi ve halkıyla Nil'in başına varmışlar ve o çömlek parçasını nehre atmışlar. Allah'ın izniyle o anda nehrin suyu akmaya başlamış, bir daha da durmamış.

447 Hz. Ömer'in halifeliği döneminde Medine'de korkunç bir deprem olmuş. Adetâ Medine yerle bir olacakmış. Hz. Ömer kırbacı yere vurarak,"Ey yeryüzü, sakinleş!" demiş. Bunun üzerine yeryüzü sakinleşmiş, bu olaydan sonra Medine'de bir daha sarsıntı olmamış.

Hz. Osman'ın (r.a.) Fazileti Hakkında

Sünnetin efendisi, mutlak nurdur. Hatta iki nura sahip bir efendidir.

O, kutlu ve irfan denizine gark olmuş, din büyüğü, Affan oğlu Osman'dır.

455 İman bayrağı, müminlerin emiri Osman'la yükselmiş, yücelik bulmuştur.

İki cihan arsası, iki nur sahibinin nurlu gönlüyle aydınlanmıştır.

Hz. Mustafa onun için, ikinci Yusuf'tur dedi. Takvâ ve hayâ denizi, vefa madenidir o.

Akrabalarının işini can u gönülden yapmış, canını onların uğrunda feda etmiştir.

Başının kesilmesine sebep, "Halîfe olalı, niçin sürekli akrabalarını gözetiyorsun?" ithamı olmuştur.

460 Hem hidayet, hem hüner yayıldı dünyada. Peygamberin ümmeti onun zamanında fazlalaştı.

İslâm da onun zamanında yayıldı. Onun emriyle Kur'an her tarafa ulaştı.
Efendiler efendisi Hz. Muhammed, "Osman'dan utanır gökteki bütün melekler." derdi.
Peygamber, "Kıyamet günü Hak teâlâ, Osman'ı hesaba çekmeyecek." dedi.
Onun hazır bulunmadığı biatta, elinin yerinde Peygamber'in eli vardı.
465 Orada bulunanlar "Biz de Osman gibi bulunmasaydık." dediler.

Hz. Ali'nin (r.a.) Fazileti Hakkında

Doğruluğun ulusu, gerçek imam; hilim dağı, ilmin kapısı, dinin kutbu.

Kevser sâkîsi, yol gösterici önder; Hz. Mustafa'nın amcasının oğlu, Allah'ın arslanı;

Seçilmiş Murtaza, Betül'ün eşi, ismet sahibi efendi, Peygamber damadı.

Sözüyle müslümanlara yol göstermiş, "Beni kaybetmeden önce meselelerinizi bana sorunuz." sırlarına sahip olmuş.

470 Şüphesiz hakkıyla uyulacak kişi odur. Fetvası üzerine söz söylenmez müftü odur.

Ali, Allah'ın gaybına vakıf olmakta eşsiz olduğuna göre, akıl onun bilgisi hakkında nasıl şüpheye düşer?

467 "Sâki-yi Kevser", "Şîr-i Hudâ" (Allah'ın aslanı) ve "Murtazâ", Hz. Ali'nin lâkaplarındandır.

468 "Betül", Hz. Peygamber'in kızı ve Hz. Ali'nin eşi olan Hz. Fatıma'nın ismidir.

"En adil olanınız Ali'dir." sözünden can haberdardır. O, zât-ı ilâhîye âşık olmuştur.

İsa'nın nefesiyle bir kimse dirilmişse, Ali de kesilmiş eli yerine koymuştur bir nefesiyle.

O makbul insan Kâbe'nin içinde, Peygamber'in omuzuna çıkıp putları kırmıştır.

475 Gönlünde gaybın gizlilikleri vardı. Bu yüzden koynundan yed-i beyzâ çıkarırdı.

Onun yed-i beyzâsı apaçık ortada olmasaydı, Zülfikâr onda nasıl karar kılardı?

Bazen yaptıkları işlerden dolayı coşkuya kapılır, bazen içindeki sırları kuyuya boşaltırdı.

Bütün âlemde kendine sırdaş bulamaz, kendi içinde gezinir, sırlarını açacak bir mahrem göremezdi.

475 Fars edebiyatında "yed-i beyzâ" tabiri, her çeşit keramet ve güzel amelden kinaye olarak kullanılır.

476 Zülfikâr, Uhud savaşında Hz. Peygamber tarafından Hz. Ali'ye hediye edilmiş olan kılıçtır.

[*Taassup Hakkında*]

Ey taassuba kapılıp kalmış, daima buğz ve sevgi arasında kalmış kişi.

480 Akıldan ve fikirden dem vuruyorsun, peki niçin halâ taassuptan söz ediyorsun?

Hilâfette istek ve arzu yoktur ey hakikatten habersiz kişi! Ebû Bekir ve Ömer'den böyle bir istek nasıl çıkar?

O iki önderde böyle bir arzu olsaydı, her ikisi de çocuklarını yerlerine koyardı.

Eğer her ikisi hilâfet hakkını bir başkasından gasp etmiş olsalardı, ümmetin önde gelenlerinin onları bundan men etmeleri vacip olurdu.

Eğer ümmet, bundan onları men etmeleri gerektiği halde men etmemiş olsalardı, vacibi terketmeyi reva görerek şeriatın hilâfını yapmış olurlardı.

485 Kimse Peygamber'in halifesini tayinde sahabeyi yalanlamadığına göre, bunun hakkaniyet içinde olduğu

aşikârdır. Bu durumda ya sahabenin icmasını kabul etmek veya hepsini reddetmek gerek.
Peygamber'in ashabını yalanlarsan, Peygamber'in sözünü de kabul etmemiş olursun.
Çünkü Peygamber şöyle buyurdu: "Her sahabem parlak bir yıldız gibidir. Asırların en hayırlısı benim yaşadığım asırdır.
İnsanların en iyisi benim ashabımdır; ehl-i beytim ve beni sevenlerdir."
En iyi olan senin yanında kötüyse, sana nasıl ârif denebilir?
490 Peyamber'in ashabının, haksız bir adamı candan kabul etmelerini nasıl reva görürsün?
Onu Hz. Mustafa'nın makamına nasıl oturturlar? Bu yanlış işi sahabe nasıl yapar?
Hepsinin seçmiş olduğu doğru değilse, Kur'an'ın toplanması da doğru değil öyleyse.
Halbuki Peygamber'in ashabı ne yaparsa, doğrusunu ve en iyisini yapar.
Birini işin dışında tutarsan, ashabın otuz üç binini de yalanlamış olursun.
495 Haksız bir tek iş bile yapmayan Ebû Bekir, yükümlülüklerini eksiksiz yerine getirdi..
Bu denli işe sarılan kimse, nasıl olur da hakkı gasbeder? Bunu hiç aklından geçirme!
Sıddîk'ın buna meyli olsaydı, biat esnasında, "Elinizi çekiniz, çünkü ben sizin en iyiniz değilim." der miydi?
Ömer'de zerre kadar halifelik hırsı olsaydı, kırbaç darbesiyle oğlunu öldürür müydü?

Sıddîk daima yol eriydi, her şeyden kopmuş, Hakk'ın katına yüz koymuştu.
Malını, canını din yoluna feda etti, kızını Peygamber'e verdi. Böyle bir kimse zulmetmez, utan.
O, rivayet kabuğundan arınmıştı. Allah'ın inayetine mazhar olmuş, özü elde etmişti.
O, minberde bile edebe riayet etmiş, Peygamber'in makamına oturmamıştı.
Bütün bunların önünü arkasını görüp de bir kimse onun hakkında nasıl haksızdı diyebilir?
Faruk'un da işi gücü adaletti. Bazen kerpiç döker, bazen diken sökerdi.
Odun toplamak için sahraya gider, şehre geldiğinde de sıradan insanlar gibi hareket ederdi.
Bu zindana benzeyen dünyada günlük yiyeceği, yedi lokmadan ibaretti.
Sofrasında sirke ile tuz bulunurdu. Ekmeği de beytülmalden değildi.
Uyurken yatağı kumdu. Başının altındaki yastık ise bir kırbaçtı.
Saka gibi su kırbasını alır, yatma zamanı kocakarıya su taşırdı.
Gece olunca kendisine zaman ayırmaz, bütün gece orduyu bekler, başlarında nöbet tutardı.
Huzeyfe'ye. "Ey ârif, Ömer'de hiç münafıklık alâmeti görüyor musun?
Aybımı yüzüme söyleyen kimse bana zulmetmemiş, aksine hediye vermiş olur." dedi.

511 Aktarıldığına göre Huzeyfe (r.a.), Hz. Peygamber'in, münafıkların adlarını kendilerine bildirdiği on dört sahabeden birisidir.

Hilâfeti zorbalıkla tutuyorsa o, on yedi batmanlık hırkaya niçin sahipti?

Eline ne elbise ne de kilim geçti. Hırkasını on parça deri ile yamadı.

515 Böyle padişahlık eden biri, nasıl olur da bir başkasına zulmeder?

Gâh kerpiç, gâh çamur taşıyan kişi, bunca sıkıntıyı bâtıl uğruna mı çeker?

Hilâfeti hevâ ve hevesinden dolayı sürdürseydi, kendini saltanat tahtına oturturdu.

Zamanında inkârcıların şehirleri onun kılıcıyla küfürden arındı, İslâm şehri oldu.

Bunun için taassup gösteriyorsan eğer, sende insaf yok; bunun kahrıyla öl, geber!

520 O zehirle ölmedi, sen ise onun zehrini içmediğin halde onun kahrından ne zamana dek ölüp duracaksın?

Bak ey hak bilmez cahil! Hilâfet konusunda onları kendi durumunla kıyas etme.

Eğer bu yücelik senin başına gelse idi, ciğerine bu dertten yüzlerce ateş düşerdi.

Birisi onlardan hilâfeti alsa idi, yüzlerce musibetin yükü altına girerdi.

Can tende olduğu müddetçe halkın vebâlini boynuna almak, kolay bir iş değildir.

Hikâye

525 Ömer, Üveys'in yanına gelince, coşku ile şöyle dedi: "Halifeliği satışa çıkardım...

Eğer bir alıcı çıkarsa, bir dinara bile olsa satarım."

Üveys, Ömer'den bu sözü işitince, "Sen bırak, kurtul, bundan vazgeç.

Sen at, kime lâzım olursa, yoldan alır, kaldırıp götürür." dedi.

Müminlerin emiri halifeliği bırakmak isteyince, o an sahabeden feryat figan yükseldi.

530 Hepsi birden ona şöyle dediler: "Ey emir! Allah rızası için halkı başıboş bırakma.

Bu vazifeyi senin boynuna Sıddîk yükledi. O körü körüne değil, bu işi bilerek yaptı.

Eğer sen onun emrinden yüz çevirirsen, o zaman onun ruhu yaptığından incinir."

Ömer bu sağlam delili işitince, bu iş ona daha da ağır geldi.

Hikâye

Sonunda o bedbaht İbn Mülcem, kaderde öyle olduğu için ansızın Murtaza'yı yaralayınca,

535 Murtaza'ya bir şerbet hazırladılar. Murtaza, "Kanımı döken nerede?" diye sordu.

"Şerbeti önce ona verin, sonra bana. Çünkü o da bana yoldaş olacak."

Şerbeti ona götürdüler, o şöyle dedi: "Bu kahırdır. Haydar şimdi beni zehirle öldürmek istiyor."

Murtaza şöyle dedi: "Allah hakkı için, şerbetimi içseydi bu hayırsız adam,

Onu bırakmaz, o olmadan Hakk'ın huzurunda cennete adımımı atmazdım."

O çirkin adam Murtaza'yı öldürmüş olmasına rağmen, Murtaza onsuz cennete girmek istemiyor.
Düşmana bile bu derece şefkati olan, Sıddîk'a hiç kin güdebilir mi?
Düşmanın derdine bu derece düşen, Atîk'e nasıl düşmanlık eder?
Koskoca âlemde Ali gibi Sıddîk'a dost olan bir er asla bulunmaz.
Sen ne zamana dek "Murtaza mazlumdu, halifelik etmekten mahrum kaldı." diyeceksin?
Ali, Allah'ın aslanı, başların tacıdır. Ey oğul! Aslana zulmetmek kimsenin kârı değildir.

Hikâye

Hz. Mustafa yolda bir yerde konakladı. Askerlere kuyudan su getirmelerini söyledi.
Birisi gitti, telâşla geri geldi ve "Kanla dolu kuyu, sudan eser yok" dedi.
Peygamber sordu: "Nedendir, bilir misin? Murtaza sırlarını ona söylemişti.
Kuyu o sırları işitince, gücü kalmadı. Çaresiz kanla doldu, suyu kalmadı."

Canında böyle coşku olan, gönlünde karıncaya bile hiç kin tutar mı?

542 "Atîk", Hz. Ebu Bekir'in ismidir.

Senin canınsa taassuptan coşmada, Murtaza'nın ise böyle bir canı yok; aman sus.

Murtaza'yı kendine kıyas etme. Çünkü o hakbilir, Hak'ta garkolmuş idi.

O din işlerine o kadar dalmıştır ki, senin düşündüklerinden uzaktır.

Şayet Murtaza sen gibi kinle dolu olsaydı, Hz. Mustafa'nın ashabıyla savaşa kalkardı.

O senden daha mertti. Peki neden bir kimseyle savaş etmedi?

Sıddîk haksız olsaydı eğer, o zaten hak üzere idi, hakkını isterdi.

Haydar'ın karşısındaki müminlerin annesine uyanlar din için savaşmadılar.

Bunca savaş ve kargaşayı görünce Haydar, zorla o topluluğu def etti.

Kızıyla savaşmayı bilen kişi, babasıyla savaşmasını da bilirdi.

Ey oğul! Sende Ali'den bir iz yok. Sadece Ali'nin "ayn", "lâm" ve "yâ"sını biliyorsun.

Canına olan düşkünlüğünden dolayı senin başın dönmüş, o ise yüzlerce can feda etmeye âmâde olmuş.

Eğer sahabeden birisi öldürülmüş olsa, Haydar-ı kerrâr çok üzülür, kederlenirdi.

557 "Ümmü'l-mü'minîn" (müminlerin annesi), Hz. Peygamber'in bütün eşlerinin adı olup, özellikle Hz. Âişe için kullanılır.

"Niçin ben de ölmedim, şu değerli can artık gözümde değersizdir" derdi.

Peygamber de: "Ne oldu ey Ali? Allah sana da nasip eder." buyurdu.

Hikâye

Bir yerde bir gün Hz. Bilâl o zayıf tenine yüz sopa ve kayış yedi.

Yediği sayısız sopadan dolayı vücudundan kan aktı, fakat "Ehad, Ehad" demekten vazgeçmedi.

Senin ayağına ansızın bir diken batsa, kimseye ne sevgin kalır, ne de kinin ve nefretin.

Bu tür bir sıkıntıya düçar olan birinin böyle bir topluluk hakkında kötü düşünmesi hatadır.

Onlar böyle idiler, sen ise işte böylesin. Sen ne zamana kadar şaşırıp kalacaksın?

Dilinden putperestler kurtulmuş, ancak sahabe bıkmış usanmış.

Boş yere günaha batıyor, amel defterini karartıyorsun. Diline sahip olursan, muradına erer, meydandan topu kapıp gidersin.

Hikâye

Ali olsun, Sıddîk olsun, her birinin canı hakikat denizine gark olmuştu.

571 Meydandan topu kapmak, galip gelmek anlamında kullanılır.

Hz. Muhammed mağaraya gittiği sırada, Murtaza uyumuştu onun yatağında.

Haydar kendi canını feda etti, o ulular ulusunun canı uğruna.

575 Cihanın Sıddîk'ı Ebû Bekir de mağaradaki yılanın karşısında, onun canı için kendi canını feda etti.

Her ikisi de onun yolunda canlarını ortaya koydular, onun uğrunda canlarını feda ettiler.

Sen taassupta ayak diret dur. Onlar ercesine canana canlarını feda ettiler.

Sen bunun veya onun adamıysan, bunun derdi veya onun derdi sende nerede?

Onlar gibi sen de can feda etmeyi canına minnet bil. Yahut sus, bu düşünceleri terk et.

580 Sen Ali'yi ve Ebû Bekir'i biliyorsun ey oğul! Halbuki akıl ve canın sahibi olan Allah'tan habersizsin.

Bu olayı araştırma, öyle kalsın. Gece gündüz Rabia gibi Hak eri ol.

O bir kadın değildi sadece, yüz ere bedeldi. Tepeden tırnağa derdin kendisi idi.

Daima Hak nuruna gark olmuştu. Fuzulî şeylerden kurtulmuş, nur denizine dalmıştı.

573 Hz. Peygamber'in Mekke'den Medîne'ye hicretinde Ebu Bekir'le birlikte Sevr mağarasına sığınmaları, Hz. Ali'nin de Hz. Peygamber'in yatağında uyumasına işarettir.

581 Râbia: Râbia-i Adeviyye diye meşhur, hicrî ikinci asırda yaşamış Basralı meşhur kadın zâhid ve ârif.

Hikâye

Birisi Rabia'ya: "Ey Hak katında makbul olan, Resûl'ün dostları hakkında ne dersin?" diye sordu.

585 Rabia şöyle cevap verdi: "Ben Hak'tan vazgeçemiyorum, dostlardan nasıl haber vereyim?

Hak'ta canımı ve gönlümü kaybetmeseydim, belki bir an olsun insanların derdine düşerdim.

İbadet ederken uykuya dalıp da secdede gözüne diken batan ben değil miyim?

Gözümden yerlere kanlar saçıldı da dökülen bu kanlardan bile haberim yoktu.

Böyle derdi olan kimse, nasıl olur da kadının veya erkeğin işiyle meşgul olur?

590 Ben kendimi bile bilmez, tanımazken, başkasını nasıl tanırım, nasıl haklarında kıyas yaparım."

Sen bu yolda ne Allah'sın, ne de Resûl. Bu redden veya kabulden elini çek.

Sen bir avuç topraksın, bu yolda toprak ol. Düşmanlıktan ve dostluktan arın; haklarında iyidir, kötüdür demekten vazgeç.

Madem ki bir avuç topraksın, topraktan söz et. Herkesi temiz bil ve temiz sözler söyle.

Hikâye

Âlemlerin efendisi, Allah'a şöyle niyaz etti: "Ümmetimin işini bana bırak.

Hiç kimse ümmetimin günahından bir an bile haberdar olmasın."

Hak teâlâ ona şöyle seslendi: "Ey yüce Peygamber! Eğer o sayısız günahı görecek olsan,

Ona dayanamaz, şaşırır, utanır kalırdın da ortadan çekilip gizlenirdin.

Aişe sana can kadar yakın olduğu halde, bir iftira yüzünden ondan soğudun.

Bu sözü güvenilir olmayan insanlardan duymuştun, buna rağmen onu babasının evine geri gönderdin.

En sevdiğin kimseden vazgeçtin. Halbuki ümmetin içinde günahkâr çok kimse vardır.

Sen bunca günaha tahammül edemezsin. Ümmetini Allah'a havale et.

Eğer dünyada bir kimsenin ümmetinin günahından haberdar olmamasını istiyorsan,

Ey yüce yaratılışlı Peygamber, onların günahından senin bile haberin olmasın.

Sen bu işi bırak, kenara çekil. Ümmetinin işini gece gündüz bana bırak."

Ümmetin işine karışmak Hz. Mustafa'nın bile işi değilken, nasıl olur da bu konuda hüküm vermek sana düşüyor?

Hüküm vermekten vazgeç, sus. Taassubu bırak, yola düş.

599 Hz. Âişe'nin başından geçen İfk hadisesine işaret edilmektedir. (Bk. en-Nûr sûresi, âyet 11.)

Onların gittiği yoldan git, selâmette yürü ve kendi yoluna bak.

Ya, Sıddîk gibi doruluğa ayak bas, ya da Faruk gibi adaleti seç, adil davran.

Ya, Osman gibi haya ve hilim sahibi ol, ya da Haydar gibi cömertlik ve ilim denizi ol.

610 Ya konuşmayı bırak, öğüdüme kulak ver, yürü. Ya da ayağını kaldır, kendi işine bak git.

Sen ne doğruluk erisin, ne de Haydar'ın ilmine sahipsin. Nefsin adamısın, her an gitgide kâfirleşiyorsun.

Kâfir nefsi öldür, mümin ol; nefsi öldürünce de güvende kal.

Taassuba kapılıp bu boş şeylerle uğraşma. Kendi kendine resullüğe girişme.

Dinde, tek kişinin şehadeti kabul edilmez. Sen niçin Peygamber'in dostları hakkında ileri geri konuşuyorsun?

615 Ya Rabbi! Bende böyle saçma sapan sözler yok. Beni her zaman taassuptan koru.

Canımı taassuptan arındır. Benim defterimde/divanımda böyle bir hikâye bulunmasın.

614 Fıkıhta bir hususun ispatında en az iki kişinin şahitliği gereklidir.

614 Tur dağı, Kur'an'da zikredilen, Tûr-ı Sînâ olarak da bilinen bir dağdır. [el-Mü'minûn sûresi, âyet 20]

Kitabın Başlangıcı

Merhaba ey doğru yolu gösteren, hakikatte her vadinin haber çavuşu olan Hüdhüd!

Sebe sınırlarına kadar ne güzel gittin, Süleyman'la ne güzel kuş dili konuştun.

Süleyman'a sırdaş oldun, övündün, bu yüzden başına tac kondurdun.

620 Nefis şeytanını bağla, zindana hapset de Süleyman'a sırdaş ol.

Şeytanı zindana atınca, Süleyman'la padişahlık otağına girersin.

617 Kur'an'da adı geçen bir kuştur [en-Neml sûresi, âyet 20]. Hz. Süleyman bu kuşu kendi habercisi olarak seçmiştir.

618 Kur'an'da geçen, Yemen'de, milattan önce var olan kavmin ve bölgenin adıdır. [en-Neml sûresi, âyet 22]

618 "Süleyman Davud'a vâris oldu ve dedi ki: Ey insanlar! Bize kuş dili öğretildi ve bize her şeyden nasip verildi. Doğrusu bu apaçık bir lütuftur." âyetine işarettir. [en-Neml sûresi, âyet 16]

618 Sebe: Kur'an'da adı geçen, M.Ö. bin yıllarında Yemen'de yaşamış olan kavmin ve ülkenin adıdır. [en-Neml sûresi, âyet 22 vd.]

Ne de güzelsin ey Musa sıfatlı Yusufcuk! Kalk, marifet yolunda musîkârı çal.
Musikişinas kimse, ruhunun derinliklerinden yaratılış musikisinin âhengini bilir ve ondan lezzet alır.
Musa gibi uzaktan ateşi görünce, şüphesiz Tûr dağında Yusufcuk kesilirsin.
625 Hem sana hükmeden hayvanî/Fir'avnî yönünden uzaklaş, hem de tayin edilen zamanda gel, Tûr'un kuşu ol.
Sonra harfsiz, dilsiz söylenen sözü, aklını kullanmadan anla, işit ve kulağında tut.

Tuba dalında oturan, hulleler giyen, ateşten gerdanlık takan tûtî, merhaba!
Ateş gerdanlık, cehennemlik olanlar içindir. Hulle ise cennetlik ve cömert kimseler için.
Halil gibi Nemrut'tan kurtulan kimse, ateşin üzerine rahatça oturabilir.

622 Musîkâr, hem müzik aleti olarak çalınan âlet anlamında, hem de çalgıcı ve musikîşinas anlamında kullanılır.

624 "Hani Musa, ailesine şöyle demişti: Gerçekten ben bir ateş gördüm. Gidip size ondan bir haber getireceğim, yahut bir ateş parçası getireceğim, umarım ki ısınırız!" âyetine işarettir. [en-Neml sûresi, âyet 7]

625 Tayin edilen zaman (mîkât), Kur'an'da geçen bir tabirdir. [el-A'râf sûresi, âyet 143]

627 Tuba, Cennetteki bir ağacın adıdır.

627 Hulle, bütün bedeni kaplayan, cennettekilerin giysisi olarak adlandırılan bir elbisedir.

628 Cehennemliklerin boynunda ateşten bir gerdanlık olduğu rivayet edilir. Kur'an'da, demir halkalar ve zincirler olarak söz edilir. [el-Mü'min sûresi, âyet 71-72]

630 Kalem keser gibi kes Nemrud'un başını, Halilullah gibi ateşe ayak bas.

Nemrut'un pisliğinden kurtulduğunda giy hulleyi. Artık ateş gerdanlıktan sana ne korku olacak?

Ne güzelsin ey salınarak yürüyen keklik! Marifet dağında ne de güzel gezmektesin.

Kahkaha bu yolda yol kesen eşkiyadır. Allah'ın evinin kapısındaki halkayı çal.

Açlığa tahammül edip varlık dağını erit de kayandan bir deve çıksın.

635 Genç deveyi elde ettin mi, akan süt ve bal ırmaklarını da görürsün.

Başarmak istersen deveyi sür de, seni karşılamaya Salih peygamber gelsin.

Merhaba güzel ve eşsiz doğan kuşu! Ne zamana dek sertleşecek ve öfkeli kalacaksın?

Ezelî aşk mektubunu ayağına bağla. Ebede kadar o mektubun bağını çözme.

Anadan doğma sahip olduğun aklı gönülle değiştir de ebedle ezeli bir gör.

640 Dört asıl unsuru mertçe kır ve vahdet mağarasının içine yerleş.

634 Hz. Sâlih'in devesi kastedilmektedir. Süt ve bal ırmakları da Kur'an'a ait ifadelerdir. [Muhammed sûresi, âyet 15]

639 Âriflerin nazarında mâzî, gelecek ve hâl birdir.

Sen mağaraya yerleşince, âlemin en yücesi sana mağara arkadaşı olur.

Ne güzelsin "elest" miracının turac kuşu! "Belâ"nın başında "elest" tacını görmüşsün.

Madem ki aşk elestini canla/ruhla duydun, nefsin "belâ" demesinden nefret et.

Çünkü nefsin "belâ" demesi, belâ girdabına benzer. Girdabın içinde senin işin nasıl düzelir?

Nefsi, İsa'nın eşeği gibi yak. Sonra da İsa gibi can ol, canını cananla şûlelendir.

Eşeği yak ve can kuşunu da öldür. O zaman Rûhullah gelir, seni karşılar.

Merhaba ey aşk bahçesinin bülbülü! Aşk derdiyle, aşk ateşiyle güzel güzel feryat et.

Gönül derdiyle Davut gibi bir güzel ah çek de her an sana yüzlerce can bağışlasınlar.

Manâ âleminde Davudî nağmeler söyle, insanlara yaratılış mûsikîsinin âhengini göster.

Uğursuz nefse daha ne zamana dek zırh giydireceksin? Davut gibi demirini mum gibi erit.

642 "Elest" ve "belâ" kelimeleri Kur'anî bir tabirdir. Şu şekilde geçer: "Kıyamet gününde, biz bundan habersizdik demeyesiniz diye Rabbin Âdem oğullarından, onların bellerinden zürriyetlerini çıkardı, onları kendilerine şahit tuttu ve dedi ki: 'Ben sizin Rabbiniz değil miyim?' Onlar da, 'Evet, buna şahit olduk' dediler." [el-A'râf sûresi, âyet 172]

Bu demirin mum gibi erirse, sen de aşkta Davut gibi hararetlenir, coşarsın.

Ne de güzelsin ey sekiz kapılı cennetin tavusu. Sen yedi başlı ejderhanın yüzünden yandın.
O yılanın sohbeti seni kanlara buladı, seni Adn cennetinden çıkardı.
Senin Sidre'ye ve Tuba'ya ulaşmanı engelledi. Yaratılış seddiyle gönlünü kararttı.
Bu yılanı helâk etmediğin sürece, bu sırlara mahrem olmaya nasıl lâyık olacaksın?
Bu çirkin yılandan kurtulursan, Âdem seni cennette kendine arkadaş seçer.

Merhaba ey uzakları gören sülün! Gönül pınarının nur denizine akıp kaybolduğunu bil.
Zulmet kuyusunda kalmış, töhmet hapsine müptelâ olmuşsun.
Kendini bu zulmet kuyusundan çıkar, başını Rahmânî arşın zirvesine eriştir.
Yusuf gibi zindandan ve kuyudan geç de yücelik Mısır'ına padişah ol.
Böyle bir saltanata erişirsen, Yusuf peygamber senin arkadaşın olur.

654 "Sidre: Sidretü'l-müntehâ", Kur'ânî bir tabir olup Hz. Peygamber'in Miraç gecesinde geçtiği, yedinci kat semada bulunan bir ağaçtır. [en-Necm sûresi, âyet 14]

Ne güzel dost ve arkadaşsın ey kumru! Neşen gitmiş, kederlenmişsin.

Kanlara bulandığın için gönlün daralmış, Yunus gibi timsahın ağzına girmiş, balığın karnında kalmışsın.

Ey balığa benzeyen nefis yüzünden şaşırıp kalmış! Daha ne zamana dek nefsin kötülüğünü görüp duracaksın?

665 Bu kötülük dileyen balığın başını kes de başın aya kadar yücelsin.

Nefsinin balığından kurtulabilirsen, baş köşede Yunus'a dost, arkadaş olursun.

Merhaba ey üveyik kuşu! Ötmeye başla da yedi kat gök sana inciler saçsın.

Vefa gerdanlığı boynunda varken, vefasızlık etmen çok çirkin olur.

Varlığından bir kıl kadar varlık kalsa, tepeden tırnağa vefasız derim ben sana.

670 Eğer kendinden geçer varlığından çıkarsan, akılla manâ yolunu bulursun.

Akıl seni manâlar âlemine götürdü mü, Hızır sana âbıhayâtı getirir.

Ne güzelsin ey uçmaya koyulmuş şahin! Serkeşlik edip gitmiş, tepetaklak olup geri gelmişsin.

Serkeşlik etme, çünkü tepetaklak olmuşsun. Teslim ol, çünkü kanlara bulanıp kalmışsın.

Dünyanın murdarlığına kaptırmışsın kendini; bu yüzden manâ âleminden uzaklaşmışsın.

Hem dünyadan geç, hem de ukbâdan. Sonra da külâhı başından çıkar ve bak.

Her iki âlemden de geçince, yerin Zülkarneyn'in yanı olur.

Merhaba ey altın sarısı şahin, güzelce gir yola; hararetle işe sarıl, ateş gibi işe koyul.

Önüne ne çıkarsa o ateşle yak, kül et. Yaratılmışlara can gözünü iyice yum.

Önüne ne çıkarsa yak, böylelikle Hakk'ın nimeti her an daha da artsın sana.

Gönlün Hak sırlarına vâkıf olunca, kendini Hak yoluna vakfet.

Hak yolunda gerçek bir er olunca, sen kalmazsın ortada, Hak kalır yalnızca, vesselâm!

Gizli açık, dünyada ne kadar kuş varsa bir araya toplandı.

Hepsi birden şöyle dediler: "Şimdi bu zamanda hiç bir ülke padişahsız değildir.

Nasıl olur da bizim ülkemizin padişahı olmaz? Bundan artık padişahsız kalmak mümkün değildir

685 Gerekirse birbirimize yardım edelim, bir padişah arayıp bulalım.
Ülke padişahsız olursa, nizam ve düzen kalmaz orduda."
Sonra bütün kuşlar bir yere geldiler, hep beraber bir padişah aramaya koyuldular.

[Hüdhüd'ün Kuşlara Sözü]

Gönlü perişan Hüdhüd de o toplulukta idi; sabrı kararı kalmadı.

Sırtında tarikat elbisesi, başında hakikat tacı vardı.

690 Anlayışı kuvvetli idi. İyiden ve kötüden haberdardı.

Dedi ki: "Ey kuşlar! Hiç şüphesiz Hak dergâhının mektupçusu ve gayb habercisi benim.

Hem Hakk'ın katından haberdarım, hem de ferasetimden dolayı sır kâtibiyim.

Gagasında "besmele"yi taşıyanın, bir çok sırra vâkıf olmasına şaşmamak gerek!

Dertlerimle zaman geçirmekteyim, hiç kimsenin benimle bir işi yoktur.

695 Şüphesiz ben insanlardan âzâdım, insanlar da benden âzâdedir.

693 Hz. Süleyman'ın Belkıs'a gönderdiği "Bismillâh" ile başlayan mektubuna işarettir. [en-Neml sûresi, âyet 30]

Ben padişahın derdiyle uğraşmaktayım, ordu ile asla bir derdim yok.

Anlayışımla suyu bilir gösteririm. Bundan da öte nice sırlar bilirim.

Süleyman'a çok konuştum, diğerlerinin arasında üstün rütbe elde ettim.

Huzurundan birisi kaybolacak olsa, şaşılacak şey, onu ne sorar, ne de arardı.

Ama ben ondan bir an uzaklaşsam, her tarafa arayıcılar gönderirdi.

Benim bir an ayrılmama tahammül edemezdi. Hüdhüd'e bu kadar şeref kıyamete dek yeter!

Onun mektubunu götürdüm, geri getirdim. Onun huzurunda sırlara vâkıf oldum

Allah'ın kitabında hayırla anılan kuşun yanında, hangi bir kuş beraber uçabilir?

Peygamber tarafından aranıp sorulan kişi, başa tac olsa yaraşır.

Yıllarca denizde, karada dolaştım. Şaşkın şaşkın nice yerlere gittim.

Vadilere, dağlara, çöllere gittim. Tufan zamanı âlemleri seyrettim.

Süleyman'la yolculuklarda bulundum, dünya üzerinde pek çok dolaştım.

Padişahımızı tanıdım, ancak yalnız nasıl gidebilirim? Buna gücüm yetmedi.

700 "Süleyman kuşları gözden geçirdi ve şöyle dedi: Hüdhüd'ü niçin göremiyorum? Yoksa kayıplara mı karıştı?" âyetine işaret edilmektedir. [en-Neml sûresi, âyet 20]

Fakat siz bana yoldaş olursanız, o padişahın ve o dergâhın mahremi olursunuz.

710 Kendinizi beğenmek ayıbından kurtulursunuz. Daha ne zamana dek dinsizliğinizin utancında kalacaksınız?

Kim onun uğrunda canını feda ederse, kendi varlığından kurtulur. Cananın yolunda, iyiden de kötüden de kurtulur.

Canınızı feda edin, yola koyulun. Ayaklarınızı yere vura vura o dergâha baş koyun.

Şüphesiz bizim de bir padişahımız var; Kaf Dağı denilen dağın arkasında.

Onun adı Sîmurg'dur; kuşların padişahı. O bize yakındır, biz ise ona o kadar uzağız ki!

715 Onun dinlenme yeri yücelik haremidir. Her dil onun adını anamaz.

Kapısının önünde hem nurdan, hem karanlıktan yüz binlerce, hatta daha fazla perde vardır.

İki âlemde de onun makamına erişmeye kimsenin cesareti yoktur.

O daima mutlak padişahtır. Kendi izzetinin kemalinde gark olmuştur.

O kadar kendisinde gark olmuştur ki, başkalarına teveccüh etmez. Onun bulunduğu makama, akıl ve bilgi nasıl ulaşabilir?

720 Ne ona erişmek için yol, ne de ayrılığına sabır mümkündür. Yüz binlerce halk ona sevdalanmıştır.

Onu vasfetmek, pak olan canın bile kârı değildir. Akıl da onu idrak edecek sermayeye sahip değildir.

713 Efsanevî dağın adıdır.

Şüphesiz akıl da, can da şaşırıp kalmış; onun sıfatları karşısında iki kamaşmış göz kesilmiştir.

Hiç bir bilge onun kemâlini görmedi. Hiç bir gören göz onun cemalini seyretmedi.

Kemâline hiç bir mahlûk yol bulmadı. Bilgi peşinden gitti, fikir erişemedi.

725 Halkın o kemâlden ve cemâlden nasibi varsa, hepsini bir araya getirsen, hayalden ibarettir.

Hayal üzere bu yol nasıl katedilebilir? Bir ayda nasıl gökteki aya erişebilirsin?

Orada, yüz binlerce baş top gibi yuvarlanmış. Hay haylar, hay huylar var orada.

Aklını başına al, yol kısadır zannetme. Yol üzerinde nice karalar, nice denizler var.

Bu yolda aslan gibi er lâzım. Çünkü yol uzak, deniz derin mi derin.

730 Hayran bir şekilde yola koyulmamız gerek. Onun yolunda güle ağlaya yürüyelim.

Eğer ondan bir nişan bulursak, ne güzel. Yoksa onsuz yaşamak ar olur.

Canansız can kimin işine yarar? Eğer ersen, canansız olan canı tutma.

Bütün yol boyunca er gibi davranmak gerek. Bu dergâha can feda etmek gerek.

Ercesine candan el çekmek gerek. O zaman sana işin eri desinler.

735 Canansız can, hiç bir şeye değmez. Erler gibi aziz canını feda et.

Eğer sen erce can feda edecek olursan, Sevgili sana nice canlar bağışlar.

Sîmurg'un Hikâyesi

Sîmurg'un şaşılacak ilk işi şudur: Bir gece yarısı Çin ülkesinde göründü.

Orada kanadından bir tüy düştü, bu sebepten her ülke birbirine düştü.

Herkes o tüyden bir nakış elde etti; o nakışı gören herkes işe koyuldu.

740 O tüy şimdi Çin nigâristanındadır. "İlim Çin'de de olsa öğreniniz." buyurulması bu sebeptendir.

Onun kanadının nakışı görünmeseydi, dünyada bütün bu kavgalar olmazdı.

Bütün bu yaratmanın eserleri onun ferindendir. Bütün bunlar, onun kanadındaki nakışın görüntüsüdür.

Onu vasfetmenin ne başı bellidir, ne de sonu. Bundan fazla söz söylemek de doğru değildir.

740 Çin halkı, tasvir ve resim yapmakla ünlüdür.

Şimdi sizden kim yol eri ise, haydi yola giriniz, yola ayak basınız.

745 Oradaki kuşların tamamı bu padişahın yüceliğini işitince, kendilerinden geçtiler.

Onun şevki canlarına tesir etti. Her birinin sabırsızlığı arttıkça arttı.

Yola çıkmaya niyetlendiler; Hüdhüd'ün huzuruna geldiler. Ona aşık olup kendilerine düşman kesildiler.

Ancak yol çok uzun, menzil de epey uzaktı. Herkes ona gitmekten çekiniyordu.

Gerçi hepsi yolculuğu bilirdi, ancak her biri bir başka özür beyan etti.

Bülbülün Hikâyesi

750 Şeydâ bülbül, mestâne geldi. Aşkının kemâlinden ne vardı, ne de yoktu.

Her nağmesinde bir manâ vardı; her manânın altında da bir sır âlemi gizliydi.

Manâ sırlarına dair naralar atmaya başladı, sözüyle kuşları susturdu.

Dedi ki: "Aşk sırları bende tamamlanmıştır. Bütün gece aşkı tekrar etmekteyim.

Davut gibi tecrübeli bir kimse yok ki inleye sızlaya aşkın zeburunu okuyayım.

755 Neydeki inilti, benim sözlerimdendir. Çengin ince telinden çıkan hüzünlü ses, benim feryadımdandır.

Gül bahçeleri benimle coşar, âşıkların gönülleri benimle taşar.

Her an yeni bir sır açıklarım; her an başka bir makam tuttururum.

Aşk canıma zorbalık yapınca, deniz gibi canım da coşmaya başladı.

Benim coşkumu gören kimse, bayılır, sarhoş olur.

Çok akıllı olsa bile, sarhoş olup kendinden geçer.

760 Yıllardır mahrem olacak birini görmüyorum; bu yüzden susuyorum, kimseye bir sır söylemiyorum.

Fakat sevgilim ilk baharda âleme kendi misk kokusunu saçınca,

Ona gönlümün sıkıntısını söylerim, şikâyete başlarım. Onun yüzüne bakınca müşkilimi çözerim.

Sevgilim tekrar görünmez olunca, âşık olan bülbül, az söyler olur.

Çünkü sırrımı herkes anlayamaz. Şüphesiz bülbülün sırrını sadece gül anlar.

765 Ben güle olan aşkım yüzünden kendi varlığımdan bile geçmiş durumdayım.

Başımda güle olan aşkımın sevdası var, bu da yeter. İstediğim ancak kırmızı güldür.

Bir bülbülün Sîmurg'a takati olamaz. Bülbüle bir gülün aşkı yeter.

Benim sevgilim katmerli kırmızı gül olunca, işim nasıl mahrumiyet olabilir?

Gül şimdi gönül çeken bir dilber gibi açılıp herkesin içinden benim yüzüme bakıp güzel güzel gülerse,

770 Yine o gül, perdenin altından çıkıp yüzüme karşı gülümserse,

Nasıl olur da bülbül bir gececik bile olsa böyle al dudaklı güzelin aşkından vazgeçebilir?"

Hüdhüd bülbüle şöyle dedi: "Ey dış görünüşe takılıp kalan! Bir güzelin aşkıyla bundan fazla nazlanıp durma.

Gülün aşkı sana nice işkenceler etti, seni etkisi altına aldı, seni bağladı.

Gül ne kadar güzel olursa olsun, onun güzelliği bir haftada solar, sararır.

775 Çabucak biten, yok olan bir şeyin aşkı, kâmilleri bıktırır, usandırır.

Gülün gülümsemesi seni eğlendirirse de, gece gündüz seni inletir, feryat ettirir.

Vazgeç şu gülden. Çünkü her ilk baharda sana gülümsemez, aksine seninle alay eder; utan!

Hikâye

Bir padişahın ay gibi güzel kızı vardı. Bütün âlem ona âşıktı. Bu yüzden herkes kendini kaybetmişti.

Fitne daima uyanıktı. Çünkü onun mahmur gözleri mestti.

780 Kâfurdan yanağı, miskten saçları vardı. Âb-ı hayatın dudağı onun dudaklarına susamış, kupkuru bir hale gelmişti.

Cemâlinin bir zerresi görünecek olsa, akıl, akılsızlıktan rüsvay olurdu.

Şeker, dudağının tadını bilseydi, utancından donar, sonra erirdi.

Tesadüfen fakir bir derviş geçiyordu. Gözü o parlayan aya değdi.

Zavallının elinde bir ekmek parçası vardı. O da fırıncıda bayatlayan, fırıncının acıyıp da buna verdiği ekmekti.

785 Gözü o ay yüzlünün yüzüne düşünce, ekmek elinden kayıp yere düştü.

Kız önünden ateş gibi geçti. Geçerken de ona alaylı bir şekilde gülümsedi ve geçip gitti.

O yoksul, onun bu alaylı gülümsemesini görünce, kendini toprakta kana bulanmış gördü.

Zavallının elinde yarım ekmeği, teninde de yarım canı vardı. Bir anda bu iki yarımdan da arındı.

Ne gece ne gündüz sabrı, kararı kaldı. Ağlamaktan, sızlamaktan konuşmaya mecal bulamadı.

790 O güzeller padişahının gülümsemesini hatırladıkça, gözlerinden bulut gibi yaşlar dökmeye başlardı.

Hülâsa, yedi yıl böyle perişan bir halde kaldı. Kızın mahallesinin köpekleriyle düşüp kalktı.

Kızın hizmetkârlarının hepsi bu olaya vâkıf oldular.

O cefakârlar hep beraber o yoksulun başını mum gibi kesmeye kalkıştılar.

Kız gizlice yoksulu çağırdı, şöyle dedi: "Sen gibi birisi bana nasıl eş olur?

795 Seni öldürmek istiyorlar, kaç git. Kapımda oturma, çek git."

O yoksul şunları söyledi: "Ben, daha seni görüp sarhoş olduğum gün canımdan vazgeçtim.

Ben gibi kararsız yüzbinlercesinin canı, senin cemâlin uğruna her an feda olsun.

Madem ki beni suçsuz yere öldürecekler, lütfen şu soruma cevap ver!

'Madem ucuzca benim başımı kestirecektin, o zaman bana niçin gülümsemiştin?'"

800 Kız dedi ki: "Ey hakikatten habersiz kişi! Seni öyle hünersiz biri olarak görünce, öylesine gülmüştüm. Senin suratını, kılığını görünce, gülmek revadır. Fakat senin yüzüne gülümsemek hatadır."
Bunu dedi ve onun yanından duman gibi çekilip gitti. Zaten ne var idiyse, gerçekte hepsi bir hiçti.

Papağanın Hikâyesi

Şeker gibi tatlı dilli papağan, üzerinde fıstıkî bir elbise, boynunda altın bir gerdanlıkla çıkageldi.

Sivrisinek, onun lütfu ile atmaca kesilir. Nerede bir yeşillik varsa, onun kanadından vücuda gelir.

805 Söze başlayıp ağzından tatlı sözler döktü. Çünkü o şeker yemekte erken davrandı.

Şöyle dedi: “Taş kalpli ve değersiz kişi, ben gibi bir kuşu demir kafese hapsediyor.

Ben bu demirden zindanda kalmış, Hızır'ın âb-ı hayâtının arzusuyla eriyip akmışım.

Kuşların Hızır'ıyım ben, bu yüzden yeşiller giyinmişim. Ola ki âb-ı hayâtı içerim.

Benim Sîmurg'un kapısına varmaya gücüm yok. Âb-ı hayattan bir damla su yeter bana.

810 Sevdalılar gibi yola düşerim; hercâyî bir güzel gibi her yere giderim.

Âb-ı hayattan bir nişan bulduğum zaman, kul olduğum halde saltanata ererim."

Hüdhüd ona şöyle dedi: "Ey devletten bir nişan bile elde etmemiş olan kuş! Canını vermeyen kimse er olamaz.

Can, bir an olsun sevgiliye lâyık olman içindir.

Hem âb-ı hayâtı istiyorsun, hem de canı seviyorsun.

Git Allah aşkına, senin "iç"in yok, deriden ibaretsin.

815 Canı ne yapacaksın? Ver sevgiliye. Sevgilinin yolunda erler gibi can feda et.

Hikâye

Makamca yüce bir meczup vardı. Hızır ona: "Ey kâmil er!

Benim dostum olmayı ister misin?" deyince; meczup: "Benim seninle işim olmaz.

Çünkü sen canın kıyamete dek kalsın diye kaç defa âb-ı hayât içtin.

Ben ise canımı feda etme arzusundayım. Çünkü sevgili olmadan, o cana rağbetim ve meylim yok.

820 Sen canını muhafaza etme sevdasındasın, ben ise her gün, her an can feda etme telâşındayım.

En iyisi, kuşların tuzaktan uzak durdukları gibi, biz de birbirimizden uzak duralım, vesselâm!" cevabını verdi.

[Tavusun Hikâyesi]

Sonra sırmalarla bezenmiş tavus geldi meydana. Kanadının her tüyünde yüzlerce değil, binlerce nakış vardı.

Bir gelin gibi cilvelenmeye, nazlanmaya başladı. Kanadının her tüyü cilveler göstermeye başladı.

Dedi ki: "Gayb nakkaşı/Yüce Allah beni bezeyeli, Çinli ressamların el parmakları kesildi.

825 Gerçi ben kuşların Cebrâiliyim, ancak başımdan hoş olmayan bir kaza geçti.

Bir yerde çirkin yılan benimle dost oldu, bu yüzden horlukla cennetten sürüldüm.

Benim halvet bucağımı değiştirdiklerinde, ayak bileğimdeki zayıflık ayak bağım oldu.

Şimdi ise beni bu karanlık yerden cennete götürecek bir rehber istiyorum.

Ben padişaha ulaşacak adam değilim, kapıcısına erişeyim, bu bana yeter.

830 Sîmurgla benim ne işim olabilir ki? Benim yerim yüce cennet olsun yeter.
Benim dünyada başka bir işim yok, yeter ki tekrar cennete yol bulabileyim."

Hüdhüd ona şöyle dedi: "Ey kendi yaptığı yüzünden yolunu kaybetmiş kuş! Kim padişahtan bir ev isterse,
Söyle bakalım, ona yakın olmak o eve sahip olmaktan daha iyi değil midir? Ev, o sultanın huzurunda olmaktan daha mı iyidir?
Hevesle dolu olan cennet, nefsin yurdudur. Gönül evi ise ancak doğruluk makamıdır.
835 Hakk'ın dergâhı yüce bir denizdir. Orada 'naîm cennetleri' küçücük bir katredir.
Denizi olanın zaten katresi var. Denizden gayrı ne varsa, hayalden ibarettir.
Madem ki denize varmaya gücün yetiyor, bir çiğ tanesine doğru koşmak neden?
Güneşe sırlarını açabilecek olan kimse, nasıl olur da bir zerreden geri kalabilir?
Küll olanın cüzle işi ne? Can olanın uzuvla işi ne?
840 Eğer sen küll bir adam isen, küllü gör, küllü iste. Küll ol, küll kesil, küllü seç.

Hikâye

Bir öğrenci hocasına sordu: "Âdem cennetten niçin sürüldü?"

Hocası şöyle dedi: "Âdemin cevheri yüce idi. Cennete kanaat edince,

Hâtiften şöyle yüksek bir ses geldi: Ey cennetin kendisine yüzlerce çeşit bağ bağladığı kişi!

Kim ki iki âlemde bizim dışımızda, bizden gayrı şeylere kanaat ederse,

845 Onun varlığını zevâle erdiririz. Çünkü dosttan başkasına bağlanmak caiz değildir.

Yer, sevgilinin yanıdır. Sevgilinin olmadığı yüzbinlerce yer, ne işe yarar?

Kim ki sevgiliden başkasıyla diri olursa, Âdem de olsa, hor ve zelil olur."

Cennet ehli hakkında şöyle bir hadis vardır: 'Cennette verilen ilk yiyecek ciğerdir.'

Cennet ehli sır ehli olmadığından, orada ciğer yiyerek cennet hayatına yeniden başlarlar.

Kazın Hikâyesi

850 Kaz onca temizlikle sudan çıktı. Elbiselerin en hayırlısı olan beyazlara bürünmüş olarak topluluğun arasına geldi.

Şöyle dedi: "Hiç kimse iki cihanda benden daha temiz, daha pâk birisini haber vermedi.

Her an güzelce guslettim, sonra seccademi suyun üzerine serdim.

Benim gibi suyun üzerinde kim durabilir? Kerametlerim konusunda şüphe yoktur.

Aydın görüşümle kuşların en zahit olanı benim. Hem elbisem, hem yerim hep temizdir.

855 Dünyada susuz duramam ben. Çünkü benim azığım da varlığım da sudandır.

Gerçi gönlümde dünya kadar derdim var. Ancak bunu gönülden giderdim; çünkü su gibi arkadaşım var.

Burada işim daima iyidir. Ben karada nasıl muradıma ererim?

Benim işim su ile olduğuna göre, sudan nasıl uzak durabilirim?

Var olan her şey, su ile diridir. Hal böyle olunca, sudan el çekilemez.

Ben vadinin yolunu nasıl aşarım? Sîmurg'a ulaşmam mümkün değildir.

Küpü su ile dolu olan kimse, Sîmurg sayesinde muradına nasıl erişebilir?"

Hüdhüd ona şöyle dedi: "Ey su ile mutlu olan kuş! Su canının etrafını ateşle çevirmiş.

Suyun içinde ne güzel uykuya dalmışsın. Bir katre su gelmiş de senin şerefini alıp götürmüş.

Su, pis olan insanlar için gereklidir. Eğer sen de pislerden isen, git su ara.

Berrak su gibi ne zamana dek pis olan insanların yüzünü görüp duracaksın?"

Hikâye

Adamın biri bir meczuba sordu: "Bunca hayal, zan ve vehim içinde bu iki âlemin hali nedir?"

Meczup cevap verdi: "Yukarısı ve aşağısıyla bu iki cihan, bir damla sudan ibarettir; ne yoktur, ne de var.

İlk önce bir katrecik su meydana geldi. Bunca nakış, görüntü bir damla sudan ibarettir ancak.

859 "... Ve her canlı şeyi sudan yarattığımızı görüp düşünmediler mi?" âyetine işaret edilmektedir. [el-Enbiyâ sûresi, âyet 30]

Su üzerinde bulunan bütün güzellikler, demirden bile olsalar, harap olurlar.

870 Çelikten daha katı hiçbir şey yoktur. Böyle olmasına rağmen iyi bak, yapısı sudur.

Temeli su olan şey, büsbütün ateş dahi olsa, nihayet bir düşten ibarettir.

Suyun bir şey için sağlam temel oluşturduğunu kimse görmemiştir. Böyle olunca, suyun üzerine kurulan bina nasıl sağlam olur?

Kekliğin Hikâyesi

Keklik, başı dik, kendinden geçmiş ve gayet mutlu bir halde, salına salına çıkageldi.

Kırmızı bir gagası vardı. Desenli ve rengârenk elbiseler içindeydi, gözünden kanlar coşup akmaktaydı.

875 Gâh dağın yamaçlarında uçuyor, gâh dağların en yüce tepelerinde salınarak yürüyordu.

Dedi ki: "Ben daima maden ocaklarında dolaştım, mücevher sevdasıyla çok gezip durdum.

Mücevhere sahip olmak için, daima dağda belde bulundum.

Mücevher sevdası gönlüme öyle bir ateş saldı ki, elde ettiğim bu hoş ateş bana yeter.

Bu ateşin harareti içimi yakınca, içimdeki çakıl taşları kan haline döner.

880 Ateşi gördün mü, nasıl tesir etti de taşı hemencecik kan haline çevirdi.

Taş ve ateş arasında, hem başıboş, hem de perişan bir halde kaldım.

Yanıp yakılarak çakıl taşı yerim. Gönlümü ateşlere atar, taşın üzerinde uyuklarım.

Ey dostlarım! Gözünüzü açınız. Yediğim, içtiğim ve üzerinde uykuya daldığım şeylere bir bakınız.

Taşın üzerinde uyuyan ve taş yiyen kişiden böyle bir mücadeleye girişmesi nasıl beklenir?

885 Gönül bu meşakkate yüzlerce sıkıntı çekerek katlandı. Çünkü mücevher aşkı beni dağlara bağladı.

Mücevherden başka bir şeye gönül bağlayan kişinin elde ettiği şey gelip geçicidir.

Mücevherin saltanatı daimidir, hep dağlarda bulunur.

Ben eşkiyalar gibi dağları mekân tutmuşum, bir mücevher sevdalısıyım. Dağda belde bulunmadan bir an bile duramam.

Mücevher hep dağlarda bulunduğundan, ben de mücevheri sürekli dağlarda aramaktayım.

890 Ne mücevher gibi değerli bir şey buldum, ne de ondan daha kıymetli bir varlık.

Sîmurg'a giden yol çetindir, ayağım taşta, çamurda ve ben mücevhere bağlanmış ve gönül vermişim.

Ben yüreği kavî Sîmurg'a nasıl ulaşırım? Elim başımda, ayağım çamurda, bu halde nasıl varırım?

Ateş gibi taştan yüz çeviremem; ya ölürüm, ya da pençemle mücevher çıkarırım.

Bana âşikâr bir mücevher gerek. Mücevheri olmayan adam ne işe yarar?

Hüdhüd ona dedi ki: "Ey mücevher gibi büsbütün renkten/hileden ibaret keklik! Ne zamana dek salınıp duracak, kabul edilemez özürler beyan edeceksin?
Ayağın ve gagan ciğer kanına bulanmış, sen ise taşın üstünde mücevher elde edemeden kalakalmışsın.
Mücevherin aslı nedir? Renklerle boyanmış bir çeşit taş! Senin kalbin ise taş sevdasıyla taş kesilmiş.
Eğer onun rengi kaybolacak olsa, sadece bir taştan ibaret kalır. Renge, görünüşe kapılan kimse, vakarsız ve değersizdir.
Hakîkatin kokusunu alan kimse, görünüşe aldanmaz; çünkü kuyumcu mücevher ister, taş istemez.

Hikâye

Süleyman'ın yüzüğündeki mücevherin değerinde bir başka mücevher yoktu.
Bütün nâmı şöhreti, o yüzükten kaynaklanıyordu. O yüzüğün kaşı da yarım buğday ağırlığında bir taştan ibaretti.
Süleyman o mücevheri yüzüğüne kaş yapınca, bütün yeryüzü hükmü altına girdi.
Süleyman, mülkünün genişliğine ve bütün göklerin fermanı altına girdiğine bir baktı.
[Çadırı kırk fersahlık alanı kaplardı ve rüzgâr, bir fermanıyla onu taşırdı.]
Ve sonra Kırk fersahı kaplayan çadırının da şu kadarcık bir taşa bağlı olduğunu görünce,

Dedi ki: "Bu saltanat, bu düzen, şu kadarcık taşla ayakta durmaktaysa,

Dünyada ve ahirette kimsenin böyle bir saltanata sahip olup da aciz ve çaresiz kalmasını istemem.

Ey yüce Padişah! Ben ibret gözüyle, bu saltanatın âfetini âşikâr olarak gördüm.

Bu, âhirete kıyasla çok değersiz kalır. Bundan sonra bu saltanatı aman kimseye verme.

Benim, saltanatla, orduyla bir işim yok. Ben zenbil örücülüğünü seçiyorum.

Gerçi Süleyman o mücevher sayesinde padişah oldu, ancak yine o mücevher onun yoluna bağ oldu.

Çünkü bu yüzden peygamberlerden beşyüz yıl sonra Adn cenneti ile tanışacak.

Süleyman'a bunları yapan o mücevher, sen gibi sersemi nasıl olur da şaşırtmaz?

Madem ki mücevher bir taştan ibarettir, o halde bunca madeni kazıp durma. Cananın yüzünü görmenin dışında canını üzme.

Ey mücevher sevdalısı, gönlünü mücevherden çekip temizle; ve devamlı mücevherden anlayan birini ara, bul.

906 "Süleyman: Rabbim! Beni bağışla; bana, benden sonra kimsenin ulaşamayacağı bir hükümranlık ver. Şüphesiz sen, daima bağışta bulunansın, dedi." âyetine işaret etmektedir. [Sâd sûresi, âyet 35]

910 Hz. Süleyman sahip olduğu saltanata ve zenginliğe rağmen, zenbil örerek geçimini sağlamış, elde ettiğinin yarısını da fakirlere dağıtmıştır.

Hüma'nın Hikâyesi

Gölgeler salan, gölgesi hükümdarlara padişahlık bağışlayan Hümâ, topluluğun önüne çıktı.
Hümâlıkta kutluluğa ermiş, himmette her kuştan üstün olmuştu.
Şöyle dedi: "Ey deniz ve kara kuşları! Ben başka kuşlar gibi değilim, onlara benzemem.
Yüce himmete ermişim, insanlardan uzak, uzlete çekilmişim.
920 Kuşkusuz köpek nefse hor bakarım daima. Feridun'la Cem, yüceliği benim sayemde elde etmişlerdir.
Padişahlar benim gölgemde yetişirler. Dilenci tabiatlı kimseler benim dengim değildir.
Köpek nefse hep kemik veririm, böylelikle ruhu bu köpekten korurum.

920 Feridun ve Cem, eski İran hükümdarlarındandır.

Nefse daima kemik verdiğimdendir ki, canım bu yüce makamı elde etti.
Kanadının gölgesiyle padişahlık elde edilen kuşun, nasıl olur da şevketinden yüz çevrilir?
925 Onun gölgesinden biraz olsun faydalanabilmek için, herkesin onun kanadı altına oturması gerek.
O halde serkeş Sîmurg nasıl benim dostum olabilir? Padişahlık vermek bana yeter."

Hüdhüd ona dedi ki: "Ey gururuna kapılıp kalmış kuş! Gölgeni çek, uzaklaş burdan. Herkesi kendine daha fazla güldürme.
Şimdi padişahlık dağıtma durumunda değilsin. Bugün, köpek gibi kemikle geçinmektesin.
Keşke padişahları tahta oturtacağına, kendini kemik yemekten kurtarsaydın.
930 Haydi, cihan padişahlarının bugün de senin gölgen sebebiyle padişahlık ettiklerini farzedelim.
Ancak yarın kıyamet günü uzun bir zaman belâya uğrayacak, hepsi padişah olduklarına pişman olacaklar.
Padişah olan senin gölgeni görmeseydi, hesap günü hiç belâya uğrar mı idi?

Hikâye

Doğru yolda yürüyen, dini bütün bir adam vardı. Bir gece Sultan Mahmud'u rüyasında gördü.
Ona, "Ey zamanı iyilikle geçen sultan! Âhirette halin, durumun nasıldır?" diye sordu.

Sultan Mahmud şöyle cevap verdi: "Sus, yüreğimin kanını yere dökme. Sus, burası sultanlık yeri değil. Çek git oradan.

Sultanlığımız zandan ve yanılgıdan ibaretti. Bir avuç değersiz toprağa saltanat nasıl yaraşır?

Âlemin padişahı Hak teâlâdır, saltanat ona lâyıktır.

Kendi acz ve şaşkınlığımı görünce, sultanlığımdan utanıyorum.

Eğer bana sesleneceksen, 'aklı perişan' diye seslen.

Sadece odur sultan, artık bana sultan diye seslenme.

Saltanat onundur, ben yerlerde sürünmekteyim. Keşke dünyada yoksul olarak yaşasaydım.

Makama mevkiye erişeceğime, keşke yüzlerce kuyuya düşseydim. Süprüntücü olsaydım da, padişah olmasaydım.

Şu an benim kurtuluş ümidim yok. Yaptığım şeyleri bir bir benden soruyorlar.

O hümâ kuşunun kolu kanadı kırılsın, çünkü o bana gölge saldı da padişah oldum.

Doğanın Hikâyesi

Doğan, başı dik bir halde topluluğun önüne çıktı. Yüce sırlardaki perdeyi kaldırdı.

945 Beyliğiyle çalım satıyor, padişahlığından dem vuruyordu.

Dedi ki: "Ben şehriyarın elinde olabilme zevki uğruna, zamane halkından uzaklaştım.

Ayağım padişahın eline geçsin diye, başıma külah geçirip gözlerimi kapattım.

Kendimi son derece edeple yetiştirdim, zahitler gibi riyazet çektim.

Günün birinde beni şahın huzuruna götürürlerse, huzurda bulunmanın edeplerinden haberdar olarak götürsünler istedim.

950 Ben Sîmurg'u rüyada bile görmem ki ona doğru nasıl koşayım?

Padişahın elinden gelen bir lokma yiyecek bana yeter. Dünyada bu rütbe bana yeter de artar bile.

Madem ki sülûka gücüm yok, bari şahın elinde çalım satayım, yüceleyim.

Sultana yakın olup onun takdirini kazanan kimse, sultanın huzurunda ne derse o olur.

Ben de sultana yakınlaşıp ona lâyık olmalıyım; bu, sonu olmayan vadilerde gitmemden daha iyidir.

955 Padişahın karşısında bulunup orada huzur içinde bir ömür geçirmeyi düşünüyorum.

Bazen şahı beklerim, bazen de onun iştiyakıyla avlanırım."

Hüdhüd ona dedi ki: "Ey sûrete takılıp kalmış, sıfattan uzaklaşıp zâhirde kalmış!

Padişahın dünyada bir benzeri, dengi bulunacaksa, hiç ona padişahlık yakışır mı?

Saltanata Sîmurg'dan daha lâyığı yoktur. Çünkü padişahlıkta eşi ve dengi olmayan yalnızca odur.

960 Akılsızlığından, ülkesinin bir vilâyetinde ilerde kendisine karşı gelecek bir önder çıkaran kişi padişah olamaz.

Padişah, eşi ve dengi olmayan kişidir. Onun vefadan, idareden başka işi yoktur.

Dünya padişahı vefakârlık etse bile, an gelir cefakârlık da eder.

Kim onun huzuruna daha yakın duruyorsa, şüphesiz onun işi daha da nazikleşir.

Daima padişahtan çekinir, canı sürekli tehlike içindedir.

965 Dünya padişahı ateşe benzer, sen ondan uzak dur. Çünkü uzak durmak daha iyidir.

Bu yüzdendir ki padişahların yanında, insanları uzaklaştırmak için mızrak tutan koruyucular, askerler vardır. Onlar, 'Ey padişaha yakın duranlar, uzaklaşın!' derler.

Hikâye

Yüreği temiz bir padişah vardı. Gümüş tenli bir köleye âşık oldu.

Aşkı o derece arttı ki, o güzel olmadan bir an bile ne oturabiliyor, ne de huzur bulabiliyordu.

O köle derece olarak diğer kölelerden daha üstündü. Daima onu gözünün önünde bulundururdu.

970 Padişah sarayda ok atarken, o köle korkudan adeta erirdi.

Çünkü padişah hep bir elmayı hedef yapar, o elmayı da kölenin başına koyardı.

Ok atıp elmayı ikiye böldüğü zaman, o köle korkudan sapsarı kesilirdi.

Durumdan haberi olmayan birisi, ona, "Gül gibi yüzün, neden altın gibi sarardı?

Padişahın katında bu derece değerin var, anlat bakayım, yüzünün sarılığı nedendir?" diye sordu.

975 Köle dedi ki: "Başıma bir elma koyuyor. Eğer attığı ok bana isabet edecek ve bana zarar verecek olursa,

'Farzet ki benim böyle bir kölem yoktu, olsa da kölelerim arasında en değersiziydi' der geçer.
Yok eğer ok hedefe isabet ederse, herkes bunun padişahın bahtından kaynaklandığını söyler.
Ben bu iki dert arasında kıvranıp durmaktayım. Bir hiç uğruna canımı tehlikeye atmaktayım."

Ala Üveyiğin Hikâyesi

Sonra hemencecik alaüveyik kuşu çıkageldi. Dedi ki:

"Ey kuşlar! Ben kendi derdimle meşgulüm.

980 Benim güzel yerim, deniz kenarıdır. Orada kimse benim sesimi sadamı duymaz.

Bir an olsun âlemde kimse benden incinmez.

Dertli dertli, daima tasalı ve zavallı bir halde deniz kenarında otururum.

Su arzusuyla gönlümü kanlara bularım. Ne yapayım, suyu kendimden bile kıskanırım!

Deniz kenarındayım, ama denize ait olmadığımdan, ne yazık ki; dudaklarım kurur da ölür giderim.

985 Deniz halden hale girip coştukça coşar, dalgalanır; fakat ben ondan bir katre bile içemem.

Denizden bir katre su eksilecek diye, kıskançlık ateşinden yüreğim yanar, kavrulur.

Benim gibi birisine denizin aşkı yeter. İşte bu sevda bana yeter de artar bile.

Denizin derdinden başka bir dert istemem şimdi. Sakın, benim Sîmurg'a tahammülüm olamaz!

Esas derdi bir katre su olan kimse, nasıl olur da Sîmurg'a kavuşabilir?"

Hüdhüd ona dedi ki: "Ey denizden habersiz olan kuş!

Deniz timsahlarla, canavarlarla doludur.

Onun suyu bazen acı, bazen tuzludur. O kimi zaman sakin, kimi zaman dalgalıdır.

Değişken bir şeydir, kararsızdır da. Gâh coşar ilerler, gâh geri çekilir.

Nice büyüklerin gemilerini parçaladı, niceleri de girdabına kapılıp, ölüp gittiler.

Dalgıç gibi yol yordam bilenler bile, can korkusuyla içinde nefeslerini tutarlar.

Denizin dibinde bir kimse nefes alacak olsa, ölür, çöp gibi dipten dışarı çıkar.

Kimseye karşı vefakâr olmayan böyle bir denizden, hiç kimse vefa beklemez.

Sen de denizden vazgeçmeyecek olursan, sonunda seni de boğar.

Deniz, dostun aşkıyla kendiliğinden coşar; bazen dalgalanır, bazen köpürür.

Denizin kendisi bile muradına ermemiş ki, sen ondan gönül huzuru bulabilesin.

1000 Deniz, onun sokağından kaynayan bir pınardır. Sen neden ondan ayrı kalmayı seçtin?

Hikâye

Kalp gözü açık bir adam denize daldı ve; "Ey deniz! Niçin mavi renktesin?
Niçin matem elbisesi giyindin? Hiç ateşin olmadığı halde, neden kaynayıp köpürmedesin?" dedi.
Deniz, o saf kalpli kişiye şu cevabı verdi: "Dostun ayrılığından ıztırap içinde kıvranmaktayım.
Namertlik yüzünden ona lâyık olamadım. Onun derdinden yas elbisesine büründüm.
1005 Dudağım kuru, dalgın bir halde kaldım. Aşkın ateşinden suyum coşup dalgalanmaktadır.
Eğer onun kevserinden bir katre bulabilsem, ebedî hayata erer, kapısında beklerdim.
Yoksa benim gibi yüz binlerce dudakları kavrulmuş kişi, gece ve gündüz onun yolunda can vermededir.

1001 Mavi renk, sufîlerin giydikleri hırkanın ve aynı zamanda matem tutanların elbiselerinin rengidir.

Baykuşun Hikâyesi

Baykuş divane gibi ortaya çıktı ve: "Ben kendime bir viraneyi seçtim.

Harabede doğmuş bir acizim, bâdesiz harap olup gitmekteyim.

1010 Gerçi mamur yeri beğendim, ancak orada da kargaşa ve düşmanlık var.

Kalp huzuruyla yaşamak isteyen, mest bir halde harabeye çekilsin.

Harabelerde define olur diye zahmetler çekerek orayı yurt ediniyorum.

Defineye olan aşkım, beni böyle harabeye yöneltti. Defineye ulaşmak için harabeden başka yol yoktur.

Tılsımsız defineyi bulurum diye herkesten ayrıldım, bunca zahmete katlandım.

1015 Günün birinde ayağım bir defineye takılırsa, bu deli gönlüm kurtulmuş, muradına ermiş olur.

Sîmurg'a olan aşk, efsaneden başka bir şey değildir. Çünkü Sîmurg'un aşkı her er kişinin harcı değildir. Ben onun aşkına lâyık bir er değilim. Bana define ve viranenin aşkı gerek." dedi.

Hüdhüd de: "Ey define aşkıyla mest olmuş kuş! Farzedelim ki eline bir define geçti.

Kendini o definenin başında ölmüş bil; ömür gitmiş, yol bitmemiş.

1020 Define aşkı ve altın sevdası kâfirliktir. Altından put yapan kişi Âzer'dir.

Altına tapmak kâfirliktendir. Nihayet sen Sâmirî kavminden değilsin ki!

Altın aşkı ve sevdası yüzünden bozulan gönül, kıyamet gününde farklı sûret ve şekilde haşrolur." diye seslendi.

Hikâye

Hakikatten habersiz bir adamın bir çömlek altını vardı. O ölünce, o çömlek dolusu altın geride kaldı.

Bir yıl sonra oğlu babasını rüyasında gördü. Yüzü fare gibi, iki gözü iki çeşmeydi.

1025 Altını gömdüğü yerde, fare gibi o çömleğin etrafında habire dönüyordu.

1021 Sâmirî, rivayete göre Hz. Musa'nın halasının oğludur. Musa (a.s.) Tûr'a gidince, ses çıkaran bir buzağı yapmış, İsrailoğulları da o buzağıyı Tanrı kabul etmiştir. [Tâhâ sûresi, âyet 87-88]

Oğlu şöyle anlatır: Babama, "Buraya niçin geldin, halini anlat bakayım!" dedim.

Dedi ki: "Buraya altın gömdüm. Bilmem birisi onu buldu mu?"

Ben, "Pekalâ, fareye dönmüş yüzün neyin nesi?" diye sordum. Dedi ki: "Gönlünde altın sevgisi olan,

Fare sûretinde haşrolur, her zaman onun hasretiyle yanar tutuşur.

1030 Ey oğul! Bak bana, ibret al ve gönlünden altın sevgisini çıkar at."

Kuyruk Sallayan Kuşun Hikâyesi

Kuyruksallayan, gönlü üzgün, bedeni zayıf, ateş gibi baştan aşağı kararsız bir halde geldi.

Şöyle dedi: "Ben şaşkın ve bunağım. Gönülsüz, kuvvetsiz ve azıksızım.

Musa gibi benim de gücüm kuvvetim yok. O kadar zayıfım ki, bir karıncadan da âcizim.

Benim ne kolum, ne kanadım var, hiç bir şeyim yok.

Bu halimle yüce Sîmurg'a nasıl ulaşabilirim ki?

1035 Onun huzuruna bu aciz kuş nasıl erişir? Kuyruksallayan Sîmurg'a nasıl erer?

Dünyada onu arayanlar çoktur. Ona kavuşmak benim gibi birisine nasıl lâyık olur?

Madem ki onun visaline erişemeyeceğim, öyle ise muhal olan bir şey için yol katedemem.

Dergâhına doğru yüz koyup yola düşsem bile, ya ölür veya yolunda yanarım, erişemem ona.

Ben onun adamı değilim, bari kuyuda kendi Yusuf'umu arayayım.

1040 Kuyuda bir Yusuf yitirdim, elbette zaman gelir onu tekrar bulurum.

Eğer Yusuf'umu kuyuda bulacak olsam, mutluluktan başım adeta göğe erer."

Hüdhüd ona şöyle dedi: Ey şuhluktan ve mutluluktan kendini düşkün gösterip yüzlerce serkeşlikte bulunan kuş!

Baştan başa riyasın, ben bunu nasıl satın alırım? Senin bu riyakârlığın bana uygun düşmez.

Yola ayak bas, konuşma, ağzını kapa. Bütün bunlar yanacaksa, sen de yan.

1045 Sen Yakub bile olsan, sana Yusuf'unu vermezler, hileye başvurma.

Kıskançlık ateşi hep parlayıp durmaktadır. Yusuf'un aşkı âleme haramdır.

Hikâye

Yusuf babasından ayrı düşünce, onun firakından Yakub'un gözleri görmez oldu.

Gözlerinden kan denizi dalgalanmakta, dilinde daima Yusuf'un adı tekrarlanmaktaydı.

Cebrail gelip, "Bundan böyle Yusuf'un adını anacak olursan,

1050 Adını nebiler ve peygamberler arasından sileceğiz." haberini ulaştırdı.

Hak'tan böyle bir emir gelince, o anda dilinden Yusuf'un adı silindi.

Gerçi Yusuf'un adı ona nedimdi ve onun adı gönlünde yer etmişti,

Bir gece Yusuf'u rüyasında gördü, onu yanına çağırmak istedi.

Hakk'ın emrini hatırladı; o perişan, kendinden geçmiş olan Yakub hemen sustu.

1055 Ancak, takati kesilmişti, cân u gönülden, dertli dertli bir âh çekti.

O güzel rüyadan uyanıp yerinden kalkınca, Cebrail gelip Allah'ın şu mesajını iletti:

"Her ne kadar Yusuf'un adını anmamışsan da, o an bir âh çektin.

Çektiğin âhın ne anlama geldiğini anladım. Gerçekte tövbeni bozdun, artık ne fayda?"

Bu işten akıl divaneye döner, gör ki âşıklık bize neler yapar?

1060 Ondan sonra diğer bütün kuşlar da, hakikatten habersiz mazeretler ileri sürdüler.

Her biri cehaletten bir başka özür beyan etti, hakikatten uzak, sudan bahaneler söyledi.

Eğer her birinin özrünü tek tek söyleyecek olsam, beni mazur tut, bu hikâye uzar gider.

Her birinin bir özrü vardı, aksak topal. Böyleleri Anka'yı nasıl pençesine düşürecek?

Anka'yı cân u gönülden seven kişi, ercesine candan el çeker, canını feda eder.

1065 Yuvasında otuz yem tanesi bulunmayan kuş, şayet divane değilse Sîmurg'a lâyıktır.
Senin bir taneye bile sabrın, tahammülün yokken, Sîmurg'la nasıl çile çıkartacaksın?
Bir kadeh şarapla bile sarhoş olup kenara çekiliyorsun, sen bu işin erbabıyla oturup nasıl şarap içeceksin?
Senin bir zerreye bile tahammül edecek takatin yokken, nasıl oluyor da güneşten bir hazine umuyorsun?
Küçücük bir katrede bile boğulan sen, nasıl oluyor da denizin dibinden yüzüne çıkabileceksin?
1070 Bu, hakikatin kendisidir, yansıma değil. Bu, temiz olmayanların harcı değildir.

Kuşların Hüdhüd'e Soruları

Bütün kuşlar bunları duyup durumu anlayınca, hep birden Hüdhüd'e şöyle sordular:

"Ey kılavuzlukta bizim önümüze geçen, iyiliği ve yüceliği elde etmiş olan!

Biz hepimiz bir avuç zavallı ve güçsüz kimseleriz. Kolsuz kanatsısız; ne tenimiz var, ne de ruhumuz.

Yüce Sîmurg'a nasıl ulaşabiliriz? Bizden birisi ulaşacak olsa, bu görülmemiş bir olay olur.

1075 Bizim onunla ne ilgimiz var? Söyle! Körükörüne sır aramak mümkün mü?

Eğer bizimle onun arasında bir yakınlık olsaydı, her birimizin ona karşı bir rağbeti, iştiyakı olurdu.

O bir Süleyman'dır, biz ise zavallı birer karınca. Bir bak hele, o nerede, biz neredeyiz!

Karıncaya kuyunun arkı bile bağ olmuş, bu durumda o yüce Sîmurg'un civarına nasıl erişecek?

Padişahlık bir dilencinin harcı olur mu? Bu bizim gibilerin gücü dahilinde nasıl olacak?"

Hüdhüd bunun üzerine dedi ki: "Ey hiç bir şey elde edememiş, elleri boş kalmış kuşlar! Korkaklar gerçek aşka nasıl sahip olabilir?

Ey zavallılar! Bu haliniz ne zamana dek sürecek? Âşıklıkla korkaklık bir arada olmaz ki!

Aşk yolunda gözü açık olan kimse, oynayıp zıplayarak gelir ve bu uğurda canını feda eder.

Sen iyi bil ki Sîmurg, örtüsünü kaldırıp güneşe benzeyen yüzünü gösterince,

Yüz binlerce gölge yere serilir, nazarında sadece onun temiz gölgesi kalır.

Sîmurg âleme gölgesini saldı da bunca kuş meydana çıktı.

Âlemdeki bütün kuşların sûreti, onun gölgesidir. Bunu böyle bil, ey hakikatten habersiz kişi!

Bunu böyle bil. İlk olarak bunu bildin mi, o hazretle olan bağını güçlendirdin demektir.

Bunu bildikten sonra, iyice kavra. Bilince, sakın bu sırrı açığa vurma.

Onun varlığıyla özdeşleşen kişi, onda garkolur. Hâşâ sen böyle söyleyecek olsan, o Hak sözü olur.

Söylediğim bu makâma varsan, bizatihi sen Hakk'ın kendisi olmazsın, ama daima Hakk'ın zâtında gark olursun.

Hakk'ın zâtında gark olan kişi nasıl hulûle inanır? Bundan daha abes bir söz olabilir mi?

Kimin gölgesi olduğunu bildin mi, ölmüş olsan da, yaşasan da her şeyden kurtulmuş olursun.

Sîmurg apaçık ortada olmasaydı, hiç bir zaman gölge salmazdı.

Keza Sîmurg gizli olsaydı, âlemde asla gölgesi olmazdı.

1095 Burada gölgesi görünen şey, önce orada âşikâr olur, görünür.

Sîmurg'u görecek gözün yoksa, gönlün ayna gibi parlak değildir demektir.

Hiç kimsenin onun cemâlini görebilecek gözü olmadığından, çaresiz sabretmesi gerekir.

Onun cemâliyle aşk oyununa girişilemez. Ancak o, lütfunun kereminden bir ayna yaptı.

O ayna, gönüldür. Gönüle bak, nazar et de onun cemâlini gönülde seyret.

Hikâye

1100 Son derece güzel bir padişah vardı. Güzellik âleminde eşsiz, benzersizdi.

Âlem onun sırlarının kitabıydı adeta. Yüzü ise güzellikte bir âyet, bir delildi.

Bilmem, onun cemâlinden pay almaya cesareti olan var mı?

Yeryüzü, onun yüzünden kavgaya düştü. Halkın ona olan sevdası haddi aştı.

Bazen sokağa çıkar, atını sürer, yüzüne gül rengi bir örtü salardı.

1105 Kim o örtüye bakacak olsa, günahsız yere başı yanardı.

Kim onun adını ağzına alacak olsa, hemen o an dili koparılırdı.

Kim ona kavuşmayı düşünecek olsa, o muhal şeyden dolayı aklını ve canını kaybederdi.

Gün olur, onun aşkının derdiyle binlerce kişi ölürdü... İşte aşk, işte iş!

Eğer birisi cemâlini apacık görse, canını verir, inleye inleye ölür giderdi.

1110 O gönül okşayan güzelin aşkından ölmek, yüzlerce yıllık uzun ömür sürmekten yeğdi.

Bir an bile olsa ne bir kimsenin ondan ayrılığa sabrı vardı, ne de kimsenin ona karşı duracak gücü, kuvveti.

Halk, hep bu istekle ölür dururdu. Heyhat, ne onunla iken sabır, ne de onsuz iken sabır vardı.

Eğer birinin bir an için bile gücü, takati olsaydı, padişah yüzünü ona apaçık gösterirdi.

Onun hakkında bilgi almak ve ondan lezzet almak, sadece anlatılanlar yoluyla mümkündü. Yoksa kimsenin onu görmeye takati yoktu.

1115 Halktan hiç biri ona lâyık bir er olmadığından, gönül onun derdiyle dolu olduğu halde hepsi ölür giderdi.

Padişah, kendisinin görülebileceği, seyredilebileceği bir ayna yapılmasını emretti.

[Padişah için güzel bir köşk yaptılar ve içine bir ayna koydular.

Padişah o köşke gider, sonra aynaya bakardı.]

Yüzü aynada akseder, herkes onun yüzünden bir nişan, bir iz bulurdu.

1120 Eğer sen dostun cemâlini seviyorsan, bil ki gönül onun yüzünün aynasıdır.

Gönlü elde et de onun cemâlini gör. Canı ayna yap, onun celâlini seyret.

Senin padişahın, celâl köşkündedir. Köşk, o cemâlin güneşinden apaydınlık olmuştur.

Padişahını gönlünde gör, arşı bir zerrede, kalpte seyret.

Ortaya çıkan, zuhur eden her libas, güzel Sîmurg'un gölgesidir.

1125 Sîmurg sana cemâlini gösterirse, hayale kapılmaksızın gölgeyi Sîmurg olarak görürsün.

İster çil murg (kırk kuş), ister sî murg (otuz kuş) olsun, gördüğün hepsi Sîmurg'un gölgesidir.

Gölge Sîmurg'dan ayrılmaz, sen, "ayrıdır" desen de bu doğru olmaz.

Her ikisi birbiriyle beraberdir. Sen gölgeden geç de asıl sırrı ara.

Sen böyle bir gölgede kaybolursan, Sîmurg'dan sana ne sermaye erişir?

1130 Sana bir kapı açılacak olursa, sen gölgenin içinde güneşi görürsün.

Gölgeyi daima güneşte kaybolmuş görürsün. Her şeyi güneş olarak görürsün, vesselâm!

Hikâye

Seçkin padişah İskender, bir yere bir elçi göndermek istediğinde,

O cihan hükümdarı elçi gibi bir elbise giyer, gizlice kendi giderdi.
Kimsenin duymadığı şeyleri söyler, "İskender böyle buyurdu" derdi.
1135 Bütün âlemde kimse bu elçinin İskender olduğunu bilmezdi.
"Ben İskender'im" dese de, hiç kimse İskender'i beklemediğinden, inanmazdı.

Padişahın her gönüle giden bir yolu vardır, ancak yolunu kaybeden gönlün ona ulaşması mümkün değildir.
Odanın dışında padişah bir yabancı gibiyse de, üzülme, içerde ev halkından biri gibidir.

Hikâye

Ayaz'a kem gözler değip rahatsızlanınca, sultanın da rahat ve huzuru kaçtı.
1140 Güçüz halde yatağa düştü. Belâlara, sıkıntılara uğradı ve hastalandı.
Ayaz'ın bu durumu Mahmud'a ulaştırılınca, vefâkâr padişah bir hizmetçi çağırdı.
Hizmetçiye dedi ki: "Ayaz'ın yanına git, ona de ki: 'Ey padişahtan ayrı düşen!
Senin hatırına senden uzak düştüm, çünkü senin çektiğin acının derdiyle ben de gam çekmekteyim.
Senin sıkıntını düşündükçe, sen mi hastasın, ben mi hastayım bilmiyorum.

Bedenim dostumdan uzak düşse de, iştiyak çeken canım ona daha da yakındır.

Ben seni candan arzulamaktayım, bir an bile senden uzak değilim.

Kötü gözler sana değdi, senin gibi bir nazenîni hasta düşürdü."

Hizmetçiye bunları dedi ve ekledi: "Çabuk git, duman gibi git, ateş gibi gel.

Sakın yolda eğleşme, suyun arkta gittiği gibi, şimşek gibi git.

Yolda bir an bile eğleşirsen, iki âlemi de sana dar ederiz."

Zavallı hizmetçi yola düştü, rüzgâr gibi Ayaz'ın yanına vardı.

Padişahı onun önünde oturmuş gördü. Olacakları düşünen aklı, muztarip oldu.

Hizmetçinin bütün vücudu titremeye başladı. Sanki amansız bir hastalığa tutuldu.

Kendi kendine, "Padişahla nasıl başa çıkarım? Şimdi benim kanımı dökecek" dedi.

Yeminler edip, "Yolda hiç bir yerde ne durdum, ne oturdum.

Zerre kadar aklım ermedi. Padişah benden önce nasıl geldi buraya?

Padişah ister inansın, ister inanmasın, eğer bunda bir kusurum varsa, kâfir olayım." demeye başladı.

Padişah ona şöyle dedi: "Bunda senin bir suçun yok. Ey hizmetkâr, bunu sen nereden bileceksin?

Benim ona gitmek için gizli bir yolum var. Zira onu bir an bile görmesem, tahammül edemem.

1160 Âlemde kimsenin haberi olmasın diye, her zaman gizlice o yoldan ona giderim.

Bizim aramızda gizli yollar çoktur. Canımızda nice sırlar vardır.

Zahiren gerçi ondan haber soruyorum, ancak hakikatte ondan haberdarım, ne halde olduğunu bilirim.

Yabancılardan sırrımı gizliyorsam da, hakikatte canım onunla beraberdir."

Kuşlar bu sözleri işitince, o kadîm sırrı iyice anladılar.

1165 Hepsi birden Sîmurg'a bağlandılar, nihayet yolculuğa rağbet gösterdiler.

Bu sözler yüzünden hep birden yola baş koydular.

Hepsi dert ortağı oldular, beraberce ötüştüler.

Hüdhüd'e sordular: "Ey iş bilen üstad! Bu yolun üstesinden nasıl geliriz?

Çünkü böyle yüce bir makama biz zavallıların gidişiyle asla varılamaz."

Hüdhüd'ün Cevabı

Yol gösterici, rehber olan Hüdhüd, o an kuşlara şöyle dedi: "Âşık olan artık canını düşünmez.

1170 Canını terkettiğin zaman, âşıksın demektir. Bu durumda ister zâhit ol, ister fâsık.

Gönlün canının düşmanıdır. Canını feda et, at yola.

O zaman yol biter, maksada erersin.

Can, yol bağıdır, canı ver. Sonra da bak, sevgilinin yüzünü gör.

Sana imanı terk et denirse ve candan vazgeç hitabı gelirse,

Sen, bunu da ver, onu da. İmanı terk et, candan da vazgeç.

1175 İnkârcı, "Bu olmayacak şey" der. Sen de "Aşk, küfürden de, imandan da üstündür" de.

Aşkın küfürle ve imanla işi ne? Âşıkların bir an için bile olsa canla ne işi var?

Âşık olan bütün harmanı ateşe verir. Testereyi başına koyarlar da, sükut eder, sabır gösterir.

Aşka dert ve gönül kanı gerekir. Müşkil bir kıssa gerektir aşka.

Ey sâkî! Ciğer kanını kadehe dök, eğer derdin yoksa, bizden ödünç al.

Aşka, perdeleri yakan bir dert gerek; bazen canı rüsva edecek, bazen de sırları gizleyecek.

Aşkın bir zerresi, bütün âlemden yeğdir. Derdin bir zerresi de bütün âşıklardan üstündür.

Aşk kâinâtın özüdür. Ancak aşk, dertsiz eksik kalır.

Meleklerde aşk vardır, dert yok. Dert, sadece insanlarda vardır.

Aşk yolunda ayağını sağlam basan, küfürden de geçer, imandan da.

Aşk sana fakrın kapısını açar, fakr da sana küfrün yolunu gösterir.

Sende bu küfür, bu iman kalmayınca, şu tenin kaybolur; canın da kalmaz.

Bundan sonra bu işin eri olursun. Bu çeşit sırlara vâkıf olmak için er olmak gerektir.

Erler gibi bu yola ayağını bas, korkma. Küfürden de, imandan da geç, korkma.

Daha ne zamana dek korkacaksın? Çocukluğu bırak, ercesine yola gir, işe koyul.

1185 Fakr ve küfr: Hz. Peygamber'den, "Neredeyse fakirlik küfre dönüşecekti." hadisi nakledilmiştir. Bu sözdeki fakr kelimesi, lügat anlamıyla değil, küfre sevk eden durum olarak açıklanmıştır.

1190 Karşına ansızın yüzlerce engel çıksa da, korkma. Çünkü bu yolda böyle şeyler hep baş gösterir.

Hikâye

Şeyh-i San'an, zamanının pîri idi. Kemâline dair ne söylesem, ondan daha üstündü.

Harem'de elli yıl şeyhlik yaptı. Kemâl sahibi dört yüz müridi vardı.

Her bir müridi kendisi gibiydi. Durup dinlenmeden gece gündüz riyazette idiler.

Hem amel, hem ilim sahibi idi. Âşikâr olana, mahrem olana, kısaca bütün sırlara vâkıf idi.

1195 Elliye yakın hacc etmiş, ömrü boyunca da umre yapmıştı.

Kıldığı namazın, tuttuğu orucun sayısı belirsizdi. Hiç bir sünneti de terketmemişti.

Huzuruna gelen doğru yolun rehberleri, yanında kendilerinden geçerlerdi.

O manâ eri, keramet ve makamlarda kılı kırk yararak titizlik gösterirdi.

Kim bir hastalığa yakalansa veya kırgınlaşsa, onun nefesiyle sıhhate ererdi.

1200 Mutluluk ve kederde bayrak gibi halka yol gösteren bir rehberdi.

Kendisini dostlarının rehberi bilmesine rağmen, birkaç gece peşpeşe şöyle bir rüya gördü:

Harem'den Rum ülkesine göçmüştü, devamlı olarak bir puta secde ediyordu.

Bu âlemin uyanık eri bu rüyayı görünce, şöyle dedi: "Eyvah, yazık. Şimdi,

Seçkin Yusuf kuyuya düştü, yolumuza aşılmaz bir engel çıktı.

1205 Bilmem, bu dertten canımı kurtarabilecek miyim? İmanımı kurtarabilirsem, canımı feda edeyim."

Yeryüzünde bir er yoktur ki girdiği yolda böyle aşılmaz bir engelle karşılaşmamış olsun.

Yoldaki bu engeli kat eden kimsenin, gideceği yere, Hakk'ın huzuruna kadar yolu aydınlanır.

Fakat o engelin arkasında kalırsa, belâlara uğrar, yol onun için uzar gider.

Nihayet o bilge pîr, müritlerine şöyle dedi: "Bir müşkil çıktı karşıma.

1210 Bu rüyanın tabirinin belli olması için hemen Rum tarafına gitmek gerek."

Dört yüz seçkin müridi, ona uyup onunla beraber yola koyuldular.

Kâbe'den Rum ülkesinin öteki ucuna dek ilerliyor, Rum ülkesini baştan başa dönüp dolaşıyorlardı.

Tesadüfen yüksek bir yapının önüne geldiler. Pencerenin önünde bir kız oturmuştu.

Bu Hıristiyan ruhanînin kızı idi. Ruhullah'ın yolunda yüzlerce marifete sahip olmuştu.

1215 Cemâl burcunda, güzellik göğünde, hiç sönmeyen ve batmayan bir güneşti.

1214 Ruhullah'tan kastedilen Hz. İsa (a.s.)'dır.

Güneş, onun yüzünün aksini görmüş; kıskançlığından, onun mahallesindeki âşıklardan daha beter sararmıştı.

O dilberin zülfüne gönül bağlayan kimse, onun zülfünün hayaliyle zünnar bağlardı.

Kim o dilberin lâ'l dudağına can verirse, daha yola ayak koymadan canını feda ederdi.

Sabah yeli onun zülfünden koku alınca, Rum ülkesi misk gibi siyah saçlar yüzünden kıvrım kıvrım kıvranır, Çin'e dönerdi.

1220 Gözleri âşıklar için bir fitne; kaşları ise güzellikte eşsiz ve benzersiz idi.

Âşıkların yüzüne bir bakacak olsa, gamzesiyle canlarını alırdı.

Kaşları ayı süslemişti, halk onun kemerine oturmuş, yurt tutmuştu.

Âşıklara bir baktı mı, göz bebeği yüzlerce insanın canını avlayıverirdi.

Yüzü, parlayan zülfünün altında, harlı bir ateş parçasına benzerdi.

1225 Suya kanmış lâ'l dudakları, bütün cihanı susuz bırakmıştı. Mahmur nergise benzeyen gözlerinin, binlerce hançeri vardı.

[Onun pınarını arzu eden kimsenin gönlüne, her kirpik yüzlerce hançer olup saplandı.]

Ağzından tek kelime çıkmadığından, ağzına dair kim ne söylerse söylesin, hakikatten uzaktı.

1217 Zünnar: İslâm memleketlerinde zımmî olan Hıristiyanların kuşandığı kemerdir.

Ağzı, iğne deliği kadar küçüktü. Beline, zülfü gibi bir zünnar bağlamıştı.

Çenesinde gümüşten bir kuyu vardı. Konuşunca sözü İsa gibi ölmüşlere can verirdi.

1230 Yüzbinlerce gönül Yusuf gibi kanlara garkolmuş, o kuyuya baş aşağı düşmüştü.

Saçında güneş gibi bir mücevher, yüzünde siyah ipekten bir peçe vardı.

Hristiyan kızı yüzünden peçeyi kaldırınca, Şeyhin kuşağı tutuştu.

Peçenin altından yüzünü gösterince, saçının bir teliyle şeyhe yüzlerce zünnar kuşattı.

Gerçi şeyh o anda başını önüne eğdi, ama güzelin aşkı yapacağını yapmıştı.

1235 Şeyh elden avuçtan çıktı, iradesini kaybetti. Orası sanki onun yeri idi de yerini bulmuştu.

Nesi var nesi yoksa, hepsi yok oldu. Sevda ateşinden gönlü dumana boğuldu.

Kızın aşkı onun can ülkesini yağmaladı. Kız zülfünden, onun imanına küfürler yağdırdı.

Şeyh imanını verdi, yerine hristiyanlığı satın aldı. Huzurunu rezilliğe değişti.

Aşk, onun canına ve gönlüne galip geldi, gönlünden ümidini kesip canına doydu.

1240 Dedi ki: "Din gittikten sonra, gönlü ne yapayım? Hristiyan kızına âşık olmak ne zormuş!"

Müritleri onu böyle inler bir halde görünce, hepsi de müşkil bir işle karşı karşıya olduğunu anladılar.

Hepsi onun bu haline şaşırıp kaldılar. Perişan oldular, akılları başlarından gitti.

Şeyhe çok nasihat ettiler, fayda vermedi. Alın yazısı böyle olunca, iyileşme umudu söndü.

Ona kim öğüt verirse versin, kulak asmıyordu. Çünkü derdi derman kabul etmiyordu.

1245 Perişan âşık, nasıl olur da söz dinler? Dermanı bile yakıp yok eden dert, nasıl olur da çare kabul eder?

Şeyh uzun günde tâ akşama dek gözü pencerede, ağzı açık, hayran bir şekilde kala kaldı.

Karanlık geceye benzeyen siyah peçenin arkasında, günahın altındaki küfür gibi gizlenmişti.

Geceleyin yıldızın aydınlattığı her çerağ, o gamlı pîrin gönlünü tutuşturdu.

O gece şeyhin aşkı, bir iken yüz oldu, tamamen kendini kaybetti.

1250 Hem gönlünden, hem de dünyadan geçti. Başına toprak saçıp yasa boğuldu.

Ne uykusu, ne kararı kaldı. Aşkından kıvranmakta, ağlayıp inlemekteydi.

Dedi ki: Ey Rabbim! Bu gecemin gündüzü yok mu? Yoksa feleğin mumu olan güneşin ışığı mı kalmadı?

Nice geceleri riyazetle geçirdim, ancak kimse böyle bir geceden bahsetmedi.

Mum gibi yanmaktan gözüme uyku girmez oldu, son derece zavallı ve aciz duruma düştüm.

1255 Mum gibi, ateş ve hararetle beni eritmekteler. Bütün gece yakıyorlar, gündüz olunca da öldürüyorlar.

Bütün gece gönül kanına bulanmışım, baştan ayağa kanlara gark olmuşum.

Gecenin her anında yüzlerce baskına uğramaktayım. Bilmiyorum gündüzüm nasıl geçecek?

Kim bu şekilde bir gece sabahlayacak olsa, işi, gece gündüz ciğerler dağlamak, yanıp yakılmaktır.

Gece gündüz çok ateşlere düştüm. Alın yazıma bu gece eriştim.

1260 Benim işim gündüz biter, beni gece yağmalayıp tüketirler.

Ya Rab! Bu gecenin gündüzü olmayacak mı? Feleğin mumu olan güneş yanmayacak mı?

Ya Rab! Bu gece bunca alâmetler var, yoksa kıyamet bu gece mi kopacak?

Yoksa âhımdan feleğin mumu olan güneş mi söndü, dilberimi görüp utandı da gizlendi mi?

Gece, onun saçları gibi uzun ve kara. Yoksa onun yüzünü görmeden şimdiye dek yüzlerce defa ölmüştüm ben.

1265 Bu gece aşkın sevdasından durmadan yanmaktayım.

Aşk kavgasına karşı koymaya takatim yok artık.

Ömür nerede ki dert ortağımı vasf edeyim, yahut muradıma ermek için ağlayıp inleyeyim?

Sabır nerede ki tutup ayağımı eteğimi çekeyim, gelip gitmeyi terkedeyim, yahut erler gibi, mest edecek kadehten içeyim?

Baht nerede ki uyanmak için çaba göstersin, yahut ona karşı olan aşkımda bana yardım etsin?

Akıl nerede ki bilgiyi kavrayayım, yahut hile ile aklımı başıma toplayayım.

1270 El nerede ki yolunun toprağını başıma saçayım, yahut toprağın ve kanın altından kalkıp tekrar doğrulayım?

Ayak nerede ki sevgilinin mahallesini tekrar arayayım? Göz nerede ki dostun yüzünü yeniden göreyim?

Sevgili nerede ki gamlandığımda beni teselli etsin?

Dost nerede ki bir an için olsun elimi tutsun?

Güç nerede ki ağlayıp inleyeyim? Akıl nerede ki akıllıca işler yapayım?

Akıl da gitti, sabır da, dost da. Bu nasıl bir aşktır, nasıl bir dert, nasıl bir iş?

1275 Şeyhin dostu olan müritlerin hepsi feryadını duyup teselli için o gece başına toplandılar.

Bir müridi ona, "Ey yüce Şeyh, kalk, bu vesveselerden kurtul, arın." dedi.

Şeyh, "Bu gece ciğer kanıyla yüzlerce defa yıkandım a bî-haber!" diye cevap verdi.

Bir diğeri, "Tesbihin nerede senin, tesbih olmadan işin nasıl düzelir?" dedi.

Şeyh, "Belime zünnar bağlayabilmek için tesbihi elimden attım." dedi.

1280 Bir diğeri, "Ey ihtiyar pîr! Eğer bir hata ettiysen, tövbe et." dedi.

Şeyh, "Yücelikten ve sahip olduğum halden tövbe ettim. Şeyhlikten, gaybî ve zahirî hallerden tövbekâr oldum." dedi.

Bir başka dost, "Ey sırlara vâkıf bilge! Kalk da namaza dur, kendini topla." dedi.

Şeyh, "Nerede o sevgilinin mihrap olan yüzü, eğer o olmazsa namazım neye yarar?" dedi.

Bir başkası, "Daha ne zamana dek bu sözler? Kalk, halvette Allah'a secde et." dedi.

1285 Şeyh, "Eğer benim put gibi güzel yüzlü sevgilim

burda olsaydı, onun huzurunda secde etmek ne güzel olurdu!" dedi.

Bir başkası, "Pişmanlık duymuyor musun? Bir an bile olsa müslümanlık derdin olmayacak mı?" dedi.

Şeyh, "Niçin bundan önce âşık olmadım, demekten daha fazla pişmanlık mı olurmuş?" dedi.

Bir diğeri, "Şeytan yolunu kesti, ansızın gönlüne azgınlık okunu attı." dedi.

Şeyh, "Bizim yolumuzu kesen şeytan, varsın kessin, zira o işini çok güzel yapıyor!" dedi.

Bir diğeri dedi ki: "Bu durumdan haberdar olan kimse, 'Bu pîr böyle nasıl azdı, yolunu şaşırdı?' der."

Şeyh, "Ben, şöhret ve itibardan uzağım, riya şişesini taşa çaldım." dedi.

Bir diğeri, "Kadîm dostların senden incindiler, gönülleri parçalandı." dedi.

Şeyh, "Hristiyan kızının gönlü hoş olsun da, şunun bunun incinmesi umurumda bile değil." dedi.

Bir diğeri, "Dostlarla ol, onlara katıl da bu gece Kâbe'ye geri dönelim." dedi

Şeyh, "Kâbe olmazsa kilise var. Kâbe'de aklım başımda oluyor, kilisede ise sarhoş." dedi.

Bir diğeri, "Hemen şimdi yola düş, Harem'de diz çök, özürler dile." dedi.

Şeyh, "O sevgilinin eşiğinde özür dilemek isterim, elini benden çek." dedi.

Bir diğeri, "Bu yol cehenneme çıkar, aklı başında olan kişi kendini cehenneme atmaz." dedi.

Şeyh, "Eğer cehennem yol arkadaşım olursa, bir âhımdan yedi cehennem birden yanar." dedi.

1300 Bir diğeri, "Cennet ümidiyle bu kötü işten vazgeç, tövbe et." dedi.

Şeyh, "Nasılsa cennet yüzlü sevgilim var, bana cennet lâzımsa, o da işte bu mahalledir." dedi.

Bir diğeri, "Hak'tan utan, Hak teâlâ'ya lâyık olduğu şekliyle hürmet et." dedi.

Şeyh, "Bu ateşi, Hak teâlâ attı bana. Ben kendi kendime bu sorumluluğu üzerimden atamam." dedi.

Bir diğeri, "Git, sakinleş, imanını tazele, mümin ol." dedi.

1305 Şeyh, "Şaşkın bir hale düşmüş olan benden, küfürden başka bir şey isteme. Kâfir olan kimseden iman bekleme." dedi.

Söz ona tesir etmeyince, sonunda susup bir kenara çekildiler.

Gönül perdeleri dalgalandı, kana bulandı. Bu perdenin ardından ne çıkacak, neler olacak, diye beklemeye koyuldular.

Nihayet Türke benzeyen gün, altın kalkanını gösterip Hindû'ya benzeyen gecenin kafasını kılıçla kesip düşürdü.

Ertesi gün gurur evi olan bu dünya, denize benzeyen güneş pınarından akan nurla doldu.

1310 Şeyh, sevgilinin mahallesinde halvete çekildi, onun sokağının köpekleriyle arkadaş oldu.

Onun kapısının önünde itikafa çekildi. Onun ay gibi parlak yüzünü görünce, iğne ipliğe döndü.

1311 İtikaf: Mescit ve camilerde, özellikle Ramazan ayında insanlarla konuşmaksızın zamanını sadece ibadetle geçirmek.

Bir aya yakın, gece gündüz onun mahallesinde, onun güneş yüzüne tahammül etti.

Ama sonunda sevgilisini göremeyince, hasta oldu. Fakat o eşikten hiç başını kaldırmadı.

O güzelin mahallesinin toprağı yatağı, o kapının eşiği de yastığı oldu.

1315 Onun mahallesini terketmeyince, kız onun âşık olduğunu anladı.

O güzel, işi cahilliğe vurdu ve; "Ey şeyh! Neden böyle kararsız bir hale düştün?

Nasıl olur da zahitler şirk şarabıyla mest olur, hristiyanların mahallesinde oturur?

Şeyh benim zülfüme gönül bağladığını ikrar ederse, divaneye döner de bu ona fayda verir." dedi.

Şeyh ona; "Görüyorsun, nasıl da zebun oldum, gönlümü çalıp gittin.

1320 Ya gönlümü geri ver, ya da benimle hemdem ol. Arzuma kulak ver, artık bu kadar nazlanıp durma.

Nazdan ve kibirden geç. Âşık olmuşum, yaşlı ve garibim; halimi gör.

Ey sevgili! Benim aşkım sersericesine değildir. Ya başımı bedenimden ayır, yahut onu kabul et.

Emredersen, canımı sana feda ederim. Dilersen, sen canı bana tekrar bağışlarsın.

Ey dudağı ve zülfü hem kârım, hem ziyanım olan güzel! Yüzü ve mahallesi gayem ve esenliğim olan dilber!

1325 Bir zaman zülfünün kıvrımıyla beni yakıp yandırma. An gelip mest gözlerinle beni uyutma.

Senin yüzünden gönlüm ateşe düştü, gözlerim buluta döndü. Senin yüzünden kimsesiz, dostsuz, kararsız kaldım.

Sensiz dünya bana zindan oldu, sıkıntıya düştüm. Aşkın yüzünden gör bak, neler kazandım?

Gözümden yağmur gibi yaşlar dökmekteyim. Çünkü seni görmediğim zaman, gözümden beklediğim budur.

Gönül, gözüm yüzünden mateme büründü. Göz yüzünü gördü, gönül gama garkoldu.

1330 Göz yüzünden başıma gelen, kimsenin başına gelmedi. Benim bu gönülden çektiğimi de kimsecikler çekmedi.

Gönlümden, gönül kanından başka bir şey kalmadı. Gönül kanını ne zamana dek içeceğim? Gönül kalmadı.

Bu miskinin canına bundan daha fazlasını yapma. Aşkın benim için ferahlık ve huzur kaynağıdır, onu yok etme.

Ömrüm beklemekle geçti, eğer kavuşmak olacaksa, bunun için de zaman gerekli.

Her gece, cana pusu kurmada, senin mahallenin başında canımla oynayıp durmadayım.

1335 Yüzüm, senin kapının toprağında, can vermekteyim. Toprağın bedeli olarak canımı ucuza satmaktayım.

Kapında daha ne kadar inleyeceğim? Kapıyı aç, bir an bile olsa beni kendine hemdem et.

Sen bir güneşsin, senden nasıl uzak dururum? Ben bir gölgeyim, sensiz nasıl sabrederim?

Iztıraptan gölge gibiysem de, güneş gibi pencerene vurmaktayım.

Bu avareye yakınlık gösterirsen, yedi feleği kanadımın altına alırım.

Topraktan yaratılmış canımla yanıp durmadayım. Canımın ateşinden de cihan yanmaktadır.

Sana olan aşkımdan dolayı ayağım çamura saplandı. İştiyakından ıztırap içindeyim, elimse kalbimin üstünde.

Sana kavuşma arzusuyla canım çıkmakta. Daha ne zamana dek benden gizlenip duracaksın?" diye cevap verdi.

Kız ona şöyle dedi: "Ey yaşlı bunak! Utan, kâfur ve kefen tedarikine bak.

Nefesin soğumuş senin, hemdem olmayı unut. Yaşlanmışsın, gönül eğlendirmeyi bırak.

Şimdi kefen tedarikinde bulunman, beni arzulamandan yeğdir.

Sen padişahlığı nasıl elde edeceksin ki? Karnını doyurmak için ekmek bile bulamazsın."

Şeyh ona dedi ki: "Sen bu şekilde yüz binlerce laf saysan da, benim, senin aşkının derdinden başka bir işim yok.

Âşıklıkta genç, yaşlı farketmez. Aşk hangi gönüle isabet ederse, tesir eder, etkisini gösterir."

Kız şöyle dedi: "Eğer sen bu işin eriysen, şu dört şeyi yapmalısın:

Putun önünde secdeye var, Kur'an'ı yak. Şarap iç ve imanı terket."

Şeyh dedi ki: "Şarap içmeyi seçtim, diğer üçüyle bir işim yok.

Güzelliğin için şarap içebilirim, diğer üçünü ise yapamam."

Kız dedi ki: "Bu işte samimi isen, müslümanlığı terketmelisin.

Kim sevilisinin rengine boyanmazsa, onun aşkı yapmacık bir renk ve kokudan başka bir şey değildir."

1355 Şeyh ona dedi ki: "Ne dedinse onu yaparım. Ne emredersen cân u gönülden uyarım.

Ey gümüş tenli! Ben senin kulağı halkalı kölenim. Zülfünden bir halkayı boynuma at."

Kız, "Kalk, gel ve şarap iç. Çünkü şarap içince coşup neşelenirsin." dedi.

Şeyhi tutup kiliseye götürdüler, şeyhin müritleri de oraya gelip feryad u figan ettiler.

Şeyh, doğrusu yepyeni bir meclis gördü. Ev sahibinin güzelliği, tavsife sığmazdı.

1360 Aşk ateşi şerefini aldı götürdü. Hristiyan kızın zülfü, onun ömrünü zayi etti.

Bir zerrecik aklı kalmadı, fikri de gitti. Orada sessizce, susup kaldı.

Sevgilisinin elinden kadehi aldı, içti ve kendinden geçti.

Şarapla sevgilinin aşkı birleşince, o ay yüzlüye olan aşkı bir iken yüz bin oldu.

Şeyh, kızın saflığını ve gülümsemesini gördü.

1365 Canına bir iştiyak ateşi düştü. Kanlı göz yaşı sel gibi kirpiklerine döküldü.

Bir kadeh şarap daha istedi, onu da içti. Sevgilinin zülfünden kulağına bir halka taktı.

Şeyhin din konusunda yüze yakın eseri vardı. Hafızlıkta da son derece üstad idi.

Şarap şeyhin üzerinde etkisini gösterince, davası da kalmadı, söyleyecek sözü de.

Aklında ne varsa hepsi silindi. Şarabı içince, akıl da yel gibi çekip gitti.

1370 Şarap, kalbinde eskiden olan ne varsa süpürüp yıkadı.

Sadece sevgilinin sağlam aşkı kaldı. Başka ne varsa tamamen temizlendi, arındı.

Şeyh sarhoş olunca, aşkı galip geldi, canı da deniz gibi coştu.

O güzeli de elinde kadeh sarhoş bir halde görünce, şeyh elden çıkıp büsbütün kendinden geçti.

Şarap içmeyi bir yana bıraktı, hemen onun boynuna sarılmak istedi.

1375 Kız ona, "Sen bu işin eri değilsin. Âşık olduğunu iddia ediyorsun, ama hakikatinden haberdar değilsin.

Aşk yolunda samimi isen, kıvrım kıvrım bu zülfün yoluna düştüysen,

Zülfüm gibi kâfirliğe ayak bas. Çünkü aşk serserice bir iş değildir.

Huzur ile aşk, birbiriyle uyuşmaz. Unutma, aşkın sonu kâfirliktir.

Eğer bana uyar, benim gibi kâfir olursan, o zaman beni kucaklayabilirsin.

1380 Yok uymayacak olursan, kalk git. İşte asa, işte aba!

Şeyh âşık olmuş, müşkil bir işle karşı karşıya gelmişti. Gafletle gönlünü kazaya teslim etmişti.

1377 Zülf ve küfr: Karanlık ve siyahlığı itibariyle zülf, küfre benzetilmiştir.

Sarhoş değilken bile, bir an olsun varlık sevdasında olmamıştı.

Şimdi ise aşka tutulmuş şeyh, mest olmuş, tamamen kendisinden geçmişti.

Kendisine sözü geçmedi, rezil rüsva oldu. Kimseden korkmuyordu, Hıristiyan oldu.

Şarap, yıllanmış bir şaraptı, ona tesir etti. Şeyhi pergel gibi şaşkına çevirdi.

İhtiyar şeyhin elinde yıllanmış şarap ve genç kızın aşkı. Sevgilisi de yanında. Nasıl sabredilebilir ki?

O pîr harap bir şekilde, kendinden geçip sarhoş oldu.

Hem mest, hem âşık. Nasıl olur da kendinde olur?

Şeyh şöyle dedi: "Ey ay yüzlü güzel! Takatim tükendi, bu âşıktan ne istiyorsun? Söyle!

Aklım başımda iken puta tapmadıysam da, tamamen sarhoş iken putun önünde mushafı yakayım."

Kız ona dedi ki: "Şimdi bana lâyık, benim istediğim gibi bir er oldun, artık Allah sana rahatlık versin.

Bundan önce aşkta hamdın. Çok yaşa! Artık piştin, vesselâm!"

Böyle bir şeyhin kendilerinin yolunu seçip hristiyan olduğu haberi hristiyanlar arasında duyulunca,

Sarhoş haldeki şeyhi kiliseye götürdüler. Sonra ona zünnar kuşanmasını söylediler.

Şeyh zünnarı kuşanınca, hırkayı ateşe attı, hristiyan oldu.

1395 Gönlünü kendi dininden azat etti. Ne Kâbe'yi hatırladı, ne de şeyhliğini.

Onca yıllık sağlam imanın ardından, böyle genç bir kız onu çaldı.

Şeyh dedi ki: "Günah, azgınlık, bu zavallıya kastetti.

Hristiyan kızının aşkı, yapacağını yaptı.

Bundan sonra ne derse uyarım. Bundan daha kötü ne olabilirse, onu da yaparım.

Aklım başımda olduğu zamanlarda putperest değildim, ama iyice sarhoş olunca puta taptım."

1400 Nice kimseler vardır ki şarap yüzünden dinlerini terkederler. Şüphesiz ki "kötülüklerin anası olan içki" bunu yapar.

Şeyh dedi ki: "Ey güzel sevgili! Daha ne kaldı? Ne söyledinse yapıldı, başka ne kaldı?

Şarap içtim, aşkın yüzünden puta taptım. Benim aşktan gördüğümü kimseler görmesin.

Birisi benim gibi aşktan dolayı kendini kaybeder, kara sevdaya düşerse, yüce bir şeyh iken, şimdiki gibi rüsvay olur.

Elli yıla yakın istikametim doğruydu, gönlümde sır denizi dalgalanırdı.

1405 Aşkın bir zerresi, gizlendiği pusudan sıçrayıp çıktı.

Bizi, levh-i mahfuza götürdü, işin başına döndürdü. Çabalarımız boşa gitti.

Aşk, bundan daha fazlasını da yaptı, yapmaya da devam eder. Hırkayı attırıp zünnarı bağlattı, bağlatmaya da devam ediyor.

Aşka yeni başlayan, yazı tahtası gibidir. Aşka düşüp kendini kaybeden ise, gayb sırlarını bilmiş demektir.

Bütün bunlar gitti, söyle bakayım, sen benimle ne zaman bir olacaksın.

Aslolan, sana kavuşmaktır. Ne yaptımsa vuslat ümidiyle yaptım.

1410 Vuslat istiyorum ve seninle tanış olmak diliyorum. Ayrılıkla daha ne kadar yanayım?"

Kız şöyle söze başladı: "Ey esir olmuş şeyh! Benim mihrim ağır, sen ise çok fakirsin.

Ey hiç bir şeyden haberi olmayan, bana altın ve gümüş gerek. Altın ve gümüş olmadan nasıl dirlik düzen olur?

Eğer bunlar yoksa, başını al, çek git. Ey ihtiyar! Benden bir nafaka al, düş yola ve git.

Tez yürüyen güneş gibi tek ol. Ercesine sabret de er ol."

1415 Şeyh dedi ki: "Ey servi boylu, gümüş tenli güzel! Doğrusu ne de ahdinde duruyorsun ya!

Ey güzel sevgili! Senden başka kimsem yok. Bu türlü sözleri bırak artık.

Her an değişik şekilde beni aldatıyorsun. Önce âşık ediyor, sonra başımı kesiyorsun.

Ne içtimse, senin şerefine içtim. Ne yaptımsa, senin için yaptım.

Senin aşkının uğruna neyim varsa gitti. Küfür, İslâm, ziyan, fayda; ne varsa gitti.

1407 Eskiden çocuklar okula giderken, yazı yazmak için beraberlerinde tahta taşırmış. Bu beyitte de aşka yeni başlayan kişi bu durumda olan kimseye benzetilmiştir.

Bekleterek beni daha ne zamana dek kararsız bir halde bırakacaksın? Benimle böyle anlaşmadın ki!

Dostlarımın hepsi döndüler. Serseriye dönen benim canıma düşman kesildiler.

Sen böyle, onlar öyle, ben ne yapayım? Ne güzel kaldı, ne de can. Ben ne edeyim?

Ey yüce yaratılışlı güzel, sensiz cennete girmektense, seninle cehenneme girmeyi daha çok severim."

Sonunda şeyh ona lâyık bir adam olunca, o ay yüzlü güzel onun çektiği derde üzüldü.

Şöyle dedi: "Ey henüz pişmemiş âşık! Şimdi mihrimin yerine benim için bir yıl domuz çobanlığı yap.

Bir yıl tamam olunca, sevinçte ve kederde beraberce ömür süreriz."

Şeyh, sevgilinin hükmüne itiraz etmedi. Çünkü sevgiliye boyun eğmeyen, onun sırrına eremez.

Kâbe'nin pîri ve ulularin şeyhi, bir yıl domuz çobanlığı yaptı.

Herkesin içinde yüzlerce domuz vardır, ya domuzu yakmalı, ya da zünnar bağlamalı.

Ey zavallı! Bu tehlikenin sadece o pîrin başına geldiğini mi zannediyorsun?

Herkesin içinde bu tehlike vardır. İnsan yola girdi mi, o tehlike kendini gösterir.

Sen kendi domuzundan haberdar değilsen, mazursun. Çünkü sen yol eri değilsin ki!

İş eri gibi yola ayak koydun mu, yüz binlerce put ve domuz görürsün.

Aşk vadisinde domuzu öldür, putu ateşe at, yak. Yoksa şeyh gibi aşka düşüp rüsvay ol.

[Nihayet şeyh hristiyan olunca, Rum ülkesinde bir kavgadır koptu.]

Onunla oturup kalkanlar, şaşırıp kaldılar. Onu vazgeçirmekten aciz kaldılar.

Onun tutkunluğunu görünce, onunla dostluktan yüz çevirdiler.

Hepsi onun uğursuzluğundan kaçtılar, hâline üzülüp başlarına toprak saçtılar.

Topluluk arasında anlayışlı bir dost vardı. Şeyhin yanına geldi ve şöyle seslendi: "Ey kötü işlere düşen!

Biz bugün Kâbe'ye dönüyoruz. Ne diyorsun, emrin nedir? İçindeki sırrı söylemelisin."

Yoksa hepimiz sen gibi hristiyan mı olalım, kendimizi rezâlet mihrabı mı yapalım?

Senin bu rüsvaylığını beğenmiyoruz biz. Sanki senin gibi zünnar bağlamış hissediyoruz kendimizi.

Seni bu şekilde görmek istemiyoruz. Sensiz bu yerden hemen kaçalım.

Kâbe'de itikafa çekilelim, senden kaçıp uzaklaşalım."

Şeyh dedi ki: "Benim canım dertle ve üzüntüyle dolu.

Nereye gitmek isterseniz, hemen gidin.

Hayatta olduğum sürece kilise bana yeter. Hristiyan kızı canıma canlar katmada.

Ne kadar hür olsanız da, bunu bilemezsiniz. Çünkü böyle bir işe düşmediniz ki!

Eğer sizin başınıza bir an için böyle bir iş gelseydi, her sıkıntıda bana dert ortağı olurdunuz.

Ey değerli dostlar! Siz geri dönünüz, daha başıma neler gelecek, ne olacak bilmiyorum.

1450 Eğer, 'O elden ayaktan düşmüş, şaşkın adam neredir?' diye soracak olurlarsa, doğruyu söyleyiniz, deyiniz ki:

Gözleri kan, ağzı zehirlerle dolu, felek ejderhasının ağzında kaldı.

O İslâm pîrinin kaza ve kader yüzünden yaptığı şeylere, dünyada hiç bir kâfir rıza göstermez.

Ona uzaktan bir Hıristiyan kızının saçını gösterdiler de, akıldan, dinden ve şeyhlikten geçti.

O kızın zülfü halka gibi onun boynuna dolandı da, onu cümle halkın diline düşürdü.

1455 Eğer birisi beni kınayacak olursa, şöyle deyin: Bu yola böyle çok kimse düşer.

Başı sonu olmayan böyle bir yolda, aman kimse hileden ve tehlikeden emin olmasın."

Şeyh bunları söyleyip dostlarından yüz çevirdi. Domuz çobanı, domuzlara doğru yöneldi.

Dostları onun derdiyle çok ağladılar. Ona üzülüp ölüp ölüp dirildiler.

Nihayet Kâbe'ye gittiler. Canları yanmakta, bedenleri erimekteydi.

1460 Şeyhleri Rum ilinde yalnız başına kaldı, dinini yele verdi, Hıristiyanlığı seçti.

Müritleri de utançlarından şaşırıp her biri bir köşede gizlendi.

Şeyhin Kâbe'de dirayetli bir öğrencisi vardı. Teslimiyette her şeyden vazgeçmişti.

Gözü açık, iyi bir rehberdi. Şeyhi ondan daha iyi tanıyan yoktu.

Şeyh Kâbe'den ayrılıp sefere çıkarken, o orada hazır değildi.

1465 Bu mürit şeyhin makamına varınca, şeyh halvethânede yoktu.

Müritlere şeyhin durumunu sordu. Şeyhin başından geçen her şeyi ona anlattılar.

Kaza ve kaderin onun başına ne işler açtığını söylediler.

Bir hristiyan kızı onu saçının bir teliyle bağladı, imana giden yolu her taraftan ona kapattı.

Şeyh şimdi zülüfle ve benle aşk oyunu oynamakta. Hırkayı çıkarıp atmış, hali ise çok fena.

1470 İbadetten tamamen elini çekti, şimdi domuz çobanlığı yapıyor.

Dertlere gark olmuş o efendi, beline dört parça zünnar bağladı.

Şeyhimiz gerçi din yolunda çok çalıştı, ibadet etti, ancak o şimdi samimî bir Hıristiyandan ayırt edilemez.

Mürit bu hikâyeyi işitince, hayrete düştü, yüzü sarardı, yaslara büründü, feryada başladı.

Müritlere dedi ki: "Ey günahkâr kişiler! Vefakârlıkta ne ersiniz, ne dişi!

1475 Yüz binlerce işe yarar dost gerekir. Dost, işte bugün işe yarar.

Eğer siz şeyhinizin gerçek dostuysanız, ona yardım etmeyi neden seçmediniz?

Utanınız, bu mu dostluk? Bu mu hakbilirlik bu mu vefakârlık?

O şeyh eline zünnarı alınca, hepinizin zünnar bağlaması gerekirdi.

Bilerek yanından ayrılmamalıydınız. Hepiniz birden Hıristiyan olmalıydınız.

1480 Bu, ne dostluk, ne de vefakârlık. Yaptığınız münafıklıktan başka bir şey değil."

Dostuna yar ve yardımcı olan kimsenin, o dostu kâfir de olsa, dost olarak kalması gerekir.

Dost, kötü günde belli olur, iyi günde yüz binlercesi bulunur.

Şeyh ejderhanın ağzına düşünce, hepsi nam için, şöhret için ondan kaçtılar.

Aşk, kötü ad ve san üzerine kurulmuştur. Kim bu yoldan baş çekerse, bu hamlıktandır.

1485 Hepsi birden: "Senin söylediklerinden daha fazlasını bundan önce ona söyledik.

Onunla beraber olmaya azmettik, mutlulukta ve üzüntüde onunla olalım istedik.

Zühdü satıp rüsvaylığı alalım, dini atıp Hıristiyanlığı seçelim dedik.

Fakat iş bilen şeyh, birer birer yanından ayrılmamızı uygun gördü.

Şeyh bizim dostluğumuzdan fayda görmeyince, hemen bizleri geri döndürdü.

1490 Hepimiz onun emriyle geri döndük. Hikâyeyi anlattık, sırrı gizlemedik."

Bunun üzerine o mürit diğerlerine şöyle dedi: "Eğer siz kemâl çizgisinde olsaydınız,

Yeriniz Hakk'ın dergâhından başkası olmazdı. Bütün kalbinizle Hak'la olurdunuz.

Hakk'ın huzurunda yalvarıp yakarmada her biriniz öbürünü geçerdi.

Hak sizi öyle kararsız ve perişan halde görünce, hemen şeyhi hidayete erdirirdi.

1495 Peki siz şeyhinizden çekindinizse, Hakk'ın kapısından niçin döndünüz?"

Bu sözleri işittiklerinde, hiçbiri âcizliğinden başını kaldıramadı.

O derviş şöyle dedi: "Bu utanmanın şimdi ne faydası var? Madem iş bu hale gelmiş, hemen gidelim.

Hak dergâhında gerekeni yapalım. Yalvarıp yakararak başımıza toprak saçalım.

Hepimiz kâğıttan gömlekler giyelim, hep beraber şeyhimize varalım."

1500 Hep birlikte Arap diyarından Rum ülkesine gittiler.

İtikafa girdiler, gece gündüz gizlendiler.

Hakk'ın kapısında her biri binlerce yüz binlerce şefaat dilediler, ağlayıp sızladılar.

Bu şekilde kırk gün kırk gece yalvarıp yakarmadan geri durmadılar.

Her biri kırk gün kırk gece ne yiyip içti, ne de uyudu. Ne ekmek yedi, ne de bir yudum su içti.

O temiz kişilerin yalvarmasından, göklerde bir gürültüdür koptu.

1505 Yücelerdeki melekler de, yerin altındaki melekler de bu durumdan dolayı gök elbiseler giydiler.

1499 Eskiden, şikâyeti olan kimseler şikâyetlerini anlatan bir yazıyı sopanın ucuna bağlayıp emir veya padişahın bunu görerek durumdan haberdar olmalarını sağlarmış. Sonraları bu adet, şikâyetçi kimselerin kâğıttan yapılmış bir elbiseyi üzerlerine giyerek şikâyetlerini dile getirmelerine dönüşmüştür. Bir tür mübalâğa ile bütün vücudunun şikâyet olduğu ifade edilmek istenmiştir.

Nihayet, safın önünde duran müridin dua oku, hedefini buldu.

Kırk gecenin sonunda o temiz mürit halvette iken kendinden geçti.

Seher vakti, miskler saçan bir yel esti. Keşif âlemi onun gönlünde göründü.

Hz. Mustafa'yı gördü, ay gibi gelmekteydi. Siyah saçlarını iki yana salmıştı.

Güneşe benzer yüzü, Hakk'ın gölgesiydi. Yüzlerce can âlemi, saçının bir teline bağlanmıştı.

Salına salına yürümekte, gülümsemekte idi. Onu gören, onda kaybolur giderdi.

O mürit Hz. Peygamber'i görünce yerinden fırladı, "Ey Allah'ın Peygamberi! Elimi tut.

İnsanlara yol gösterensin; şeyhimiz yoldan çıktı, Allah rızası için ona yol göster." dedi.

Hz. Peygamber şöyle dedi: "Ey himmeti yüce derviş! Var git, şeyhini bağdan kurtardım.

Senin yüce himmetin yapacağını yaptı. Hemencecik Şeyh'i yola getirdi.

Şeyhle Hak arasında eskiden beri, kapkara bir toz vardı.

O tozu onun yolundan kaldırdım, onu karanlıkta koymadım.

Şefaat edip bir damlacık çiğ tanesi saçtım, onun bütün ömrüne yaydım.

O toz şimdi aradan gitti; tövbe zamanı geldi, günah ortadan kalktı.

1520 Yüzlerce âlem büyüklüğünde günah olsa da, onun bir tövbenin hararetiyle eriyip, yok olup, ortadan kalkıp gittiğini iyi bil.

İhsan denizi dalgalanmaya başlayınca, erkeğin de kadının da günahını yok eder."

O derviş rüyanın verdiği sevinçle kendinden geçti, bağırıp çağırmasından gökyüzü coştukça coştu.

Bütün dostlara bunu anlattı, müjdeyi verip yola koyuldu.

Ağlayıp sızlayarak, düşüp kalkarak dostlarla beraber gitti, domuz çobanlığı yapmakta olan şeyhin yanına vardı.

1525 Şeyhi gördü, ateşlere düşmüş. Kararsızlık içinde, huzura ermiş, hoş bir halde.

Şeyh, çanı atmış, belindeki zünnarı da kesmiş.

Hem Hıristiyanlık külahını başından atmış, hem de gönlü Hıristiyanlıktan arınmış.

Şeyh arkadaşlarını uzaktan görünce, içlerinde kendisinin nurunun kaybolduğunu hissetti.

Utancından üzerindeki elbiseyi parçaladı, acz eliyle başına topraklar saçtı.

1530 Bazen bulut gibi gözlerinden kanlar saçtı. Bazen de istekle tatlı canını feda etti.

Bazen âhından feleğin perdesi yandı, bazen hasretten bedenindeki kan, ateş kesildi.

Kur'an ve hadislerin sırları ve hikmetleri, gönlünden tamamen yıkanıp atılmıştı.

Şimdi hepsi yeniden hatırına geldi, cehalet ve çaresizlikten kurtuldu.

Kendi haline iyiden iyiye bir bakınca, secdeye kapanıyor, göz yaşı döküyordu.

1535 Gül gibi, gözünden akan kanlı yaşlara bulanmış, utancından terlere garkolmuştu.

Arkadaşları onu bu şekilde görünce, hem dertlendiler, hem de sevinip neşelendiler.

Hepsi kendinden geçmiş bir halde yanına vardılar, şükran nişânesi olarak canlarını saçtılar, feda ettiler.

Şeyhe şöyle seslendiler: "Ey sırrı keşfeden, sırlara vâkıf şeyh! Baht güneşinin önündeki kara bulutlar çekildi.

Yoldaki küfür kalktı, iman gelip yerleşti. Rum ülkesindeki putperest, Hak-perest oldu.

1540 Birdenbire kabul denizi dalgalandı, Hz. Resûl senin için şefaatçi oldu.

Zaman, şükür zamanıdır. Hakk'a şükret, artık matem anı değildir.

Allah'a şükürler olsun, zulmet denizinde güneş gibi âşikâr bir yol açtı.

Aydınlığı karanlığa çevirebilen Allah, bunca günaha karşılık tövbeyi ihsan eder.

O, tövbe ateşini alevlendirdiği zaman, ne var ne yok hepsini yakar, mahvedip temizler.

1545 Hikâyeyi kısa keselim. Artık oradan ayrılıp yola koyulmak zamanı geldi.

Şeyh gusletti, yeniden hırkasını giydi. Arkadaşlarıyla beraber Hicaz'a doğru yola koyuldu.

Bu hadiseden sonra Hıristiyan kızı, rüyasında kucağına bir güneşin düştüğünü gördü.

Güneş dile geldi ve şöyle dedi: "Şimdi şeyhin peşinden sen de yola düş.

Onun dinine gir, onun yoluna toprak ol. Ey onu kirleten, onunla temizlenip arın.

1550 O gelmiş, samîmî bir aşkla senin yolunu tutmuştu. Sen de hakîkî olarak onun yolunu tut.

Sen onun yolunu kesmiştin, şimdi onun yoluna gir. O artık yola girdi, sen de ona yoldaş ol.

Hayli zamandır onun yolunu kesmiştin, şimdi ona yol arkadaşı ol. Nice zamandır habersiz idin, artık hakîkatten haberdar ol, gerçeği anla."

Hıristiyan kızı uykudan uyanınca, gönlünden güneş gibi bir nur saçılıyordu.

Gönlünde acayip bir dert peyda oldu. O dert bir istek uyandırdı ve onu kararsız kıldı.

1555 Sarhoş olmuş canına bir ateş düştü, gönlüne dokundu, bu kez gönlü elinden çıktı; kendine hâkim olamadı.

Kararsız olan canına ekilen tohumun nasıl bir meyve vereceğini bilemiyordu.

Öyle bir işe düştü ki, hemdemi yoktu. Kendini şaşılacak bir âlemde gördü.

O âlem öyle bir âlemdi ki, yolu izi yoktu. Dilsiz olmak gerekti, dilin konuşmaya mecali yoktu.

Onca naz ve nimete sahip olmasına rağmen, şaşılacak bir durum, yağmur gibi gözünden yaşlar döküldü.

1560 Nara attı, elbisesini yırtarak dışarı fırladı. Başına toprak saçıp kanlar içinde koştu.

Dert dolu bir gönül ve gücü takati kalmamış bir bedenle, şeyhin ve müritlerin peşinden koşuyordu.

Tere garkolmuş bulut gibi koşuyor, kendinden geçmiş bir halde onların izinden gidiyordu.

Kırda, çölde, ne tarafa gitmek gerektiğini de bilmiyordu.

Zavallı ve perişan bir halde inledikçe inliyor, sevine sevine yüzünü toprağa sürüyordu.

1565 Feryat ederek şöyle dedi: "Ey işleri yoluna koyan, herkesin imdadına yetişen Rabbim! İşten güçten kalmış, zavallı bir kızım.

Senin yolundan ayrılmayan bir erin yolunu kestim, sen benim yolumu kesme. Çünkü bunu bilmeden yaptım.

Kahır denizini coşturma, yatıştır. Bilmiyordum, hata ettim, suçumu örtüver.

Yaptıklarımdan dolayı ben zavallıyı hesaba çekme. İmana geldim, eski dinsizliğime bakma.

Ölüp gidiyorum, bir dostum bile yok. Yücelikten zelillikten gayrı nasibim yok."

1570 Şeyhin içine, "O kız Hıristiyanlıktan vazgeçti,

Bizim dergâhımızla tanış oldu. Şimdi işi bizim yolumuza düştü.

Geri dön, tekrar o güzelin yanına var. Put gibi güzel sevgilinle hemdem ol." diye ilham geldi.

Şeyh hemen rüzgâr gibi yoldan geri döndü. Müritlerin içinden bir gürültü koptu.

Hepsi birden şöyle dediler: "Başınla oynamanın sebebi ne idi? Tövbe etmen, bunca çaba sarfedip çırpınmanın sebebi ne idi?

1575 Tekrar aşk oyununa mı giriyorsun? Tövbeden sonra pisliğe, kire tekrar mı bulaşacaksın?"

Şeyh, kızın durumunu onlara anlattı. Bunu işitenler, adeta canlarını terkettiler.

Şeyh ve arkadaşları geri döndüler. O güzelin bulunduğu yere vardılar.

Kızın yüzünü altın gibi sararmış bir halde gördüler.

Saçları, zülüfleri, yolun tozunda kaybolmuş, görünmez olmuştu.

Ayakları yalın, üstü başı parçalanmış, sanki bir ölü gibi yere serilmiş.

1580 O ay yüzlü güzel şeyhi görünce, o yaralı gönlü kendinden geçti.

O ay yüzlü kendinden geçince, şeyh, gözünden onun yüzüne sular serpti.

O güzel, şeyhe bakınca, bahar bulutu gibi gözünden yaşlar dökmeye başladı.

Onun vefakârlığını hatırladı, kendini şeyhin eline ayağına attı.

Dedi ki: "Sana karşı utancımdan canım yanmada. Perde ardında bundan daha fazla yanamam.

1585 Gerçeği anlamak için perdeyi kaldırıp attım. Bana İslâm'ı anlat da, hidayete ereyim."

Şeyh ona İslâm'ı telkin etti, dervişler arasında bir gürültüdür koptu.

O güzel yüzlü, Müslüman olunca, müritlerin gözünden yaşlar boşanmaya başladı.

Nihayet o güzel, doğru yolu bulunca, uyanık olan gönlünde iman zevkini tattı.

İmanın zevkiyle gönlü kararsız bir hale geldi, bütün ruhunu keder bürüdü.

1590 Dedi ki: "Ey şeyh! Takatim, sabrım kalmadı. Ayrılığa tahammülüm yok benim.

Baş ağrısı ve kederle dolu bu yerden gidiyorum. Elveda ey âlemin şeyhi, elveda.

Sözümü kısa keseceğim, âcizim, affet beni. Düşmanlık besleme bana."

O ay gibi güzel bunu dedi, canını teslim etti. Zaten yarım canı vardı, onu da canana verdi.

Güneşi, bulutun arkasına gizlendi. Heyhat, tatlı canı ondan ayrılıverdi.

1595 O, bu mecaz denizinden bir katre idi, hakîkat denizine geri döndü.

Hepimiz de yel gibi bu dünyadan göçeceğiz. O gitti, biz de hep beraber gitmekteyiz.

Aşk yolunda bunun gibi niceleri olur. Bunu, bu aşkı bilen bilir, kavrar.

Bu yolla ilgili anlatılanların hepsi hakikattir, gerçekleşebilir: rahmet, hile, ümitsizlik ve huzur.

Nefis, bu sırları işitemez. Nasibi olmayan, meydandaki topu çelemez.

1600 Bu hakîkati, can ve gönül kulağıyla işitmek gerek; su ve çamurdan meydana gelen nefisle değil.

Gönlün nefisle olan savaşı, her an daha da sertleşti.
Bir ağıt yak, çünkü matem şiddetlendi.

Bütün kuşlar anlatılanları işitince, o an adeta canlarını teslim ettiler.
Sîmurg, kuşların gönüllerindeki kararı, sabrı aldı götürdü. Canana olan aşkları bir iken yüz bin oldu.
Doğru bir kararla yola niyet ettiler. Çabucak yola koyulmaya başladılar.
Hepsi birden dediler ki: "Şimdi bize sorunların çözümünde, meselelerin halledilmesinde kılavuzluk edecek bir rehber gerek.
O, yolda bize rehberlik etsin, çünkü kişi kendi kendisinin kılavuzu olamaz.
Böyle bir yolda iyi bir bilge gerek ki bu derin ve engin denizi aşabilelim.
Bu bilgeye can u gönülden uyalım. İyi kötü, o ne söylerse onu yapalım.
Ola ki bu söz meydanından topumuzu alır, Kaf dağına götürür.
Zerre ulu güneşe ulaşır, Sîmurg'un gölgesi üstümüze düşer."
Nihayet, kimse bilge değildir, kura çekmek gerek, yolu budur, dediler.
Kura kime düşerse, önder odur. Küçüklerin arasında yüce olan odur.
Söz buraya gelince, gürültü patırtı azaldı. Bütün kuşlar bir anda sustu.

İşleri kuraya kalınca, kararsızların gönlü karara, sükuna erdi.

1615 Kura çektiler, kura, tam buna lâyık olan âşık Hüdhüd'e çıktı.

Hepsi onu rehber edindiler. Ne buyurursa, canla başla yaptılar.

Onun önder olması hususunda anlaştılar. Hem önder, hem rehber yaptılar.

Hüküm, onun hükmüdür, ferman da onun fermanı.

Ondan ne canımızı esirgeriz, ne de tenimizi.

Yol gösterici Hüdhüd topluluğun rehberi olarak meydana çıkınca, başına tacını koydular.

1620 Yüz binlerce kuş yola koyuldu. Aya da balığa da gölgelik oldular.

Yolda vadinin başı görününce, topluluğun feryatları aya ulaştı.

Yolun heybeti, korkusu, yüreklerine düştü; canlarına da bir ateş.

Hepsi birbirini çektiler. Kanat kanada, ayak ayağa, baş başa uçmaya başladılar.

Hepsi canlarından el yudular, canlarını hiçe saydılar.

Yükleri ağır, yolları uzundu.

1625 Şaşılacak bir yoldu, yolcusu yoktu. Ne bir zerre şer, ne de hayır vardı.

İçinde sessizlik ve sükunet vardı, sessiz sadasız bir yoldu. Ne artıyor, ne eksiliyordu.

Bir sâlik/kuş Hüdhüd'e, "Yol boş, acaba neden?" diye sordu. Hüdhüd ona, "Bu, padişahın yüceliğindendir" diye karşılık verdi.

Hikâye

Bayezid bir gece şehrin dışına çıktı. Gördü ki her taraf sakin, halkın gürültüsünden eser yok.

Âlemi tamamiyle aydınlatan bir mehtap vardı. Işığından gece gündüze dönmüştü.

1630 Gökyüzü yıldızlarla bezenmişti. Her biri yörüngesinde, kendi işiyle meşgul idi.

Şeyh (Bayezid) ovada ne kadar gezip dolaştıysa da, hiç bir kıpırtı yoktu.

Kendisine bir coşku geldi, dedi ki: "Ya Rabbi, gönlüme bir acı düştü.

Senin böyle yüce bir dergâhın var da, neden istekliler yok ortada?"

Hâtiften şöyle bir ses geldi: "Ey yolda şaşırmış er! Padişah herkese yol vermez ki.

1635 Bu dergâhın yüceliği, her dilenci kapımızdan uzak olsun, buraya yaklaşmasın diye bunu gerektirdi.

Bizim yücelik haremimiz nur saçar da, uykuda bulunan gafilleri uzaklaştırır.

İnsanlar, yüz binlercesi arasından birisinin dergâha kabul edilmesi için izin çıksın diye, yıllarca beklerler.

1637 Bu beyitte Mi'râc'a işaret edilmektedir.

Bütün kuşlar, yolun dehşet ve korkusundan kanatları kanlara bulanmış bir halde âh etmeye başladı.

Yolu görüyorlardı, ancak sonu yoktu. Derdi görüyorlardı, fakat derman ortada değildi.

Yolda öyle bir istiğna yeli estikçe esti; sanki semânın beli kırılıyordu.

Öyle bir çöldü ki, felek tavusu (Cebrail) bile orada bir hiçten ibaretti.

Artık nasıl olur da dünyada bir başka kuşun bu yolu gitmeye tâkati olur?

Yolun bu halinden korkan bütün kuşlar bir yerde toplandılar.

Kendilerinden geçmiş bir halde Hüdhüd'ün huzuruna vardılar. Hepsi de bilinçli bir şekilde Sîmurg'a varmak istediler.

Ona şöyle dediler: "Ey yol bilen Hüdhüd! Padişahın huzuruna edepsizce varılmaz.

Sen Süleyman'ın huzurunda uzun süre bulundun, sultanın yakınında oldun.

Huzurda bulunmanın edebini ve âdetini, emniyette olunacak ve korkulacak yeri iyi bilirsin.

Bu yolun inişini çıkışını gördün, âlemin etrafını da epeyce dolaştın.

Bizim görüşümüz şudur: Madem müşkilleri halletmede bizim önderimiz, rehberimiz oldun,

Şuracıkta minbere çık da sana uyan topluluğun yol azığını hazırla.

Padişahlar huzurundaki adeti, âdab ve erkânı anlat.

Çünkü bu yol bilgisizlikle aşılamaz.

Her birimizin gönlünde bir müşkil var, halbuki yola gönül huzuruyla gitmek gerek.

İlk önce gönlümüzdeki müşkilleri gider de ardından azimle yola düşelim.

Müşkillerimizi sana soralım, gönlümüzdeki şüphelerden kurtulalım.

1655 Zira biliyoruz ki bu uzun yol, içimizdeki şüpheler varken aydınlanmıyor.

Gönlümüz rahatlayınca, kendimizi yola veririz, gönülsüz ve bedensiz o dergâha baş koyarız."

Bunun üzerine Hüdhüd kürsüye çıkıp söze başladı.

Başı taçlı Hüdhüd tahta çıkınca, yüzünü görenlerin bahtı açıldı.

Hüdhüd'ün huzurunda kuşlar sürüsü, yüzbinlerce saf tuttu.

1660 Bülbülle kumru beraberce güzel sesleriyle Kur'an okuyup musikî terennüm etmek için huzura çıktılar.

Her ikisi de nağmeye başladı, nağmelerinden âleme bir uğultu, bir gürültü düştü.

Onların nağmelerini duyan, kararsız hale geldi, kendinden geçti.

Her biri halden hale girdi; kimse, ne kendinde idi, ne de kendinden geçmişti.

Sonra Hüdhüd söze başladı, manâların üzerindeki perdeyi açtı.

1665 Birisi, "Ey üstün olan! Hakikaten sen ne ile bizim önümüze geçtin?

Sen de hakikati arayansın, biz de doğruyu arayanlarız. Bizim aramızdaki fark nereden kaynaklanıyor?
Bizim canımızdan, cismimizden ne günah sâdır oldu da sana saflık ve halislik, bize ise tortusu düştü."

Hüdhüd dedi ki: "Ey soruyu soran kuş! Süleyman'ın gözü bir an bize düşmüştü.
Yoksa bu makamı ne altınla ne de gümüşle elde ettim. Eriştiğim bu devlet, o bir bakış sebebiyledir.
Bu makamı ibadet ve tâatle kim elde edebilir? Bakacak olursan, İblis de bir hayli ibadet etti.
Ama birisi de çıkar, tâate gerek yoktur derse, her an onun üzerine lânetler yağar.
Sen bir an bile tâati elden bırakma. İbadeti yerine getirince de yalnızca ona, o yaptıklarına güvenme.
Sen bütün ömrünü ibadetle geçir de, Süleyman sana da nazar etsin.
Sen Süleyman için makbul biri oldun mu, ne desem, ne söylesem ondan daha fazlasını elde edersin."

Hikâye

Sultan Mesud bir gün nasıl olduysa ordusundan ayrı düşmüştü.
Yalnız başına, rüzgâr gibi giden atını koşturuyordu.
Deniz kıyısında oturmuş bir çocuk gördü.
Denize bir ağ atmıştı. Sultan ona selâm verdi ve yanına oturdu.

Çocuk üzüntülü idi, hem gönlü kederli, hem canı bezgindi.

Sultan, "Çocuğum, neden böyle üzüntülüsün? Ben sen gibi kederli ve dertli birini görmedim." dedi.

Çocuk, "Ey hüner sahibi emir! Biz babasız kalmış yedi çocuğuz.

Bir annemiz var, o da kötürüm. Pek yoksul olduğumuz gibi, kimsemiz de yok.

Bir balık tutmak için her gün ağ atar, akşama dek beklerim.

Bin bir güçlükle bir balık tutunca, akşam yiyeceğimiz o olur ey emir!"

Sultan dedi ki: "Ey dertli yavrum, seninle ortak olmamı ister misin?"

Çocuk razı oldu, ortak oldular. Sultan denize bir ağ attı.

Çocuğun ağı padişahlık hazinesini yakaladı. Şüphesiz o gün, yüzlerce balık tuttu.

Çocuk o kadar balığı görünce, "Şaşırdım, bu devlet, bu saâdet benim mi?

Ey köle, talihin pek açık, bütün bu balıklar bu yüzden ağına düştü."

Sultan dedi ki: "Ey oğul! Eğer sana balık tutanın kim olduğunu bir bilsen, kendini kaybeder, yok olurdun.

Şimdi benden daha mutlusun, yüce devlete erdin. Çünkü sana balık tutan padişahtır."

Bunu dedi ve atına bindi. Çocuk ona, "Kendi payını ayır." Diye seslendi.

Sultan, "Bugün payımı almayacağım, yarın ağına ne gelirse benim olsun.

Yarın benim avım sen olacaksın. Şüphesiz ben avımı kimseye vermem." dedi.

Ertesi gün sultan saraya varınca, ortağını hatırladı.

Bir çavuşu gönderip çocuğu çağırttı. Ortağını tuttu tahta oturttu.

Herkes, "Ey sultanım, bu yoksuldur." dediler. Sultan, "Ne olursa olsun, benim ortağımdır.

Madem ki kabul ettik, bundan vazgeçmek mümkün değildir." dedi. Bunu söyledi, çocuğu da kendisi gibi sultan eyledi.

Birisi çocuğa, "Bu yüceliğe nasıl eriştin?" diye sordu.

Çocuk dedi ki: "Neşe geldi, yas çekip gitti. Çünkü devlet sahibi hükümdar bir gün bana uğradı."

Hikâye

Padişahın biri bir katili eziyet ederek öldürdü. Bir sufi de o katili rüyada gördü.

Adn cennetinde gülerek dolaşıyordu. Gâh neşeli, gâh salına salına geziniyordu.

Sufi ona dedi ki: " Sen bir katildin, hep başın aşağıda idi.

Bu makama nasıl ulaştın? Senin yaptıklarınla bu mertebeye erişmek mümkün değil."

Katil cevap verdi: "Kanım yere dökülürken, Habîb-i A'cemî oradan geçiyordu.

O yol pîri gizlice kaşının altından bana bir an bakıverdi.

1704 Habîb-i A'cemî: Hasan-ı Basrî'nin muâsırı olup ilk dönem zâhitlerdendir.

İşte bütün bu şerefe, hatta yüzlerce kat fazlasına o bir nazarın yüceliğinden erdim."

Bir devletlinin nazarı birisine düşse, onun canı bir anda yüzlerce sırra ulaşır.

Bir erin nazarı sana düşmedikçe, kendi varlığından nasıl haberdar olacaksın?

Sen yalnız başına ne kadar oturursan otur, yolda pîr yoksa, mesafe alamazsın.

1710 Yolda pîr gerektir, yalnız başına gitme. Körükörüne sakın bu denize dalma.

Pîr, senin için yolun olmazsa olmazıdır. Her işte sana sığınaktır.

Yolu kuyudan ayırt edemeyen sen, çavuşsuz nasıl yol alabileceksin?

Ne yolu görecek göz var sende, ne de yol kısa. Pîr, yolculuğunda sana kılavuzluk eder.

Kim bir devlet sahibinin gölgesine sığınırsa, yolda mahcup olmaz, başına utanası bir iş gelmez.

1715 Devlete erişen kimsenin elindeki diken, gül demeti kesilir.

Hikâye

Birgün Sultan Mahmud avlanırken askerinden ayrı düştü.

Dikenli çalı çırpı toplayıcısı bir ihtiyar adam eşeğini sürüyordu. Diken yükü eşeğin sırtından düştü, adam aciz kaldı, çaresizlikten başını kaşımaya başladı.

Sultan Mahmud onu böyle bir halde gördü; çalı çırpısı düşmüş, eşeği çöküp kalmıştı.

Sultan Mahmud yanına gidip, "Ey çaresiz adam! Yardım istiyor musun?" dedi. Adam, "Evet, ey atlı!

Bana yardım edecek olursan ne olacak ki? Ben kazanırım, sen de bundan bir zarar görmezsin.

Görüyorum ki güzellikten nasibin var, iyi birine benziyorsun. Güzel yüzlüler iyilik ederse, şaşmamalı."

Sultan lütfedip atından indi. Güle uzanır gibi elini dikene uzattı.

O hükümdar, adamın yükünü eşeğe yükledi, kendisi de atını askerinin yanına doğru sürdü.

Askerine dedi ki: "Şu taraftan yaşlı bir dikenli çalı toplayıcısı eşeğini yüklemiş gelmektedir.

Her yandan onun yolunu kesin de karşı karşıya gelelim."

Askerleri ihtiyarın yolunu kestiler. İhtiyarın, sultanın yanına varan yoldan başka gidecek yolu kalmadı.

İhtiyar kendi kendine, "Böyle zayıf bir eşekle nasıl yol giderim, işte zalim bir asker." dedi.

Sultanın gölgeliğini görünce korkmaya başladı. Ama yine de sultanın yanına gitmeyi uygun buldu.

Sultanın huzuruna kadar eşeğini sürdü. Onu görünce utandı, mahcup oldu.

Gölgeliğin altında tanıdık yüzü görünce, hem ihsana erdi, hem de sıkıntıya.

Dedi ki: "Ya Rabbi, halimi kime anlatayım? Sultan Mahmud'a hamallık ettirmişim."

1721 "İyiliği, güzel yüzlülerden isteyiniz." hadisine işaret edilmektedir.

Sultan ona: "Ey zavallım benim! Benim yanında halin nicedir? Söyle bakalım!" dedi.

İhtiyar: "Durumumu biliyorsun. Beni kandırma, kendini saf yerine koyma.

Çoluk çocuk sahibi, yük taşıyan bir ihtiyarım. Gece gündüz ovada diken kazıp dururum.

1735 Dikenli çalı çırpıyı satıp ancak kuru bir ekmek alırım. Elinde ise, gücün yeterse bana ekmek ver."

Sultan ona, "Ey dertli ihtiyar! Bedelini söyle altın vereyim, dikenin kaça?" dedi.

İhtiyar, "Ey sultan! Bunu benden ucuza alma. On kese altından daha aza satmam." dedi.

Askerler, "Ey ahmak, sus! Bu iki kuruşluk malı maşallah amma da ucuza satıyorsun." dediler.

İhtiyar cevap verdi: "Evet, bu iki kuruş eder, ama böyle alıcı az düşer. Bu iyi bir alıcıdır.

1740 Bir devletli dikenime el sürünce, o diken bana yüz türlü gül bahçesi verdi.

Kim böyle bir dikeni almak isterse, her bir diken için bir dinar öder.

Onun gibi bir devletli dikenime el sürünceye kadar, mahrumiyet bana ne eziyetler etti.

Evet, bu sadece bir dikendir ve değeri de pek yoktur, fakat onun eli değdiği için yüzlerce can değerindedir."

Bir başka kuş Hüdhüd'e dedi ki: "Ey kuş sürüsünün sığınağı! Güçsüzüm, yola nasıl çıkayım?

1745 Kuvvetim yok, pek de acizim. Hiç böyle bir yolla karşılaşmadım.

Uzun bir vadi, yolu da müşkil. Ben daha ilk menzilinde ölürüm.

Yolda nice ateşten dağlar, zor engeller var. Böyle bir iş herkesin kârı değildir.

Yüzbinlerce baş bu yolda kesildi, top olup yere düştü. Nice kanlar bu arzu yüzünden ırmak olup aktı.

Yüz binlerce akıl teslim oldu. Teslim olmayanların ise başı gitti.

1750 İki yüzlü olmayan, riyadan uzak erlerin bile hayadan başlarını örttükleri böyle bir yolda,

Benim gibi bir zavallının, yürüdüğü yolda tozdan başka ne çıkar? Yola çıkmaya niyetlensem, inleye inleye ölür giderim.

Hüdhüd ona şöyle dedi: "Ey donup kalmış kuş! Gönlün daha ne zamana dek bu bağla bağlanıp kalacak?

Madem ki burada değerin aşağıdır, ister git, ister gitme; ikisi de birdir.

Dünya baştan başa necasettir, pisliktir. Halk derbeder bir halde ölüp gitmektedir.

1755 Yüzbinlerce insan kabak kurdu gibi dünyada dertten inleyerek ölmektedir.

Nihayet bizim de burada, bu uğurda zelil bir şekilde ölmemiz, pis bir yerde inleye inleye ölmekten yeğdir.

1747 "Ateşten dağlar" tabirinden kastedilen, seyr ü sülûktaki engeller ve bu yolun zorluklarıdır.

Senin ve benim bu isteğim hata ise, şu anda derdimden ölsem de revadır.

Çünkü dünyada çok hatalar vardır. Farzet ki bir başka hata da o hataların üzerine eklenmiş olur.

Bir kimse için aşk kötü bir şöhret oluyorsa eğer, bu süprüntücülük ve hacamatçılıktan yeğdir.

1760 Yüzbinlerce insan yankesicidir, hepsi de dünyanın ve bu leşin peşinde koşmaktadır.

Tutalım ki bu sevda, yankesicilikten daha aşağılıktır, o halde sen onu aşağılık bil, benim için o kadar önemli değil.

Sen bu aşk ve sevda ile fazlaca cömertlik yaparsan, nasıl yankesicilikle alışveriş yapabilirsin?

Birisi çıkar da "Bu heves aldanmadan ibarettir, sen oraya nereden varacaksın? Çünkü kimse varmadı!

Bu hevese aldanıp da can verirsem, gönlümü eve ve dükkana mahkum etmemden yeğdir" derse;

1765 Böylelerini çok gördük, işittik biz. Ama bir nefes bile kendimizden vazgeçmedik.

İşimiz halk yüzünden uzayıp gitti. Namazsız niyazsız bir avuç toprak parçası yüzünden daha ne kadar çekeceğiz?

Kendimizden de halktan da vazgeçmedikçe, canımız boğazımızdan temiz olarak çıkmaz.

Halktan tamamiyle vazgeçmeyen, ondan yüzünü çevirmeyen kimse ölmüştür ve bu perdenin esrârına mahrem değildir.

1759 Hacamat: Ok, koyun boynuzu gibi basit aletlerle kan almak. Hacamatçılık, son derece değersiz mesleklerden kabul edilmektedir.

Bu perdenin mahremi, uyanık ve hakikatten haberdar olan candır. Halkla diri olan, onlarla bir arada bulunan kimse de, bu yolda nâmerttir.

İşin eri isen bu yola ayak bas. Kadınların başvurduğu hileden, aldatmadan elini eteğini çek.

İyi bil ki bu istek kâfirlik bile olsa, iş budur. Bu, serserice bir iş değildir.

Aşk ağacının meyvesi, fakr, yoksulluk ve dünyadan yüz çevirmektir. Kimde bu arzu varsa, bunu kabul edip itaatkâr olsun.

Aşk bir gönülde konaklayınca, o kimsenin canının varlıkla olan ilgisini keser.

Bu dert insanı kanlara bular, perdeden baş aşağı yere düşürür.

Bir an bile insanı kendi haline bırakmaz. Önce onu öldürür, sonra döktüğü kanın diyetini verir.

Ona bir yudum su verecek olsa, eziyetle verir. Bir parça ekmek verecek olsa, kanla yoğurur da sunar.

Halsizlik ve dermansızlıkta karıncadan daha aciz olunca, aşk her an eziyetini daha da artırır.

İnsan tehlike denizine düşünce, eziyetsiz bir lokma ekmeği nasıl yer?

Hikâye

Şeyh Nevkânî Nişabur'a gitti. Yol yorgunluğu yüzünden hastalandı.

Bir hafta boyunca üzerinde hırkası, aç bî-ilâç bir köşede düşüp kaldı.

Bir hafta geçince, şöyle dedi: "Ey Rabbim! Bana bir lokma ekmek yolla."

Hatiften ona "Kalk, şimdi Nişabur'un bütün meydanını silip süpür.

Meydanın tozunu toprağını baştan sona süpürünce, yarım altın bulacaksın; onunla ekmek al." diye bir ses geldi.

Şeyh, "Eğer süpürgem ve kalburum olsaydı, ekmek bulmak için sıkıntıya mı düşerdim?

Hiç bir şeyim yok. Eziyet etmeden bir ekmek ver, kanımı içme."

Hatiften ona: "Eğer ekmek gerekli ise, meydanı süpür, kolay gelir sana." denildi.

Şeyh gitti, bir hayli sıkıntı çekti. Nihayet birisinden bir süpürge ile bir kalbur aldı.

Habire meydanı süpürüyor, koşuşturuyordu. Son kalburun içinde altını buldu.

O altını görünce nefsi sevindi. Fırına gitti ve bir ekmek aldı.

Fırıncı ekmeği ona verince, süpürge ve kalburu unuttu.

Pîrin içine bir ateş düştü. Koşmaya başladı, habire feryad ediyor, şöyle diyordu:

"Şimdi benim gibi çaresiz bir adam yoktur. Altınım yok, şimdi fırıncıya ücret ne vereceğim?"

Deli gibi koşuyordu. Kendini bir viraneye attı.

Perişan ve dertli bir halde o viraneye girince, süpürgesiyle kalburunu gördü.

Pîr sevindi ve şöyle dedi: "Ya Rabbim! Niçin dünyayı bana zindan ettin?

Ekmeğimi bana zehir ettin. Ver huzurumu, al ekmeğini."

Hatiften cevap geldi: "Ey kötü huylu! Ekmek katıksız hiç de hoş olmaz.

Sadece ekmeği aldın, ben de sana katık verdim, şükret."

Hikâye

Coşkulu bir meczup vardı. Halk giyimli kuşamlı, o ise çıplaktı.

1800 Şöyle seslendi: "Ey Rabbim! Bana sağlam bir cübbe ver, diğer insanlar gibi beni de sevindir."

Hatiften ses geldi: "Bak işte sıcacık güneşi verdim, geç altına otur."

Meczup, "Ey Rabbim! Bana ne kadar daha azap edeceksin? Senin güneşten daha iyi bir cüppen yok mu?" dedi.

Hatiften, "On gün sabret de istemeden sana bir cübbe bağışlayayım." diye ses geldi.

On gün geçince eskici bir adam, parçalardan diktiği bir cüppe getirdi.

1805 Cüppenin üstünde yüzbinlerce yama vardı. Çünkü onu veren adam da son derece yoksuldu.

Meczup dedi ki: "Ey sırları bilen Rabbim! O günden bu zamana bir eski mi diktin?

Hazinendeki bütün elbiseler yandı da, böyle bir eskiyi dikmen mi gerekti?

Yüz binlerce yamayı bir araya getirip diktin, böyle bir terziliği kimden öğrendin?"

Allah'ın dergâhında iş kolay değildir. Onun yolunda toprak olmak gerek.

Bu dergâha uzaktan niceleri geldi: Gâh yandı, gâh ateşten ve nurdan tutuştu.

Bir ömür sonunda maksadına erişen kişi, çektiği hasretle bütünleşir de artık maksadına erdiğinin bile farkına varamaz.

Hikâye

Râbia yedi yıl Kâbe yollarında sürüne sürüne gitti. O ne mükemmel bir kadındı, erlerin baş tacıydı.

Muradınca Harem'e yaklaşınca, "Nihayet tam bir hac yapacağım" dedi.

Hac günü Kâbe'ye yöneldi, fakat hayız oldu.

Yoldan geri döndü ve şöyle dedi: "Ey celâl sahibi Rabbim! Sürünerek yedi yıl yol gittim.

Tam böyle bir alışveriş gününe eriştiğimi düşündüm, ancak sen yoluma bir diken attın.

Ya bana evinde yer ver, ya da beni kendi evime götür, bırak."

Râbia gibi bir âşık olmadan, sülûkta engelleri, güçlükleri aşanın kadri nasıl bilinir?

Sen bu derin denizde gezindikçe, ret ve kabul dalgaları dalgalanır durur.

1836 "Güneşin batıdan doğacağı vakte kadar tövbe kapısı açıktır." denmektedir.

Gâh seni Kâbe'nin önünden döndürürler, sürerler, gâh kilisenin içinde seni sırra mahrem ederler.

Eğer bu girdaptan kurtulabilirsen, her an kalp huzurun her an arttıkça artar.

Yok eğer bu girdapta kalakalırsan, değirmen gibi daha çok başın döner.

Bir an bile kalp huzurunun kokusunu bulamazsın.

Bir sinek yüzünden bile sükunun ve huzurun gider.

Hikâye

Bir köşede hakir bir meczup vardı. Şöhretli bir ulu kişi onun yanına vardı.

"Görüyorum ki ehliyet sahibi birisin. Sükunete ve kalp huzuruna ermişsin." dedi.

Meczup, "Ben sükun ve kalp huzurunu nereden bulayım ki? Pireyle sinekten bile kurtuluşum yok.

Bütün gün sinek bana eziyet verir. Gece boyunca da pireden uyku uyuyayam.

Nemrut'un burnuna küçük bir sivrisinek girdi de o sersemin beyni dumanla doldu.

Galiba ben de zamanın Nemrud'uyum ki, sevgiliden nasibim sivrisinek, pire ve sinekten ibaret."

Bir başka kuş Hüdhüd'e şöyle dedi: "Çok günahkârım; günahla bir kimse nasıl oraya gidebilir?

Sinek gibi adamakıllı günaha batmış kişi, Kaf Dağı'ndaki Sîmurg'a nasıl yaraşır?

Günahkâr bir adam yolda serkeşlik eder, yoldan çıkarsa, padişahın huzuruna nasıl erişir?"

Hüdhüd şöyle dedi: "Ey gafil, ondan ümidini kesme.

Ondan daima lütuf, kerem ve ihsan dile.

Bir şeyden hemencecik ürküp kalkanını atarsan, ey hakikatten habersiz, işin güçleşir.

Tövbe eden kimsenin tövbesini Allah kabul etmeseydi, her gece O nasıl inerdi?

Günah işlemişsen, tövbe kapısı açıktır. Tövbe et, zira bu kapı kapanmayacak.

Bu yola bir an olsun sıdk ile girersen, sana yüzlerce fütuhat gelir, lütuf ve ihsanla karşılaşırsın.

Hikâye

Adamın biri çok günah işlemişti. Utandı, tövbe etti, yeniden yola girdi.

Fakat nefsi tekrar azınca tövbesini bozup şehvetinin peşine gitti.

Bir zaman daha yoldan çıktı, her çeşit günahı işledi.

Sonra gönlüne bir dert oturdu, utancından işi çok zora düştü.

Nasipsizlikten başka kazancı yoktu, tövbe etmek istedi, cesaret edemedi.

Gece ve gündüz, sac üstündeki et parçası gibi ızdırap içinde kıvranıyordu. Gönlü ateş doluydu.

Yolu üzerinde bir toz kalksa, hemen göz yaşıyla yatışırdı.

1845 Bir seher vakti hâtiften ona şöyle ses geldi: "Bununla derdine derman buldu, isteği yerine geldi."

Gaipten gelen ses şöyle diyordu: "Âlemin Rabbi olan Allah şöyle der: 'Ey falan kul! Önce tövbe ettin,

Seni affettim, tövbeni kabul ettim. Sana azap edebilirdim, ama etmedim.

Tekrar tövbeni bozdun, sana mühlet verdim, gazaba gelmedim.

Ey hakikatten habersiz kimse, şimdi de aynı şekilde tövbe etmek için geri gelmeyi istiyorsan,

1850 Gel bakalım tekrar, kapıyı açtık. Suçu sen işledin, cezasını ödemen gerekirdi, ancak buna rağmen biz senin için ayakta bekledik."

Hikâye

Bir gece Rûhu'l-emîn Cebrail Sidre'de idi. Hak'tan "lebbeyk=buyur kulum" sadasını duyuyordu.

Kendi kendine, şimdi bir kul onu anıyor; bilmiyorum acaba onu tanıyor mu, tanımıyor mu?

Şu kadarını biliyorum ki pek yüce bir kul. Nefsi ölmüş, gönlü diri bir kul.

Cebrail o an onu tanımak, bilmek istedi. Yedi kat gökte bakındı, onu bulamadı.

1855 Yeryüzünde gezdi, denizleri dolaştı. Ne dağda ne ovada bulabildi.

[Aceleyle Hakk'ın katına geri geldi, "lebbeyk" sesleri halâ gelmekteydi.]

Kendinden geçti, tekrar âlemi dönüp dolaştı.

O kulu göremedi, Rabbine şöyle seslendi: "Ey Rabbim! Onun nerede olduğunu bana göster."

Hak teâlâ şöyle buyurdu: "Rum ülkesine git. Kiliseye gir, orda görürsün."

1860 Cebrail gitti, bir de ne görsün. Açıkça bir adam putun önünde ağlayıp duruyordu.

Cebrail bu durumu görünce şaşırdı. Heyecanla Hakk'ın katına geri geldi.

Şöyle seslendi: "Ey kimseye muhtaç olmayan Rabbim! Benim önümdeki bu sırrın perdesini kaldır.

O adam kilisede puta sesleniyor, sen ise lütfunla ona cevap veriyorsun."

Hak teâlâ şöyle buyurdu: "Onun gönlü karadır, yolunu kaybettiğini, yanlış yolda olduğunu bilmiyor.

1865 Değersiz ve aşağılık bir adam gaflet sebebiyle yolunu kaybetmiş olabilir, ancak ben biliyorum, yanılmam.

Şimdi ona huzurumuza ulaşan yolu göstereyim de lütfumuz onun özür dileyicisi olsun."

Bunu söyledi ve hakikate gidecek yolu onun gönlüne açtı, dili "Yâ Rabbi" demeye başladı.

Hak teâlâ bunu, dünyada olanların hiç bir sebebe bağlı olmadığını, âdetin böyle olduğunu bilmen için yaptı.

Bu dergâhta hiç bir şeye sahip olmasan bile, bunu zavallılık, düşkünlük sayma, sıkıntı etme.

1870 Bu dergâhta sadece zühdü değil, "hîç"i de satın alırlar.

Hikâye

Bir sufi Bağdat'ta acele acele gidiyordu. Yolda bir ses işitti.

Birisi şöyle diyordu: "Bir hayli balım var, çok ucuza satıyorum, alan yok mu?"
Sufi adama: "Ey sabırlı adam! Bir şeyi hiçe de verir misin" dedi. Adam şöyle dedi: "Uzak dur!
Sen divane misin ey sebatsız adam! Kim birine bir şeyi bir hiç karşılığı verir?"
1875 Hatiften ona şöyle ses geldi: "Ey sufi, gel. Durduğun sekiden daha yukarı gel.
Bir hiç karşılığında biz her şeyi veririz. Eğer fazlasını istersen fazlasını da veririz."

Rahmet, doğmuş bir güneştir, bütün zerreleri kaplamıştır.
Allah'ın rahmetini gör ki bir kâfir için peygamberini azarladı.

Hikâye

Hak teâlâ şöyle vahyetti: "Ey Musa, Kârun sana inleyip feryat ederek yetmiş defa çağırdı.
1880 Sen ise ona hiç cevap vermedin. Eğer o şekilde bana bir kere hitap etseydi,
Onun canındaki şirkin dalını söker, üzerine din elbisesini giydirirdim.
Ey Musa, sen onu yüzlerce dertle helâk ettin. Baş aşağı toprağa batırdın.
Eğer onu sen yaratmış olsaydın, azap etmede acele etmez, yavaş davranırdın.

Merhametsizlere bile rahmet eden Allah, rahmet ehlini insanlara velinimet eder.

1885 Onun kimseden esirgemediği ihsan ve lütuf denizinin karşısında günahlar, buluttan dökülen bir katreden ibarettir.

Bu derece ihsan ve bahşişi olan, nasıl olur da görünüşe bakıp değişir.

Günahkârları ayıplayan, kınayan kimse, kendisini zorbaların arasına katar.

Hikâye

Fasık bir adam, günahkâr olarak öldü. Tabutunu götürüyorlardı.

Bir zahit onu görünce, fasığın cenaze namazını kılmamak için oradan uzaklaştı.

1890 Zahit gece rüyasında onu gördü. Cennette idi ve yüzü güneş gibi parlıyordu.

Zahit ona sordu: "Behey adam, bu yüce makamı nasıl elde ettin?

Dünyada yaşadığın sürece günahkâr idin, tepeden tırnağa kötülüklere bulanmıştın."

Adam cevap verdi: "Senin acımasızlığına karşı, Yüce Allah ben zavallıya merhamet etti."

Şu aşk oyununa bak, ne hikmetler işliyor; birisi inkâr ediyor, Allah ona merhamet ediyor.

1895 Onun hikmeti, kuzgun kanadı gibi kapkaranlık bir gecede, bir çocuğu elinde çerağla gönderir.

Ardından da o çerağı söndürmesi için hemen bir yel gönderir.

Sonra da çocuğu yolda yakalayıp, "A bîhaber! O çerağı niçin söndürdün" der.
Kıyamet günü de çocuğa yüzlerce lütufta bulunur.

Eğer herkes günahtan arınmış olsaydı, aşk oyunun bir hikmeti kalmazdı.
1900 Bu durumda hikmet tamamlanmaz, noksan kalırdı. Hasılı bu iş hep böyle oldu.
Onun yolunda binlerce hikmet var. Bir katrenin bile rahmet denizinden payı var.

Ey oğul! Bu yedi katlı gök gece gündüz senin için çalışmakta.
Meleklerin yaptıkları ibadetler senin içindir. Cennet ve cehennem, senin lütuf ve kahrının aksidir.
Bütün melekler sana secde ettiler. Cüz ve küll, senin varlığının yüceliğini ikrar ettiler.
1905 Kendine o kadar da hakaret nazarıyla bakma, çünkü senden daha üstün bir mahluk yoktur.
Senin cismin cüzdür, canın da küllün küllü. Zelilliğe düşüp kendini aciz bir hale koyma.
Önce senin küllün (ruhun) zuhûr etti, sonra cüzün (bedenin) meydana geldi. Canın zuhur etti, uzuvların meydana geldi.
Ten candan ayrı değildir, ondan bir cüzdür. Can da külden ayrı değildir, ondan bir uzuvdur.

Ruhlar âleminde adet yoktur. Buna göre ebede dek cüz ve külden söz etmek doğru değildir.
Tepende, şevkini artırmak için yüz binlerce rahmet bulutu vardır.
Küllün yücelme zamanı gelince, külle ait elbiseler senin içindir.
Melekler ne kadar ibadet etmiş, taatte bulunmuşsa, sonunda onların yaptıkları senin hesabına yazılmıştır.
Onların bütün taatlerini yüce Allah ebedî olarak sana bağışlayacak.

Hikâye

Abbâse şöyle der: "Kıyamet günü halk korkudan birbirinden kaçınca,
Asîler ve gafillerin yüzleri günahtan bir anda kararıverir.
Sermayesi olmayan, sevapları bulunmayan insanlar şaşırıp kalırlar. Her biri bir türlü perişan olurlar.
Hak teâlâ yeryüzünden ta dokuzuncu kat semaya kadar olan meleklerin yüz binlerce yıllık tâatini,
Alır da lütuf ve kereminden bu bir avuç topraktan yaratılan insanların başına saçar.
Meleklerden bir ses yükselir: "Ey Rabbimiz! Bu halk neden bizim yolumuzu kesiyor?"

1914 Abbâse: Ebû Muhammed Abbâs Muhammed-i Assârî, hicrî altıncı asrın birinci yarısında yaşamış önemli bir âlim ve vaizdir. 549 yılının Şevval ayında (Aralık 1154) Nişabur'daki Mutarrız mescidi yandığında ölmüştür.

1915 "Kıyamet gününde Allah hakkında yalan söyleyenlerin yüzlerinin kapkara olduğunu görürsün." âyetine işaret edilmektedir. [ez-Zümer sûresi, âyet 60]

1920 Hak teâlâ şöyle cevap verir: "Ey melekler! bu ibadetlerden size ne bir fayda, ne de bir zarar vardır.
Ekmeğin aç insanlara gerekli olduğu gibi, bunlar da topraktan olanlara yarar.

Bir başka kuş Hüdhüd'e şöyle dedi: "Ben nâmert tabiatlı biriyim. Her zaman bir başka dala konarım.
Gâh rindim, gâh zahit, gâh sarhoş. Bazen varken yok olur, bazen yokken var olurum.
Bazen nefis beni harâbâta atar, bazen de canım yalvarış yakarışlara.
1925 [Bazen bakarım şeytan beni yoldan çıkarır, bazen de ansızın melek beni yola getirir.]
Ben bu ikisi arasında şaşırıp kalmışım. Ne yapayım, kuyularda, zindanlarda kalakalmışım.

Hüdhüd şöyle cevap verdi: "Evet, bu herkeste olur.
Çünkü aynı makamda, aynı halde sabit kalan adam çok bulunmaz.
Herkes yaratılıştan temiz olsaydı, peygamberleri göndermek ne derece doğru olurdu?
İbadetlerini can u gönülden yaptığın zaman, seni yavaş yavaş iyiliğe götürür.
1930 Tay ömrü boyunca serkeşlik etmedikçe, rahatlık ve güzellikle teslim olmaz.
Ey gaflet tandırını mekân edinen! Bütün istediğin bir dilim ekmek.

Zincifreye benzeyen göz yaşı, gönlün sırrıdır. Tıka basa doymak nedir? Gönül pası.

Sen daima köpek nefsi beslemektesin. Böyle birisinin nâmert tabiatlı olmasından başka bir şey beklenmez.

Hikâye

Şiblî bir süre Bağdat'ta görünmez oldu. Onu kimse bulamıyordu.

Her yerde epeyce onu aradılar. Birisi onu gayr-i meşru işlerin döndüğü bir mahalde gördü.

O edepsizler arasında gözleri yaşlı, dudağı kuru bir halde oturmuştu.

Birisi ona: "Ey hakikat sırlarının peşinde koşan itibarlı kişi! Burası sana göre bir yer değil, niçin burdasın?" dedi.

Şiblî şöyle cevap verdi: "Bunlar ahlâksız kimseler. Dünyada ne erkek, ne de kadındırlar.

Din yolunda benim halim de onlarınki gibidir. Ne kadınım, ne de erkek.

Mürüvvetsizlikte kayboldum. Ben kendi erkekliğimden utanıyorum.

Kim canını uyandırır, hakîkatten haberdar olursa, zül ve alçaklığı kabul etmiş olur.

Erler gibi alçaklığı seçer, düşkünlere yücelik saçar.

1934 Ebû Bekr-i Şiblî, Cüneyd-i Bağdâdî'nin öğrencisidir. Bağdat'ta yaşamış ve 334/945 yılında vefat etmiştir.

Kendini bir kıl kadar bile üstün görürsen, puttan bile beter olursun.
Senin yanında övgü ile yerginin farkı varsa, put yapan putçuya dönersin.
Eğer sen Hakk'a kul olmuşsan, putçu olma. Hak eri isen, Âzer olma.
Seçkin kişilerle sıradan halk arasında kulluk makamından daha üstün bir makam yoktur.
Kulluk et, bundan öte davalara kalkışma. Hak eri ol, Uzza'dan yücelik bekleme.
Hırkanın altında yüzlerce put varken, insanlara kendini nasıl sufi gösterirsin?
Ey nâmert adam! Erlerin elbisesini giyme. Kendini bundan daha fazla sersem etme.

Hikâye

İki derviş kavga etmiş, mahkemeye düşmüştü.
Kadı onları bir köşeye çekti ve şöyle dedi: "Dervişlerin kavga etmesi hoş değildir.
Teslim elbisesini giymişsiniz, peki bu kin ve düşmanlığa neden giriştiniz?
Eğer kavgacı ve dövüşçüyseniz, bu elbiseyi hemen çıkartınız.
Yok eğer bu elbiseye lâyık iseniz, öyleyse bu düşmanlığı cehaletten yaptınız.
Ben bir kadıyım, gönül ehli değilim. Buna rağmen aranızdaki bu husumetten çok utanıyorum.

1947 Uzza: Cahiliyet döneminde Kureyş kabîlesinin tapmış olduğu putun adıdır.

Üzerinize bunun gibi bir hırka giymektense, kadınlar gibi başınıza örtü ötmeniz daha iyidir."

Sen aşk işinde ne ersin ne de kadın. Böyle olunca aşk sırlarını nasıl çözeceksin?
Eğer aşk yolunun sırrına mübtelâ isen, belânın üzerindeki zırhı del, at.
Bu meydana dava ile geliyorsan, başını yele verir, canını terkedersin.
1960 Davaya girişip başını bundan fazla kaldırma da yine rezil rüsvay olma.

Hikâye

Mısır'da şöhretli bir padişah vardı. Bir müflis, o padişaha yana yakıla âşık oldu.
Adamın âşık olduğunun haberi padişaha ulaşınca, padişah, hemen yolunu azıtmış âşığı huzuruna çağırdı.
Şöyle dedi: "Madem ki padişaha âşık oldun, şu ikisinden birini seç bakalım şimdi.
Ya bu şehri ve ülkeyi terket, ya da aşkım uğruna başını terket.
1965 Sana yapacağın işi bir kez daha söyleyeyim; başının kesilmesini mi istiyorsun, yoksa çekip gitmeyi mi?"
O adam işinin ehli olmayan bir âşık olduğu için, şehirden gitmeyi seçti.
O zavallı müflis gidince, padişah, "Başını bedeninden ayırın" dedi.
Hâcip, "O günahsız biridir, padişah başının kesilmesini ne sebeple emretti?" dedi.

Padişah dedi ki: "Çünkü o âşık değildi. Bana olan aşkında sadık değildi.

1970 Eğer gerçekten aşk eri olsaydı, burada kalır, başının kesilmesini seçerdi.

Bir kimsenin başı sevgilisinden daha kıymetli ise; onun aşktan dem vurması abestir.

Eğer o benden başının kesilmesini isteseydi, padişah ortadan kalkar, o onun yerine geçerdi.

Padişah onun önünde hizmet kemerini kuşanır, âlem padişahı onun kapısının yoksulu kesilirdi.

Fakat aşkta kuru bir iddiacı olduğu için, bu durumda hemen onun kafasının kesilmesi lâzımdır.

1975 Kim benim sevdam ile baş kaygısına düşerse, sadece bir iddiacıdan ibarettir, günahkârdır.

Bu hikâyeyi, nursuz kişiler aşkımızla ilgili olarak yalan sözler etmesin diye aktardım.

Bir başka kuş Hüdhüd'e şöyle dedi: "Nefsim bana düşmandır, nasıl yol giderim? Çünkü yoldaşım yol kesicidir.

Köpek tabiatlı nefis asla sözümü dinlemedi. Ben onun elinden canımı kurtaramam.

Kurt bile ovada bana aşina oldu da bu âsî köpek bir türlü tanış olmadı.

1980 Bu vefasıza şaşırıp kaldım; niçin tanıdıklara saldırıyor?

Hüdhüd şöyle dedi: "Ey köpek nefsin adamakıllı aldattığı kuş. Nefsin, bir avuç toprak gibi seni ayaklar altına almış!

Senin nefsin hem şaşı, hem de bir gözü kör. Hem köpek, hem tembel, hem de kâfir!

Birisi seni yalandan övse, hemen nefsin parlar.

Bu köpeğin iyi olması, ıslah olması mümkün değil.

Çünkü bir yalandan bile kabarır, şişer.

1985 Başlangıçta büsbütün verimsizdi: Çocukluk, âşıklık ve gafillik.

Orta yaş döneminde tümüyle yabancılık. Zaten gençlik bir çeşit divaneliktir.

Son demde ihtiyarlık gelir çatar. Can yıpranır, bedense cılızlaşır.

Cehaletle bezenmiş böyle bir ömürde bu köpek nefis nasıl ıslah olur?

Baştan sona kadar gafillik olunca, elimize geçecek olan da verimsizliktir.

1990 Dünyada bu köpeğin bir çok kulları var. Peki ama bir köpeğe kim kulluk eder?

Nefse uymak, onun isteklerini yerine getirmek hoş bir şey değildir. Çünkü senin nefsin ateş dolu cehenneme aittir.

Bazen cehennemde şehvetin yakıcı ateşindedir, bazen de içinde kibrin dondurucu soğuğu vardır.

Doğrusu cehennemin iki meydanı var: Ateş ve soğuk.

İşte bu yüzden güzel ve çekicidir.

Yüz binlerce gönül gamdan kederden ölmekte. Ama kâfir köpek nefis bir an bile ölmüyor.

Hikâye

1995 Bir mezar kazıcısı uzunca bir ömür sürdü. Birisi ona, "Bir şey söyle,

Bir ömür mezarlıkta mezar kazdın, toprağın altında şaşılacak neler gördün?" diye sordu.
Mezar kazıcısı şöyle dedi: "Sana şaşılacak bir şey söyleyeyim. Yetmiş yıldır şu köpek nefsim,
Mezar kazdığımı gördü, bir an bile ölmedi. Bir an bile Allah'ın emrine uyup, teslim olup, ibâdette bulunmadı."

Hikâye

Bir gece Abbâse şöyle dedi: "Ey burada hazır bulunanlar! Bu âlem kâfirlerle dolu olsa,
Ve bunların hepsi Peygamberlerin davetiyle değil de Türkmenlerin zoruyla sıdk ile imanı kabul etseler,
Bu mümkün olabilirdi. Ama yüz yirmi küsur bin peygamber geldi.
Bu kâfir nefis, bir gün gelir, ya müslüman olur, ya da ölür diye bekledim.
Bu mümkün olmadı, halbuki öbürü olabilirdi. Bilmiyorum, bunca aykırılık neden çıktı?"

Biz hepimiz kâfir nefsin hükmü altındayız. İçimizde kâfir beslemekteyiz.
Bu ferman kabul etmeyen nefis, kâfirdir. Onu öldürmek nasıl böyle kolay olabilir?
Bu nefis iki yoldan (mide ve şehvet) beslenmektedir.
Eğer mahvolursa buna çok şaşmak gerek.
Gönül, beden ülkesinde daima süvaridir. Bu köpek nefis ise gece gündüz onun nedimidir.

Süvari atı ne kadar koştururursa, köpek de av için onun yanında koşar.

Cananın huzurundan gönlün elde ettiği şeyin iki katını, nefis gönülden geri alır.

2010 Kim ki bu köpeği er gibi adamakıllı bağlarsa, iki âlemde de aslanı kementle bağlamış olur.

Kim bu köpeği kendisine zebun ederse, ayakkabısının tozunu hiç kimse bulamaz.

Kim bu köpeği sıkıca bağlarsa, onun toprağı başkalarının kanından yeğdir.

Hikâye

Yol pîri yırtık bir hırkaya bürünmüş gidiyordu. Birden onu padişah gördü.

Padişah ona, "Ben mi iyiyim, yoksa sen mi? Söyle bakalım ey sufi!" dedi. Pîr şöyle dedi: "Ey hakîkatten haberi olmayan, sus!

2015 Gerçi bu yolda bizim kendimizi övmemiz uygun değildir. - Çünkü kendini öven hakîkatten haberdar değildir.-

Ancak söylemek vacip oldu: Benim gibi biri, şüphesiz senin gibi yüz binlercesinden daha üstündür.

Çünkü senin canın din zevkini tatmamış, nefsin de seni kendine eşek yapmıştır.

Sonra da o üstüne binmiş, ey emir! Sen de onun yükü altında esir olmuşsun.

Başına bir dizgin geçirmiş, sen gece gündüz onun emrinde, onun isteğini yerine getiriyorsun.

2020 Ey zavallı! O sana ne buyuruyorsa, ister istemez sadece onu yapıyorsun.

Fakat ben din sırrını bildiğim için köpek nefsi kendi eşeğim yaptım.

Nefis, eşeğim olunca, üzerine bindim. Köpek nefis senin üzerinde, bense onun üzerindeyim.

Madem ki benim eşeğim olan nefis, senin üzerine biniyor, şu halde benim gibisi, sen gibi birisinden yüz bin kat daha üstündür."

Ey köpek nefsine kul köle olmuş kişi! O senin üzerine şehvetten bir ateş atmış.

2025 O şehvet ateşi şerefini, namusunu aldı götürdü; gönlünden nuru, bedeninden gücü kuvveti aldı.

Göz kararması, kulak sağırlığı, ihtiyarlık, akıl noksanlığı, düşünce zayıflığı.

Bu ve bunun gibi yüzlercesi, ecel emirinin/Azrail'in askerleridir.

Gece gündüz sürekli bu askerler gelirler, adeta 'Arkadan beyimiz geliyor' derler.

Her taraftan askerler gelmeye başladı mı, sen de yolundan kalırsın, nefsin de.

2030 Köpek nefisle ne güzel geçindin. Onunla beraber işret edip meclisler kurdun.

Onun işretine bağlanıp kaldın, kudretine boyun eğdin.

Bu emir ve askerleri senin etrafına gelip durdu mu, sen köpekten, köpek de senden ayrı düşer.

Burada birbirinizden ayrılırsınız, ayrılık derdine düşersiniz.

Ama üzülme! Her ne kadar burada ayrılmışsanız da, cehennemde güzelce birbirinize kavuşursunuz.

Hikâye

2035 İki tilki birbiriyle arkadaş olup eş oldular.
Bir padişah zağarıyla, doğanıyla ovada avlanırken, bu iki tilkiyi birbirinden ayırdı.
Dişi olanı erkeğe sordu: "Ey kaçacak delik arayan, söyle, biz seninle nerede buluşacağız?"
Erkek tilki şu cevabı verdi: "Eğer mümkün olursa, şehirdeki kürkçü dükkanında!"

Bir başka kuş Hüdhüd'e dedi ki: "Kalp huzuruna erdiğim zaman, İblis hemen yolumu kesiyor.
2040 Ben güç ve kuvvete sahip olduğum halde onunla başa çıkamayınca, onun ziyanından gönlüme bir perişanlık çöküyor.
Nasıl yapayım da ondan kurtulayım, manâ şarabıyla hayata ereyim?"
Hüdhüd ona şu cevabı verdi: "Bu köpek nefis seninle oldukça, İblis yanından koşarak kaçar.
İblis'in işvesi, senin sahtekârlığın yüzündendir. İçindeki arzular senin iblisindir.
Bir arzunu yerine getirince, içinde yüzlerce İblis doğar, vesselâm"

2045 Zindana benzeyen dünya külhanı, baştan başa şeytanın malı, mülküdür.

Onun mülkünden el çek ki, hiç kimsenin seninle işi olmasın.

Hikâye

Bir gafil, çile çekmiş bir sufinin huzuruna vardı ve İblis'ten hayli şikâyette bulundu.

Şöyle dedi: "İblis, şeytanlıkla yolumu vuruyor; eşkiyalıkla dinimi mahvetti."

Sufi ona dedi ki: "Ey değerli genç! Biraz önce İblis de gelmişti.

2050 Senden şikâyetçiydi ve incinmişti. Senin zulmünden başına topraklar serpmişti.

Dedi ki: 'Dünyanın tamamı benim mülkümdür. Dünyaya düşman olan, bana uygun birisi değildir.

Sen ona söyle de, yola koyulsun, benim mülkümden elini çeksin.

Ben, dünyama el attığı için onun dinine savaş açıyorum.

Kim benim mülkümden tamamen çekilirse, onunla benim hiç bir işim olmaz, vesselâm!"

Hikâye

2055 Bir aziz Mâlik-i Dînâr'a şöyle dedi: "Ben halimi bilmiyorum, sen nasılsın?"

2055 Ebû Yahyâ Dînâr-ı Basrî, meşhur zahitlerden olup yazdığı Kur'ân-ı kerîmlerden elde ettiği gelirle geçimini sağlamıştır. 131/749 yılında vefat etmiştir.

Mâlik-i Dînâr şu cevabı verdi: "Hakk'ın sofrasında yemek yiyorum, sonra da hep şeytanın emrine uyuyorum."

Şeytan seni yoldan çıkarmış, sen ise "lâ havle" bile çekmiyorsun. Sende Müslümanlığın sadece adı var.

Dünya derdine düşmüşsün; başına toprak saçılsın, sen de murdar olmuşsun.

Sana, dünyayı bırak demiştim, ama şimdi, sıkıca sarıl diyorum.

2060 Madem ki sahip olduğun bütün devleti, saâdeti ona verdin, onun elinden kolayca nasıl kurtulabileceksin?

Ey gaflet yüzünden hırs denizine batmış kişi! Neden geri kaldığından haberdar değilsin?

İki âlem de matem elbiselerine bürünmüş, göz yaşı dökmekteler. Sen ise isyan içindesin.

Dünya sevgisi, senin iman zevkini götürdü; hırsın ve isteklerin, canını mahvetti.

Dünya nedir ki? Hırs ve tamah yuvası! Firavun ve Nemrut'tan arta kalan şey.

2065 Gâh Karun onu kusup bırakmış, gâh Şeddad ona sımsıkı yapışmış.

Yüce Allah ona "lâ şey" (değersiz) dedi. Sen ise canla başla onun tuzağına düşmüşsün.

Bu değersiz dünyanın zahmetini ne zamana dek çekeceksin? Sen zayıf ve çelimsiz bir at gibisin, senin semerin de bu değersiz dünyadan başka bir şey değildir.

Bu değersiz olan dünyadan bir zerrecik verilsin diye, gece gündüz şaşkın ve sarhoş bir halde kalmışsın.

Değersiz bir zerrede kaybolan kimse, nasıl olur da er olabilir?

Değersiz dünyanın arzusuyla ömrünü tüketen kimse, ondan yüzlerce kere daha aşağı olur.

Dünya işi nedir? Bütünüyle aylaklık. Aylaklık nedir? Baştan başa esaret.

Dünya, alevlenmiş bir ateştir. Her an bir başka grup halkı yakar.

Bu yakıcı ateş şiddetlendiğinde ondan kaçabilirsen, aslan gibi ersin.

Aslanlar gibi bu ateşten kaç, ya da pervane gibi bu ateşte yan, yakıl.

Kim pervane gibi ateşe taparsa, o aldanmış sarhoşun yanması revadır.

Senin önünü arkanı bu ateş tamamen sarmış. Bir an bile yanmaman mümkün değil.

Bak bakalım onun içinde sana yer var mı? Ama dikkat et, böyle bir ateş canını yakmasın.

Hikâye

Zengin bir adam namazda şöyle diyordu: "Ey Allah'ım! Merhamet et ve işimi yoluna koy."

Bir meczup onun bu sözünü işitince, şöyle dedi: "Ondan halâ merhamet mi umuyorsun?

Nazından adeta dünyaya sığmıyorsun? Her zaman gururla yürüyüp duruyorsun.

2073 Eskiler, arslanın ateşten korktuğuna inanırmış.

Göklere kadar yükselmiş bir evin var, dört duvarı altınla bezenmiş.
On tane kölen, on da cariyen var. İnsaf, burada merhametin ne işi var?
İyi bir bak, bütün bunların yanında bir de merhamet istiyorsun ha, utan!
Eğer senin de benim gibi bir dilim ekmeğin olsaydı, o zaman merhamete lâyık olurdun."

2085 Maldan ve mülkten yüz çevirmedikçe, bu hal sana bir an bile yüz göstermez.
Hemen şimdi hepsinden yüz çevir de erler gibi her şeyden kurtul.

Hikâye

Dini bütün bir adam dedi ki: "Bir avuç hilekâr, ölüm halindeki adamın yüzünü kıbleye döndürürler.
Halbuki o bî-haberin, bundan önce yüzünü hep oraya döndürmesi gerekirdi.
Yaprağı dökülmüş, kurumaya yüz tutmuş ağaç dikiyorsun, ne fayda? Yüzünü kıbleye şimdi döndürüyorsun, ne fayda?
2090 Birisinin yüzünü, ölüm anında döndürüyorlarsa, o cünüp ölür, sen ondan temizlik umma."

Bir başka kuş Hüdhüd'e dedi ki: "Ben altını seviyorum. Altına olan aşk, bedenimde can kesildi.

Gül gibi ben de altına sahip olmadıkça, onun gibi gülümseyerek oturmama imkân yok.

Dünya ve altın sevdası beni davalara sürükledi, anlamsız bir hale koydu."

Hüdhüd şöyle dedi: "Ey sûrete bakıp şaşakalmış kuş! Gönlünde mânâ sabahı gizlenmiş.

2095 Geceleyin ve gündüz vakti, gündüz körü olup kalakalmışsın; karınca gibi sûrete dalmışsın.

Mânâ eri ol, sûrete yönelme. Mânâ nedir? Asıldır. Sûret nedir? Hiç.

Altın, sûret itibariyle boyanmış taştır. Sen de çocuklar gibi renge kapılmışsın.

Seni Allah'tan alıkoyan altın, put kesilir; aman ona rağbet etme, at onu toprağa.

Altın bir yerde işe yarayacaksa, en uygun olanı onu devenin fercine kilit yapmaktır.

2100 Ne başkasına bir faydası var sendeki altının, ne de kendine.

Eğer sen bir yoksula azıcık bir altın verecek olsan, gâh ona kan kusturursun, gâh kendine.

2092 Gülün gülüşünün, ortasında bulunan ve altına benzeyen parçacıklardan kaynaklandığı düşünülmüştür.

2099 Deve gebe kaldığında, fercinin darlığı sebebiyle kendisinin ve yavrusunun ölümüne sebep olacağından, eskiler bu gebeliği engellemek için develerin fercine halka koyarlarmış. Zengin ve varlıklı kimseler, kendi develerinin fercine koyacakları bu halkayı altından yaptırırlarmış. Attar beyitte bu âdete işaret etmektedir.

[Amr ve Zeyd gibi adının anılması için ne kadar çabalayacaksın? Azıcık da olsa ihsanda bulunmak istiyorsan, Cüneyt gibi olman gerek.]
Sen altına güvenerek insanlarla dost oluyorsun. Senin dostluğun, ona güvenmenden ileri gelmektedir.
Sana dükkân kirası gerek. Yok yok, dükkân kirası değil, can kirası gerek.
2105 Dükkânından bir kazanç elde edene kadar, senin tatlı canın ve değerli ömrün heba olup gitti.
Bütün her şeyi bir hiç uğruna kaybetmişsin. Böyle bir gönlü masivaya neden bağladın?
Fakat sabrediyorum; nasılsa bir gün gelecek, felek, sen darağacında iken altındaki merdiveni çekiverecek.
Dünyaya ne kadar bağlansan da, ondaki her şey senin için şiddetli ateş olacak.
Dünyaya gark olmuşsun, sana din de gerekmeyecek mi? Bu durumda seni din bile kurtaramayacak.
2110 Sen dünya işlerine kapılıp kalmışken kurtuluş mu bekliyorsun? Kurtulamazsan, içine bir velveledir düşer.
Sahip olduğun şeyleri herkese sadaka olarak dağıt. Çünkü Allah: "Sevdiğiniz şeylerden yoksullara vermedikçe Allah'ın lütfuna nâil olamazsınız?" buyurdu.
Sahip olduğun ne varsa terk etmen gerek. Eğer can bile olsa, onu da vermen gerek.
Sen candan geçemezsen, maldan ve mülkten, şundan ve bundan da geçemezsin.
Yatağın bir paçavra parçası olsa, bu bile seni yoldan alıkoyar.

2111 "Sevdiğiniz şeylerden (Allah yolunda) harcamadıkça 'iyi'ye eremezsiniz." âyetine işaret edilmektedir. [Âl-i İmrân sûresi, âyet 92]

2115 Ey Hak bilir! O paçavrayı güzelce yak. Daha ne zamana dek iki yüzlülük yapacaksın? Başkalarını aldatabilirsin, ama Allah'ı değil.

Eğer korkup da o paçavrayı burada yakamazsan, yarın kıyamette bu sıkıntıdan nasıl kurtulacaksın?

Arzu ve isteklerine aldananın ve onun avı olanın vay haline! Bu endişeleri yüzünden bütün varlığı ziyan olacak.

Arzu mânâsında olan "vâ" kelimesi iki harften ibarettir: Vav ve elif. Bu iki harfi "hâk" (toprak) ve "hûn" (kan) kelimelerinin ortalarında da görmek mümkündür.

"Vav"a bak, "hûn" kelimesinin ortasında yer almış. "Elif"e bak, "hâk" kelimesinin ortasında ne kadar da hakir durmakta.

Hikâye

2120 Tarikate yeni girmiş bir müridin azcık parası vardı. Güya şeyhinden bu parayı gizledi.

Şeyh biliyor, ancak bir şey söylemiyordu. O da aynı şekilde parayı gizlemeye devam ediyordu.

O müritle yol kılavuzu pîr beraberce yolculuk ediyordu.

Önlerine kapkara bir vadi çıktı. O vadi ikiye ayrılıyordu.

Derviş yanında para olduğu için korkuyordu. Çünkü para insanı hemencecik rezil eder.

2125 Mürit şeyhe: "Önümüze iki yol çıktı. Şimdi hangisinden gidelim?" dedi.

Şeyh: "Üzerindekini at, çünkü o gereksizdir. Sonra hangi yoldan gitmek istersen git, mahzuru yoktur." diye cevap verdi.

Bir adam para biriktirmeye kalkarsa, onun korkusundan şeytan bile hızlıca kaçar.
Haram olan bir miktar paranın hesabında, hile ile kılı kırk yarar da,
Din yolunda topal eşek kesilir, acizlik ve saygısızlık gösterir.
2130 Hilekârlığa geldi mi, sultan kesilir, dindarlığa gelince şaşırıp kalır.
Para kimin yolunu keserse, o kimse yolunu kaybeder, sapıtır. Ayağı bağlı, kuyunun dibinde kalır.
Sen bir Yusuf'sun, bu derin kuyuya düşmekten sakın.
Konuşma, sus. Çünkü bu derin kuyuda nefes almak bile güçtür.

Hikâye

Basra şeyhi (Hasan-ı Basrî) Rabia'nın yanına gitti.
Ona, "Ey aşkta engeller aşmış kişi!
Hiç kimseden bir nükte işitmedin mi ki ne söylüyorsun, ne de gösteriyorsun?
2135 Bu, kendi keşfin ve sana ait ruhî bir tecrübe de olabilir. Onu söyle, iştiyaktan canım çıkmak üzere."
Rabia ona şöyle dedi: "Ey zamanın ulusu! Birkaç parça iplik eğirmiştim.

2133 İlk dönem mutasavvıflarından Basralı meşhur tâbiî, âlim ve zâhittir. 21-110 (642-728) yılları arasında yaşamıştır.

Pazara götürüp sattım, sevindim. Elime tam olarak iki dirhem geçti.

İkisini birden aynı elime almadım. Birini bir elime, birini de diğer elime aldım.

Çünkü gümüşlerin ikisi bir arada olursa, yol keser, ben de onlara sahip çıkamam diye korktum."

2140 Dünyalık adam, canını ve gönlünü kanlara bular, yoluna yüz binlerce tuzak kurar da

Az bir miktar haram para elde etmek ister – elde etse de ölecek ya-

O para mirasçısına helâl olur, kendisi ise o günahın ve vebalin derdiyle kalır.

Ey Sîmurg'u paraya satan, gönlü paranın aşkından mum gibi parlayan!

Bir kılın bile kendisine yer bulamadığı böyle bir yerde, ne hazineyi, ne de altınları koyacak yer vardır.

2145 Ey karınca gibi zayıf olan kişi! Eğer bu yola ayak basarsan, bir kıl yüzünden zorla seni tutup alıkoyarlar.

Bir kıl ucu kadar ihtiyat edilmezse, hiç kimse bu yola girmeye cesaret edemez.

Hikâye

Hak'tan saadetlere nâil olan bir âbid, dört yüz yıl ibadet etmişti.

Halkın arasından ayrılmış, Hak'la gizli sırlar konuşmuştu.

Hemdemi Hak'tı, o ne güzel arkadaştır. Kendisi ve nefes alıp vermesi olmasa, yine de Hak kâfidir.

2150 Etrafı duvarla çevrili bir bahçesi vardı, içinde de bir ağaç. Ağaca bir kuş yuva yaptı.

Kuşun güzel sesi, hoş nağmeleri vardı. Her ötüşünün altında, yüzlerce sır vardı.

Abid, bir müddet onun güzel sesine kendini kaptırdı.

Hak teâlâ zamanın peygamberine şöyle vahyetti: "O abid kula şunu söyle:

'Gece gündüz ibadette bulundun.

2155 Yıllarca benim iştiyakımla yanıp yakıldın, fakat sonunda beni bir kuşa sattın.

Kemal sahibi, akıllı biri idin; ama sonunda bir kuşun sesi seni aldattı.

Ben seni satın alıp, ehlileştirmiştim. Sen ise edipsizlik edip beni sattın.

Seni alan ben olduğum halde, tuttun sen beni sattın.

Biz vefakârlığı senden öğrendik!

Sen böyle ucuz satıcı olma. Arkadaşın biziz, hemdemsiz kalma."

2160 Bir başka kuş Hüdhüd'e şöyle dedi: "Gönlüm ateşler içinde. Çünkü benim doğduğum, yaşadığım yer çok güzeldir.

Altınla bezeli, gönüller açan bir köşküm var. Halk ona baktıkça canına can katar.

O köşk sayesinde neşeli bir dünyaya sahibim. Gönlümü ondan nasıl alabilirim?

O yüce köşkte kuşların padişahıyım. Böyle olunca bu vadide nasıl olur da dertler, sıkıntılar çekerim?

Padişahlığı tamamen nasıl terk ederim? Böyle bir köşk olmaksızın nasıl oturur, dinlenirim?

2165 Hiçbir akıllı, İrem bağından vazgeçer de cehennemde elem, keder çekmeyi kabul eder mi?"

Hüdhüd ona şöyle dedi: "Ey himmetsiz nâmert! Köpek değilsin ki, külhanı ne yapacaksın?

Şu aşağılık dünyanın tamamı külhandır. Senin bu külhanda kaç köşkün var?

Senin köşkün ebediyet yurdu olan cennet olsa bile, ecel gelince mihnet zindanı kesilir.

İnsanlara ölüm gelmeseydi, bu menzilde oturmaya değerdi."

Hikâye

2170 Bir padişah altınla bezenmiş bir köşk yaptırdı. Köşke yüzbinlerce dinar harcadı.

Cennet gibi olan bu köşk tamamlanınca, güzelce dayayıp döşedi.

Her diyardan insanlar geliyor, tabak tabak hediyeler sunuyorlardı.

Padişah bilgeleri ve nedimleri çağırdı. Huzuruna toplayıp, bir kürsüye oturttu.

2165 İrem: Kur'an'da, "Direkleri olan, ülkelerde benzeri yaratılmamış İrem" [el-Fecr sûresi, âyet 6-14] şeklinde sözü edilen bir kabilenin veya yerleşim merkezinin adıdır.

"Bu köşkün güzelliğinde bir noksanlık var mı?" diye sordu.

Hepsi, yeryüzünde hiç kimse böyle bir şey ne duydu, ne işitti, dediler.

Bir zahit kalkıp; "Ey iyi bahtlı hükümdar! Bir delik kalmış, o da büyük bir noksanlık.

Eğer köşkte delik kusuru olmasaydı, Firdevs köşkü bile bu köşke gaipten hediye yollardı." dedi.

Padişah da; "Ben bir delik görmedim. Sen ise şu cahil halinle fitne çıkarıyorsun." diye bağırdı.

Zahit bu defa;"Ey padişahlıkla başı yücelmiş hükümdar! Azrail'e açık olan bir delik var.

Asıl o deliği iyice kapatmak gerek. Yoksa köşkün olmuş, tacın olmuş, tahtın olmuş, ne fayda?

Gerçi bu köşk de cennet gibi çok güzel, ancak ölüm onu gözüne çirkin gösterecek.

Hiç eksiği, noksanı yok, yaşanacak bir yer. Fakat bakî değil, buna da çare yok." diye cevap verdi.

Köşküm, sarayım vardır diye bu kadar kasılma. Kibir ve serkeşlik atını bu kadar koşturma.

Kendin görmez de ulularından ve yakınlarındn birisi sana ayıbını söylerse, vay haline!

Hikâye

Olmayacak işler yapan bir tüccar, büyüklüğünü ve zenginliğini göstermek için, altınlarla bezeli bir saray yaptırdı.

Nihayet saray tamamlandı ve herkesi davete başladı.
İnsanları, sarayını görmeleri için yüz naz ve niyazla davet etti.
Davet günü bu tüccar kendini kaybetmiş bir halde koşup dururken, bir meczuba rastladı.
Meczup; "Ey zavallı! Şimdi ben de gelip sarayını görecektim.
2190 Ama meşgulüm, beni mazur gör." dedi ve ilâve etti: "Benim için zahmet etme."

Hikâye

Görmüş olmalısın, o kararsız örümcek ömrünü hayalle geçirir.
İleri görüşlü aklına uyar da, evini bir bucağa kurar.
Bir sinek düşer diye heveslenip, acayip bir tuzak kurar.
Bir sinek tepetaklak tuzağına düşünce, o sersemin kanını emer.
2195 Sonra da onu orada kurutur, uzun zaman kendisine azık yapar.
Birden evin sahibi elinde sopayla ayakta belirir.
O örümceğin evini ve o sineği bir anda yok eder, ortadan kaldırır.
Dünya da, ondan rızıklanan da, o örümceğin ağına düşen sinek gibidir.

2192 "... Örümcek bir yuva edinir; halbuki yuvaların en çürüğü şüphesiz örümcek yuvasıdır." âyetine işaret edilmektedir. [el-Ankebût sûresi, âyet 41]

Bütün dünyayı elde etsen de, o göz açıp kapamadan kaybolur.

Padişahlığa güvenip de yücelik taslarsan, bu halin sokak çocuğunun gölge oyunu oynatmasına benzer.

Aklın başında ise, aklını kaybetmemişsen, bezelye isteme. Ey hakikatten habersiz, bezelyeyi öküzlere yedirirler.

Kös ve alem sahibi kimse, ölmüş demektir. O kösün sesi ve bayrağın dalgalanması da bir hiçtir.

Bayrağı dalgalanır, kösü çalınır. Ancak rüzgârın sesi yarım akçe bile etmez.

Aslı olmayan atı bu kadar koşturma. Efendilik, yücelik gururu ile bu derece nazlanma.

Kaplanın postunu yüzdükleri gibi, sonunda senin derini de yüzecekler.

Varlık göstermek söz konusu olmadığına göre, kaybolup yok olmak mı iyidir, tepetaklak olmak mı?

Yücelik taslaman mümkün değildir, teslim ol; ne zamana dek oyun oynayacaksın?

Ya bu ululanmayı bırak, artık yapma. Ya da vazgeç, bu işe girişme.

Köşkün ve sarayın sana zindan olmuş. Yazıklar olsun sana, arzu ve isteklerin canına belâ kesilmiş.

2201 Taze bezelye, semizlemesi için yonca yerine öküzlere yedirilirmiş.

2202 Kös, sesi uzaklardan duyulan büyük bir davuldur. Kös ve alem, padişahlık alâmetlerindendir.

Gurur üzerine kurulmuş bu toprak yurdundan geç.

A sabırsız, daha ne zamana dek dünyayı dönüp dolaşacaksın?

Himmet gözünü aç, yolu gör. Sonra yola ayak bas, dergâhı gör.

Canı o dergâha ulaştırdın mı, elde ettiğin yücelikten dünyaya sığmazsın.

Hikâye

Tembel, ağır kanlı bir adam ovada dolaşıyordu. Bir dervişe rastladı.

Dedi ki: "Ey derviş, ne haldesin?" Derviş: "Bir de soruyorsun, utan.

Bu daracık dünyada sıkışıp kalmışım. Şimdi bu dünya bana dar mı dar geliyor." dedi.

Adam ona dedi ki: "Bu dediğin doğru değil. Bu geniş ova sana dar mı geliyor?"

Derviş şöyle dedi: "Eğer burası dar olmasaydı, sen bize nasıl rastlayacaktın?"

Sana yüzlerce güzel ve hoş vaatler verilse de, bu, ateşle dolu olan yerden nişanedir.

Seni yakan bu ateş nedir? Dünya. Terket onu; arslanların sakındığı gibi bu ateşten sakın.

Dünyadan vazgeçince, gönül huzurunu elde edersin.

Sonra da gönlünü rahatlatan saraya kavuşursun.

Önünde ateş var, yol ise çok uzak. Beden zayıf, gönül esir, can ise bezgin.

Sen hepsinden kurtulmuşsun, gönlün rahat. Bunca iş arasında böyle bir iş yapmışsın.
Dünyada yaşayacağını yaşamış, göreceğini görmüşsün; artık canını feda et. Çünkü âlemde ne namın var, ne nişanın.
Çok yaşamış, çok şeyler görmüş olsan da, hiç bir şey görmemiş gibi olursun. Bundan fazla ne söyleyeyim ki? Boş işler peşinde koşma!

Hikâye

2225 Matemli bir adam çocuğunun tabutunun arkasından gidiyor, kararsız bir halde;
"Ey benim dünyada eşi benzeri olmayan yavrum! Nasıl gittin? Daha âlemi görmeden çekip gittin." diye ağlıyordu.
Bir âşık bu sözü duyup, durumu böyle görünce, şöyle dedi: "Farzet ki yüzlerce defa dünyayı gördü, ne olacak?
Sen dünyayı kendinle beraber götürecek olsan bile, yine de dünyayı görmeden ölüp gitmiş olacaksın."

Sen daha âlemi seyrederken ömür tükenip gitti. Yarana ne zaman merhem koyacaksın?
2230 Sen hasis nefsinden kurtulana dek bu değerli can pislikte kaybolup gidecek.

Hikâye

Çok gafil bir adam öd ağacı yakıyor, orada bulunan birisi de mutluluktan oh çekiyordu.

Yüce bir zat adama; "Sen bu şekilde oh çektikçe bu ağaç inleyerek yanıp gidecek." dedi.

Bir diğer kuş Hüdhüd'e şöyle dedi: "Ey yüce kuş! Bir sevgilinin aşkı beni bağladı.

Onun aşkı geldi, beni yola düşürdü. Aklımı çaldı, yapacağını yaptı.

2235 Yüzünün hayali yolumu kesti, bütün harmanımı ateşe verdi.

Onsuz bir an bile kararım yok. O güzelin ayrılığına sabretmek bana küfür gibi geliyor.

Gönlüm kana bulanmış, perişan bir halde. Başı dönmüş olan ben, nasıl yol alırım?

Öndeki vadiyi aşmak, yüzlerce belâya sabretmek gerek.

Ben o ay yüzlüyü bir an olsun görmeden nasıl yol alabilirim?

2240 Derdim derman kabul edecek dereceyi geçti. İşim, imanı da geçti, küfrü de.

Küfrüm de imanım da onun aşkından kaynaklanıyor.

Canımdaki ateş de onun aşkındandır.

Bu derdimde yalnız ve kimsesiz olsam da, bu aşkta onun derdi hemdem olarak bana yeter.

Onun aşkı beni topraklara attı, kanlara buladı. Zülfü ise günaha zorladı.

Ona olan sevdam yüzünden takatsiz düştüm. Bu durumda onun yüzünü görmeden bir an bile sabredemiyorum.

2245 Yolumun toprağı kanlara bulanmış, ne yapayım? Halim işte bu, şimdi ne edeyim?

Hüdhüd dedi ki: "Ey sûrete kapılıp kalmış, tepeden tırnağa bulanık suya dalmış kuş!

Marifet aşkı, cismânî aşk gibi değildir. Ey hayvan sıfatlı, bu şehvet oyunundan ibarettir.

Noksan ve geçici olan güzelliğe âşık olan insan, bu yüzden ceza çeker.

[Zeval bulmayan güzelliğe âşık olup da kendinden geçmemek küfürdür.]

2250 Balgamla kanın karışmasından meydana gelen sûrete, "bedir" adı verilmiş.

Ondan o balgam ve kan eksilse, bu âlemde ondan daha çirkin bir şey olamaz.

Güzelliği balgam ve kandan olanın o güzelliğinin sonuçta ne olduğunu bilirsin!

Sûretin etrafında daha ne kadar dönüp dolaşacaksın?

Gerçek güzellik gaiptedir, onu gaipte ara.

İlm-i ilâhî üzerindeki perde kalkacak olsa, ne ülke kalır, ne de ülkedeki.

2255 Bütün âlemin sûreti mahvolur, yüce olarak görünenlerin hepsi değersizleşir.

Değersiz sûrete karşı beslenilen dostluk, gün gelir düşmanlığa dönüşür.

Halbuki gerçek dostluklar manevî dostluklardır. Çünkü bu dostluk ayıptan arınmıştır.

Bu dostluğun dışındaki bütün dostluklar, senin yolunu keser. Sana karşı itaatsizlik eder de sonra çok piş-

Bu dostluğun dışındaki bütün dostluklar, senin yolunu keser. Sana karşı itaatsizlik eder de sonra çok pişmanlık çekersin.

Hikâye

Dertli bir adam Şiblî'nin yanında ağlıyordu. Şeyh, "Bu ağlamanın sebebi nedir?" diye sordu.

2260 Adam; "Ey Şeyh! Bir dostum vardı, güzelliği canıma can katardı.

Dün öldü, ben de onun derdinden ölüyorum. Onun üzüntüsünden dünyam karardı." diye cevap verdi.

Şeyh şöyle dedi: "Madem ki kendinden geçmenin, üzülmenin sebebi budur, bu çektiğin üzüntü bir şey mi; sana daha fazlası gerek.

Ey dost! Sen bir başka dost edin kendine. Ama öyle bir dost ki, o ölmesin, sen de onun üzüntüsünden inleye inleye ölüp gitme."

Ölümle yok olan, eksikliği hissedilen dostun dostluğu, canı keder ve dertlere boğar.

2265 Sûret sevdasına kapılan, o sûret yüzünden yüzlerce belâya düşer.

O güzellik çabuk geçer, âşık da şaşırıp kanlara batar.

Hikâye

Bir tacirin bir hayli malı mülkü vardı. Bir de şeker dudaklı cariyesi vardı.

Onu sattı, ama kendisi perişan oldu. Çok pişman oldu, çaresiz kaldı.

Kararsız bir halde cariyeyi satın alan adamın yanına gitti. Paranın bin katını verip onu geri almak istedi.

2270 Onun sevdasıyla yanıp yakılıyordu. Efendisi ise o cariyeyi geri satmıyordu.

Adam, hem yolda gidiyor, hem de başına toprak saçıyordu.

İnleyerek şöyle diyordu: "Ben bu derde müstahakım.

Böyle bir dert, böyle birisine lâyıktır.

Çünkü ahmaklığından aklı başından gitti. Biricik dilberini bir dinara sattı."

Pazar kurulup alışveriş hararetlendiğinde, sen de ziyan ettiğini anlarsın.

2275 Ömründe alıp verdiğin nefeslerin her biri bir incidir.

Her bir zerre, Hak katına götüren bir rehberdir.

Baştan ayağa onun nimetlerine garkolmuşsun; dostun nimetlerininin ne ölçüde çok olduğunu anla.

Anla da kimden uzaklaştığını bil; ayrılığa bu derece nasıl dayanabildiğini bir düşün.

Hak teâlâ seni yüzlerce izzet ve nazla yetiştirmiş, sen ise cehaletin yüzünden başkasına kapılıp kalmışsın.

Hikâye

Bir padişah avlanmak için ovada gidiyordu. Sekbana, tazıyı getirmesini söyledi.

Padişahın av için eğitilmiş bir köpeği vardı. Çulu, kıymetli kumaştan ve atlastan dikilmişti.

İşlemeli mücevherden bir tasması vardı, böbürlenmek için boynuna takmıştı.

Elindeki ayağındaki halhallar altından, boynundaki tasmanın ipi ise ipektendi.

Padişah o köpeği akıllı köpek sayar, tasmasını kendi eliyle tutardı.

Padişah önde, köpek de arkasından koşuyordu. Köpeğin yolunda bir parça kemik vardı.

Köpek kemiği görünce yürümedi. O zaman padişah duran köpeğe baktı.

Padişah öyle öfkelendi ki, ateşi, o köpeği bile sardı.

"Ben gibi bir padişahın huzurunda başkasına nasıl bakılabilir?" dedi.

Tasmasını elinden bıraktı ve "Şu edepsize yol verin gitsin" dedi.

O köpeğin yüzbinlerce iğne yiyerek ölmesi, o tasmasının elden bırakılmasından daha yeğdi.

Sekban dedi ki: "Köpek süslü püslü. Bütün vücudu altın ve inciyle bezenmiş.

Gerçi bu köpek ovaya, kıra lâyık. Ancak atlas, altın ve inci bize lâyık."

Padişah şöyle dedi: "Öylece bırak, yürü. Onun gümüşü ve altınıyla ilgini kes, yürü.

Bundan sonra aklı başına gelir, kendini böyle süslü püslü görürse,

2289 Eskiden köpekleri öldürmek için, ekmeğin veya yiyeceğin arasına iğne koyarlar, köpeğe yedirirlermiş. Şayet köpek can çekişir de kendi kendine ölmezse, kılıçla öldürürlermiş.

Bir tanıdığının olduğunu, ben gibi bir padişahtan ayrı düştüğünü hatırlar."

2295 Ey önceden bir aşina bulan, sonra gaflet yüzünden ondan ayrılan!
Hakikî aşka tam olarak ayak bas, ejderha ile beraber erce kadeh çek.
Çünkü burası ejderhalarla kumar oynanan yerdir.
Âşıkların can feda etmesinin diyeti vardır (O da Hakk'ın cemâlini müşahededir).
Erin canına coşku ve galeyan veren şey, ejderhayı karıncaya çevirir.
İster bir, ister yüzlerce âşığı olsun, onlar onun yolunda, kendi kanlarına susarlar.

Hikâye

2300 Hallâc darağacına çekildiği zaman, dilinden "Ene'l-Hak" kelâmından başka bir söz çıkmıyordu.
Onun bu sözünü anlamayanlar, ellerini ayaklarını kestiler.
Bedeninden bir hayli kan akınca, sapsarı kesildi. Bu durumda adam nasıl kırmızı kalabilirdi?
O yol güneşi, kesilmiş elini hemen ay gibi yüzüne sürdü.

2300 Ebû Mugays Hüseyin Mansûr-ı Hallâc: "Ene'l-Hak" dediği için 309/921 yılında Bağdat'ta asılarak öldürülen büyük mutasavvıftır. Attâr kendisini hürmetle anmaktadır.

Dedi ki: "Erin yüzüne süreceği allık, kandır. Şimdi yüzümü daha da kızıllaştırdım.

2305 Kimsenin gözünde sarı benizli olmayayım, burada durdukça benzim kırmızı kalsın.

Birisine benzi sarargın görünürsem, burada korktuğumdan dolayı zannetmesin.

Bir kıl ucu kadar bile korkum yoktur. Onun için burada, böyle kızıllıktan başkası işe yaramaz."

Darağacına çekilen adam başını darağacına koydu mu, aslan yürekliliği o zaman belli olur.

Dünya benim gözümde "mim" harfinin halkası gibi görünür. Böyle bir yerde, makamda benim nasıl korkum olabilir?

2310 Kim yedi başlı ejderha ile Temmuz sıcağında düşüp kalkar, yer içerse,

Böyle bir oyunda başına çok işler gelir. En düşüğü de darağacına çekilmektir.

Hikâye

Müslümanların kendisini önder bildiği o dipsiz kıyısız deniz Cüneyd, bir gece Bağdat'ta konuşuyordu.

Öyle değerli sözler söylüyordu ki, gökyüzü bile susamış bir halde eşiğine baş koyuyordu.

Yol rehberi Cüneyd'in güneş gibi güzel, genç bir çocuğu vardı.

2315 İnlete inlete çocuğun başını kestiler, sonra değersiz bir şekilde ortalığa atıverdiler.

Temiz kalpli Cüneyd o başı görünce sustu, başına toplananları teselli etti.

Dedi ki: "Bu gece ateşe, kadîm sırlara ait büyük bir kazan koydum.
Böyle bir kazana, böyle bir lahana gerekir. Bundan fazlası olur, ama bundan azı olmaz.

Bir başkası Hüdhüd'e şöyle dedi: "Ölümden korkarım, gideceğim yer uzak bir vadidir, bense azıksız ve hazırlıksızım.
2320 Yüreğim ölümden o kadar korkuyor ki, daha ilk menzilde canım ağzıma gelir.
Kudretli ve azametli, etrafı kalabalık bir padişah isem de, ecel gelince perişan bir halde ölür giderim.
Birisi ecelin bir kılıç darbesini yediği zaman, hem kılıç kırılır, hem de eli kesilir.
Böyle kırılan kılıcın ve kesilen elin olduğu dünyaya yazıklar olsun. Burada hayıflanmaktan başka elden bir şey gelmez.

Hüdhüd ona şöyle cevap verdi: "Ey zayıf ve güçsüz kuş! Ne zamana dek bir avuç kemik halinde kalacaksın?
2325 Birkaç kemik bir araya gelmiş, çatılmış ama kemiklerin içindeki ilikler erimiş.
Bilmiyor musun ki ömrün, uzun olsun kısa olsun, iki soluktan ibarettir. O halde ne zamana kadar kederlenip duracaksın?
Bilmiyor musun ki her doğan ölecek, toprağa girecek. Neyi varsa yel alıp götürecek.

Seni ölüm için yetiştirdiler, götürmek için bu âleme getirdiler.

Felek, baş aşağı dönmüş leğene benzer. Bu leğen her akşam şafağın kızıllığıyla kana gark olur.

2330 Güneş elinde kılıç onun etrafında döner ve bunca başları o leğenin içinde keser.

Sen ister temiz, ister kirli ol; toprakla karılarak vücut bulmuş bir katre sudan ibaretsin.

Bir katreden ibaret olan insan baştan ayağa derttir. Böyle olunca denizle nasıl savaş edilebilir?

Bir ömür dünyada hükmün geçse de, yanarak, ağlayarak can verirsin.

Hikâye

Kaknus, güzel fakat acayip bir kuştur. Bu kuşun yeri yurdu Hindistan'dır.

2335 Çok uzun bir gagası vardır. O gagada ney gibi birçok delik bulunur.

Gagasında yaklaşık yüz delik vardır. Eşi yoktur, tek başınadır.

Her delikten bir başka nağme çıkar, her nağmesinin altından da bir başka sır.

Her delikten zar zar inleyince, kuş da balık da kararsız hale gelir.

Bütün kuşlar susarlar, onun sesinin güzelliği karşısında kendilerinden geçerler.

2340 Bir filozof vardı, onunla arkadaş oldu. Musikî ilmini onun sesinden öğrendi.

Onun ömrü yaklaşık bin yıldır, öleceği anı açıkça bilir.

Öleceği zaman kendinden ümit kesti mi, çevresine on bağdan fazla odun toplar, getirir.

Kararsız bir halde odunun içine geçer, yüzlerce türlü nağmelerle feryada başlar.

Sonra o her bir delik, temiz canından dertli dertli ağıtlar çıkartır.

2345 Her bir delikten, ağıtçılar gibi her an yeni bir feryat yükselir.

Ağıt yakarken, ölümün derdiyle yaprak gibi her an titrer.

Onun feryadını duyan bütün kuşlar, coşkusunu gören bütün yırtıcı hayvanlar,

Seyretmek için onun yanına gelirler, bir anda gönüllerini dünyadan keserler.

O gün onun derdinden ciğerleri kana bulanan birçok hayvan, önünde düşüp ölür.

2350 Hepsi onun iniltisine hayran kalırlar, bir kısmının dermanı kesilip can verir.

Onun o günü, şaşılacak bir gündür. Onun can yakan nâlesi yüzünden, gönüllerden kan damlar.

Nihayet bir nefes ömrü kalınca, kanatlarını çırpar.

Kanadından bir ateş sıçrar, alevlenip ateş alır.

O ateş, çevresindeki odun yığınına düşer, sonra o odun onu iyice yakar.

2355 Kaknusla odun yanıp kor olunca, ardından kor kül haline gelir.

Külde zerre kadar bile kor kalmayınca, o külden yeni bir kaknus kuşu doğar.

Ateş o odun yığınını kül haline getirince, içinden bir kaknus kuşu görünür.

Dünyada kimsenin başına böyle bir hal gelir mi ki, ölümden sonra doğmadan tekrar dirilsin!

Sana da kaknus gibi uzun bir ömür verilse, sonuçta sıkıntılara uğrar sonra da ölür gidersin.

2360 [Zavallı kaknus bin yıl kendi haline feryat edip durur.]

Yıllarca feryat içinde, dert içindedir. Oğlu yoktur, eşi yoktur, tektir.

Bütün âlemde bir bağı, ilgisi yoktur. Çoluk çocuk, evlâd u ıyâl sıkıntısı taşımaz.

Nihayet ecel görevini yapar; gelip onun külünü yele verir.

Bilesin ki ecelin pençesinden birkaç hile ve düzenle kimse kurtulamaz.

2365 Bütün âlemde ölümden kurtulacak kimse yoktur. Asıl şaşılacak şeye bak ki kimsenin yol azığı da yoktur.

Ölüm her ne kadar çok sert ve zalim olsa da, asilere ölümle boyun eğdirmek lâzımdır.

Başımıza çok işler geldi, ama hepsinden daha çetin olanı, işte budur.

Hikâye

Bir çocuk babasının tabutunun önünde gidiyor, göz yaşı dökerek şöyle diyordu: "Ey babacığım!

Yüreğimi yaralayan böylesi bir gün, ömrüm boyunca başıma bir daha gelmez."

Bir sufi dedi ki: "Babanın başına bugün gelen de bir daha gelmeyecek.

Çocuğun başına gelen bir şey değil, esas çetin olanı, babanın başına gelen iştir."

Ey dünyaya başsız, ayaksız gelen adam, başına toprak saçılsın, boş işler yapmışsın!

Ülkenin en yüce makamına da otursan, eline yelden başka bir şey geçmeyecek.

Hikâye

Bir neyzenin ölüm anı gelince, birisi ona sordu: "Ey sırrın ta kendisi kesilen!

Can çekişirken halin, durumun nasıldır?" Dedi ki: "Halim hiç anlatılacak gibi değil.

Ömrüm boyunca neye üfleyip durdum, boş işler yaptım; sonunda da toprağa girdim, vesselâm."

Ölüme çare yine ölümdür, yaprakların hepsi sararıp dökülür.

Hepimiz ölmek için doğmuşuz. Gönülden inanmışız ki canımız kalmayacak.

Dünyada hükmü geçen buyruk sahibi kimseler, şimdi yerin altında toprağa karıştılar.

Mızrağıyla gökleri delenler, mezarda toprağın altında hemencecik yok oldular.

Herkes yerin altında uyudu; hayır hayır uyumadı, hepsi darmadağın perişan olup gitti.

Ölüme bak, ne derece müşkil bir yol; bu yolda mezar, ilk menzildir.

Eğer sen ölümün acısından haberdar olacak olsan, tatlı canın perişan olur.

Hikâye

İsa, suyu tatlı akan bir dereden su içti. Suyun tadı, bal şerbetinden daha tatlıydı.

2385 Birisi o sudan testisini doldurup gitti. İsa bu kez testiden su içti.

Testinin suyu ağzına acı geldi, bıraktı, bu duruma şaşırıp kaldı.

Dedi ki: "Ey Rabbim! Bu testinin suyu ile bu ırmağın suyu, her ikisi de aynı su. Bundaki hikmet nedir, söyle!

Testideki su niçin bu kadar acı, halbuki diğeri baldan daha tatlı?

İsa'nın huzurunda testi dile geldi ve şöyle dedi: "Ey İsa! Ben eski zamanlarda yaşamış bir adamım.

2390 Bu dokuz kat feleğin altında ben, binlerce defa hem testi, hem küp, hem de kap olmuşum.

Beni binlerce kere testi yapsalar da, ölüm acısını unutamam.

Ölüm acısından hep bu şekildeyim. Bu yüzden suyum tatlı değil."

A gafil! Sırrı küpten dinle. Kendini daha fazla gaflete düşüp de kandırıp durma.

Ey sır arayan, kendini kaybetmişsin. Ölüm gelip canın çıkmadan önce sırrı ara.

2395 Diri iken kendini bulamazsan, öldüğün zaman sırrı nasıl bileceksin?

Ne aklın başında iken kendinden haberin var, ne de öldükten sonra varlığından bir eser.

Hayatta iken anlamamışsın, ölünce kaybolup gitmişsin. Adam (merd) olarak doğmuşsun, ama nâmert olmuşsun.

O dervişin önünde yüzbinlerce perde varken, kendini nasıl bulabilir ki?

Hikâye

Sokrat ölüm halinde iken yanındaki bir talebesi dedi ki: "Ey üstad!

2400 Seni yıkayıp kefenledikten sonra nereye defnedelim?"

Sokrat şöyle dedi: "Ey oğul! Eğer sen beni bulabilirsen, nereye istersen oraya defnet, vesselâm!

Bu uzun ömrümde ben kendimi bulamadım ki, öldükten sonra sen nasıl bulacaksın?

Ben öyle bir gidiyorum ki, bu gidiş esnasında zerre kadar kendimden haberim yok.

Bir diğer kuş Hüdhüd'e şöyle dedi: "Ey inanışı güzel Hüdhüd! Bir an bile isteğime, arzuma ermedim.

2405 Bütün ömrümce dert içindeyim, âlemde üzgün ve kederliyim.
Kanlara bulanmış yüreğimde o derece dert var ki, bu dert yüzünden her zerrem mateme bürünmüş.
Daima şaşkın ve aciz bir haldeyim. Bir an bile mutlu olmuşsam, kâfir olayım.
Bütün bu dertler yüzünden serseriye döndüm. Böyle nasıl yol gidebilirim?
Bu kadar derdim, elemim olmasaydı, bu yolculuktan çok mutlu olurdum.
2410 Ancak yüreğim kan içinde, ne yapayım? İşte bütün halimi sana söyledim, ne edeyim?"

Hüdhüd dedi ki: "Ey aldanmış, deli divane olmuş kuş! Baştan ayağa sevdalara gark olmuşsun.
Bu dünyada murada ermek de, erememek de bir anda gelip geçer.
Ne var ne yoksa bir solukta geçer gider. Ömür de o bir soluğu bile almamış gibi sona erer.
Madem ki dünya durmuyor, geçip gidiyor, sen de geç. Onu bırak, sen de ona bakma.
2415 Çünkü bakî olmayan şeye gönül verenin gönlü diri değildir."

Hikâye

Kadri pek yüce, sülûkun inceliklerine vâkıf bir şeyh vardı. Hiç kimsenin elinden bir kere bile şerbet içmemişti.

Birisi; "Ey dergâha yakın olan efendi! Şerbete niçin hiç rağbetin yok?" diye sordu.

Cevabında; "Şerbeti hemencecik almak için tepemde dikilmiş bekleyen birini (ölüm) görüyorum.

Böyle başımda dikilmiş görevli bir memur (ölüm) varken şerbeti içsem, bana zehir olur.

2420 Başımda dikilmiş bir memur varken şerbet bana nasıl lezzetli gelir? Bu şerbet bana bal şerbeti değil, adeta ateş olur." dedi.

Bir nefeslik bakî olan şey, yüzlerce âlem bile olsa, yarım akçe değerindedir.

Bir anlık kavuşma uğruna temeli olmayan bir şeye nasıl bel bağlayabilirim?

Muradıma erdim diye başını yüceltmişsin; bir soluk-luk murada erdim diye böbürlenme.

Muradıma ermedim diye de perişan olmuşsun; muratsızlık da bir anlıktır, ağlayıp inleme.

2425 Sana zahmet veya mihnet ulaşırsa, bu yüceliğindendir, hor ve hakir olmandan değil.

Peygamberlerin çektikleri ve uğradıkları belâlar, Kerbelâ vakasında bile görülmemiştir.

Görünüşte sana zahmet gibi görünen, gerçekte gerçeği gören için bir hazinedir.

Her an sana yüzlerce inayet ulaşır. Onun ihsan ve lütfundan sana dünyalar verilir.

Ondan gelen ihsanı hatırlamıyorsun da, ondan gelen azıcık bir zahmete katlanamıyorsun.

2430 Nasıl olur da bu dostluk nişanesi sayılır? A içi kararmış, sen tepeden tırnağa kadar deriden ibaretsin.

Hikâye

Adetleri güzel bir padişah vardı. Bir gün hizmetçisine bir meyve verdi.

Padişahın verdiği meyveyi o hizmetçi iştahlı iştahlı yiyordu; sanki ondan daha güzelini hiç yememişti.

Hizmetçisinin güzel güzel yemesine imrenen padişah da onu yemeyi arzuladı.

Dedi ki: "Ey hizmetkâr! Bir parça da bana ver, çünkü o kadar güzel yiyorsun ki bu meyveyi."

2435 Hizmetçi, padişaha meyveyi verdi. Padişah tattı, acı geldi, kaşlarını çattı.

Dedi ki: "Ey hizmetkâr, bunu kim yapar? Böyle acı bir meyveyi bu kadar lezzetle kim yer?"

Hizmetkâr padişaha dedi ki: "Ey sultanım! Elinden yüzbinlerce armağan aldım.

Acı bir meyve gelince, geri vermeyi uygun görmedim.

Elinden her an bana bir hazine ulaşırken, bir tek acı elma ile bana zahmet nasıl ulaşır?

2440 Nimetlerinle beslendim, senin elinden gelen bir nimet, nasıl olur da bana acı gelir?"

Onun yolunda birçok zahmet çekiyorsan, iyi bil ki bu kıymetli bir hazinedir.

Onun işi çok ters gibi görünür, sen ne yapabilirsin ki? Çünkü düzen böyle kurulmuştur.

Olgun erler yola girdiklerinde, gönül kanına bulanmadan bir lokmayı nasıl yiyebilirler?

Onlar tuz ekmek yemeye oturduklarında, gönül kanı olmaksızın (meşakkatsiz) bir parça ekmek bile koparmadılar.

Hikâye

2445 Şöhret sahibi birisi bir sufiye: "Kardeş, zamanını nasıl geçiriyorsun?" diye sordu.

Sufi dedi ki: "Ben bir külhana düşüp kalmışım; ağzım kuru, günahkâr bir haldeyim.

Külhanımın içinde oturup ne zaman bir ekmek bölecek olsam, mutlaka hemencecik boynum vurulur."

Sen bu âlemde gönül huzuru istiyorsan, ya rüya görüyorsun, ya da gördüğün rüyayı anlatıp duruyorsun.

Eğer huzur ve rahatlık arıyorsan, ihtiyatlı davran ki sırat köprüsünden erce geçesin.

2450 Âlemde gönül rahatlığı makbul değildir. Çünkü dünyada bir kıl ucu kadar bile rahatlık ve huzur âdeti yoktur.

Bu âlemde nefis gibi bir ateş var oldukça, zamanede hangi gönül huzura erişir?

Pergel gibi dünyayı dolaşsan bile, orada gönül huzuru bir noktadır, onu da kimse görmemiştir.

Hikâye

Bir yaşlı kadın Şeyh-i Mihne'ye (Ebû Saîd Ebü'l-Hayr) dedi ki: "Gönül huzurunu bulabilmem için bana bir dua öğret.

Bu zamana kadar hiç muradıma ermedim, şimdiden sonra artık tahammülüm kalmadı.

Gönül huzuru için gerekli duayı bana öğretirsen, şüphesiz o dua günlük virdim olur."

Şeyh ona şöyle dedi: "Nice zamandır düşünceye dalmış, diz çöküp oturmuşum.

Senin istediğini elde etmek için çok koşuşturdum, fakat ne bir zerre gördüm, ne de elde ettim."

Bu derdin devası yoktur ki gönül huzuru insana müyesser olsun.

Hikâye

Bir dilenci Cüneyd'in huzuruna gelip oturdu ve şöyle dedi: "Ey hiç bir tuzak olmadan Allah'a av olan er!

İnsan gönül huzuruna ne zaman erişir?" Cüneyd dedi ki: "Allah gönülde olduğu zaman."

2453 Ebû Saîd Ebü'l-Hayr: Şeyh-i Mihne olarak da anılır. Meşhur âriflerinden olup bugünkü Türkmenistan sınırları içinde yer alan Horasan bölgesinde Mihne adlı bir köyde doğmuş, aynı yerde ölmüştür (440/1049). Attâr'ın manevî silsilesi bu şeyhe ulaşmaktadır.

Padişaha kavuşmak müyesser olmazsa, yoldaki başarısızlık senin yardımcın olur.

Zerrenin avareliğini, çaresizliğini normal karşılarım, çünkü onun güneşe tahammül edecek gücü yoktur.

Zerre, yüzlerce defa kana batsa da, avarelikten kurtulabilir mi?

Zerre, zerre kaldıkça zerre olacaktır. Kim zerre yoktur derse, o aldanmıştır.

2465 Zerreyi zerrelikten çıkarsalar, o yine zerre kalır, güneş olmaz.

İlk defa zerreden meydana gelen şeyin aslı da zerredir.

O zerre tamamen güneşte kaybolsa da, ebediyen zerre olarak kalacaktır.

Zerre ister iyi, ister son derece kötü olsun; ömrünce koşsa bile yine kendisi olur, zerrelikten kurtulamaz.

Ey zerre, güneşle güreş tutayım, cedelleşeyim diye mest ve harap bir halde gitmektesin.

2470 Ey zerre gibi kararı olmayan! Sen kendi aczini aşikâr olarak görene dek sabrediyorum.

Hikâye

Bir gece yarasanın biri şöyle dedi: "Bir an bile güneşi göremiyorum.

Bir kerecik olsun onda kaybolayım diye bir ömür boyu, yüzlerce çaresizliğe katlanıyorum.

Nihayet bir gün ona ulaşırım diye aylarca, yıllarca gözü kapalı gidiyorum."

Feraset sahibi birisi yarasaya şöyle dedi: "Ey sarhoş, kendini beğenmiş! Seninle onun arasında binlerce yıllık yol var.

2475 Senin gibi bir sersem bu yolu nasıl aşar? Karınca kuyuya düşüp kalmış, aya nasıl ulaşır? Bu ham hayal, olmayacak bir istek."

Yarasa dedi ki: "Zararı yok, uçarak giderim, bakalım bu işten elime ne geçecek?"

Yıllarca mest ve habersiz bir halde uçtu. Nihayet ne gücü kuvveti, ne de kolu kanadı kaldı.

Sonunda canı yandı, teni eridi, kolsuz kanatsız aciz bir halde kalakaldı.

Güneşten hiç bir haber alamadığı için, "Yoksa güneşi geçtim mi?" dedi.

2480 Bir akıllı bunu duyunca şöyle dedi: "Sen uyumuş kalmışsın, yolu görmüyorsun ki; daha bir adımlık yol gitmişsin.

Sonra da durmuş, güneşi geçmişim, bu yüzden kolsuz kanatsız kalmışım diyorsun."

Bu sözü duyan yarasa harap oldu. Kendisinde ne kaldıysa, onlardan da oldu.

Acziyetten güneşe dönüp hal diliyle:

"Can gözü açık bir kuş bulmuştun, bulunduğun yerden biraz daha uzaklaş!" dedi.

2485 Diğer bir kuş Hüdhüd'e sordu: "Ey yol gösteren Hüdhüd! Emri yerine getirirsem ne olacak?

Benim kabul veya retle bir işim yok. Ben ondan gelecek emri bekliyorum.

Ne buyurursa canla başla uyarım. Eğer emrini yerine getirmez, asi olursam, cezama razıyım."

Hüdhüd dedi ki: "Ey kuş! İyi ki sordun bu soruyu.

İnsan ancak bu kadar kemal sahibi olur.

Emre itaat eden zelillikten, bütün güçlüklerden kolayca kurtulur.

2490 Emredildiği gibi bir an ibadet etmen, emre uygun olmayan bir ömür ibadet etmenden yeğdir.

Emredilmediği halde zahmetler çeken, bu mahallede köpek olur ancak, adam değil.

Köpek çok zahmetler çekti, ama bundan ne fayda?

Fermana uygun olmadan yaptığı için ziyandan başka eline bir şey geçmedi.

Ancak emre uyarak bir anlık zahmet çeken, dünya dolusu sevap kazanır.

Önemli olan emirdir, ona göre amel etmek gerekir.

Sen kulsun, kendiliğinden işe kalkışma.

Hikâye

2495 Bir padişah seferden dönüyordu. Halk şehri süslemeye, zafer kutlamaları yapmaya koyuldu.

Herkes neyi varsa, süslemek için getirdi, ortaya döktü.

Zindandakilerin ise ip ve zincirden başka bir şeyleri yoktu.

Bir de bir kaç kesilmiş baş, bir kaç da yırtılmış, parçalanmış ciğer.

Bir iki kesik el ve ayakla zindanın önünü süslediler.

2500 Padişah şehre girdiğinde, şehrin en güzel şekilde süslendiğini gördü.

Ancak, zindanın olduğu yere varınca, hemen atından indi.

Zindandakileri huzuruna kabul etti. Vaatlerde bulundu, bir hayli altın gümüş verdi.

Padişahın meraklı bir nedimi vardı, dedi ki: "Sultanım, bunun hikmeti nedir, söyle bana.

Yüz binlerce, belki daha fazla süs, zînet gördün, şehri nakışlı ipekler ve kıymetli siyah kumaşlarla bezenmiş gördün.

2505 Yerlere, altınlar mücevherler saçılmıştı. Havaya miskler, anberler serpilmişti.

Bunların hepsini gördün, aldırış bile etmedin, hiç birine bakmadın bile.

Niçin zindanın kapısında durup bekledin? Göreceğin sadece kesik bir baştı, başka değil!

Burada gönül açıcı bir şey yok. Olanlar da, kesilmiş bir baş, kesik el ve ayaktan ibaret.

Bu eli kesik olanlar, katillerdir. Neden onların kapısında durman gerekti?"

2510 Padişah dedi ki: "Halkın süsü, oyuncuların oyununa benzer.

Herkes kendi şanına, tarzına yakışır şekilde sahip olduğu şeyi göstermektedir.

Zindandakilerin hepsi suç işlemişler, suçlu kimselerdir. Burada bana lâyık bir karşılamayı zindandakiler yaptılar.

Eğer burada buyruğum yürümeseydi, baş bedenden, beden de baştan nasıl ayrılırdı?

Buyruğumu burada yürür gördüm. Bu yüzden atımın dizginini buraya çevirdim.

Bütün şehir halkı, kendi işlerine güçlerine dalmışlar, gururlarına kapılıp gitmişler.

Perişan hale düşen, zindandakilerdir. Hükmümün ve kahrımın altında şaşırıp kalmışlar.

Gâh ellerinden, gâh başlarından olmuşlar. Gâh yaştan, gâh kurudan vazgeçmişler.

Ne işleri var, ne de güçleri; oturmuşlar, kuyudan ve zindandan çıkıp darağacına gitmeyi bekliyorlar.

Şüphesiz bu zindan bana gül bahçesi kesildi. Gâh ben onların, gâh onlar benim yârim oldu.

Yolun inceliklerini görenlerin işi, emre, fermana uymaktır. Kuşkusuz padişahın zindana gitmesi gerekmektedir."

Hikâye

Ekkâf neslinden gelmiş bir zat vardı. Âlemin kutbuydu; kalbi saf, huyları temizdi.

Dedi ki: "Bir gece rüyamda Bayezid'le Tirmizî'yi yolda giderken gördüm.

Her ikisi de beni öne geçirdiler, önlerinde onlara rehberlik ettim.

Sonradan bu rüyayı iyice tabir ettim; acaba o iki şeyh bana niçin saygı gösterdiler?

2521 Kastedilen, hicrî altıncı asırda yaşamış büyük fakih ve mutasavvıf Ebu'l-Kâsım-ı Ekkâf'tır.

2522 Muhammed Ali Hakîm-i Tirmizî, tasavvuf tarihinde önemli yeri olan ve değerli eserler kaleme almış bir şahsiyettir. 255/869 veya 285/898 yılında ölmüştür.

Yorumum şu idi: Bir seher vakti kendimden geçmiştim, tâ ciğerimden bir âh çıktı.

Âhım gitti, tâ yolumu açtı, kapının halkasını vurmaya başladı. Nihayet dergâhın kapısı bana açıldı.

O kapı yüzüme açılınca, dilsiz dudaksız bana şöyle hitap edildi:

"Bayezid hariç bütün pîrler ve müritler bizden bir şeyler istediler.

Bayezid hepsinin içinde erlik gösterdi, bizden hiç bir şey dilemedi, yalnız bizi istedi."

O gece bu hitabı işitince, dedim ki: "Bence ne bu doğru, ne de o.

Senin derdin olmadığı halde ben senden nasıl bir şey isteyebilirim ki? Senin adamın değilim, bu durumda Seni nasıl isteyebilirim ki?

Sen ne emredersen bana onu istemek düşer. Benim işim, senin emrine uyduğum takdirde doğrudur.

Benim ne eğri, ne de doğru hiç bir şeyim yok. Ben kim oluyorum ki bir isteğim olsun?

Ne buyurursan o bana yeter. Kulun buyruğa göre yürümesi kâfidir."

Bu sözden dolayı o iki muhterem şeyh beni öne geçirdiler, saygı gösterdiler.

Kul daima Allah'ın emrine göre hareket ederse, can âleminde Hakk'a kavuşur.

Boş yere, lâfla kulluktan bahseden, kul değildir.

Kul, imtihan zamanı belli olur. İmtihan ol da nişanesi görünsün!

Hikâye

Şeyh-i Harakânî son demlerinde, can boğaza gelince, şöyle dedi:

2540 "Keşke göğsümü yarsalar da kebap olan gönlümü açsalardı.

Sonra da gönlümü halka gösterselerdi ve ne müşkil içinde olduğumu anlatsalardı.

Halk da bütün sırları bilen Allahu teâlâ'ya rağmen puta tapmanın doğru olmadığını, yanlışa sapmamaları gerektiğini bilip anlasaydı."

Kulluk işte budur, bundan başkası hevestir. Ey zavallı! Kulluk, düşkünlüktür.

Sen efendilik ediyorsun, kulluk değil. Böyle olunca, düşkünlük sana nasıl nasip olacak?

2545 Hem kendini aşağıla, hem de kul ol. Kul ol, düşkün ol da böylelikle diri kal.

Kul oldun mu, hürmete, edebe de dikkat et. Hürmet yolunda himmet sahibi ol.

Kul yola hürmetsiz girerse, padişah o kulu meclisten dışarı atar.

Harem, hürmetsiz kişiye haramdır. Eğer hürmete riâyet edersen, bu nimet tamamlanır.

2539 Ebü'l-Hasen-i Harakânî (Şeyh-i Harakânî), Bistâm'ın kuzeyindeki Harakân köyünde dünyaya gelmiştir. Ümmî olduğu, Bayezid-i Bistâmî'nin manevî işareti üzerine Kur'an okumaya başladığı söylenir. Bayezid'in tasavvuf tarzını benimseyen Harakânî'nin Hakk'a ermek için zor riyâzetler çektiği bilinmektedir.

Hikâye

Padişahın biri bir kula süslü elbiseler ihsan etti. Kul o elbiseyi alıp yola koyuldu.

2550 Yolda üstü başı toz oldu, hemen elbisenin yeniyle tozları temizledi.

Bundan hoşlanmayan biri padişaha dedi ki: "Ey padişah! Üzerindeki tozları, senin verdiğin elbise ile temizledi."

Padişah bu saygısızlığı hoş karşılamadı, hemen o zavallıyı idam ettirdi.

Bilesin ki hürmetsiz kimsenin padişahın yanında kıymeti yoktur.

Bir diğer kuş Hüdhüd'e dedi ki: "Ey görüşü isabetli olan Hüdhüd! Hak yolunda temizlik nasıl olur?

2555 Gönlümün bir şeyle meşgul olması bana haramdır.

Neyim varsa hep saçar dağıtırım.

Elime ne gelirse onu kaybederim, çünkü o benim elimde adeta akrep kesilir.

Ben kendimi tutamıyorum, elimde ne varsa hepsini saçıp savuruyorum.

Onun sokağında her şeyimi kaybederim; ola ki böylelikle onun yüzünü görebilirim."

Hüdhüd dedi ki: "Bu yol, herkesin gideceği yol değildir. Bu yolda âşık olmak yeterlidir.

Nesi var nesi yoksa oynayıp elinden çıkaran, yok eden yol alır, temizlikte huzura erer.

Dikilmişi yırt, yırtılmışı da dikme. Neyin varsa, kıl kadar bile olsa hepsini yak.

Her şeyi ateşli bir ahla yaktın mı, külünü topla, bir araya getir ve üstüne otur.

Böyle yaparsan, her şeyden kurtulursun. Yok yapmazsan, ömrün boyunca sıkıntı çek ve kan iç dur.

Nefsin isteklerinden yüz çevirmedikçe, bu dehlizde nasıl yol alabilirsin?

Bu zindanda bir an bile oturulamayacağına göre, ne varsa hepsinden kendini sıyır, uzaklaş.

Yoksa ölüm anında, sahip olduğun şeyler senin yakanı nasıl bırakacak?

Önce kendinden el çek, sonra yola koyul.

İlk başta kendinden geçmeden, bu yolculuğa çıkman doğru olmaz.

Hikâye

Türkistan pîri (Ahmed Yesevî), kendi halinden haber verdi ve dedi ki: "Ben iki şeyi çok severim.

Birisi yürük atım, diğeri ise oğlum.

Bu çocuğumun ölümünü haber alırsam, bu haberin müjdesi olarak atı bağışlayacağım.

2569 Ahmed Yesevî: Yeseviyye tarîkatinin kurucusu ve Orta Asya Türklerinin dinî ve tasavvufî hayatlarında önemli etkisi olan büyük mutasavvıf ve şair.

Çünkü görüyorum ki bu iki şey, değerli can gözünde iki put gibidir."

Mum gibi yanıp yakılmadıkça, herkesin önünde âşıklıktan söz açma.

Âşıklıktan dem vuran kendi halini görecek olsa, perişan olur.

Âşık olup her şeyini kaybeden kişi, iştahla yemek yiyecek olsa, o an yaptığının cezasını görür.

Hikâye

Gönül sarayının eyvanı arşa dek yükselen Şeyh-i Harakânî, epey zamandır patlıcan yemeyi istiyordu.

Annesi kızdı, bağırıp çağırdı ve istemeye istemeye ona yarım patlıcan verdi.

Şeyh o yarım patlıcanı yer yemez, oğlunun başını kestiler.

Akşam olunca, o tertemiz çocuğun başını bir kötü adam getirip şeyhin kapısının eşiğine koydu.

Şeyh dedi ki: "Zavallı ben, size binlerce kez söylemedim mi,

Bu yoksul, ne zaman patlıcan yese, ardından can evinden vurulur.

Her zaman canımı böyle yakıp durduğu için onunla işim hiç kolay değil.

Kimi kendisiyle meşgul ederse, o bir an bile dostu ile konuşamaz.

Başımıza gelen, çok çetin bir iş. Savaştan da, barıştan da üstün.

2585 Ben ümmî biriyim, ne bilgim var, ne de kararım. İşim, her şeyi bilen Allah'a kalmıştır.

Her an bir konuk gelmede, imtihan kervanı ulaşmada.

Aziz canda yüzlerce gam var, ama başkaları gelmede, daha da gelecek.

Yokluk âleminden varlık âlemine gelen kimsenin kanı dökülecek.

Onun yüz binlerce serkeş âşığı, kan dökücülüğüne razı olmuşlar, başlarını feda edip dururlar.

2590 Bütün canlar, o, canların kanını inlete inlete döksün diye yaratılmıştır."

Hikâye

Zünnûn şöyle dedi: Allah'a tevekkül etmiş, asasız, kırbasız çölde gidiyordum.

Yolda, hepsi bir yerde can vermiş kırk derviş gördüm.

Aklım karma karışık oldu. Coşkulu canıma bir ateştir düştü.

Sonra; "Ey Rabbim! Bu ne iş? Ululları ne kadar daha öldürüp duracaksın?" dedim.

2595 Hatiften şöyle cevap geldi: "Bundan haberdarız, hikmetini biz biliriz. Biz öldürür, diyetini biz veririz."

2591 Zünnûn-ı Mısrî: Zühd, tasavvuf, fıkıh ve hikmette şöhret sahibi olan Mısırlı mutasavvıftır. Vefat tarihi olarak 245/859, 246/860 ve 248/862 yılları verilmektedir.

2595 Hadîs-i kudsî olarak şu söz nakledilmektedir: Allah'a, "Ey Rabbim! Dostları ne zamana dek öldüreceksin?" diye sorulduğunda, Hak teâlâ şu cevabı verir: "Onlar için diyet bulduğum sürece!" Tekrar sorulur: "Ey Allah'ım! Onların diyeti nedir?" Allah teâlâ şu karşılığı verir: "Onların diyeti, benim cemâlimi görmektir."

Zünnun, "Ne zamana dek inlete inlete öldürüp duracaksın?" dedi. Cevap şu oldu: "Diyeti bende oldukça, bu iş böyle gidecek.

Hazinemde diyet kaldıkça, tesellî verecek güç kudret oldukça, öldürmem devam edecek.

Öldürür, sonra onu kana bular, yüzü koyun âlemin etrafında sürüklerim.

Sonra bütün cüzleri, başı ayağı tamamıyle yok oldu mu,

2600 Ona güneş gibi yüzümü gösterir, kendi cemâlimden hil'at giydiririm.

Yüzüne kendi kanından kızıllık sürer, bu mahallenin toprağında itikâfa girdiririm.

Harimimde onu gölgelik yapar, sonra yüzümün güneşini gösteririm.

Yüzümün güneşi doğunca, harîmimde artık gölge kalır mı?

Gölge, güneşte yok oldu mu, başka ne olacak? Allah en doğrusunu bilir."

2605 Onda yok olan, kendi varlığından kurtulur. Çünkü onunla beraber olmanın dışında bir şey mümkün değildir.

Yok ol ve yokluktan bu kadar bahsetme. Canını feda et, daha fazlasını arama.

Bilmiyorum, kişinin kendisinden fanî olmasından daha üstün bir saâdet olur mu?

Bilmiyorum, dünyada Firavun'un büyücülerinin elde ettiklerinden daha büyük bir saâdeti kimse elde etti mi?

O büyücülerin iman ettikleri zamanki devlet ne devletti!

2608 Hz. Musa ile Firavun'un büyücüleri arasında cereyan eden ve Kur'an'da anlatılan hadiseye işaret edilmektedir. [el-A'râf sûresi, 103-122. âyetler]

Hemencecik onları canlarından ettiler; hiç kime böyle bir saâdeti göremez.

O an bir ayaklarını din yoluna koydular, diğer ayaklarını atıp dünyadan ayrıldılar.

Kimse bu gelip gitmeden daha iyisini görmedi. Hiç bir dal, bundan daha güzel bir meyve görmedi.

Bir başka kuş Hüdhüd'e dedi ki: "Ey can gözü açık/nazar sahibi Hüdhüd! Bu manâda himmetin tesiri vardır.

Gerçi görünüşte ben pek zayıfım, fakat hakîkatte yüce himmet sahibiyim.

Tâatim pek fazla yok, ama himmetim yücedir."

Hüdhüd dedi ki: "Elest âşıklarının mıknatısı, yüce himmet ve gayrettir. Her şey bununla keşfedilir.

Kimin yüce himmeti ortaya çıkarsa, aradığı şey hemen meydana gelir.

Kimin bir zerrecik himmeti olursa, onunla güneşi bile geride ve gölgede bırakır.

Kâinat mülkünün özü himmettir; can kuşunun kolu kanadı himmettir."

Hikâye

Yusuf'u satarlarken Mısırlıların onu elde etme şevkiyle yanıp yakıldığını anlatırlar.

Alıcılar çoğalınca, satıcılar beş katı ağırlığınca misk istediler.

Kanlara bulanmış yaşlı kadınlardan biri, eğirdiği birkaç iplik yumağını eline almış,

Coşkuyla kalabalığın arasına geldi. Dedi ki: "Ey Yusuf'u satan tellâl!

Bu çocuğun iştiyakından aklım başımdan gitti, avareye döndüm; bunu almak için on yumak iplik eğirdim.

Bu yumakları benden al, Yusuf'u bana sat. Hiç söz söyleme, elini elime ver, bana teslim et."

Adam güldü ve dedi ki: "A saf kadın! Bu eşi bulunmaz inci senin harcın değil!

Bu toplulukta ona yüz hazine dolusu altın verecek var. Sen neredesin, yumaklarınla bunu almak nerede?"

Yaşlı kadın dedi ki: "İyi biliyorum, kimse bu çocuğu bu kadar yumağa satmaz.

Fakat dost olsun düşman olsun, görenlerin, bu kadın da onun alıcılarındandı demeleri bana yeter."

Yüce himmeti elde edemeyen gönül, ebediyet mülkünü hiç bir zaman elde edemez.

O yüce padişahın padişahlığı ateşe vermesi, himmeti yüzündendi.

Padişahlığı çok ziyan verici görünce, sayısız devlete erdi, erdiğinin yüz katına nâil oldu.

2631 Kastedilen, İbrahim Edhem'dir. Hicrî ikinci asırda yaşamış ünlü zâhitlerdendir. Rivâyetlere göre padişah veya şehzade iken geçirdiği ruhî değişim neticesinde padişahlığı ve ülkesini terk etmiş, Şam ve Hicaz'a gitmiştir. Sıkıntı ve meşakkat içinde hayat sürmüştür.

Nihayet gayrete geldi, bütün bu devletten bıktı, usandı.
Himmet gözü güneşi gören, artık hiç zerre ile düşer kalkar mı?

Hikâye

2635 Adamın birisi daima yalnızlığından hayıflanır, yoksulluğundan yakınır dururdu.
İbrahim Edhem ona dedi ki: "Ey oğul! Sen bu yoksulluğu yoksa ucuza mı aldın?"
Adam dedi ki: "Bu nasıl söz? Hiç kimse yoksulluğu satın alır mı? Utan!"
İbrahim Edhem şöyle dedi: "Ben bir kere canla başla seçtim yoksulluğu. Âlem padişahlığını verip de satın aldım onu.
Halâ da bir anını yüzlerce cihana bedel olarak almaktayım, çünkü benim yanımda değeri büyüktür.
2640 Ben bu metaı çok değerli buldum, padişahlığa tamamıyla veda ettim.
Şüphesiz bunun kadrini ben biliyorum, sen değil. Şükrünü ben yerine getiriyorum, sen değil."

Himmet sahibi kimseler canlarıyla ve başlarıyla oynadılar, yıllarca yanıp yakılmaya razı oldular.
Onların himmet kuşu Hakk'ın dergâhına yakın oldu, hem dünyadan, hem de ukbadan geçtiler.
Sen böyle bir himmet eri değilsen çabuk git; çünkü sen ikram sahibi biri değilsin.

Hikâye

2645 Şeyh Gûrî, tamamen külle eren o zat, meczuplarla beraber bir köprünün altından geçiyordu.

Tesadüfen Sultan Sencer de debdebe ve tantanasıyla oradan geçiyordu. "Köprünün altındaki bu topluluk kimdir?" diye sordu.

Şeyh ona dedi ki: "Hepimiz başsız, ayaksızız. Halimiz de şu iki şeyin dışında değildir:

Eğer sen bize hep dost olursan, seni çabucak dünyadan çeker alırız, vazgeçiririz.

Yok bize dost değil, düşman olursan, seni dinden ederiz, işte bu kadar!

2650 Bir bizim dostluğumuzu ve düşmanlığımızı gör; bir de sen işe sarıl da nasıl rüsvay olacağını gör.

Bir an olsun köprünün altına gelirsen, bu şatafattan, bu hevâ ve hevesten kurtulursun."

Sencer dedi ki: "Ben sizin adamınız değilim. Size karşı sevgim ve düşmanlığım da yok.

Sizin ne dostunuz, ne de düşmanınızım. Harmanım yanmasın diye işte gidiyorum.

Sizinle ne övünür, ne de yerinirim. Sizin iyinizle de kötünüzle de işim yok benim."

2655 Himmet, çevik ve kuvvetli kanatları olan bir kuşa benzer. Her zaman hızlı, akıllı ve serkeşçe uçmaktadır.

2645 Sultan Sencer zamanında yaşamış olan bu sûfînin hayatına dair kaynaklarda bilgi yoktur.

Uçarsa, ancak görüş ve feraset kuvvetiyle uçar, yoksa hakikatin aslına nasıl vâsıl olacak?
Onun uçtuğu yerler, varlık ufuklarından da yücedir.
Çünkü o, ayıklıktan da, mestlikten de üstündür.

Hikâye

Gece yarısı bir meczup güzel güzel ağlıyordu. Şöyle dedi: "Bu âlem nedir? Söyleyeyim de bak!
Ağzı kapalı, bizim de içinde olduğumuz bir hokka.
Cehaletimizden, onun içinde arzularımız ve hayallerimizle yaşamaktayız.
2660 Ecel bu hokkanın ağzını açınca, kanadı olan herkes ezele dek uçar gider.
Kanadı olmayan, hokkanın içinde kalıp yüzlerce belâya uğrar.
Himmet kuşunu manâ âlemine doğru kanatlandır; akla gönül, cana da hâl ver.
Hokkanın ağzı açılmadan, yol kuşu ol; kolunu kanadını aç da uç.
Yoksa, kolunu kanadını yak, kendini de. Böylece herkesten öne geçmiş olursun.

2665 Bir başka kuş Hüdhüd'e dedi ki: "O padişahın katında insaf ve vefâ nasıldır?
Hak teâlâ bana bir hayli insaf verdi, kimseye de vefasızlık etmedim.
Bir kimsede bu sıfatlar toplanacak olsa, marifette

onun rütbesi nicedir?"

Hüdhüd dedi ki: "İnsaf, kurtuluşun sultanıdır. Kim insaf sahibi olursa, saçma sapan şeylerden kurtulur.

İnsaf sahibi olman, bütün ömrünü rükû ve secdede geçirmenden yeğdir.

2670 İki cihanda da insaf ve adaletten daha üstün bir cömertlik yoktur.

Âdil olup adaletle ve insafla davranan kimse, unutma ki riyakâr olamaz.

Hak yolunun erleri başkalarının haklarına riâyet ederler, ancak başkalarından adalet beklemezler.

Hikâye

Ahmed b. Hanbel, zamanının imamı idi. Faziletlerini anlatmaya imkân yoktu.

Tefekkürden ve derslerden arta kalan zamanında hemen Bişr-i Hâfî'nin yanına giderdi.

2675 Biri Ahmed b. Hanbel'i Bişr'in yanında görse, derhal onu kınamaya başlardı.

Derdi ki: "Nihayet sen âlemin imamısın. Senden daha bilgili kimse gelmez artık.

Birisi bir söz söyleyecek olsa dinlemezsin de, bu başı açık, ayağı yalın kişinin yanına niçin koşup gelirsin?"

2674 Bişr-i Hâfî: Merv'in ileri gelen ailelerinden birinin çocuğu olarak dünyaya gelmiştir. Hadis âlimi olan Bişr-i Hâfî'nin sahip olduğu bütün kitaplarını toprağa gömerek tasavvufa yöneldiği rivayet edilir. Riyâ ve şöhretten uzak bir hayat yaşamış olan Bişr, 227/841 yılında ölmüştür.

Ahmed b. Hanbel şöyle dedi: "Evet, ben hadis ilminde bilgi sahibiyim, herkesten öndeyim.
İlmi ben ondan daha iyi biliyorum, ancak o Allah'ı benden daha iyi tanıyor."

2680 Ey kendi insafsızlığından habersiz olan kimse! Bir an için hakîkat yolunu görenlerin insafına bak.!

Hikâye

Hinduların ihtiyar bir padişahı vardı. Sultan Mahmud'un askerlerine esir düştü.
Askerler onu Sultan Mahmud'un yanına götürünce, müslüman oldu.
Hem âşinalık nişanesi buldu, hem de iki âlemden de kurtuldu.
Sonra bir çadırda yalnız başına oturdu, gönlü heyecanlandı, coştu, bir sevdayadır düştü.
2685 Gece gündüz ağlar, yanar yakılırdı. Gecesi gündüzünden, gündüzü de gecesinden beterdi.
Feryat ve figanı iyice artınca, durumundan Mahmud'un haberi oldu.
Mahmud onu yanına çağırdı ve; "Sana, önceden sahip olduğundan yüz kat fazlasını vereyim.
Sen bir padişahsın, artık kendi haline ağlama. Daha ne zamana dek ağlayıp duracaksın, artık ağlama." dedi.

Hint padişahı, Sultan Mahmud'a dedi ki: "Ey padişah! Ben saltanat ve mevki için ağlamıyorum.

2690 Celâl sahibi Rabbim yarın kıyamet günü bana sorar da, derse ki:

Ey ahdinde durmayan vefasız! Benim gibi birine karşı cefâ tohumu ektin.

Senin ülkene Mahmud yiğit atlılarla gelmeseydi,

Sen beni hatırlamayacaktın bile, bu nasıl olur? Bu vefasızlık değil de nedir?

Ben senin için ordu hazırlamaktayken, sen başkası için ordu topluyordun.

2695 Asker ülkeni fethetmeden beni hatırına bile getirmedin; söyle, sana dost mu diyeyim, düşman mı?

Daha ne zamana dek ben vefa gösterdiğim halde sen cefa edeceksin? Vefakârlıkta bu hiç uygun bir şey değil!'

Eğer Hak'tan bu hitap gelirse, bu vefasızlığın cevabını nasıl verebilirim?

Bu yüzden utanıp, yanıp yakılıyorum. Ey genç padişah, bu ihtiyarın ağlaması da bundandır."

Ahdin ve vefakârlığın ölçüsünü gör, iyiliğin dersini ve kitabını oku.

2700 Vefakâr isen, yola girmeye azmet; yoksa otur, bu işten vazgeç.

Vefakârlığa yakışmayan her şey, yiğitlik ve erlikte uygun görülmez.

Hikâye

Bir gazi, savaş sırasında namaz kılmak için savaştığı kâfirden mühlet istedi.

Gazi gidip namazını kıldı, geri gelip savaşa devam ettiler.

Kâfirin de kendince namazı vardı, o da izin isteyip meydandan ayrıldı.

2705 Kâfir tertemiz bir köşe seçti, sonra putun karşısında başını secdeye koydu.

Gazi onu başı yerde görünce, "Şimdi kazanma fırsatı buldum." dedi.

Habersizce ona kılıcını vurmak isteyince, hatiften şöyle ses geldi:

"Ey baştan ayağa vefasız adam! Ne kadar da vefakârsın, sözünde duruyorsun!

Önce o sana mühlet verdi, ama kılıç vurmadı. Sen eğer ona kılıç vuracak olursan, bu cehaletin ta kendisi olur.

2710 Ey 'Ahde vefa gösteriniz' âyetini okumayan; yoldan çıkmış, ahdine vefa göstermemiş adam.

Önce kâfir sana bir iyilik etti, sen de ileri gidip nâmertlik yapma.

O iyilik yaptı, sense kötülük yapıyorsun. Kendin için ne istiyorsan başkaları için de onu iste, o şekilde davran.

2702 Gaziden kastedilen, Abdullah Mübârek (ö. h. 181)'tir.

2710 "...Verdiğiniz sözü de yerine getirin." [el-İsrâ sûresi, âyet 34] âyetinden iktibas edilmiştir.

2712 "Sizden biriniz kendisi için istediğini kardeşi için istemedikçe iman etmiş sayılmaz." hadisine işaret edilmektedir.

Kâfir sana vefa göstermiş, emniyet sağlamış. Müminsen eğer, nerede senin vefa ve mürüvvetin?

Ey müslümanlığı tam olmayan, imanında şüphe bulunan kimse! Vefada kâfirden de aşağıdasın."

2715 Bu sözü işiten gazi, sarsıldı, tepeden tırnağa terlere gark oldu.

Kâfir onu ağlamakta, elinde kılıç şaşkın bir halde görünce,

"Ağlamanın sebebi nedir?" dedi. Gazi doğrusunu söyledi: "Şimdi beni azarladılar.

Senin yüzünden bana vefasız dediler. Benim böyle ağlamam, senin kahrın yüzünden."

Kâfir bu olayı aşikâr olarak duyunca, bir nara attı, sonra da ağlamaya başladı.

2720 Dedi ki: "Öyle bir Allah ki, ayıplı, kusurlu düşmanı yüzünden kendi mahbubunu,

İman ederek vefa gösteren mümin kulunu böyle azarlarsa, sayısız vefasızlık yapan ben ne yapayım?

Bana İslâm'ı anlat da müslüman olayım, şirki yakayım, şeriat hükümlerine uyayım.

Yazıklar olsun, gönlümde bu kadar bağlar varmış, böyle bir Allah'tan habersiz kalmışım."

Ey hakîkati aramaktan uzak olan! Sen, Yaratana karşı edepsizlik edip vefasızlık göstermişsin.

2725 Fakat sabrediyorum, zaman gelecek felek bütün yaptıklarını bir bir yüzüne vuracak.

Hikâye

Yusuf'un on kardeşi kıtlıktan bunalmışlar, uzak yoldan Yusuf'un huzuruna gelmişlerdi.

Yokluk yüzünden hallerini anlatmışlar, kıtlık yılında çare aramışlardı.
Yusuf'un yüzü peçenin ardında gizlenmişti, önünde de bir tas vardı.
Yusuf elini tasa vurdu, tas iniltili sesler çıkardı.
Hikmete vâkıf olan Yusuf dedi ki: "Hiç biliyor musunuz, bu tas ne diyor?"
On kardeş o an Yusuf'un huzurunda acziyetlerinden ağızlarını açtılar,
Hepsi birden, "Ey hak bilir Aziz, tasdan gelen sesi kim bilebilir?" dediler.
O zaman Yusuf dedi ki: "Ben iyi biliyorum, siz zavallılara ne diyor."
Devam etti: "Diyor ki bundan önce sizin, sizden daha güzel bir kardeşiniz daha varmış.
Adı Yusuf'muş, sizden de küçükmüş. İyilikte, sizin hepinizden daha üstünmüş."
Tasa tekrar vurdu, dedi ki: "Tas diyor ki,
Hepiniz Yusuf'u kuyuya attınız, sonra da günahsız bir kurdu öldürdünüz.
Hile ile gömleğini kana buladınız, bununla Yakub'un gönlünü kan içinde kodunuz."
Tekrar tasa vurdu, tas yine bir başka çeşit seslendi.
Dedi ki: "Tas diyor ki, babanızı yaktınız, ay yüzlü Yusuf'u da sattınız.
Allah'tan utanın, bu kâfirlik bir kardeşe nasıl yapılır?"
Onlar bu sözü duyunca şaşırdılar, ekmek almaya gelmişlerdi, su gibi eridiler.
Yusuf'u bu şekilde satmışlardı, ama o an kendileri sıkıntıya düştüler.

Yusuf'u kuyuya atmışlardı, ama hepsi de şimdi belâ kuyusuna düştüler.

2745 Bu kıssayı işitip de bundan hisse almayanın gözü kör olsun.

Sen bu kıssaya o kadar da bakma. Ey hakikatten habersiz, bütün bunlar senin halinin hikâyesidir.

Senin vefasızlık sebebiyle yaptığın şeyleri, aşinalık nuru ile yapmadın.

Birisi bir ömür tasa vuracak olsa, göreceksin ki senin uygunsuz işlerin bundan da çoktur.

Bekle de seni uykudan uyandırsınlar, fıtratında olan hamlığı sana göstersinler.

2750 Bekle, yarın kıyamet gününde, cefalarını, kâfirliklerini ve hatalarını,

Hepsini yüzüne vururlar, tek tek sayıp dökerler.

Kulağına onca tas sesi geldiğinde, bilmiyorum, aklın ve fikrin kalır mı?

Ey karınca gibi işe ağır aksak girişen, ey bir tasın dibinde tutulup kalan.

Ne zamana kadar baş aşağı tasın etrafında dönüp duracaksın? Vazgeç, çünkü bu kanla dolu bir tastır.

2755 Tasın içinde kalakalırsan, her an sana başka bir ses gelir.

Ey hakbilir, kanadını aç, geç git. Yoksa tasın sesinden rüsvay olup gidersin.

Bir başka kuş Hüdhüd'e sordu: "Ey rehber olan kuş! Bu dergâhta pervasızlık reva mı?

Birisi pervasızlık ederse, ondan sonra korkuya kapılır mı hiç?

Orada pervasızlık nasıl olur, açıkla. Manâ incileri saç ve sırlar söyle."

2760 Hüdhüd dedi ki: "Kimin liyâkati ve ilâhî sırlara mahremiyeti varsa,

O pervasızlık gösterse de revadır. Çünkü padişaha sırdaştır.

Fakat sırlara vâkıf olan ve ona sahip olan bir adam nasıl pervasızca davranır?

Liyâkatlı kimseler bir an pervasızlık edip edebe riâyet etmeseler, bu bağışlanabilir.

Ama kenarda duran deveci nasıl olur da padişaha sırdaş olur?

2765 O da sır ehli gibi pervasızlık ederse, imanından da olur, canından da.

Nasıl olur da askerin içindeki bir rind, padişahın huzurunda pervasızlık etme cesareti gösterebilir?

Yol yordam bilmeyen bir çocukcağızın pervasızlığı ise sevinçtendir.

O ne rab bilir, ne rub; her şeyi Rab bilir. Pervasızlık ederse, aşırı muhabbettendir.

2768 Anlatıldığına göre yaşlı bir kadını mezara defn ederler. Münker ve nekir melekleri gelip de "Rabbin kimdir?" diye sorduklarında, "Ben ne Rab bilirim, ne de Rabbî!" şeklinde cevap vermiştir. Bu ifade beyitteki şekliyle darbımesel olmuştur.

O, aşkın coşkusuyla divaneye dönünce, aşkın gücüyle su üstünde yürür.

Onun küstahlığı hoştur, hoş. Çünkü o divane ateşe benzer.

Ateşe benzeyen yolda selâmet nasıl mümkündür? Mecnun bir adam, nasıl kınanır?

Sana da cezbe gelir divaneye dönersen, ne söylersen söyle, sözün dinlenir.

Hikâye

Horasan, büyük bir devlete erişmişti. Çünkü Horasan'a bir vali gelmişti.

Yüz tane ay yüzlü Türk kölesi vardı; boyları selvi gibi, kolları gümüşe benzer, misk kokulu.

Her birinin kulağında geceyi aydınlatan bir inci vardı. O incinin aksiyle geceler gündüze dönerdi.

Başlarında, altından dokunmuş külahlar, boyunlarında altından gerdanlıklar; baştan başa gümüş tenli, altın siperliler.

Bellerinde altın süslü kemerler, her birinin altında beyaz atlar.

Onlardan birinin yüzünü gören, hemen gönül verir, canından geçerdi.

2769 Anlatıldığına göre adamın biri bir kadına âşık olur. Her gece ırmağı geçerek o kadının yanına gider. Buluşmalarının birinde adam kadının yüzüne dikkatlice bakınca, gözündeki tırnak ucu kadar olan beyaz lekeyi görür. Kadına, "Ne zamandan beri bu leke gözünde var?" diye sorar. Kadın: "Senin aşkın azalmaya başladığı andan itibaren!" diye cevap verir ve şöyle nasihat eder: "Bu geceden sonra o ırmaktan geçip de yanıma gelme." Adam bunu dinlemez, ırmaktan geçerek kadının yanına gitmek isterken suda boğulup ölür.

Sırtına eski bir hırka giymiş, ayağı başı yalın aç bir meczup,
2780 Uzaktan o köle ordusunu görünce; "Bu huriler alayı kimindir?" diye sordu.
Bir şehirli ona, "Bunlar, şehrin valisinin köleleridir." cevabını verdi.
Bunu duyan meczup, perişan oldu, ızdıraba düştü.
Dedi ki: "Ey yüce arşın sahibi Rabbim! Kula bakmayı, beslemeyi validen öğren!"

Eğer onun divanesi isen, pervasızlık et. Meylin ve rağbetin varsa, bu dala lâyık ol.
2785 Bu yüce dala meylin yoksa, küstahlık edip başkalarını kendine güldürme.
Divanelerin küstahlığı hoş olur. Onlar, pervaneler gibi yanar yakılırlar.
İster iyi ister kötü, bu yolun yolcusu olan divaneler, o dergâhın dışında hiç bir şeyi göremezler.

Hikâye

Üstü başı çıplak bir meczup yolda acıkıverdi.
Hava yağmurlu, pek de soğuktu. O meczup yağmurdan kardan ıslandı.
2790 Ne sığınacağı bir yer, ne de bir evi vardı. Nihayet gide gide bir viraneye vardı.
O viranenin içine adımını atar atmaz, damdan başına bir kerpiç düştü.
Başı yarıldı, oluk gibi kanlar boşandı. Meczup yüzünü semaya çevirdi,

Dedi ki: "Daha ne zamana dek padişahlık davulunu vuracaksın? Kerpiçten daha iyi başımıza bir şey atman mümkün değil mi?"

Hikâye

Kârîz'de yoksul bir adam vardı. Komşusunun eşeğini ödünç aldı.

2795 Değirmene gitti, güzelce uyudu. Adam uyuyunca, eşek de başını alıp gitti.

Kurt o eşeği parçaladı ve yedi. Ertesi gün oldu. Adam eşeğin değerini istedi.

Her ikisi de yola düşüp Kârîz Emîri'nin yanına vardılar.

Durumu Emir'e anlattılar. Ona, "Bu bedeli kim ödeyecek?" diye sordular.

Emir dedi ki: "O kurtu aç bir halde ovalara başıboş salan.

2800 Şüphesiz bu cezayı onun çekmesi uygundur. Her ikinizin de bedeli ondan istemesi gerekir."

Ey Rabbim, bu ne güzel bir hata. Onun yaptığında hiç bir kusur ve hata yoktur, her şey yerli yerindedir.

Mısır kadınları bile, yaratılmış bir insan olan Yusuf'u görünce değiştiler.

Bir meczuba saâdet yurdu olan Hak katından bir halin zuhûr etmesinde şaşılacak ne var ki?

O halde meczup kendinden geçtiğinde, ne önüne bakar, ne de arkasına.

Ne söylerse ondan söyler, ona söyler; ne ararsa ondan diler, ondan ister.

Hikâye

Mısır'da birden bir kıtlık oldu. Halk ölüyor ve "ekmek!" diyordu.

Bütün yollar, insan ölüleriyle dolmuştu. Yarı canlı kalanlar ölüleri yiyordu.

Bir meczup, insanların öldüğünü, ekmek bulamadıklarını görünce,

Şöyle dedi: "Ey dünya ve dinin sahibi olan Rabbim! Verecek rızkın yoksa, bari az yaratsaydın!"

Bu dergâhta küstahlık eden, kendine gelince özür diler.

Bu dergâhta yanlış bir söz söylerse, onun için özür dilemeyi bilir, tatlılıkla bağışlanmayı diler.

Hikâye

Bir divane vardı, çocuklar onu taşladıkları için gönlünden kan damlamaktaydı.

Gitti, nihayet bir külhan bucağına sığındı. Külhanın bucağında bir pencere vardı.

O pencereden, dolu geliyordu, gelen dolu divanenin başına isabet etti.

Doluyla taşı birbirinden ayırt edemediğinden, beyhude yere açtı ağzını, yumdu gözünü.

"Neden atıyorlar başıma bu taşları, kerpiçleri?" diye epeyce ağır küfürler etti.

Bulunduğu yer karanlıktı, zannetti ki bunu atanlar da çocuklardı.

O sırada esen rüzgar kapıyı araladı, külhanın içine aydınlık vurdu.

Başına gelenin taş değil dolu olduğunu anladı, sövüp saydığına pişman oldu.

2820 Dedi ki: "Ey Rabbim! Bulunduğum külhan karanlıktı, yanıldım. Ne dediysem sözümü geri alıyorum."

Bir divane bu şekilde sözler sarfederse, öfkelenip de onunla kavga etmeye kalkışma.

O bu makamda mest olduğu için, kararı yoktur, yalnızdır, gönlü de elinde değildir.

Ömrü muratsızlıkla geçer, her anı yeni bir kararsızlık meydana getirir.

Sen dilini o tür sözlerden sakındır. Âşık ve divaneyi bu sözlerinden dolayı mazur tut.

2825 Kalplerinde iman nuru parlamayanların kalbine bir baksan, şüphesiz onların da mazur olduğunu görürsün.

Hikâye

Vâsıtî, perişan bir halde yürüyordu. Hayretten aklı başından gitmişti.

Gözü bir yahudi mezarlığına ilişti, mezarlığın sonuna kadar baktı.

"Bu Yahudiler" dedi, "tamamiyle mazurdur, ama bu kimseye söylenemez."

Vasıtî'nin bu sözünü, şehrin kadısının adamlarından biri duydu, öfkeyle onu kadının huzuruna götürdü.

Vâsıtî'nin sözü, kadının anlayacağı dilden değildi. Bu sözü beğenmeyen kadı, bunu hoş karşılamadı.

Vâsıtî ona dedi ki: "Bu ziyankâr kavim, senin hükmüne göre mazur değilse de,

Göklerin sahibi olan Allah'ın hükmüne göre hepsi şimdi bu yolda mazurdur."

Bir başka kuş Hüdhüd'e şöyle dedi: "Ben diri oldukça, onun aşkına lâyıkım.

Herkesten vazgeçmiş, bir köşeye çekilmişim. Sürekli onun sevdasından dem vurmaktayım.

Âlemdeki bütün halkı gördüm, kime bağlanayım ki, hepsinden geçtim.

İşim gücüm onun sevdası, bu bana yeter. Ama böyle bir sevda herkesin harcı değildir.

Sevgilinin sevdasına canla başla giriştim, sanki canım hiç bir işe yaramıyor.

Canımı terk etme, sevgilinin şerefine kadeh kaldırma zamanı geldi.

Onun cemali ile gözümü ve canımı aydınlatayım, vuslatına erip elimi boynuna atayım."

Hüdhüd dedi ki: "Kuru dava ile, lâfla Kaf dağına varıp Sîmurg'la hemdem olmak mümkün değildir.

Her solukta onun sevdasından dem vurup durma. Bu herkesin harcı olan bir şey değildir.

Bir devlet rüzgârı eser de perdeyi işin üzerinden kaldırırsa,

Seni de güzel bir şekilde kendi yoluna çeker, halvet haremine seni yalnız başına oturtur.

İşte o vakit davaya kalkışır, anlamsız ve boş sözler söylersen, bu sözlerin hakikate dönüşür.

2845 Ona karşı beslediğin sevda, senin için azaptan başka bir şey değildir. Esas olan onun dostluğudur, önemli olan budur.

Hikâye

Bayezid bu dünyadan göçünce, bir müridi o gece rüyasında gördü.

"Ey pîrliğe lâyık olan pîr! Münker ve Nekir'le halin ne oldu?" diye sordu.

Bayezid dedi ki: "O iki ünlü melek, bu yoksuldan Rabbimi sordular.

Onlara, 'Bu soru ne sizin için ne de benim için bir yüceliktir.

2850 Çünkü, 'Rabbim ancak odur' dersem, bu söz, benim sözümden ibaret kalır.

Fakat buradan Celâl sahibi Rabbimin katına döndüğünüzde durumu ona sorun.

Eğer O beni kul olarak kabul ederse, işte önemli olan budur. O zaman Rabbime lâyık bir kul olmuş olurum.

2847 Münker ve Nekir: Kabirde sual soran melekler.

Yok eğer beni kullarından biri saymazsa, beni kendi halime bırakır.

Birisiyle dostluk kurmak kolay değildir. Ben ona 'Rabbim!' desem, ne fayda?

2855 Ona kul olmadıktan, ona bağlanmadıktan sonra, onun Rabliğinden nasıl dem vurabilirim?

Onun Rabliğine boyun eğmişim, kabul etmişim. Ancak asıl olan onun bana, 'Benim kulum!' demesidir."

Eğer sevda onun tarafından olursa, sen onun aşkına tam lâyık olursun.

Yok sevda senin tarafından olursa, bil ki o aşk kabul edilmez, ancak senin yüzüne vurulur.

Eğer O sana aşkını ızhar ederse, mutluluktan uçar, ateşin şuleleri gibi raksa gelirsin.

2860 Ey hakikatten habersiz olan, önemli olan odur, bu değil. Her hünersiz kişi ondan nasıl haber alabilir?

Hikâye

Bir derviş vardı. Aşkının galebesinden ağlayıp inler, muhabbetten ateş gibi kararsız bir hale düşerdi.

Hem aşkın aleviyle canı yanmış, hem de canının hararetinden dili tutuşmuştu.

Candaki ateş gönlüne düşmüş, zor olan işi daha da zorlaşmıştı.

Yolda kararsız bir halde ağlaya ağlaya gidiyor ve inleye inleye şu sözleri söylüyordu:

"Can ve gönül kıskançlık ateşimle yandı. Ne vakte dek ağlayacağım? Bütün göz yaşlarım yandı, kurudu."

Gaibten şöyle ses geldi: "Bundan fazla söylenip durma, Neden boş yere ona âşık oldun?"

Derviş dedi ki: "Ben ona ne zaman âşık olmuşum ki? Şüphesiz o bana âşık olmuştur."

Benim gibisinin eti kemiği ne ki onun gibi birisini sevebileyim?

Ben ne yaptım ki? Ne yaptıysa ancak o yaptı. Gönül kan oldu, gönül kanını da ancak o içti."

O sana sevgisini bildirir, senden hoşnut olursa, sakın kendinle gurur duyma, bununla mağrur olma.

Sen kim oluyorsun da öyle büyük bir işte bir an bile haddi aşabiliyorsun?

Eğer o seninle aşk oyununa girişirse, o hep yarattığıyla bu oyunu oynar.

Sen hiç yoksun ve hiç bir işte güçte değilsin. Tamamiyle yok ol da bu sanatı sanat sahibine bırak.

Varlık davasında bulunur da kendini seçkin biri olarak görürsen, hem imandan, hem de candan olursun.

Hikâye

Bir gece Sultan Mahmud'un içi sıkıldı. Gitti, külhancı bir rinde misafir oldu.

Rind onu güzelce küllerin üstüne oturttu. Odun parçalarını habire külhana atıyordu.

Padişahın önüne hemencecik kuru ekmek parçası getirdi. Padişah elini uzattı, yiyiverdi.

Kendi kendine, eğer külhancı bu akşam benden özür dilerse, başını gövdesinden ayırırım dedi.

Nihayet padişah gitmeye kalkışınca, külhancı dedi ki: "Yerimi yurdumu gördün mü?

Yiyeceğimi, yatacağım yeri ve eyvanımı gördün. Davet edilmeden gelip misafirim oldun.

Tekrar fırsat bulursan, kalk, hemencecik yola düş gel. Yok, bizden hoşlanmamışsan, hoş ol, külhancıdır de, külü savuruver güzelce.

Ben senden ne ileriyim, ne de geri. Ben kim oluyorum ki seninle eşit olayım?"

Onun sözleri cihan padişahının hoşuna gitti. Yedi kere daha ona konuk oldu.

Son gelişinde külhancıya dedi ki: "Hadi bakalım cihan padişahından bir şey iste."

Külhancı dedi ki: "Eğer bu yoksul, hacetini söylerse, şah onun hacetini yerine getirecek mi?"

Şah, "Hacetini bana söyle; padişahlık et, bu külhanı terket" dedi.

Külhancı, "Benim dileğim, padişahın ara ara bu şekilde misafirim olmasıdır.

Benim padişahlığım, onun yüzünü görmektir. Başımdaki taç, onun ayağının toprağı olsa yeterlidir.

Senin gibi padişah çoktur, külhancıya bu iş yaraşır mı? Külhancının seninle külhanda oturması, sensiz gül bahçesinde padişahlık etmesinden yeğdir.

Bana devlet bu külhanda erişti, eğer buradan ayrılacak olursam, kâfirlik/nankörlük olur.
Bu külhanın seninle aydınlanması bana yeter. Senden daha iyi ne var ki, senden onu isteyeyim?
2895 Eğer senden başkasını seçecek olursa, bu kıvranıp sızlayan gönlün canı çıksın.
Ben ne padişahlık isterim, ne de sultanlık. Ben senden yalnız seni isterim.
Sen padişah olmaya devam et, zaman zaman da bana misafir olarak gel."

Sana onun aşkı gerektir, senin aşkın ise onun için gam ve yüktür.
Sana aşk lâzımsa, onu da ondan iste; elini bu etekten çekme.
2900 Şüphesiz gönül, kendisine ait olandan sıkılır. Denizde nice katreler var ama bir katre daha ister!

Hikâye

Bir saka, elinde su, yürüyordu, önünde giden bir başka sakayı gördü.
Elinde su kırbası olduğu halde diğerinin yanına gitti ve ondan su istedi.
Adam ona dedi ki: "Ey hakikatten habersiz, şaşkın! Sende de aynı su var, güzelce içsene."
Saka, "Ey akıllı, sen bana bir su ver, çünkü gönlüm kendi suyumdan usandı, bıktı!" dedi.

Âdem cennetteki tek düze yaşamdan sıkıldı, yeni bir şey elde etmek için buğday yemeye cesaret etti.

Bütün o eski nimetleri bir buğdaya sattı. Nesi var nesi yoksa, buğday uğruna yaktı.

Çırılçıplak kaldı, yine gönlüne bir derttir düştü. Yeni bir aşk geldi, kapısındaki halkayı çaldı.

Aşk ayrılığına düşüp âdeta yok olunca, eski de, yeni de gitti, o da yok oldu.

Hiç bir şeyi kalmayınca, hiçlikle uzlaştı. Elinde ne varsa, hepsini bir hiç uğruna kaybetti.

Varlıktan bıkıp usanmak ve ondan vazgeçmek, ne bizim işimizdir, ne de başkalarının.

Bir diğer kuş Hüdhüd'e dedi ki: "Sanıyorum ki ben, yüceliği elde ettim.

Hem erişeceğim yüceliğe erdim, hem de müşkil riyazetler çektim.

Bu dünyada işim düzene girince, buradan gitmem güçleşir.

Hazineyi elde ettikten sonra zahmet ve meşakketle dağlara, ovalara koşan birini gördün mü?"

Hüdhüd dedi ki: "Ey İblis gibi mağrur ve kibirli kuş! Benlikte kaybolmuş, benim muradımdan uzak düşmüşsün.

Sen kendi hayallerine kapılıp aldanmış, marifet fezasından uzaklaşmışsın.

Nefis canına musallat olmuş, şeytan içine girip oturmuş.

[Sen bir zanna tutulmuş, tepeden tırnağa o zannın kendisi olmuşsun.]

Senin bir aydınlığın olsa bile bu yolda ateş kesilir.

Bir zevkin varsa eğer, gerçekte o, senin için zan ve şüphedir.

2920 Senin vecd ve fakr sandığın haller, hayalden başka bir şey değildir. Ne söylersen söyle, hepsi muhalden öte bir şey değildir.

Yolun bu aydınlığına aldanma. Nefsin seninledir, uyanık ol, gafil olma.

Peşinde böyle bir düşman, elinde de kılıç! Bu durumda kim emin olarak güven içinde oturabilir?

Nasıl ki akrep sokan kimsenin kereviz yemesi onun helâkine sebebiyet veriyorsa, senin helâkin de nefis yoluyla sana gelen aydınlıktan, ışıktan olacaktır.

Sen, o ışığa aldanma; madem ki güneş değilsin, zerre ol, gurura kapılma.

2925 Ne yolun karanlığından ümitsizliğe düş, ne de nefsinden gelen ışığa kapılıp güneşlik tasla.

Ey değerli varlık! Sen kendi zannına kapılıp kaldıkça, huzura çağrılman da, oradan sürülmen de bir pula değmez.

Varlık zannından kurtulursan, varlık pergelinin dönmesi, sana da isabet eder.

Senin varlık zannın yok oldu mu, elinde yokluktan başka bir şey kalmaz.

Sende varlıktan bir zerre bile kalsa, kâfir ve putperest olursun.

2930 Bir an bile varlıkta görünsen, önünden ve arkandan ok yağmuruna tutulursun.

Sen var oldukça, canın çekeceği sıkıntı ve meşakkatlere katlan. Gelecek olan yüzlerce belâya her zaman razı ol, boyun eğ.

Sen varlık gösterdikçe, felek arkandan yüzlerce dert ve elem sillesi vurur.

Hikâye

Şeyh Ebûbekr-i Nişâbûrî dergâhtan çıkmış, müritleriyle gidiyordu.

Şeyh eşeğin üzerinde, müritleri de arkasında giderken, birdenbire eşek yelleniverdi.

2935 Şeyh bu yellenmeden vecde geldi, nara attı, elbisesini yırttı.

Hem müritleri, hem de bu durumu gören başkaları, şeyhin bu halini beğenmediler.

İçlerinden biri, "Ey Şeyh! Burada hangi ruhanî hazzı hissettin?" diye sordu.

Şeyh dedi ki: "Baktığım zaman, arkadaşlarım adeta yolu kaplamıştı.

Önümde ve arkamda dervişler vardı. Kendi kendime, 'Hakikaten Bayezid'den aşağı değilim.

2933 Şeyh Ebû Bekr-i Nişâbûrî: Şiblî'nin muâsırı olup meşhur bir zâhittir. Şiblî ile münazaralarının olduğunu nakleden Zehebî'ye göre 335/946 yılında ölmüştür.

2940 Bugün nasıl müritlerimle candan geçip debdebeyle yola düşmüşsem,

Şüphesiz yarın kıyamet günü naz ve izzetle mahşer ovasında başım dik yürürüm.' dedim.

Ben tam bu düşüncede iken, birden eşek yelleniverdi.

Yani, bu çeşit düşüncelere dalanlara, eşek, 'Daha ne kadar boş ve saçma düşüncelere kapılacaksın?' diye cevabını verir.

Bu sebepten canıma bir ateştir düşünce, bana bir hal geldi de vecde kapıldım."

2945 Sen kibir ve gurura kapıldıkça, hakikatten iyice uzaklaşırsın.

Kibiri yık, gururu yak. Sen nefsinin isteklerine uyuyor, ondan uzak duramıyorsun; işte bu nefisle beraber olma halini de yak, yok et.

Ey her an bir başka boyaya boyanan kişi!. Senin her kılının dibinde bir başka Firavun var.

Benlikten, varlıktan kurtulup emniyet ve güven içinde olsan, iki âleme de düşman kesilirsin.

2950 Bütün gününü züht ve takva ile geçirirsen, benlikten kurtulursun. Gecenin tümünde uyanık kalır geceni ihya edersen, aydınlığa erersin.

Ey benlik yüzünden yüzlerce belâya uğrayan kimse! "Ben" deme de İblis'in şerrine maruz kalma.

Hikâye

Hak teâlâ Musa'ya gizlice dedi ki: "İblis'ten de bir sır öğren!"

Musa İblis'i yolda görünce, ondan bir sır, bir nişane öğrenmek istedi.

İblis dedi ki: "Şu sözü daima hatırında tut. 'Ben' deme ki ben gibi olmayasın."

2955 Sende bir kıl ucu kadar bile varlık ve benlik varsa, kâfirsin, kulluğa lâyık değilsin.

Yolun sonu, murada erememektedir; erin şöhreti, adının kötüye çıkmasındadır.

Çünkü bu yolda murada erdin mi, derhal yüzlerce benlik, varlık baş gösterir.

Hikâye

Dini temiz bir er dedi ki: "Bu tasavvuf yoluna ilk giren dervişin karanlıkta kalması, hiç bir şeyi görmemesi daha iyidir.

Böylelikle tamamen ihsan ve lütuf denizinde kaybolur, varlığın alanı genişleyip nefsin istek ve arzuları artmamış olur.

2960 Çünkü ona manevî bir hal görünecek olursa, gurura kapılır, o anda kâfir olur.

Sendeki haset ve kızgınlığı, erlerin gözü görür; senin gözlerin görmez.

Sende ejderhalarla dolu bir külhan var. Sen gaflet yüzünden onları salıvermişsin.

Gece gündüz onları beslemeye koyulmuşsun, onlara yiyecek ve yatacak yer bulma telâşına kapılmışsın.

Senin aslın toprak ve kandan meydana gelmiştir. Şaşılacak şey, her ikisi de değersizdir ve yenmeleri dinen haramdır.

2965 Sana daha yakın olan kan, hem pis, hem de değersizdir.

Gönülden uzak olan ve cisimler ve hisler dünyasına yakın olan şey, şüphesiz ki hem haramdır, hem de pis.

İçinde böyle bir pisliği görüyorsun da niçin bu şekilde gaflete dalmış oturup durursun?

Hikâye

Bir şeyhin yanında pis bir köpek gidiyordu. Şeyh o köpekten hiç çekinmiyordu.

Birisi, "Ey temiz ve ulu kişi! Niçin bu köpekten kaçınmıyorsun?" diye sordu.

2970 Şeyh dedi ki: "Bu köpeğin dışı pistir, halbuki benim içimdeki pislik görünmüyor.

Onun dışında görünen pislik, ben zavallının içinde gizlidir.

Madem ki benim içimde olan pislik köpeğin dışındadır, o halde niçin ondan kaçayım, o da benimle eştir!

Senin küpe benzeyen vücudun, ondan daha hacimli olmadığına göre, içindeki pislik az bile olsa, pis hükmündedir.

Madem ki pek ehemmiyetsiz bir şey bile yolunu kesiyor, bu ister dağ olsun, ister bir saman çöpü, hepsi bir.

Hikâye

2975 Musa aleyhisselâm zamanında gece gündüz ibadetle meşgul bir âbid vardı.

Buna rağmen bir zerre kadar bile gönlünde ne bir zevk, ne de bir ferahlık hissediyordu. Gönül güneşinin parlaklığını bir türlü bulamamıştı.

Onun çekici ve güzel bir sakalı vardı, zaman zaman tarardı.

Âbid adam uzaktan Musa'yı görünce, yanına varıp; "Ey Tûr dağının kumandanı!

Allah rızası için Hak teâlâ'ya sor bakalım, zevk almayışımın ve bir hâle eremeyişimin sebebi nedir, bir öğren." dedi.

2980 Musa Kelîmullah, Tûr'a varınca, Hak'tan bunun sebebini sordu. Hak teâlâ buyurdu ki: "Uzak dur!

Bizim vuslatımıza ermeyen kimse, daima kendi sakalıyla uğraşıp durdu."

Musa o âbid kimseye durumu anlatınca, adam sakalını yolmaya, ağlamaya başladı.

Cebrail hemen Musa'nın yanına geldi ve dedi ki: "Şimdi de yine sakalıyla meşgul!

Eğer sakalını süsler ve bezerse, ıztıraba düşer. Yok habire yolarsa, yine sakalıyla meşgul oluyor demektir.

2985 Onsuz bir nefes bile almak hatadır. Ondan geri kaldıktan sonra, ister sola sap, ister sağa; farkeden bir şey olmaz.

Ey daha sakalından vazgeçmeyen, bu kan denizine garkolup da çıkamayan adam!

İşte sakalından geçtiğin takdirde, bu denizi aşma ve bundan kurtulma hususundaki niyetin hâlis olur.
Sen bu sakalla denize dalınca, kendi sakalından kurtulup da Allah'a yönelmen mümkün olur mu?

Hikâye

Bir ahmak adamın uzun bir sakalı vardı. Bir gün nasıl olduysa denize düştü.
2990 Kıyıdan giden salih bir adam onu gördü, ona "Boynundaki torbayı çıkar!" diye seslendi.
Adam, "O torba değil, benim sakalımdır. Sakal da değil, başımın belâsı!" dedi.
Kıyıdaki, "İyi yaptın, işte sakalın, işte halin. Durumuna razı ol, bak seni batırıp öldürecek."

Ey keçi gibi sakalından utanmayan! Sakalın var, ama arlanmıyorsun.
Sende nefis ve şeytanlık oldukça, Firavunluk ve Hâmânlık da var demektir.
2995 Önce Musa gibi dünyaya ehemmiyet verme, ona itibar etme de sonra Firavun'un sakalına yapış.
Bu Firavun'un sakalını sıkıca tut, ercesine onunla yüz yüze savaş.
Yola ayak bas, sakalını bırak, terk et. Bu sakal yüzünden ne kadar daha yolda kalacaksın? Haydi gir yola.

2994 Hâmân, Kur'an'da altı âyette Firavunla birlikte adı geçen Firavun'un veziridir.

2996 Hz. Musa ile Firavun kıssasına işaret edilmektedir.

Sakalın yüzünden eline sadece ıztırap geçmekte, ama bir an bile sakal korkusu çekmiyorsun.

Din yolunun gerçek eri, sakalını bile tarayacak tarağı bulunmayan kimsedir.

3000 Sakalının başına neler açacağının bilincine varır, sakalını zül olarak kabul eder, onu yerlere serer.

O, ne gönül kanından başka bir su bulur, ne de gönülden başka kebap!

Çamaşırcı olsa, güneş yüzü görmez; çiftçi olsa, buluttan yağmur damlamaz.

Hikâye

Bir sufi çamaşır yıkamaya kalktı mı, bütün âlemi kapkara bir bulut kaplardı.

Bulut yüzünden yüzlerce derde garkolur, elbise de adamakıllı kirlenirdi.

3005 Bu sufi çöven almak için bakkalın yolunu tuttu, bulut göründü ve olan oldu.

Sufi dedi ki: "A bulut, sen de nereden çıktın? Yürü git, çünkü benim kuru üzüm almam gerekiyor.

Ben kuru üzümü de ondan gizlice alıyorum. Sen niçin geliyorsun, çöven almıyorum ki!

Senin yüzünden daha ne kadar çöveni yerlere dökeceğim, yaptığım iş boşa gidecek? Bu işten hep senin yüzünden vazgeçtim."

3005 Çöven otu: Kökü ve dalları, suyu sabun katılmış gibi köpürten, kir temizleyici bir bitki. Sabun otu.

Bir başka kuş Hüdhüd'e dedi ki: "Ey şöhret sahibi, söyle! Seferde gönlüm ne ile neşelensin?

3010 Söylersen, içine düştüğüm perişanlığım azalır, yol hakkında bilgi sahibi olurum!

İnsana uzun yolculukta bıkkınlık gelmemesi için, manevî ferahlık gerektir.

Gayb âlemine dair bir bilgiye sahip olmadığımdan, herkese kusurlu görünüp halkı kendimden uzaklaştırmaktayım."

Hüdhüd dedi ki: "Sağ oldukça, onunla şad ol. Söyleyenlerin sözüne aldırış etme.

Canın onunla mutlu olabilecekse, gamlı, kederli canını onunla şad et, neşelendir.

3015 Dünyada da âhirtte de erlerin neşesi onunladır. Bu dönüp duran gök kubbe onunla varlığını sürdürür.

O halde sen de onun neşesiyle diril. Felek gibi sen de onun şevkiyle dönmeye koyul.

Ey zavallı! Söyle bakalım ondan daha iyi olan ne vardır da, sen onunla bir an bile olsa şad olmaktasın?"

Hikâye

Dağda bayırda gece gündüz kaplanlarla oturup kalkan acayip bir meczup vardı.

Zaman zaman ona bir haller olur, oraya birisi gitti mi kendisinden geçerdi.

3020 Bu hal yirmi gün sürer, hali değişir, bir başka hale girerdi.

Yirmi gün boyunca sabahtan akşama dek raks eder, sürekli şöyle derdi:

"İkimiz de yalnızız, kalabalıktan eser yok. Yalnızca mutluluk var, hiç gam ve keder yok!"

Gönlü onunla olan kimse nasıl olur da ölür? Gönlünü ona ver, sevgili gönlü sever.

[Eğer gönlün ona tutulursa, ölüm sana asla yakışmaz.

Hikâye

Bir âşık ölüm anında ağlıyordu. Ona bu ağlamasının nedenini sordular.

Dedi ki: "Bahar bulutu gibi ağlamaktayım, zira ölemiyorum.

Şu anda benim ağlayıp inlemem gerek, çünkü kalbim onunla iken ben nasıl ölebilirim?"

Bir dostu, "Madem ki kalbin onunla, bu durumda öleceksen de iyi bir halde öleceksin." dedi.

Adam dedi ki: "Gönlü Allah'la olan nasıl ölebilir? Nasıl olur da ölüm ona reva olur?

Gönül daima onunla vuslat halinde olduğuna göre, benim ölümüm son derece muhal görünüyor."

Sen de bu sırra erip bir an olsun neşelenirsen, azametinden dünyaya sığmazsın.

3034 Bu hikâyede kastedilen Zünnûn-ı Mısrî'dir.

Onun varlığıyla gönlünü şad eden, varlıktan kurtulur, azat olur.

Sevgilinden ebedî olan neşeyi elde et de gül gibi kendi elbisene sığmayasın.

Hikâye

Bir aziz dedi ki: "Yetmiş yıldır Allah'ın bahşettiği mutluluk ve nimetten dolayı cezbeye kapılırım.

3035 Çünkü böyle güzel bir Rabbim var ve ben de onun rabliğine gönül vermiş, bağlanmışım."

Sen halkın ayıbını aramakla meşgul oldukça, nasıl olur da gayb güzelliği ile neşelenebilirsin?

Ey ayıp arayan! Sen bu ayıp arayan gözle nasıl olur da gaybı görebilirsin?

Önce halkın ayıbını araştırmaktan kurtul, sonra mutlak gayb olan Allah'ın aşkıyla şad ol.

Başkalarının aybını ararken kılı kırk yararsın, ama sana kendi ayıbını sorsam, görmez, kör kesilirsin.

3040 Kendi ayıbınla meşgul olursan, ne kadar ayıplı olsan da makbul olursun.

Hikâye

Bir sarhoş vardı. Kendini iyice kaybetmiş, çok içmekten dolayı itibarı, saygısı tamamen bitmişti.

O kadar saf veya tortulu şarap içmişti ki, sarhoşluktan ne yapacağını şaşırmıştı.

Bir ayık adam ona acıdı, onu bir çuvalın içine koydu. Yerine götürmek için sırtına aldı, yolda bir başka sarhoşa rastladı.

3045 O sarhoş her zaman her önüne gelene sataşıyor, hır çıkarıyordu.

Çuvaldaki sarhoş onun bu perişan halini görünce,

Dedi ki: "Ey bedbaht! Bir iki kadeh az içseydin de benim gibi rahatça gitseydin ya!"

Sarhoş onu görüyor da, kendi halini görmüyordu. Aslında hepimizin hali bundan farklı bir şey değil!

Sen âşık olmadığın için ayıbı görüyorsun, şüphesiz bu şiveye, bu edaya lâyık değilsin.

3050 Eğer aşktan bir zerrecik haberdar olsaydın, bütün ayıpları fazilet olarak görürdün.

Hikâye

Aslan yürekli, düşmanına galip gelen bir adam vardı.

Beş yıl boyunca bir kadına âşık oldu.

O güzel kadının gözünde bir tırnak ucu kadar beyazlık vardı.

Adam, kadına çok bakmıştı, ama beyazlıktan haberi yoktu.

Âşık bir adam sevdasında yanıp kavrulurken, sevgilinin gözündeki kusurdan nasıl haberdar olacaktı?

3055 Bir müddet sonra adamın aşkı yok oldu, içindeki aşk derdine bir derman belirdi.

Kadına olan aşkı gönlünde azaldı, adamın işi kolaylaştı.
Sonra adam sevgilisinin gözündeki kusuru gördü. "Bu beyazlık" dedi, "ne zaman ortaya çıktı?"
Kadın dedi ki: "Senin bana olan aşkın azalmaya başladığı zaman. Gözüme işte o zaman ak düştü.
Senin aşkın azalınca, gözümde de bu ak belirdi."

3060 Vesveseden gönlünü bulandırmışsın; ey gözü kör adam, bir kerecik de kendi ayıbını gör.
Başkalarının ayıbını ne zamana kadar arayıp duracaksın? Kendi ayıbını da bir defacık olsun içinde ara.
Ayıbın kendine ağır geldi mi, başkalarının ayıbı ile uğraşamazsın ki!

Hikâye

Bekçinin biri, bir sarhoşu adamakıllı dövmeye başladı. Sarhoş dedi ki: "A bekçi! O kadar da öfkelenme, üzerime gelme.
Eğer haram ekmek şarap gibi sarhoş edip yere yıksaydı,
3065 Sen benden daha beter sarhoş olurdun. Ancak senin haram ekmekten dolayı meydana gelen sarhoşluğunu kimse görmüyor.
Bana bundan daha fazla eziyet etme. Biraz da kendinden intikam al."

Bir başka kuş Hüdhüd'e dedi ki: "Ey yol çavuşu, varacağım yere varırsam ondan ne isteyeyim?
Onunla bütün âlem sırları bana aşikâr olduğunda, nasıl olur da ben ondan bir şey isteyebilirim?
En iyi şeyin ne olduğunu bilseydim, onun huzuruna vardığımda onu isterdim."

3070 Hüdhüd dedi ki: "A cahil, sen onu bilmiyorsun; ondan kim başka bir şey ister ki? Sen, ondan onu iste.
İnsanın istediği şey hakkında bilgisi sahibi olması iyidir. Ama zaten o senin istediğin her şeyden daha iyidir.
Sen ne kadar biliyorsan bil, ondan daha iyisini mi bileceksin ki ondan onu istiyorsun?
Onun mahremine giren kimse, gitgide onun âşinası olur.
Onun kapısının toprağından bir koku elde eden, rüşvetle, hileyle onun kapısından nasıl geri döner?"

Hikâye

3075 Ebû Alî Rûdbârî ölüm vakti gelince dedi ki: "Beklemekten canım boğazıma geldi.
Bütün gök kapılarını açtılar, cennette bana bir makam hazırladılar.

3075 Ebû Alî Rûdbârî: Mısır'da ikâmet etmiş olan Bağdatlı meşhur sûfîlerdendir. Cüneyd-i Bağdâdî ve Ebü'l-Hasan-ı Nûrî'nin arkadaşlarından olup 322/934 yılında vefat etmiştir.

Güzel sesli huriler, bülbüller gibi 'Ey âşık, gel!' diye ötüşmeye koyuldular.

Şükret, sonra da neşeyle salına salına yürü. Çünkü böyle bir makamı kimsecikler görmedi.

Bu nimetler ve lütuflar Hakk'ın ihsanıdır, ama canım bunları sorgulamaktan geri durmuyor.

3080 Bana diyor ki, 'Benim bunlarla ne işim var? Bunlar için mi uzun bir ömür verip beni bekletip durdun?

Ben, şehvetperestler gibi az bir rüşvet karşılığında boyun eğecek heveskâr mıyım?

Aşkın benim canımla yoğrulmuş; ben burada ne cehennem bilirim, ne de cennet!

Beni yakıp kül haline getirsen bile, yine senden başkası gerekmez bana!

Ben seni bilirim, senden başka ne din ne de küfür tanırım. Sen benden vazgeçsen de ben senden vazgeçmem.

3085 Ben seni isterim, seni bilirim seni. Hem canıma sen gereksin, hem de canım senindir.

Bütün âlemde muradım ancak sensin. Bu cihanım da sensin, o cihanım da.

Şu kıla dönmüş gönlümün muradını veriver. Bir nefescik benimle hemdem ol yeter.

Eğer canım bir kıl ucu kadar sana baş kaldırırsa, al canımı; davet bizden icabet senden.

Hikâye

Hak teâlâ, tertemiz olan Davud'a dedi ki: Kullarıma de ki: Ey bir avuç topraktan ibaret kullarım!

Cennet ve cehennemim olmasaydı, bana kulluk etmeyecek miydiniz?

Nur ve ateş olmasaydı, sizin benimle hiç işiniz olmaz mıydı?

Benim sizin üzerinizde çok büyük hakkım var. Bana ümit ve korku yüzünden tapmamalısınız.

Ummak ve korkmak olmasaydı, benimle ne işiniz olacaktı?

Halbuki madem ben Rabbim, bana daima can u gönülden kulluk etmeniz gerekirdi.

Kullarıma söyle, başkasından el çeksinler de hakkıyla bana kulluk etsinler.

De ki: Bizden başka her şeyi at yere. Attıktan sonra da kır geçir birbirine.

Kırıp geçirdin mi, yak yandır hepsini. Günün birinde de külünü bir yere topla.

Sonra da bütün o külleri saç, dağıt da istiğna yeliyle, nam u nişânı kalmasın.

Böyle yapınca, dilediğin şey o külden meydana çıkar.

Böyle olmaz da cennetle, huri ile seni oyalarsa, iyi bil ki o seni kendinden uzaklaştırmıştır.

Hikâye

Anlatılır ki Sultan Mahmud bir gün kölesi Ayaz'ı yanına çağırdı, başına taç giydirdi ve tahta oturttu.

Dedi ki: "Sana padişahlığı verdim, asker de senin emrindedir. Padişahlık et, çünkü bu ülke senindir.

Senin padişahlık etmeni istiyorum; ayın da kulağına

küpe tak, balığın da. Hepsi sana kul köle olsun."

Halktan ve askerlerden kim bu sözü duyduysa, kıskançlıktan gözleri karardı.

3105 Herkes, "Bir padişah dünyada bir köleye asla bu derece ihtiram göstermedi." diyordu.

Fakat o an akıl ve feraset sahibi Ayaz, padişahın bu yaptığından dolayı inleye inleye ağlamaya başladı.

Herkes ona, "Sen deli misin? Aklın fikrin yok mu?

A köle, padişahlığa erdin, neden bu kadar ağlıyorsun? Otur, neşelen!" dediler.

Ayaz onlara hemen şu sözlerle karşılık verdi: "Siz doğru yoldan o kadar uzaksınız ki!

3110 Hakikatten haberiniz yok; çünkü cihan padişahı beni kendisinden uzaklaştırıyor.

Kendisinden uzak durayım diye beni orduyla, ülkeyle meşgul ediyor.

Bütün dünya saltanatını bana verse, ben, bir an bile onun huzurundan ayrılmam.

Ne derse onu yaparım, ama bir an bile ondan ayrılmayı düşünemem.

Ben onun saltanatını, sultanlığını ne yapayım? Onun yüzünü görmek, saltanat olarak bana yeter!"

3115 Sen de Hakk'ı istiyor, onu tanıyorsan, kulluğu Ayaz'dan öğren.

Ey gece gündüz işsiz güçsüz kalmış olan, ey daha attığı ilk adımda kalakalmış olan kimse!

Ey saçma sapan sözler söyleyen adam! Her gece Hak teâlâ senin için yeryüzüne inmede.

Sen ise edepsiz bir adam gibi durduğun yerde kalmış, gündüz bir adım atmadığın gibi gece de yürümüyorsun.

Hak teâlâ yüce dergâhtan seni karşılamak için geliyor da, sen çekiniyor, geri geri gidiyorsun.

Yazıklar olsun, sen bu işin eri değilsin. Bu derdi kime söylemeli, bilmem ki?

Yol üzerinde cennet ve cehennem varken, senin canın bu sırdan nasıl haberdar olacak?

Bu ikisinden kurtulduğun an, bu devletin sabahı sana daha akşamdan doğuverir.

Cennet bahçesi bu erlerin yeri değildir. Çünkü illiyyîn, akıl sahiplerinin makamıdır.

Sen de erler gibi bunu buna, onu da ona ver. Geç, gönlünü ne buna ver, ne de ona.

İkisinden de geçtin mi, er olursun. Kadın bile olsan, er olursun.

Hikâye

Rabia derdi ki: "Ey sırları bilen Alah'ım! Düşmanlara dünyayı;

Dostlara da ahireti ver. Çünkü ben bu ikisinden de azadım, kurtulmuşum.

Dünya ve ahireti kaybetmiş olsam da, bir an olsun sana yakın olunca, gam yemem.

3123 İlliyyîn, Gökyüzünün üzerinde veya cennette mukaddes ve manevî bir makam olup Kur'an'da şu şekilde geçer: "Hayır! Andolsun iyilerin kitabı İlliyyûn'dadır. İlliyyûn nedir, bilir misin?" [el-Mutaffifîn sûresi, 18-19. âyetler.]

Sana yakın olabilmek için dünya ve ahireti kaybede-
rek müflis olmam bana yeter. Çünkü bana sen kâfisin.
3130 Eğer dünya ve ahirete iltifat eder veya senden başka
bir şey talep edersem, kâfirim!"

Allah kiminle ise, o külle erer; sonra yedi denizi de
adeta köprüden geçer gibi geçer ve maksada erer.
Ne olmuşsa, ne varsa ve ne olacaksa, hepsinin bir mis-
li, benzeri vardır. Yalnız yüce Allah'ın misli yoktur.
Ondan başka neyi ararsan, bir mislini, benzerini
bulursun. Eşsiz ve benzeri olmayan daima ve yal-
nızca odur.

Hikâye

Âlemi yaratan yüce Allah, perdenin arkasından Davut
Peygamber'e şöyle hitap etti:
3135 "Güzel çirkin, aşikâr gizli dünyada ne varsa,
Hepsinin yerine konacak bir şey bulursun, yalnızca
benim yerime koyacak bir şey bulamazsın. Benim
eşim ve benzerim yoktur.
Madem ki benim yerime konacak bir şey yok, o hal-
de bensiz olma. Ben sana yeterim, kendini sıkıntıya
ve azaba atma.
Sana lâzım ve gerekli olan benim, bu kapının halka-
sına yapış. Lâzım ve gerekli olandan bir an bile gafil
olup uzak durma!.

Bir an bile bensiz yaşamayı dileme. Benden başka önüne ne gelirse gelsin, onu isteme."

3140 Ey Yaratanı isteyen, gece gündüz bu dertle yanıp tutuşan!

Hakikatte iki cihanda da senin maksudun odur. İmtihan için dahi olsa mabudun odur.

Şu yalan dünyayı sana zindan etse de, seni sıkıntıya düşürse de, sen dünyada onu bir hiç uğruna sakın satma.

Onun yerine ne seçersen seç, puttur. Onu bırakıp cana sarılmak, canı ona tercih etmek de kâfirliktir.

Hikâye

Sultan Mahmud'un askerleri Sumenat'ta Lât denen putu ele geçirdiler.

3145 Hintliler bu puta tekrar sahip olabilmek için, on katı ağırlığında altın vermeyi teklif ettiler.

Sultan hiç bir sûretle onu satmıyordu. Ateş yaktırıp onu içine attı.

Serkeşin biri sultana dedi ki: "Yakılmamalıydı. Altın puttan daha değerliydi, satılmalıydı."

Sultan dedi ki: "Kıyamet günü Yüce Allah'ın bütün insanların önünde,

3144 Sumenat: Hindistan'da bir şehrin adı olup puthânesiyle ünlüdür. Gazneli Mahmud tarafından 1025 yılında fethedilmiştir. Attâr beyitte puta, Sumenât kelimesine uygun düşsün diye cahiliye Araplarının meşhur putlarından Lât'ın adını vermiştir.

'Âzer'le Mahmud'a bakınız; bunlardan biri put yontar, diğeri ise put satar' demesinden korktum."

3150 Denilir ki, Sultan Mahmud ateşi yakıp, putperestlerin o putunu ateşe atınca,

İçinden yirmi batman mücevher çıktı. İstenilen şey uğraşıp çaba göstermeden elde edildi.

Sultan dedi ki: "Lât buna lâyıktı. Allah'ın bana mükâfatı da bu."

Sahip olduğun bütün putları kır da put gibi perişan bir halde ayaklar altına düşme.

Sevgilinin aşkıyla puta benzeyen nefsi yak da içinden mücevherler dökülsün.

3155 "Elest" hitabını can kulağıyla duymuştun, "Belâ" demeden çekinme.

Önceden "elest" ahdine bağlanmışsın, artık daha fazla itaatsizlik edip de "belâ" dememezlik etme.

Madem ki onu başta ikrar ettin, sonradan onu inkâr nasıl doğru olur?

Ey önce "elestü" hitabını duyup ikrar eden, sonra da bu ahdi inkâr eyleyen!

Önce söz verip antlaşma yapmışsın, sonra nasıl olur da isyankâr olursun?

3160 Sana lâzım olan odur, o halde onunla ol. Kabul ettiğin kulluğa vefa et, eğrilip yanlışa sapma.

Hikâye

Padişahlar meclisinin mumu olan Sultan Mahmud, Gaznîn'den kalkıp Hintlilerle savaşa gitti.

Hintlilerin kalabalık ordularını görünce, içi sıkıldı.

O âdil padişah o gün; "Eğer bu orduya karşı zafer kazanırsam,

Burada elime geçen bütün ganimetleri dervişlere dağıtacağım." diye adakta bulundu.

Nihayet padişah zafer elde edince, sayısız ganimet ele geçti.

Ganimetlerin bir kısmı bile yüzlerce bilgenin aklının ermeyeceği kadar değerliydi.

O siyah yüzlüler hezimete uğrayıp sayısız ganimet elde edilince,

Padişah derhal adamlarından birini çağırdı ve; "Bu ganimetleri dervişlere ulaştır.

Çünkü savaş öncesi Allah'a adakta bulundum, şimdi ahde vefa etmem gerekir." dedi.

Herkes; "Bunca mal, altın, bir avuç zavallıya nasıl verilir?

Ya askerlere ver, çünkü kahramanlık gösterdiler; ya da emret hazineye götürsünler." diye söylendiler.

Padişahın bu hususta kafası karıştı; bununla onun arasında şaşırıp kaldı.

Ebu'l-Hüseyn adında son derece zeki, ancak âşık ve meczup bir adam vardı.

O sırada askerlerin arasından geçiyordu. Padişah uzaktan onu görünce:

"O meczubu yanıma çağırayım, ona sorayım. Ne derse onu yapayım.

Çünkü o padişahtan da, ordudan da azattır. Söyleyeceği sözü yerinde söyler." dedi.

Cihan padişahı o meczubu çağırdı, sonra da olayı ona anlattı.

Meczup dedi ki: "Ey padişah! Şimdi işin iki altına gelip dayanmış.

Onunla başka işin olmayacaksa, sen altını düşün; onu düşünme.

3180 Yok zaman gelip ona işin düşecekse, utan, şimdi iki kuruşluk altını esirgeme!

Hak teâlâ madem ki sana zafer ihsan etti, işini yoluna koydu, demek ki o kendisine düşeni yaptı. Peki seninki nerede?"

Sonunda Mahmud o altınları dağıttı da, "İlâhî! Mahmud'un akıbeti hayr olsun" duasını kazandı.

Bir başka kuş Hüdhüd'e dedi ki: "Ey Hak dergâhına varmış olan Hüdhüd! Orada hangi mal makbuldür?

Madem ki bu sevdaya düştük, eğer söylersen orada ne makbul ve geçerliyse onu götürürüz.

3185 Padişahların huzuruna değerli hediyeler götürmek gerekir. Armağanı olmayan adam, ancak cimridir, başkası değil!"

Hüdhüd dedi ki: "Ey soruyu soran kuş! Beni dinlersen, oraya, orada bulunmayan şeyi götürmelisin.

Buradan götürdüğün şey orada varsa, onu götürmen sana yakışır mı?

Orada bilgi var, sırlar var; meleklerin ibadetleri ise haddinden fazla.

Sen oraya yanık can ile gönül derdi götür. Çünkü orada hiç kimsede bunlar bulunmaz.

3190 Dertli bir âh, yanık ciğerinin kokusunu tâ Hakk'ın dergâhına götürür.

Hususî makam, senin canının tâ özüdür. Canının kabuğu ise, Hakk'ın fermanını dinlemeyen nefsindir.

"Âh" eğer tâ can u gönülden çıkacak olsa, insan derhal kurtulur, her şeyden halâs olur.

Hikâye

Züleyha'nın büyük debdebesi ve yüceliği vardı. Gitti, Yusuf'u zindana attırdı.

Bir köleye dedi ki: "Hemen şimdi Yusuf'u yere yatır, sonra da ona adamakıllı elli sopa vur.

3195 Kolunu kuvvetlice kaldırıp Yusuf'un bedenine sopayı öyle bir indir ki, ben uzaktan onun âhını işiteyim."

O köle geldi, ama denileni yapmadı. Yusuf'un yüzünü görünce sopayı vurmaya gönlü razı olmadı.

İyi kalpli köle orada bir posteki gördü, sopayı ona vurmaya başladı.

Köle her sopayı indirdikçe, Yusuf inleye inleye feryat ediyordu.

Züleyha uzaktan sesleri duydukça, "Daha fazla vur, behey adam!" diyordu.

3200 Köle dedi ki: "Ey güneş yüzlü Yusuf! Züleyha gelir de sana bakarsa,

Ve sende hiç sopanın izini görmezse, mutlaka bana eziyet eder.

Sırtını aç, dişini sık. Sonra adamakıllı sopaya dayan.

Gerçi bu sopa sana zarar verecek, ama seni görünce hiç olmazsa sende bir iz görecek."

Yusuf o an sırtındakini çıkardı, yedi katlı gökte bir uğultudur koptu.

3205 Köle elini kaldırıp öyle bir vurdu ki, Yusuf'u yüzükoyun yere kapadı.

Züleyha bu sefer Yusuf'un âhını duyunca, "Yeter! Çünkü bu âh ta can evinden çıktı.

Bundan önceki âhlar önemsizdi, bu defaki âh bir başka yerden geldi." dedi.

Bir matem evinde ne kadar ağlayıp inleyenler olsa, dert sahibinin âhı bir başka tesir eder.

Yüz dertli kişi bir yerde halka olup oturmuş olsa, halkadaki en dertli olan gerçek yas sahibidir.

3210 Sen de dert sahibi olmadıkça, erler safında er sayılmazsın.

Aşk derdiyle yanıp yakılan kimse, gece gündüz nasıl rahat ve huzur içinde olabilir?

Hikâye

Hâce Zengî'nin çevik bir kölesi vardı. Bütün dünya işlerinden elini eteğini çekmişti.

O temiz köle, bütün gece sabahlara kadar namaz kılardı.

Efendisi ona dedi ki: "Ey geceyi ihya eden köle! Gece kalktığında beni de uyandırıver.

3215 Ben de abdest alayım, seninle namaz kılayım." Köle efendisine şu cevabı verdi:

"Doğum sancısı gelen kadını bir kimse uyandırsa da olur, uyandırmasa da!

İçinde bir derdin varsa, zaten uyanıksın demektir ve bu durumda gece gündüz ibadete koyulursun, aylak kalmazsın.

Seni uyandıracak birisine ihtiyaç varsa, senin işini yapacak birisine de ihtiyaç vardır."

Kimde bu üzüntü ve bu dert yoksa, başına toprak yağsın. Çünkü bu adam er değildir.

3220 Kim bu gönül derdiyle yoğrulmuşsa, cehennemden de kurtulmuştur, cennetten de.

Hikâye

Ebû Alî-yi Tûsî, zamanın pîri, gayret ve cehd vadisinin eriydi.

Onun naz ve izzetle eriştiği makama, bilmiyorum hiç kimse erişti mi?

Ebû Alî şöyle anlatır: "Kıyamet günü cehennem ehli zâr zâr ağlarken, cennet ehline,

'Cennetin güzelliklerinden, vuslatın zevkinden bize de haber verin de halleşelim.' derler.

3225 Cennet ehli hep birden derler ki: 'Gözümüzün önündeki cennetin güzelliği şu an kayboldu.

Çünkü güzelim cennette o cemâl sahibinin güneşi doğdu.

Onun cemâli bize yaklaşınca, sekiz cennet de mahcubiyetinden kapkara kesildi.

Cana can katan o cemâlin parlaklığı karşısında cennetin ne adı olur, ne de sanı!'

Cennet ehli hallerini bu şekilde söyleyince, cehennem ehli şöyle karşılık verirler:

'Ey cennetten ve cennetin güzelliklerinden kurtulmuş olanlar! Söyledikleriniz tamamen doğrudur.

Çünkübiz bu kötü yerde, baştan ayağa ateşlere gark olduk.

Sevgilinin cemâlinden ayrı düştüğümüz gerçeğini ayan beyan görünce,

Ondan ayrı düştüğümüzü, böyle bir yüzden mahrum kaldığımızı anlayınca,

Şad olmayan gönlümüz hasret ateşine öyle bir yandı ki, bize cehennem ateşini bile unutturdu."

Böyle bir ateşin düştüğü yerde, cehennem ateşinin adı sanı kalır mı?

Yoluna ayrılık hasreti çıkan kimse, başkalarını pek kıskanmaz.

Sana hasret, âh ve dert gerek. Dert içinde, zevk ve rahatı bulman gerek.

Bu menzile dertli bir halde gelirsen, ruh hareminin mahremi olursun.

Dertliysen, dünyadan dem vurma. Yaralarını dağla, sesini bile çıkarma.

Hikâye

3240 Tâatkâr birisi, Hz. Peygamber'den namazı seccade üzerinde kılmak için izin istedi.

Hz. Peygamber ona bunun için izin vermedi, dedi ki: "Şimdi, kumun ve toprağın sıcak olduğu zamandır.

Sıcak toprağın üzerine ve Hakk'ın dergâhına yüz koy, secde et. Zira yaralı kimsenin yarasını dağlaması fayda verir.

Madem ki sen ruhunu yaralı görüyorsun; yaralı kimsenin tedavisinin en iyi yolunun da yarayı dağlamak olduğunu biliyorsun demektir."

Sen bu dünyada gönlünü dağlamazsan, yüzüne nasıl bakarlar?

3245 Gönlünü dağla, çünkü dert meydanında gönül ehli, bu yolun erini yaralarından tanır.

Bir diğer kuş Hüdhüd'e dedi ki: "Ey yol bilen Hüdhüd! Gözlerimiz bu vadide karardı gitti.

Bu yol ölümcül tehlikelerle dolu görünüyor. Ey yoldaş, bu yol kaç fersah?"

Hüdhüd dedi ki: "Yolda aşılacak yedi vadi var. Bu yedi vadiyi aşınca, Hakk'ın dergâhına varılır.

Dünyada bu yoldan geri dönen olmadı. Kaç fersah uzaklıkta olduğunu da bilen yok.

Bu uzak yoldan dönen olmadı ki, ey sabırsız, bu yol hakkında sana kim haber verecek?

A bir şeyden haberi olmayan, oraya gidenler kaybolup gittiler, sana nasıl haber verecekler?

İşin başında talep vadisi var. Ardından, ucu bucağı olmayan aşk vadisi gelir.

Üçüncüsü marifet (kalple bilme) vadisidir, dördüncü olarak istiğnâ (ihtiyaçsızlık) vadisi gelir.

Beşinci vadi pâk olan tevhid vadisidir. Sonra zor ve güç olan hayret vadisi gelir.

Yedinci vadi, fakr ve fenâ (yokluk ve yoksulluk) vadisidir. Bundan sonra gidecek yolun kalmaz.

Bir cezbeye kapılırsın, sülûk sona erer, yürüyüş kaybolur. Katre bile olsan, okyanus kesilirsin.

[Birinci Vadi: Talep Vadisi]

"Talep Vadisi"ne girdiğinde, önüne her an yüzlerce zorluk çıkar.

Burada her nefeste yüzlerce belâ vardır, papağana benzeyen felek bile burada sinek gibi değersiz duruma düşer.

Bu vadide yıllarca mücadele etmen gerekir, çünkü burada haller durmadan değişir.

3260 Varlığı burada terk etmelisin, bütün mülkü burada kaybetmelisin.

Burada kana bulanmalısın, her şeyi terk edip bunlardan sıyrılmalısın.

Elinde hiçbir şeyin kalmayınca, her şeyden gönlünü temizlemen gerekir.

Gönlün beşerî sıfatlardan arınınca, Hak katından ilâhî nur parlamaya başlar.

O nur gönülde aşikâr olarak görününce, gönlündeki Hakk'a varma isteği kat kat artar.

Hakk'a vâsıl olmak isteyen kimsenin yoluna ateş de çıksa, yüzlerce hoş olmayan vadiye de rast gelse,

Ona olan aşkından, pervane gibi delicesine kendini ateşe atar.

İştiyakından sır aramaya başlar, sâkisinden bir yudum aşk şarabı ister.

O şaraptan bir yudum içtiğinde, her iki âlemi büsbütün unutur gider.

Deniz içinde olmasına rağmen, dudağı kupkuru kalır. Can u gönülden cananın sırrını talep eder.

Sırrı bilen Yaratan'a kavuşmak arzusuyla, can alıcı ejderhadan bile korkup, çekinmez.

Küfür ve lânet birlikte üzerine gelse de, bir kapı açar düşüncesiyle o bunlara rıza gösterir.

Sevgilinin kapısını bir kere açınca, ne küfür kalır ortada ne de din. Çünkü ezelî dergâhta ne o vardır, ne de bu.

Hikâye

[Amr b. Osmân-ı Mekkî Harem-i Şerifte şu Gencnâme'yi kaleme alır.]

Orada der ki: Hak teâlâ, su ve topraktan meydana gelmiş olan Âdem'in vücuduna bu temiz canı üflediğinde,

3273 Amr Osmân-ı Mekkî, önde gelen mutasavvıflardan olup Hallâc-ı Mansûr'un üstadıdır. Bir süre Isfahan'da yaşamış, 291/904 yılında Bağdat'ta vefat etmiştir.

3274 "Ona şekil verdiğim ve ona ruhumdan üflediğim zaman, siz hemen onun için secdeye kapanın!" âyetine işaret edilmektedir. [el-Hicr sûresi, âyet 29]

Meleklerin hiçbirinin, o candan ne bir haber ne de bir iz görmelerini istedi.

Buyurdu ki: "Ey göklerin melekleri! Hemen Âdem'in önünde secde ediniz."

Onların hepsi yere secdeye kapandılar. Kuşkusuz onlardan hiçbiri o temiz sırrı görmedi.

Sonra İblis geldi ve şöyle dedi: "Hiç kimse benim secde ettiğimi göremez.

Başımı tenimden ayırsalar da, bu tekebbür ve asîlik bende oldukça umurumda bile değil.

Ben Âdem'in sadece topraktan yaratılmadığını biliyorum. Sırrın ne olduğunu göreyim de, sonra canımı verir, secde ederim. Korkum yok!"

İblis'in başı secdeye gitmediği için, pusuda gözleyerek sırrın ne olduğunu gördü.

Hak teâlâ ona şöyle dedi: "Ey yolu gözleyen casus! Sen burada sırları çalmaktasın.

Gizlice sakladığım hazineyi gördün. Bu yüzden seni öldüreyim de bu sırrı dünyaya yayma.

Padişah, ordusundan gizli olarak bir yere hazine sakladığında,

Şüphesiz hazineyi gözünün önünde gömdüğü o kimseyi öldürür, hayatına son verir.

Sen değerli hazineyi gören birisin, başının kesilmesine razı olman lâzım.

Eğer hemen başını vücudundan ayırmazsam, bunu tüm dünyaya yayarsın."

3283 Padişah bir yere hazine sakladığı zaman, hazinenin nerede olduğunun kendisinden başkası tarafından bilinmemesi için, yanında bulundurduğu hizmetçinin de kafasını kestirirmiş.

Şeytan, "Ey Rabbim, bu kuluna biraz süre ver. Yoldan çıkmış olan bana bir çare bul." dedi.

Yüce Allah, "İsteğin üzerine süre verdim, ancak lânet halkasını da boynuna taktım.

3290 Kıyamete kadar suçlu olduğunun bilinmesi için, adını yalancı olarak anacağım." dedi.

Ardından Şeytan dedi ki: "Bu saf hazinenin sırrını öğrendim ya, lânetinden neden korkayım ki!

Lânet de senin, rahmet de. Bu kul da senin, kısmet de!

Lânet eğer benim kısmetimde varsa, ne önemi var?

Âlemde hep panzehir olacak değil ya, zehir de gerek.

İnsanların rahmet peşinde koştuğunu görünce, edepsizlik edip ben de lânetini kabullendim."

3295 [Lânetini rahmet gibi kabul edecek kul yoktur. Lâneti kabul eden kul benim, benim gibi bir düşkün bulunmaz.]

Eğer bir şeyi arzuluyorsan, bu şekilde arzulamalısın.

Sen istekli değilsin, hakîkatte üstünlük isteğindesin.

Gece gündüz arayıp da onu bulamıyorsan, bu onun kayıp olmasından değil, senin isteğinin eksikliğindendir.

3288 "İblis: Ey Rabbim! O halde tekrar diriltilecekleri güne kadar bana mühlet ver, dedi. Allah: Haydi, sen bilinen güne kadar mühlet verilenlerdensin, buyurdu." âyetine işaret edilmektedir. [Sâd sûresi, 79-81. âyetler]

3289 "Ceza gününe kadar benim lânetim senin üzerindedir." âyetine işaret edilmektedir. [Sâd sûresi, âyet 78]

Hikâye

Ölüm vakti geldiğinde Şiblî huzursuzdu. Gözlerini kapatmış, gönlü beklenti içindeydi.

Beline hayret zünnarını bağlamış, bir külün üzerine oturmuştu.

3300 Bazen küllerin üzerine gözyaşı döküyor, bazen başına külleri saçıyordu.

Birisi ona, "Böyle bir anda, birisinin zünnar bağladığını gördün mü hiç?" dedi.

Şiblî, "Yanıyorum, ne yapayım, ne edeyim? Kıskançlıktan eriyip bitiyorum, elimden ne gelir ki?

İki âlemden de ümidini kesmiş olan canım, şimdi İblis'e kıskançlık ateşiyle yanmada.

Yüce Allah, İblis'e "Benim lânetim senin üzerindedir." şeklinde hitap etmiştir; bu ona yeter. Bu cümledeki "benim" zamiri Hak teâlâ'nın yerinedir, işte buna üzülüyorum.

3305 Şiblî ciğeri yanmış, perişan halde kalakalmışken başkasına ne verebilir ki?"

Padişahın verdiği taşla mücevher arasında fark gözetiyorsan, sen bu yolun eri değilsin.

Eğer mücevherle saygınlık kazanıyor, taşla gözden düşüyorsan, bunda padişahın dahli yoktur.

Taşı ve mücevheri ne sev, ne de düşmanlık besle. Sen bunlara, onun elinden geliyor diye bak.

Mest bir maşukun sana bir taş atması, başkasının elinden mücevher almandan daha iyidir.

Her an bu yolda canını feda etmek için aşkla bekleyen er kişi gerektir.

Ne onu istemekten bir an geri durur, ne de huzura kavuşması mümkün olur.

Bir an onu istemeyi terk ederse, bu yolda edepten uzak, dinden dönmüş olur.

Hikâye

Bir Hak dostu Mecnun'u yol ortasında dertli dertli toprağı karıştırırken gördü.

"Ey Mecnun! Böyle ne arıyorsun?" dedi. Mecnun, "Leylâ'yı arıyorum şüphesiz." diye cevap verdi.

Adam, "Leylâ'yı toprağın içinde nasıl bulacaksın? Yolun tozu toprağı içinde temiz inci ne gezer?" dedi.

Mecnun, "Ben onu her yerde arayayım da, ola ki bir yerde bir gün bulurum." dedi.

Hikâye

Zamanının önderi, cihan sırlarına vâkıf, işlerin hakîkatini gören Hemedanlı Yusuf,

Şöyle dedi: "Nazar sahibi biri, gökten yere kadar var olan her şeye ne zaman baksa,

Her zerrenin bir başka Yakup olup, kaybolmuş Yusuf'tan haber sorduğunu görür.

Onun yolunda ilerlerken, dert ve bekleyiş gerekir ki zamanı gelince işe yarasın.

Bu iki özellik talep yolunda işine yaramazsa, sakın sırlara sırtını dönme.

Er kişiye talep vadisinde sabır gerektir. Dert ehli sabrı nasıl gösterir?

İstesen de istemesen de çok sabır göster, ola ki, birisinden öğrenir, yolunu bulursun.

Aynı annesinin karnındaki bir bebek gibi, kendi benliğinle iç içe kendi başına otur.

3325 İç âleminden bir an bile ayrılma. Ekmek gerekiyorsa sana, kan iç.

Anne karnındaki çocuğun gıdası sadece kandır. Bütün bu alışveriş kavgası dışardandır.

Kan iç, ama ercesine sabret de bunun sonucu olan dert sayesinde müşkilin çözülsün, işin yoluna girsin.

Hikâye

Şeyh-i Mihne şiddetli bir kabz halinde idi. Gözleri kanlı yaşlarla dolu, yüreği paramparça sahraya gitti.

Uzaktan, nur saçan yaşlı bir köylüyü gördü, ineğini bağlıyordu.

3330 Şeyh onun yanına yaklaşıp selâm verdi. Bulunduğu kabz halini ona anlattı.

Yaşlı adam bunu duyunca dedi ki: "Ey Ebû Saîd! Yerin derinliklerinden yüce arşa kadar mekân,

Sadece bir kere değil, yüzlerce kere darı ile doldurulsa,

Bir kuş olsa ve her bin yılda bu darıdan bir tanecik alsa,

Bu geçen zamanın ardından, yüz defa dünyanın etrafını kat etse dahi,

3335 Ey Ebû Saîd, senin canının onun katından sadece bir koku alması için bile bu zaman kısadır."

3328 Kabz: Sâlikin bir anda kalbine gelen mânevî sıkıntı, huzursuzluk sebebiyle hissettiği tutukluk ve durgunluk halini anlatan bir terimdir. Rûhen rahatlama ve mânevî ferahlık duyma şeklindeki hâle de "bast" denmektedir.

Hakk'ı talep edenlerin çok sabretmesi gerekir. Herkes de sabırlı taliplerden değildir.

Talep, insanın içinde ortaya çıkmadıkça, âhunun göbeğindeki kandan misk meydana gelmez.

Gönülde talep kaybolunca, gökyüzü kadar geniş de olsa kana bulanır.

Talep ehli olmayan ölmüş gibidir; diri değil, cansız duvara benzer.

İsteği olmayan, hayvan gibidir. Hâşâ, o cansız bir sûretten ibarettir.

Eline mücevherlerle dolu bir hazine de geçse, senin Hakk'ı istemede daha ısrarlı olman gerekir.

O mücevherlerle dolu hazineyle yetinen, ona bağlanıp kalır.

Her kim bu yolda bir şeye bağlanır kalırsa, o takıldığı şey onun putu olur, kendisi de putperest.

Mademki havsalan almadı, gönlünü kaptırdın, sarhoşluk veren şarapla mest olup aklını kaybettin,

Sakın bir kadeh şarapla sarhoş olma. Durmadan iste, çünkü bu işin sonu yoktur!

Hikâye

Bir gece Sultan Mahmut, yanında askerleri yokken dolaşıyordu. İçinde altın veya gümüş bulmak için yolun toprağını eleyen birini gördü.

Toprağı önüne yığıp dağ gibi yapmıştı. Şah bunu görünce kol bağını çıkartıp...

Onun dağ gibi yığdığı tozun toprağın ortasına attı. Sonra rüzgâr gibi atını sürüp uzaklaştı.

Ertesi gece sultan yine aynı yere geldiğinde o toprak eleyiciyi yine aynı işi yaparken gördü.

Ona dedi ki: "Dün bulduğun şey, on ülkenin haracına değer; onu çok da kolay buldun.

Ama sen yine aynı şekilde toprağı eleyip duruyorsun. Bırak bunu, padişahlık et. Çünkü bir şeye ihtiyacın kalmadı."

Toprak eleyici adam sultana dedi ki: "Ben bulduğumu buradan buldum. O gizli hazineyi işte burdan elde ettim.

Bu kapıdan, devlete ve saâdete erdim. Can bedende olduğu müddetçe benim işim budur!"

Bu kapının eri ol da sana kapıyı açsın. Yoldan dönme de, sana yolu göstersin.

Sürekli kapalı olan, senin gözünden başkası değil. Sen talep et, çünkü Hakk'ın kapısı kapalı değildir!

Hikâye

Kendinden geçmiş biri Hakk'ın huzurunda, "Ey Allah'ım, benim için de bir kapı açıver!" diye dua ediyordu.

Orada oturan Rabia; "Ey gafil, bu kapı ne zaman kapandı ki!" dedi.

3356 Kastedilen kişi Sâlih-i Murrî'dir (ö. 172/788-9)

[*İkinci Vadi: Aşk Vadisi*]

Bundan sonra "Aşk Vadisi" belirir. Buraya ulaşan kişi, ateşe gark olur.

Bu vadiye giren ateş kesilsin. Ateş kesilmeyen kişi, mutluluğa eremesin.

3360 Âşık, ateş gibidir; aceleci, yakıcı ve serkeştir.

Bir an bile geleceği düşünmez, yüz cihanı ateşe verir de umursamaz.

Bir an bile ne kâfirlik bilir ne de din. Bir zerrecik ne şüpheden haberdardır, ne de yakînden.

Onun nazarında iyiyle kötü bir olur. Aşka gelince, ne o ne de bu ayrımı kalır.

Ey helâl haram tanımayan fâsık, bu söz sana değil. Sen dinden çıkmışsın, bu hâl sana uygun değil.

3365 Âşık, sahip olduğu her şeyi bu yolda harcar, kaybeder. Dosta kavuşmaktan dolayı burada nazlanır.

Başkalarına kıyamette kavuşma vaadinde bulunulmuştur, ancak âşığın kazancı da kavuşması da bu dünyadadır.

Âşık bir an dahi kendini yakmazsa, nasıl olur da dert çekmekten kurtulabilir?

İpek böceği kendi vücudu içinde yanmadıkça, gönül ferahlatan ilâç olarak nasıl satılır?

Kendi asıl yerine birden bire varmak için, yanma ve yakınma içinde sürekli çırpınır.

Balık denizden çıkıp çöle düşünce, ola ki denize ulaşırım diye durmadan çırpınır.

Burada aşk bir ateştir, akıl ise duman. Aşk geldiğinde akıl derhal oradan kaçar, uzaklaşır.

Aşk alış verişinde akıl üstatlık yapamaz; aşk, aklın kârı değildir.

Eğer sana gayb âleminden bir göz bağışlanırsa, burada aşkın aslının nereden geldiğini görürsün.

Her bir yaprak aşkın varlığıyla var olur; sen de aşk sarhoşluğuna kapıl da başını bile feda et.

Sendeki o gayb gözü açıksa, âlemdeki tüm zerreler sırlarını sana anlatırlar, sana sırdaş olurlar.

Ama akıl gözüyle bakacak olursan, aşkın ne başını ne sonunu görebilirsin.

Aşka, tecrübeli bir er gerek; dünya ile bağlarını kopartmış, insanlarla ilgisini kesmiş bir er.

Sen ne tecrübelisin, ne de âşıksın, ölmüşsün. Bu halinle aşka nasıl lâyık olabilirsin?

Bu yolda, her nefeste yüzlerce can feda edecek yüz binlerce diri gönül gerektir.

Hikâye

Zengin bir adam, malından mülkünden geçti, küçük bir şerbetçi çocuğa kapıldı, zavallı bir hale düştü.

Ona olan aşkı sebebiyle kara sevdaya tutuldu, halk arasında rezil rüsva oldu.

Malı ve mülkü nesi varsa satıp o çocuktan şerbet satın alıyordu.

Hiçbir şeyi kalmayınca fakir düştü. O âşığın aşkı, daha da arttı.

Ona yemek yiyecek verirlerdi, ama yine açtı; adeta canından bezmişti.

Kendisine verilen tüm ekmekleri götürür satar ve ondan şerbet satın alırdı.

Yüz kişiye yetecek kadar şerbet alabilmek için, her zaman aç aç otururdu.

Bir dilenci ona, "Ey hali perişan, zavallı kişi! Aşk nedir, aşkın sırrını bir açıkla!" dedi.

O da, "Aşk, yüzlerce dünya dolusu malın olsa, hepsini bir yudum şerbet için satmandır!" diye cevap verdi.

Başına böyle bir iş gelmeyen insan, aşkın ve aşk acısının ne olduğunu ne bilir ki?

Hikâye

Leylâ'nın kabilesinin üyeleri, Mecnun'un aralarına girmesine asla izin vermezlerdi.

O sahrada yaşayan bir çoban vardı. Kendinden geçmiş olan Mecnun, ondan bir post aldı.

Başını eğip posta büründü, koyun kılığına girdi.

O çobana dedi ki: "Allah aşkına, beni koyunlarının arasına kat,

Sürüyü Leyla'nın tarafına sür götür de bir an onun kokusunu alayım.

3395 Kendi dostumdan gizli bu postun altında ben, bir an olsun dostun varlığından faydalanayım."

Eğer senin de bir an için böyle bir derdin olsaydı, her kılının dibinde bir er bulunurdu.

Yazık ki, senin böyle erkekçe bir derdin yok, bu meydan erlerinin gücüne sahip değilsin.

Sonunda Mecnun posta büründüğünde, sürü ile birlikte gizlice dostun sokağına gitti.

Önce mutlulukla içini coşku kapladı, ardından bilincini kaybetti.

3400 Aşk onu kaplayınca bedbahtlığı daha da arttı. Bunun üzerine çoban onu alıp çöle götürdü.

Ateşini biraz söndürür diye, kendinden geçmiş perişan Mecnun'un yüzüne su serpti.

Sonra bir gün kendinden geçmiş Mecnun bir toplulukla sahrada oturmuştu.

Kendi kavminden birisi Mecnun'a şöyle seslendi "Ey yüce kişi, böyle aç açıkta kalmışsın.

Sevdiğin elbise ne türdense bana söyle de hemen sana getireyim."

3405 Mecnun ona: "Her elbise, dostun yanına varmaya uygun değildir. Hiçbir elbise posttan daha iyi değildir. Ben bir koyun postu istiyorum, böylelikle sevgilinin yanına varabileyim. Bunu kıskanıp da nazar değirmesinler diye de çörekotu yakmalıyım.
Mecnun'un atlas ve diba kumaşı, koyun postudur. Leylâ'yı seven kimse post ister.
Ben postumla dostun kokusunu aldım, artık posttan başka elbiseyi ne yapayım?
Gönül dosttan haberi post sayesinde elde etti. Özüne sahip değilim, bari postuna sahip olayım."

3410 Seni akıl bağından çekip çıkarmaya ve nefsanî sıfatlarını değiştirmek için aşk gerekir.
Süflî sıfatlardan kurtulma yolunda yapacağın en ufak şey, canını feda edip boş şeyleri terk etmendir.
Sen eğer bunu yapabileceksen bu yola adım at. Çünkü böyle canla oynamak çocuk oyuncağı değildir!

Hikâye

Müflisin biri Ayaz'a sevdalandı ve bu olay her mecliste konuşulur oldu.
Ayaz ata binip yola koyuldu mu, o hakbilir yoksul da onun peşinde koşardı.
3415 O misk kokulu saçları olan Ayaz meydana girince, o rind, toptan başka bir şeye bakmazdı.
O yoksulun Ayaz'a sevdalandığını Sultan Mahmut'a anlattılar.

Ertesi gün Ayaz meydana doğru giderken, o rind de aşka tutulmuş onun peşinden koşuyordu.

Gözü Ayaz'ın çeldiği toptaydı. Adeta kendisi de çevgana takılmış bir toptu.

Sultan Mahmut gizlice ona doğru baktı. Kavrulmuş buğday tanesine dönmüş yüzü saman gibi sapsarıydı.

3420 Sırtı çevgan gibi, başı top gibiydi. Top gibi meydanda bir oraya bir buraya koşuyordu.

Sultan Mahmut onu çağırarak, "Ey dilenci, padişahla ortak mı olmak istiyorsun?" diye sordu.

Rind ona şöyle dedi: "Bana yoksul deseler de aşk oyununda senden geri kalmam.

Aşk ve iflâs birbirine komşudur. Bunun sermayesi, sermayesizliktir.

Aşk lezzetini iflâstan alır, kuşkusuz aşk müflise yaraşır.

3425 Sen, huzur içinde cihana hükmetmektesin. Aşka, benim gibi bağrı yanık gerektir.

Senin sahip olduğun şeyler, vuslata erme aracıdır. Bir an ayrılık derdine katlan da gör.

Bu kadar çok vuslata erip de ne yapacaksın? Eğer gerçek aşk eriysen, ayrılığa bir kere sabret."

Sultan ona, "Ey varlıktan habersiz olan kişi, niçin devamlı topa bakıyorsun?" dedi.

O da şöyle cevap verdi: "Çünkü top da benim gibi avaredir. O benim gibi, ben de onun gibi ıztırap içindeyiz.

3430 O benim değerimi bilir, ben de onunkini. Biz ikimiz de onun çevganındaki bir top gibiyiz.

İkimiz de avare olmuşuz. Elsiz ayaksız, can u gönülden onun huzurundayız.

O beni bilir, ben de onu. Birbirimizle biraz dertleşmekteyiz.

Fakat o top benden daha bahtiyar, çünkü ara sıra onun atının nalını öpebiliyor.

Her ne kadar ben de top gibi elsiz ayaksızsam da, o toptan daha fazla sıkıntı çekmekteyim.

Top, çevgandan darbeyi vücuduna alır, bu gönlünü kaptırmış yoksulun ise canı yaralanır.

Topun vücudunda çokça yara varsa da, nihayetinde Ayaz onun ardından koşmaktadır.

Benim ondan daha çok yaram var, ama ne o benim peşimde, ne de ben onun önündeyim.

Top ara sıra onun huzuruna varır, fakat bu fakir sürekli ondan ayrı kalmaktadır.

En sonunda o top Ayaz'ın huzuruna varır ve vuslata erer, huzura kavuşur.

Ben ona kavuşmanın kokusunu bile alamazken, top ona ulaşıp beni yenilgiye uğratır!"

Sultan dedi ki: "Ey benim dervişim, benim önümde müflislik iddiasında bulundun.

Yalan söylemiyorsan eğer, müflisliğine bir tanığın var mı, göster!"

O yoksul dedi: "Canım bedende oldukça müflis değilim, yalnızca bir iddiacıyım ve bu meclislin eri değilim.

Fakat aşk yolunda canımı feda edersem, işte bu müflisliğin göstergesidir.

Ey Mahmut sen aşkın anlamını ne bilirsin ki? Biliyorsan canını feda et, edemiyorsan aşk iddiasında bulunma!"

O rind bu sözleri der demez canını teslim etti. Ansızın sevdiği için canını feda etti.
O rind sevdiğinin yolunun tozu uğruna canını feda edince, bu üzüntüyle Mahmut'un dünyası karardı.

Eğer sana göre canla oynamak değersiz bir şeyse, gel de canıyla oynayan kimsenin ne kazandığını gör.
Bu yoldaki kervanın sesini işitmek için seni bir an için huzura davet etseler,
3450 Öylesine başsız ve ayaksız kalırsın ki, tüm varını yoğunu kaybedersin.
Bir haber alayım diye bu yola düşersen, aklın ve canın alt üst olur kalırsın!

Hikâye

Bir Arap'ın yolu Acem ülkesine düştü. O, Acem adetlerini görünce şaşırdı.
Etrafına bakınırken kendini kaybetmiş bu Arap, yolda bir kalenderhaneye rast geldi.
Bir grup elden ayaktan geçmiş, ağızlarından bir söz söylemeden iki dünyadan da geçmiş kalenderî dervişi topluluğu gördü.
3455 Her biri usta bir kumarbaz, hilekâr ve rakibinin her şeyini üten bir oyuncu. Pislik ve çirkeflikte hepsi birbirinden ileride!
Hepsinin elinde halis şarap testisi vardı. Tortulu şarap içerek meclisi açarlardı.

Bu topluluğu gören Arap, onlara meyletti. Aklını ve canını bu sele kaptırdı.

Kalenderîler onun bu durumda aklını ve canını kaptırdığını görünce,

"İçeri gel ey yabancı!" dediler. O da içeri girdi ve onlarla hemhal oldu.

3460 O bir yudum şarapla kendinden geçip rindliğe başladı, kendini kaybedip varlığını yitirdi.

Arab'ın çokça malı mülkü, altını gümüşü vardı. Öyle bir hale geldi ki, bir çırpıda hepsini kaybetti.

Rindin biri gelip ona daha fazla şarap verdi. Çırılçıplak onu kalenderhaneden dışarı kovdular.

O Arap, kavminin bulunduğu yere çıplak, müflis, canı susuzluktan ağzına gelmiş, dudakları kurumuş bir halde gitti.

Kabilesindekiler ona, "Ne kadar perişansın, altının gümüşün nerde, sen nerede uyuyup kaldın?

3465 Altınını gümüşünü yitirdin, böyle perişan olmuşsun.

Acem ülkesine gitmen sana uğursuzluk getirdi.

Hırsız mı yolunu kesti, malın nereye gitti? Anlat da durumunu öğrenelim!" dediler.

Adam; "Yolda salına salına gidiyordum, ansızın bir kalenderhaneye rast geldim.

Bundan başka bir şey bilmiyorum, altınım gümüşüm nereye gitti, böyle nasıl parasız kaldım?" diye cevap verdi.

Kabilesinden biri, "Bu kalenderhaneyi anlat!" deyince, o adam şöyle dedi: "İşte sadece şu iki cümle: "Dedi: Gel içeri"

3470 Bedevi Arap fenâ (yokluk) âlemine dalmıştı, aklında sadece "Gel içeri!" sözü kalmıştı.

Ya bu yola adım at, ya da çek git. Ya canını kurtar, al götür, ya da canla başla aşka sarıl.

Canla başla aşkın sırlarını anlar, kabul edersen, aşk yolunda canını feda eder başını verirsin.

Canını feda eder ve çırılçıplak kalırsan, aklında yalnızca "Gel içeri!" sözü kalır.

Hikâye

Bir zamanlar yüce himmetli, olgun biri vardı. Son derece güzel birine âşık oldu,

3475 Kazara o âşığın sevgilisi, hezâren (bambu) ağacı gibi inceldi, sararıp soldu.

Aydınlık günü karardı, uzak görünen ölüm gelip çattı.

Bu durumu âşığına haber verdiklerinde, eline bir bıçak alarak koşa koşa onun yanına giderken,

"Sevgilimi gidip öldüreyim de, kendi eceliyle ölmesin" dedi.

İnsanlar ona, "Sen kendini kaybettin galiba, onu öldürmek istemende ne hikmet var ki?

3480 Kan dökme, bu işten vazgeç. Zaten biraz sonra zavallı kendisi ölecek.

Ölüyü öldürmenin ne faydası var? Ölünün kafasını ancak cahil kimse keser." dediler.

O âşık şöyle dedi: "Eğer yârim benim elimde ölürse, kısasa kısas beni de inlete inlete öldürürler.

Kıyamet günü herkesin önünde, beni mum gibi bu suçtan yakarlar.

Böylece bugün kendi isteğimle onun için öldürülmüş olurum, kıyamet günü de onun için yakılırım. Bu bana yetmez mi?

3485 Bu dünyada da öbür dünyada da isteğim gerçekleşir, onun için yanmış ya da öldürülmüş olarak anılırım."

Canlarıyla oynayan âşıklar bu yola girdiler, her iki dünyadan ellerini eteklerini çektiler.

Can zahmetini ortadan kaldırdılar ve bu dünyayı tamamıyla gönüllerinden çıkardılar.

Can ortadan kalkınca âşık cansız kaldı, kendi sevgilisiyle halvete daldı.

Hikâye

Allah dostu Hz. İbrahim ölüm döşeğindeyken, canını Azrail'e kolayca vermiyordu.

3490 Azrail'e dedi ki: "Yanıma yaklaşma, git ve o Ulu Padişaha, 'Halil'inden canını isteme!' de."

Allah teâlâ'dan şöyle nida geldi: "Eğer gerçek Halil (dost) isen, dostuna canını feda et.

Kendi dostundan canını esirgediğin için senin canını kılıçla almak gerekir."

Orada bulunan birisi Hz. İbrahim'e, "Ey dünyayı aydınlatan Peygamber! Niçin Azrail'e canını vermiyorsun?

Âşıklar bu yolda canlarıyla oynarlar, sen bu canını neden esirgiyorsun?" dedi.

O da şöyle cevap verdi: "Ben canımı nasıl vereyim ki, aramızda Azrail var.

Ateşe atılacakken Cebrail gelip, 'Benden bir şey iste Ey Halil!' demişti.

Ben o anda onun yüzüne bakmadım, çünkü Allah ile aramıza engel oldu.

Ben Cebrail'den yüz çevirmişken, Azrail'e canımı nasıl veririm?

Ben ondan, 'Canını ver!' emrini işitmediğimden dolayı canımı rıza içinde feda edemiyorum.

Canımı vermem için bana ferman gelirse, cihan dolusu canın yarım arpa tanesi kadar bile değeri olmaz gözümde.

O söylemeden ben iki âlemde de canımı başkasına nasıl teslim ederim? Söz varsa budur, başkası yok."

[Üçüncü Vadi: Marifet/Bilgi Vadisi]

Aşk vadisinden sonra senin önüne sonsuz "Marifet Vadisi" serilir.

Bu yerde yolun uzunluğu sebebiyle kişi halden hale girer.

Buradaki yollar birbirinden farklıdır. Ten yolcusu farklıdır, can yolcusu farklıdır.

3505 Ama yine de can ve ten olgunluk ve eksikliğine göre, daima terakki ve zeval halindedir.

Kuşkusuz karşısına çıkan yolda herkes, kendi kabiliyetine göre yol alır.

Hz. İbrahim'in gittiği bu marifet yolunda, dertlere düşen örümcek, fille birlikte nasıl gidebilir?

Herkesin yolculuğu kendi olgunluğu ölçüsünde, yakınlığı da haline göredir.

Sivrisinek gücü yettiği ölçüde uçsa da, fırtınanın kuvvetine nasıl erişebilir?

Kuşkusuz herkesin yolculuğu başka olduğundan, hiçbir kuşun uçuşu aynı değildir.

Marifet işte bu yüzden farklılaşmıştır. Burada biri mihrabı, ötekisi putu bulmuştur.

Marifet güneşi, bu yüce sıfatlı yolun feleğinde parladığı zaman,

Herkes kendi olgunluğuna göre görüş sahibi olur ve hakikatte kendi yerini bulur.

Tüm zerrelerin sırrı ortaya çıkar, dünya külhanı onun önünde gül bahçesine dönüşür.

Dışardan bakınca özü görür o, kabuğu değil. Dosttan başka bir zerre bile görmez.

Her neye baksa onun yüzünü müşahede eder. Her zerrede onun sokağını görür.

Örtünün altında yüz binlerce sır güneş gibi parlar, sana görünür.

Bir sâlik sırlara vâkıf oluncaya kadar, yüz binlerce hak eri bu yolda kaybolur.

Bu engin denize dalmak, orada yüzebilmek için, yüce bir ruha sahip kâmil biri gerek.

Sırlardan zevk almaya başlarsan, içinde her an yeni bir şevk ve arzu belirir.

Susuzluğun sınırı buradadır. Dökülen yüz binlerce kan, burada helâldir.

Yüce arşa uzansan bile, bir an olsun "Daha fazlası yok mu?" demeyi bırakma.

Kendini irfan denizine gark et; yapamazsan bari yolun toprağını başına saç, matem et.

Ey gaflet uykusuna dalan, tebrik edilecek kimselerden değilsen, neden kendin için yas tutmuyorsun?

Sevgiliye kavuşmakla mutlu olmuyorsan, kalk bari ayrılık yasını tut.

Sen yârin cemalini göremiyorsan, kalk, oturma, sırları öğrenmeye çalış.

Bilmiyorsan iste, peşine düş. Utan, eşek gibi ne zamana dek başıboş dolaşacaksın?

Hikâye

Çin dağlarında taş kesilmiş bir adam vardı. İki gözünden sürekli yaş akardı.

İnleyerek gözyaşı akıttığında, yere düşen o damlalar hemen taşa dönüşürdü.

Bu taşlardan biri bulutun eline geçse, kıyamete kadar elemden başka bir şey yağdırmazdı.

O doğru sözlü, temiz adam, ilimdir. O Çin'de olsa da onu aramak gerekir.

Çünkü ilim, gayretsiz ve himmetsizler yüzünden taşa dönüştü. Nimeti inkâr edenlerin nankörlükleri ne zamana kadar sürecek?

Bu çile yurdu dünya, tümüyle karanlıktır. İlim orada, parlak mücevher gibi yol gösterir.

Bu karanlık yerde canına yol gösterecek olan, ilim cevheri ve cana can katan bilgidir.

Bu ucu bucağı bulunmayan karanlıkta sen, İskender gibi kılavuzsuz kalmışsın.

3531 "İlim Çin'de de olsa arayınız." hadisine işarettir.

Sen bu cevherden fazla uzak durdukça, kendini daha da pişman bir halde bulursun.

Ey kişiliksiz, bu cevher sana lâzım değilse, hep pişman olur durursun.

Bu cevheri elde edersen ne âlâ, ama elde edemezsen, her zaman seni pişmanlık içinde bulurum.

Bu dünya da o dünya da can içinde kayıptır. Can tenden, ten de candan gizlidir, kayıptır.

3540 Bu kaybolmuş âlemin dışına çıktığın zaman kaybolursun, orada insanın ayrı bir yeri vardır.

Buradan müstesna makama erişirsen, bir anda yüzlerce sırrı anlarsın.

Bu yolda çaresiz kalırsan, vay haline! Bir âhda kaybolur gidersin.

Gece uyuma, gündüz de bir şey yeme ki bu istek senin gönlünde de belirsin.

Onu iste de dünyevî isteklerin yok olsun; gündüz yemelerin ve gece uykuların kaybolsun.

Hikâye

3545 Âşığın biri aşkının coşkusundan kendinden geçmiş, toz toprak içinde inleyerek uykuya dalmıştı.

Sevgilisi onun başucuna gitti ve uyumuş olduğunu gördü.

Haline, durumuna uygun bir not yazıp âşığın yenine iliştirdi.

O âşık uyanınca notu okudu, gönlü kanla doldu.

Notta şunlar yazılıydı: "Ey sessiz sedasız kendinden geçmiş olan, eğer tüccarsan kalk para kazan.

Yok, zahit isen, geceleri uyuma, sabaha kadar kulluk et, kul ol.

Ha eğer âşık isen utan, uykuyla âşığın ne işi var?

Âşık adam gündüzleri boş işle uğraşır, bütün gece muhal işlerin peşinde koşar durur.

Ey gönül ateşinden yoksun olan, sen ne busun, ne de o! Yalan yere bize olan aşkından söz edip durma!

Âşık, kefene girmenin dışında uykuya dalarsa, ona ben, 'Kendi kendine sevdalanmışın biri!' derim.

Cehaletinden ötürü aşk yoluna girdiysen, uykun sana hayırlı olsun, çünkü bu yolun ehli değilsin sen!"

Hikâye

Aşka düşmüş bir bekçi vardı; gece gündüz uykusuz, kararsız ve perişandı.

O uykusuz duraksız âşığa bir dostu şöyle dedi: "Uykusuzsun, gece bari biraz olsun uyu!"

Bekçi şöyle karşılık verdi: "Bekçilikle aşk bir araya gelince, bu iki işi yapan kimsenin gözüne uyku girer mi?

Bekçiye uyku yaraşır mı hiç? Üstelik bu bekçi bir de âşık olursa!

Böyle bir yükün üstüne bir yük daha eklenirse, biri varken, bir diğeri de üstüne yüklenirse,

Ben bir an olsun nasıl uyurum? Uyku başkasından ödünç alınmaz ki!

Aşk her gece yeni bir sınava çeker beni, bekçiye bekçilik yapar yani."

Bekçi yürürken sopasını bazen yere, bazen de gam ve elemden başına gözüne vururdu.

O uykudan yemekten kesilmiş bekçi bir an uyuyacak olsa, aşk ona o anda başka bir rüya gösterirdi.

O, bütün gece insanları rahat bırakmaz, uyudukları zaman feryat ve figân ederdi.

Dostlarından biri ona; "Bütün gece bir an olsun neden uyumuyorsun?" dedi.

Bekçi cevap verdi: "Bekçi olan uyuyamaz. Âşığın yüzünden gözyaşı dışında su akmaz."

Bekçinin işi uykusuzluktur, âşıklarda şeref ve yücelik bulunmaz.

Uykunun geldiği yerden gözyaşı akıp durdukça, uykuya dalmak nasıl mümkün olur?

Âşıklıkla bekçilik birbiriyle dost olunca, uyku bekçinin gözünden kaçıp denize aktı gitti.

Âşıklık bekçinin hoşuna gitti, uykusuzluk işi beyninde yer etti.

[Uykusuzluktan hoşlanıp onu beğenen kişi, aklına hiç uykuyu getirir mi?]

Ey hakikat eri, eğer hakikati arıyorsan uyuma. Eğer boşa konuşup duran biriysen, uykun mübarek olsun sana!

Gönül sokağında çok bekçilik yap, çünkü orada hırsızlar pek fazla bulunur.

Gönül hırsızları vardır, yolları tutmuş. Gönül cevherini hırsızlardan koru.

Bu bekçiliği kendine âdet edinirsen, aşk ve marifete çabucak erişirsin.

Hakikat erinin bu kan denizi içinde marifeti, şüphe-

Hakikat erinin bu kan denizi içinde marifeti, şüphesiz uykusuzluk sayesinde elde etmesi gerekir.

Çok uykusuz kalan kişi Hakk'ın huzuruna, uyanık bir kalple ulaşır.

Madem ki gönül uyanıklığı uyumamakla elde ediliyor, sen de gönlüne vefa gösterip uykuyu azalt!

3580 Daha ne söyleyeyim, varlık âlemine gark olmuşsun.

Gark olan, boğulmak üzere olan adamın feryad ü figanla kurtulmasının imkânsızlığını sana nasıl anlatayım?

Âşıkların hepsi Hakk'ın huzuruna vardılar. Hakk'ın muhabbetiyle mest bir halde uykuya daldılar.

Sen bekle dur, halbuki bu yolun erleri bu yolda ne içmek gerekiyorsa onu içtiler.

Kimin içinde aşk zevki ortaya çıkarsa, o her iki âlemin anahtarını çabucak elde eder.

Kadınsa şerefli bir er haline gelir, erkek ise engin bir deniz olur.

Hikâye

3585 Abbâse birisine şöyle dedi: "Ey aşk eri! Aşk derdinden birisine bir zerre yansıyacak olsa,

Erkek ise ondan bir kadın doğar, kadın ise ondan bir erkek vücuda gelir."

Hz. Âdem'den bir kadının meydana geldiğini ve Meryem'den bir erkeğin doğduğunu işitmedin mi?

3586 Hz. Havvâ'nın yaratılışına işarettir.

Gerekli olan aşk zerreleri, senin içinde tam anlamıyla nurunu saçmadıkça, işin sırrına asla vâkıf olamazsın.

İçinde bu nur belirdiğinde zenginleşirsin, gönlünden ne geçerse ona sahip olursun.

İşte bunu zenginlik ve devlet say. Bunun bir zerresini bile dinin kendisi bil.

Bu dünyanın malına ve mülküne kanaat edersen, ebediyete kadar mahvolur gidersin.

Saltanat her zaman marifettedir, sen de gayret et de bu sıfatı elde edesin.

İrfan âleminde mest olup kendinden geçen kimse, tüm dünya halkına padişah olur.

Dünya mülkü onun gözünde yonca tarlası gibidir.

Dokuz felek onun denizinde bir gemi derecesindedir.

Eğer cihanın padişahları bu sonsuz denizden bir yudum içmenin zevkini bilselerdi,

Hepsi gam ve elem içinde yas tutar, dertten birbirlerinin yüzünü bile görmezlerdi.

Hikâye

Bir defasında Sultan Mahmut'un yolu bir harabeye düştü ve orada kendinden geçmiş bir meczup gördü.

Derdinden başını önüne eğmiş, dağ gibi yük belini iki büklüm etmişti.

Şahı görünce ona; "Uzak dur, yoksa canına yüzlerce mızrak saplarım.

Sen şah değilsin, çünkü gayretin eksik. Sen kendi saltanatın içinde Allah'ın nimetlerine nankörlük etmektesin." dedi.

Sultan da; "Ben Mahmud'um, bana nankör deme. Bana sadece bir şey söyle, başka söyleme." diye cevap verdi. Sonra,

Meczup; "Ey hakikatten habersiz padişah! Eğer kimden uzak düştüğünü, nasıl perişan olduğunu bilseydin,

Varlığının yokluktan ibaret olduğunu anlasaydın, sürekli başına ateş saçar dururdun." dedi.

[Dördüncü Vadi: İstiğna Vadisi]

Marifet Vadisinin ardından "İstiğna Vadisi" gelir ve burada ne bir dava ne de manâ vardır.

3605 Niyazsızlıktan dolayı burada bir fırtına kopar, bir anda bütün bir ülkeyi altüst eder.

Yedi derya burada bir havuz mesabesindedir. Yedi gezegen burada bir kıvılcım kadardır.

Sekiz cennet parlaklığını yitirmiş, önemsizleşmiş; sekiz cehennem de buz gibi donup kalmıştır.

3606 Eski tasnife göre dünyadaki yedi denizin adları şunlardır: Çin denizi, Mağrib denizi, Rûm denizi, Buntus denizi (Karadeniz), Taberiyye denizi, Cürcân denizi, Hârezm denizi.
Yedi gezegen şunlardır: Ay, Utarid (Merkür), Zühre (Venüs), Güneş, Mirrîh (Mars), Müşterî (Jüpiter) ve Zühal (Satürn).

3607 Sekiz cennetin isimleri şunlardır: Cennet-i huld, Dârüsselâm, Dârülkarâr, Cennet-i adn, Cennetü'l-me'vâ, Cennetü'n-naîm, İlliyyîn, Firdevs.

3607 Kur'ân-ı Kerîm'de cehennemin yedi kapısı olduğu şu âyetlerde ifade edilmiştir: "Muhakkak cehennem, onların hepsine vâdolunan yerdir. Cehennemin yedi kapısı vardır. Onlardan her kapı için birer grup ayrılmıştır." [el-Hicr sûresi, 43-44. âyetler]

Şaşılacak şey, burada bir karıncaya sebepsiz olarak her nefeste yüz fil vazifesi verilir.

Bir karganın kursağı dolsun diye, yüzlerce kervandan bir kişi bile sağ kalmaz.

3610 Yüz binlerce melek gamla yandı, sonuçta Hz. Âdem'e bir çerağ yakıldı.

Yüz binlerce beden ruhsuz kaldı da sonunda Hz. Nuh bu dergâhta marangoz oldu.

Ordunun başına yüz binlerce sivrisinek musallat oldu da, nihayet aralarından bir Hz. İbrahim seçildi.

Yüz binlerce çocuğun başı kesildi de sonunda Kelîmullah olan Hz. Musa can gözüne sahip oldu.

Yüz binlerce kişi zünnar bağladı da nihayet bir Hz. İsa sırra vâkıf oldu.

3615 Yüz binlerce can ve gönül yağmalandı da sonuçta Hz. Muhammed bir gece miraca çıktı.

Burada yeninin de eskinin de bir değeri yoktur. İster bir şeyler yap burada, ister yapma.

Bütün herkesin gönlünün yanıp kavrulmuş olduğunu görmüş olsan, bir rüya görmüşsün gibi kabul ederim bunu.

Bu denize yüz binlerce can düşüp gark olsa, sanki uçsuz bucaksız denize bir çiğ tanesi düşmüş gibidir.

Yüz binlerce baş uykuya dalıp gitse, sanki güneşin doğmasıyla bir zerre gölge olup gitmiştir.

3611 Gemi yapması sebebiyle Hz. Nuh (a.s.) marangoz olarak tanınmıştır.

3612 Nemrut'un kafasına sivrisineğin girmesine işaret edilmektedir.

3613 Firavun'un, Hz. Musa'nın doğumunu engellemek için çocukları öldürmesine işaret edilmektedir.

Gökler ve yıldızlar parça parça dökülse, dünyada bir ağaçtan bir yaprak düşmüş farzet.

Denizdeki balıktan gökteki aya kadar ne varsa ortadan kalksa, sanki kuyunun dibinde bir karınca aksamıştır.

İki âlem de birden bire ortadan kalksa, dut ki yeryüzünde bir kum tanesi yok olmuştur.

Cinlerden ve insanlardan eser kalmasa, sanki bir yağmur damlası yitip gitmiştir.

Bütün vücutlar toprağa karışsa, bir hayvanın bir tüyü eksilmiş gibidir, bir şey fark eder mi ki!

Cüz ve küll burada tamamıyla mahvolsa, yeryüzünden bir saman çöpünün eksilmesinden farklı değildir.

Bu dokuz gezegen bir yörüngede kaybolsa, sekiz deniz içinde bir damlanın kaybolmasına benzer.

Hikâye

Köyümüzde ay gibi güzel bir delikanlı vardı. O Yusuf misali güzel genç bir kuyuya düştü.

Üzerine epeyi toprak döküldü ve nihayetinde birisi onu o kuyudan çıkardı.

Toprak üzerine döküldüğü için, bu dünyada iki nefeslik ömrü kalmıştı.

O iyi yaradılışlı gencin adı Muhammed'di, âhirete göçmek için bir adımlık yolu vardı.

Babası onu bu halde görünce dedi ki: "Ey oğul, ey gözümün ışığı, ey babasının canı!

Ey Muhammed, babana bir iyilik yap da konuş!" Oğlu: "Söz nerede?

Muhammed nerede? Oğul nerede? Kimse kaldı mı?" dedi ve ruhunu teslim etti.

Ey basiret sahibi, Hak yolunun yolcusu, sen de bir bak Muhammed nerede, Âdem nerede?

3635 Âdem artık nerede? Zerreler nerede kaldı? Cüzlerin ve küllerin adı nerede kaldı?

Yer, dağ ve deniz nerede? Nerede gökyüzü? Peri, cin ve insan nerede? Melek nerede?

Şimdi nerede o topraktan yaratılmış yüz binlerce vücut? Nerede şimdi o yüz binlerce temiz can?

Can verirken can çekişmeler nerede kaldı? Kimse yok şimdi. Nerede can ile ten? Bunların tümü bir hiç!

He iki âlem ve bunlar gibi ne varsa, var olanların tümüne cilâ vurup baksan,

3640 Sana ölümden sonraki âlem görünür, kalburun üzerinde kalan bir hiçten ibaret olur.

Hikâye

Basireti açık, yüreği temiz, gönlü sırlara vâkıf olan Hemedanlı Yusuf,

Şöyle der: "Yıllarca göğün en yüksek noktasına çık, sonra yerin en alt noktasına var.

Geçmişte var olan, halen var olan ve gelecekte var olacak olan ne varsa; ister kötü ister iyi, bütün zerreler,

Hepsi Hakk'ın varlık denizinden bir damladır. Varlık yokluktan zuhûr etmiştir veya onun döneceği yer yine yokluktur, ne fayda?"

3645 Ey saf kalpli kimse, bu vadi öyle kolay değildir, ama sen bunu cehaletinden kolay zannediyorsun.

Eğer bu yol senin gönül kanından deniz gibi olsa bile, bu yoldaki sayısız menzillerden ancak birini aşabilirsin.

Her an bir dünya yol gitsen de, baktığında bunun ilk adımın olduğunu görürsün.

Hiçbir sâlik bu yolun sonuna eremedi, kimse bu derdin dermanını görmedi.

Bir kere durdun mu, taş gibi kaskatı kesilirsin; gâh murdar olursun gâh ölürsün.

3650 Yola koyulur, devamlı koşarsan, sonsuza kadar kervanın çağrısını duyamazsın.

Ne senin yol almanın faydası var, ne de durmanın. Ne ölmende bir iyilik var, ne de doğmanda.

İçine girdiğin işler çok güç, ama ne fayda? İş zor, üstadın yoksa, ne fayda?

Ey sessizliğe gömülen, hem bekle, hem bekleme. Tamah etmeyi bırak, ama aynı zamanda çalışıp çabalamaktan da geri durma.

Hem amel işle, ilâhî emir ve yasaklara uy, hem de yaptığın amelleri hesaba katma, onlara önem verme.

Elinden geldiği en iyi şekilde amel işlemeye bak, ama onları aynı zamanda değersiz say.

3655 İşin sonunda amellerin bir etkisi görülür ve bir derman olursa, o zaman amellerin makbul olmuş olur.

Eğer amellerin bir etkisi olmazsa, o zaman işsiz kalmak ve burada harcadığın zamanı telâfi etmek için çok fırsatın olacak.

Yaptığın amelleri unut. "Yapmak ve yapmamak" sözcüklerinin anlamı budur.

Yapılması gereken bilinmezken, sen ne olduğunu nasıl bilirsin? Ola ki bilebildin ve amel işledin,

Talepsizliğin ve istiğnanın ne olduğuna bir bak da, sonra ister mutrip ol, ister ağıt yakıcı.

3660 İstiğna şimşeği burada öyle bir çakmıştır ki, onun hararetinden yüzlerce cihan yanmıştır.

Burada yüzlerce cihan hâk ile yeksan olmaktadır. Öyleyse bu vadide cihan kalmamışsa, endişeye ne gerek var ki?

Hikâye

O akılsız filozofu görmüşsündür, önüne bir hesap tahtası alır,

Sonra o levhanın üzerine toprakla şekiller çizer, durağan ve hareketli yıldızları resmederdi.

Gök ve yerin şeklini çizer, şundan bundan hükümler çıkarırdı.

3665 Levhanın üzerine yıldızları ve burçları resmeder, onların batışını ve yükselişini hesaplardı.

3662 Eskiden muhasebeciler tahtanın üzerine, toprakla gökle ilgili şekiller çizer ve buna göre yıldızların hesabını yaparak insanların gelecekleri, mutluluk ve uğursuzlukları hakkında bilgi verirlermiş. Bu iş bittikten sonra da o yaptıkları bütün çizim ve şekilleri yok ederlermiş.

Uğursuz ve saadetli vakitleri çıkarır, doğum ve ölüm evlerini belirlerdi.

Kutlu kutsuz zamanları tespit ettikten sonra, o levhanın köşesinden tutar,

Üzerindeki toprakları temizlerdi ve o levhanın üzerinde sanki daha önceden hiç şekil yokmuş gibi olurdu.

Bu iç içe dolanmış âlemin hali de, işte bu hesap tahtasının görüntüsü gibi yokluktur.

3670 Sen buna güç yetiremezsin, bir köşeye çekil. Bunun etrafında fazla dolaşma, bir kenara otur!

Tüm erkek ve kadınlar iki âlemden hiçbir iz taşımadan çekip gittiler.

Sen bu yolda yürümeye takat yetiremezsen, dağ gibi olsan da bir saman çöpü kadar değerin yoktur.

Hikâye

Anlatılır ki sır ehlinden adam gibi bir adama sırlar âleminden perde açıldı.

Gaipten bir ses ona, "Ey ihtiyar, ne istiyorsan çabuk iste ve al git." dedi.

3675 Yaşlı adam dedi ki: "Ben, birçok peygamberin devamlı belâya düçar olduklarını gördüm.

Nerede bir sıkıntı ve belâ varsa, onların hepsi peygamberlerin karşısına çıkıyordu.

Peygamberlerin nasibi belâ iken, bu garip ihtiyar rahata nasıl ersin?

Ben ne izzet isterim ne de aşağılanma, keşke kendi acizliğimle baş başa bıraksaydın beni.
Büyüklerin nasibi dert ve sıkıntı iken, küçükler hazine ve zenginliği nasıl elde edecekler?
3680 Peygamberler herkesten fazla bu sıkıntı ve meşakkate katlandılar, ama benim buna gücüm yetmez, çek elini benden."

Sana faydası olmayacaksa, cân u gönülden de söylesem neye yarar?
Her ne kadar tehlike denizine düşmüşsen de, bir köpük gibi suyun üstünde kalmışsın.
Eğer derin okyanusun timsahından haberdar olsaydın, hiç böyle bir yola girer miydin?
Önce zanna kapılıp perişan bir hale gelir, sonra da içine dalıp çaresiz kalınca canını nasıl selâmete ulaştırırsın?

Hikâye

3685 Bir sinek rızkı için dolaşırken bir köşede bir arı kovanı gördü.
O bala olan arzusu sebebiyle coştu, kendini kaybetti ve bağırmaya başladı: "Nerede bir yiğit?...
Ben zavallıdan bir arpa tanesini alıp da beni kovanın içine sokacak soylu kişi nerede?
Vuslat isteğim ah bir gerçekleşse! Çünkü arı için en güzel yer balın yanıdır."

Biri onun işine bir çıkış yolu buldu, ondan bir arpa aldı ve onu içeri soktu.

3690 Sinek balın içine dalınca, eli ayağı bala bulandı.

Çırpındıkça yoruldu gücü kesildi, çabaladıkça daha da yapıştı.

Feryada başladı: "Mahvoldum, bal bana zehirden daha fazla zarar verdi.

İçeri girmek için bir arpa tanesi vermiştim, şimdi bu çaresiz durumdan kurtulmak için iki arpa tanesi veririm."

Bu vadide kimse bir an boş durmasın, kemâle ermişin dışında kimse burada bulunmasın!

3695 Ey zavallı gönül, ne zamandır günlerini gaflet içerisinde geçirmektesin.

Bütün ömrünü heba ettin, artık bir şey kazanmak için yeniden bir ömür nerde?

Kalk ve bu zor vadiyi kat et; kanatlarını aç, can ve gönülle bağını kopar.

Can ve gönülle yoldaşlık ettikçe, müşriksin ve müşriklerden de gafilsin.

Bu yola canını saç, gönlü feda et, yoksa istiğnadan seni geri çevirirler.

Hikâye

3700 Hırka sahibi ünlü bir şeyh vardı, bir köpek bakıcısının kızı onun aklını başından aldı.

O dilberin aşkıyla öylesine zelil oldu ki, gönlündeki kan, deniz dalgaları gibi kabarıyordu.

Kızın yüzünü görmek ümidiyle, gece onun mahallesinde köpeklerle birlikte yatıyordu.

Bu durumu öğrenen kızın annesi ona; "Ey şeyh, yolunu nasıl böyle şaşırdın?

Şeyh isteğini elde etmek istiyorsa, bilir ki bizim mesleğimiz köpek bakıcılığıdır.

Eğer bizim gibi olur, köpek bakıcılığı yaparsan, bir yıl sonra nikâh kıyar, düğün yaparsın." dedi.

Şeyh aşkını terk edemediği için, hırkasını attı ve derhal işe girişti.

Elinde bir köpekle pazara gitti, bir yıl boyunca bu işle uğraştı.

Onun dostu olan bir sufî, şeyhi bu halde görünce şöyle seslendi: "Ey değersiz kişi!

Otuz yıl boyunca adam gibi adamdın, bunu niçin yaptın? Senin bu yaptığını kim yapmıştır ki?"

Şeyh ona şöyle dedi: "Ey gafil, lâfı fazla uzatma! Bu hadisenin üzerinden perdeyi kaldırırsan, iş değişir.

Bu sırları Yüce Allah bilir, dikkat et, bu işi sana döndürüverir.

Senin bu kınamanı görürse, köpeği benden alır senin eline veriverir!"

Sana daha ne kadar anlatayım? Bu yolda çektiğim dertle gönlüm kanla doldu da bir an bile bir yol eri karşıma çıkmadı.

Ben boşu boşuna anlatıp durdum, ama aranızdan bu sırrı anlamaya çalışan çıkmadı.

3715 Eğer siz bu yolun sırrına ererseniz, ancak o zaman benim sözlerimi anlarsınız.

Bu yolla ilgili bundan ne fazla konuşsam faydasız, çünkü herkes uykuda. Onlara rehber olacak kimse nerede?"

Hikâye

Bir mürit şeyhine, "Allah katındaki sırlardan bana bir sır söyle." dedi. Şeyhi ona cevap verdi: "Uzak dur!

Siz daha buna hazır değilsiniz, önce hazır olun, o zaman bir sır veririm.

Pislik içindeyken misk koklamanın ne faydası var, sarhoşlar arasında sırrı açmanın ne faydası var?"

[Beşinci Vadi: Tevhid Vadisi]

3720 İstiğnâ Vadisinden sonra önüne "Tevhid Vadisi" gelir. Tefrid ve tecrid menzili önüne çıkar.

Bu vadiye yönelenler, eşitlik iddiasında bulunurlar.

Sayılar az da olsa çok da olsa, hepsinin bu yolda, "birlik"te birleştiğini görürsün.

Çünkü sürekli bir içinde birler bulunduğundan, hepsi bir içinde bire dönüşürler.

"Ehad" "Bir" olan, senin zannettiğin "bir" değildir. O "bir", senin bildiğin matematikteki "bir" sayısı da değildir.

3725 Madem ki O sınırsız, bu da sayısızdır, o halde ezel ve ebedle ilgini kes.

Ezel adındaki nokta kaybolup öyle bir şeyin varlığı farz edilemediğine, diğer yönden ebed de sonsuz ve sınırsız olduğuna göre, bu durumda ortada herhangi bir şey nasıl kalabilir?

Madem ki her şey bir hiçliktir ve bütün bunlar da bir hiç, öyleyse hakikatte bunlar karışıklıktan başka bir şey değildir.

Hikâye

Bir derviş, meczubun birine, "Âlem nedir, bütün bu eşyanın sırrını açıkla?" dedi.

Meczup şöyle cevap verdi: "Bu âlem, nam ve şöhretten ibarettir. Yüz çeşit rengârenk mumdan yapılmış bir ağaç gibidir.

3730 Biri bu ağaca elini sürdü mü, şüphesiz hepsi bir muma dönüşür.

Madem ki her şey mumdan ibarettir, başka bir şey değildir, o halde bu kadar renk tek bir şeyden ibarettir.

Her şey bir oldu mu, ortada ikilik kalmaz; ne benlik kalır ne de senlik."

Hikâye

Yaşlı bir kadın Ebû Ali Fârmedî'nin yanına gitti, içinde altın parçaları bulunan bir kâğıdı ona göstererek, "Bunu benden al!" dedi.

Şeyh ona, "Artık Hak teâlâ'dan başkasından bir şey almamak için kendi kendime ahdettim." cevabını verdi.

3735 Yaşlı kadın hemen dedi ki: "Ey Ebû Ali, sen nasıl böyle şaşılaştın?

3733 Ebû Ali Fârmedî: Horasan'da 405-477 (1015-1085) yılları arasında yaşamış büyük mutasavvıflardandır. Zamanının tasavvuf ehlinin çoğu onun müridi olmuştur. Hitabetinin güzelliğiyle meşhurdur.

Sen bu yolda meseleleri çözecek bir adam değilsin. Sen şaşı olmasaydın ondan başkasını nasıl görürdün?"

Orada hakikat erinin gözüne yabancı bir varlık görünmez; çünkü orada ne Kâbe vardır ne de kilise.

Hem sözleri âşikâr olarak ondan dinler, hem de varlığından sıyrılıp onda bâkî kalır.

Hem bir an bile ondan başkasını görmez, hem de onun dışında kimseyi ebediyyen bilmez, tanımaz.

Hem onda, hem ondan ayrı, hem de onunla birlikte olur. Bu üç halin dışında bulunması hakikat eri için daha iyidir.

Vahdet denizinde yok olmayan kişi, görünüşte adam olsa da er olamaz.

Hünerli ve kusurlu kimselerin Hakk'ın katında bir güneşi vardır.

Sonunda bir gün gelir o güneş, onu kendine çeker ve hicabı ortadan kaldırır.

O kendi güneşine erişince, bil ki iyi de kötü de biter, ortadan kalkar.

Senin nefsânî istek ve arzuların var oldukça, iyi ve kötü de orada var olur. Bunlardan kurtulduğun zaman, hepsi hayal ve kuruntudan ibaret kalır.

Kendi varlığından kurtulamazsan, iyi ve kötüyü görmeye devam edersin; kat edeceğin yol da uzadıkça uzar.

Aslında sen yokluktan var oldun, ama sonra kendi varlığına bağımlı kaldın.

Keşke başlangıçta neysen öyle kalsaydın, yani varlıktan nasibin olmasaydı.

Kötü sıfatlarından tamamen arın, sonra da elin boş, toprağa karış.

Sen bedeninin içinde ne tür pislikler ve külhanların bulunduğunu nereden bileceksin?

Yılanlar, akrepler ve çıyanlar senin içinde bir örtünün altına gizlenmiş, hepsi uykuya dalmıştır.

Biraz onlara fırsat verecek olursan, hepsini yüz ejderhaya dönüştürürsün.

Herkesin yılanlarla dolu cehennemi vardır. Bu zararlı yaratıkları varlık cehenneminden boşaltmadığın sürece, iş aynı şekilde devam edecektir.

Sen bunlardan birer birer kurtulursan, toprağa girdiğinde rahat uyursun.

Yoksa, toprağın altında yılanlar ve çıyanlar kıyamet gününe dek seni sokup dururlar.

Bu arınmadan bîhaber olan, kim olursa olsun toprak kurdudur.

* * *

Bu mecazî sözlerle daha ne kadar oyalanıp duracaksın ey Attar? Tevhid sırlarını anlatmaya devam et.

Hak yolunun yolcusu bu makama ulaşınca, makamı ortadan kalkar.

Ortadan kalkar, çünkü o zuhûr eder. Dilsiz olur, çünkü o konuşmaya başlar.

Cüz olur, külle döner, sonra ne küll kalır ne de cüz.

Öyle bir hal meydana gelir ki ne can ne de âzâlar ortada kalır.

Sûret sûretlikten, sıfat sıfatlıktan, can canlıktan, uzuv

uzuvluktan çıkar. Yüz binlerden, yüz binler çıkar.

Bu garip sırrın mektebinde, dudakları kurumuş yüz binlerce aklı görürsün.

Akıl burada nedir ki, kapı dibine yığılmış, doğuştan sağır bir çocuktur.

Bu sırrın bir zerresi kimi aydınlatmışsa, o şahıs iki cihan mülkünden yüz çevirmiştir.

Böyle bir kimse bir kıl ucu kadar bile ortada yokken ve varlık davası gütmezken, niçin bir kıl gibi dünyadan yüz çevirmez?

Bu vadiye ulaşmış kimsenin artık varlığı ve varlık iddiası kalmamış olsa da, varlık ve yokluk söz konusu olduğunda yine vardır. Çünkü o kendinden fanî olup Hak'ta bakî olmuştur.

Hikâye

Lokmân-ı Serahsî dedi ki: "Ey Allah'ım, yaşlıyım, kendimi kaybettim, yolumu şaşırdım.

Bir kul yaşlandı mı onu sevindirirler, eline özgürlük belgesini verip azat ederler.

Ey yüce Padişah, ben de şimdi sana kullukta simsiyah saçlarımı kar gibi ağarttım.

Ben çok dert çeken bir kulum, sevindir beni. Yaşlandım, özgürlük belgemi ver, azat et beni."

O sırada gaipten bir ses geldi: "Ey Hak hareminin seçkin kulları arasına girmiş olan er! Kim kulluktan kurtulmak isterse,

3767 Lokmân-ı Perende diye meşhur olup Serahs'lıdır. Ebû Saîd Ebü'l-Hayr'ın gençliğinde vefat etmiştir. Meczup bir kişiliğe sahiptir.

Aklını kaybeder, sorumluluğu da kalmaz. Sen bu ikisini de terk et, bu yola adım at."

Lokmân-ı Serahsî, "Ey Allah'ım, ben daima seni istiyorum, bundan sonra bana akıl ve sorumluluk gerekmez." dedi.

Sonra akıl ve sorumluluk bilincini kaybetti, ayaklarını vurarak ellerini çırparak divanelik âlemine daldı.

3775 Dedi ki: "Artık kim olduğumu bilmiyorum, kul değilim artık, o halde neyim?

Kulluk sona erdi, ancak özgürlük de kalmadı. Gönlümde gamdan ve neşeden zerre kadar eser yok.

Beşerî sıfatlardan arındım, ama sıfatsız değilim, yine de bir sıfatım var. Ârifim, ancak biliyorum ki hiç bir şey hakkında bilgiye sahip değilim.

Bilmiyorum, sen ben misin, yoksa ben sen miyim? Sende kayboldum, benliğimi yitirdim, ikilik de yok oldu."

Hikâye

Kazara birisinin sevgilisi suya düştü, âşığı da ardından aceleyle kendini suya attı.

3780 İkisi birbirine ulaşınca sevgilisi ona sordu: "Hey hiçbir şeyden haberi olmayan,

Tamam, ben bu suya düştüm de sen suya neden atladın?"

Âşığı dedi ki: "Ben kendimi suya attım, çünkü kendimi senden ayırdedemiyordum!

Uzun zamandan beri ben, senin benliğinde kayboldum gittim.

Sen mi bensin, yoksa ben mi sen; bu ikilik ne zamana dek sürecek? Ben seninleyim, ya senim veya sen sensin.

Sen ben ve ben de sen olmaya devam ettikçe, her iki ten bir ten olsun, vesselâm."

Senlik benlik sürdükçe şirk devam eder, bu ortadan kalktı mı tevhid güneşi seni aydınlatır.

Sen onda fanî ol, işte tevhid budur. Tevhide garkoldun mu, bu kaybolmuşluğu da unut, işte tefrid budur.

Hikâye

Anlatıldığına göre, kutlu ve mutlu bir günde Sultan Mahmud'un önünde askerleri geçit töreni yapıyordu.

Meydan sayısız asker ve fille dolmuştu. Sultan, ileride bulunan yüksekçe bir tepenin üstüne çıktı.

Yanında Ayaz ve veziri Hasan da vardı. Her üçü de orada ordunun geçişini seyrediyordu.

Bütün yeryüzü, karınca ve çekirgelerin her yeri kapladığı gibi, filler ve askerlerle kaplanmıştı.

Cihan, böyle bir ordu görmemiş ve kimse bundan daha fazla kalabalık askeri izlememişti.

Sonra şöhretli sultan, has kölesi Ayaz'a dönüp şöyle dedi: "Ey evlât!

Bu kadar asker ve fil benim, ama ben sahip olduğum her şeyle birlikte seninim. Benim sultanım sensin!"

Görkemli sultan bunları söylerken Ayaz, öylece duruyor hiç aldırış etmiyordu.

Sultana hiç saygı göstermedi, şah bana bunu söyledi diye cevap vereyim demedi.

Bunu gören Hasan sinirlendi: "Ey köle, sultan sana bu kadar saygı gösteriyor da,

Sen böyle saygısızca umursamadan dikilip duruyorsun, sultanın önünde eğilip kulluğunu yerine getirmiyorsun.

Neden edepli davranıp saygı göstermiyorsun? Sultanın huzurunda böyle yapman, hakbilmezlik olur."

3800 Ayaz bunları işitince dedi ki: "Buna uygun iki cevap var.

Bu yolunu kaybetmiş kulun, riyasız bir biçimde sultanına hizmet etmesi için,

Ya onun huzurunda hakîr ve zelîl bir şekilde yerlere kapanması, ya da inleye inleye söz söylemesi gerekir.

Sultana karşı her iki davranıştan da kaçınmalı, hattâ kendini zavallı ve değersiz saymak bile bir tür eşitlik anlamına gelir.

Ben kimim ki böyle bir işe kalkışayım, herkesin içinde kendimi ortaya çıkartayım?

3805 Kul da onun ihsan da. Ben kimim ki? Ferman onun fermanı.

Bu kutlu padişah, her zaman gösterdiği lütfu, Ayaz'a bugün de gösterdi.

İki âlemde de hutbesi okunsa, bilemem onun lütfunun karşılığı ödenir mi?

Ben bu meydanda nasıl görünür, nasıl ortaya çıkarım?

Ben kim olurum veya niçin kendimi öne çıkarırım?

Ne saygı gösterir, ne de saygı için önünde eğilirim.

Ben kim oluyorum ki onun karşısında durayım?"

Hasan, Ayaz'ın söylediklerini duyunca şöyle dedi: "Ey kadir kıymet bilen Ayaz, aferin sana!

Senin sultanın yüzlerce lütuf ve ihsanına lâyık olduğunu ben de tasdik ettim.

Ardından Hasan, Ayaz'dan diğer cevabı da söylemesini istedi. Ayaz şöyle dedi: "Onu senin yanında açıklamak uygun olmaz.

Sultanla ben yalnız kalsaydım, ben bu sırra mahrem olurdum.

Fakat sen bu sırra mahrem değilsin, nasıl söyleyebilirim ki, sen sultan değilsin!"

Sultan Mahmut, derhal Hasan'ı oradan gönderdi. O da gidip askerlerin arasında yerini aldı.

O halvette ne biz kaldı ne de ben. İnce bir kıldan ibaret olsa dahi Hasan da ortadan kalkardı.

Sultan, "İşte halvet vakti geldi, o mahrem cevabı bana açıkla." dedi.

Ayaz dedi ki: "Sultan, lütfunun olgunluğuyla bu yoksula her ne zaman bir baksa,

O bir bakıştaki parıltının ışığıyla varlığım büsbütün mahvoluyor.

Sultanın şevket güneşinden hayâ edip o anda ortadan kalkıyor, yok oluyorum.

Benim varlığımdan bir eser kalmayınca, hizmet için senin önünde secdeye nasıl kapanırım?

O anda karşında gördüğün ben değilim, o da cihan sultanıdır.

Sen ister bir, ister yüz lütufta bulun, efendiliği kendi kendine yapıyorsun zaten.

Güneş ışığında kaybolan bir gölgeden nasıl bir hizmet beklenebilir?

Senin Ayaz'ın, sokağında bir gölge gibidir, o da yüzünün güneşinde kaybolmuş.

Kul kendi varlığından fânî oldu mu, ondan eser bulunmaz. Sen ne yaparsan yap fark etmez, o ortada kalmaz."

[Altıncı Vadi: Hayret Vadisi]

Tevhid Vadisinin ardından önüne "Hayret Vadisi" çıkar. Burada işin gücün hep dert ve hasretten ibarettir.

Burada her nefes sanki sana bir kılıç darbesi gibi gelir, her an bir üzüntüyle karşılaşırsın.

Ah edip dertlenir, yanarsın. Bu hayret makamında gece ve gündüz, zamanın dışındadır. Ne gece vardır, ne de gündüz.

3830 Bu vadiye giren yolcunun vücudundaki her kıldan, kılıç değmeden kendiliğinden kan akmaya başlar, "Eyvah!" yazar durmadan.

Bu yolcu, donuk bir ateştir, ya da bu dertle yanıp tutuşan bir buzdur.

Hayrete düşmüş yolcu bu makama varınca şaşkınlığa düşer, yolunu yitirir.

Tevhidin canına nakşettiği her şeyi kaybeder, hatta o kayboluşunu da yitirir.

Ona, "Sarhoş musun, ayık mı; var mısın, yoksa yok mu?
3835 Ortada mevcut musun, değil mi? Yoksa bir kıyıda mısın; gizli misin, aşikâr mı?
Fânî misin; bâkî mi, yoksa her ikisi mi? Yoksa ikisi de değil misin? Bu görünen sen misin, değil misin?" diye sorsalar,
O; "Ben gerçekten söylediğin şeyleri bilmiyorum, hatta 'bilmiyorum'u da bilmiyorum.
Âşığım, ama kime âşık olduğumu bilmiyorum. Ne Müslümanım ne de kâfir; peki, ben neyim öyleyse?
Aşkımdan da haberim yok ama hem aşkla dolu bir gönlüm var, hem de içinde aşktan eser yok." der.

Hikâye

3840 Bütün âleme hükmeden bir padişah vardı, sarayında da ay gibi güzel bir kızı.
Güzelliğiyle perileri kıskandırırdı. O sanki bir Yusuf idi; çene çukuru âdeta bir kuyuya benziyordu.
Alnına dökülen saçlarda yüzlerce yaralı gönül asılıydı, saçının her telinin ucu bir cana bağlıydı.
Ay gibi yüzü cenneti andırırdı, kaşları âdeta birer yay gibiydi.
Kaşlarından ok yağdırmaya başladığında, "kâbe-kavseyn" bile onu övmeye başlardı.

3844 "Kâbe-kavseyn", "İki yay arası kadar" anlamında Kur'ânî bir tabirdir. "Sonra Muhammed'e yaklaştı, derken daha da yaklaştı. O kadar ki (birleştirilmiş) iki yay arası kadar, hatta daha da yakın oldu." [en-Necm sûresi, 8-9. âyetler]

3845 Mahmur nergisi andıran gözlerindeki kirpiklerden yağan oklarla, nice aklı başında olanları süluka zorlardı.

Azrâ'ya benzeyen o güzelin güneş gibi parlayan yüzü, gökteki aya galip gelmişti.

Onun cana can katan yakuta benzer iki dudağına, Rûhü'l-kudüs bile hayran olurdu.

Güldüğünde dudakları âbıhayat kesilir, dudaklarından zekât isteyen susuzluktan ölürdü.

Çenesinin çukuruna bakan, tepe taklak o kuyunun içine düşerdi.

3850 Aya benzeyen yüzüne av olanlar, ipsiz halatsız derhal o kuyuya düşerlerdi.

Sözün özü işte budur: O sırada padişahın kapısına hizmet etmek için ay yüzlü bir köle geldi.

Ne kölesi! O öylesine güzeldi ki, güzelliğiyle ay ve güneşi görünmez kılardı.

Bütün âlemde onun bir eşi ve benzeri mevcut değildi. Onun gibi güzelliğiyle ortalığı birbirine katan kimse yoktu.

Sokakta pazarda yüz binlerce insan o güneş gibi aydınlık yüzü görünce, şaşkına dönerdi.

3855 Bir gün tesadüfen padişahın kızı, hükümdarın bu kölesini gördü.

Gönlünü kaybetti, kana bulandı, deli divane oldu.

Aklını kaybetti, aşk ona hükmetti ve tatlı canı acılara gark oldu.

3846 Azrâ, Fars edebiyatında güzelliği sembol olarak kullanılan kadın kahramanın adıdır.

Bir süre kendi kendine düşündü, sonunda kararsızlığı meslek edindi.

Köleye olan aşkından erimekte, ayrılık ateşiyle yanıp tutuşmaktaydı. Yanıp yakılan gönlü, kavuşma isteğiyle doluydu.

Kızın güzel sesli on tane çalgıcı cariyesi vardı, hepsi de müzik konusunda yüksek makama sahipti.

Hepsi çalgılar çalar, bülbül gibi şakırlardı. Onların davudi sesleri cana can katardı.

Durumunu derhal onlara açtı, şerefini ve namusunu göz ardı etti, canından da geçti.

Kişinin cânâna olan aşkı ortaya çıkınca, can neye yarar ki?

Onlara dedi ki: "O köleye aşkımı açsam, hem yanlış olur hem de uygun düşmez.

Konumuma çok zarar verir. Benim gibi birisi hiçbir köleye denk düşer mi?

Ama hikâyemi açıkça söylemezsem eğer, perde ardında ağlaya inleye ölüp giderim.

Kendime yüzlerce sabır kitabı okudum, fakat ne yapayım ki sabrım tükendi, çaresiz kaldım.

O servi boylu güzelden muradımı almak arzusundayım; fakat onun da bundan haberdar olmamasını istiyorum.

Bu şekilde maksadımı elde edersem, gönlümün istediği gibi muradıma ererim."

Güzel sesli cariyeler bunu duyunca, ona şöyle dediler: "Gönlünü ferah tut.

Biz gece vakti onu gizlice yanına getiririz, onun hiç haberi olmaz bile."

Cariyelerden biri gizlice o kölenin yanına gitti ve ona: “Bir kadeh şarap getirdim.” dedi.

Cariye, şarabın içine bayıltıcı, kendinden geçirici bir ilâç kattı.

Köle o şarabı içince kendinden geçti ve güzel cariyenin amacı gerçekleşti.

O gümüş bedenli köle sabahtan akşama kadar kendinden geçmiş bir halde, iki âlemden de habersizdi.

Gece olunca cariyeler sakına çekine o kölenin yanına geldiler.

Sonra onu bir sedyenin üstüne yatırıp gizlice padişah kızının yanına götürdüler.

Hemen onu altın bir tahtın üzerine oturttular, başına mücevherler saçtılar.

Gece yarısı o köle yarı baygın bir halde nergis gibi mahmur gözlerini açtığında,

Cennet gibi bir köşk gördü, içinde bir uçtan bir uca altından bir taht vardı.

On tane amber kokulu mum yaktılar, odun yerine öd ağacı tutuşturdular.

O güzel kızlar raksa başladıklarında, kölenin aklı başından, ruhu da bedeninden uçup gitti.

O gece köle, o topluluğun ortasında mumlar arasında parlayan bir güneş gibiydi.

Bütün o güzellikler içinde köle, kızın yüzünü görür görmez kendini kaybetti.

Şaşırıp kendinden geçti, ne aklı ne de canı kaldı. Doğrusu ne bu dünyada, ne de öteki dünyadaydı.

Gönlü aşkla doldu, dili tutuldu kaldı; zevkten canı ağzına geldi.

Gözü sevgilinin yüzüne dikilmiş, kulakları kızların çaldığı müzikteydi.

Burnunda hoş amber kokuları, ağzında ise şarap vardı.

Kız hemen ona bir kadeh şarap sunuyor, ardından da meze olarak bir öpücük veriyordu.

Kölenin gözleri sevgilinin yüzüne bakakaldı, kızın yüzünün güzelliği karşısında şaşkına döndü.

Diliyle durumunu anlatması imkânsız olduğundan, gözlerinden yaşlar akıtıyor ve çaresizlikten başını kaşıyordu.

O güzeller güzeli kız da ağlıyor; yüzüne sel gibi gözyaşı akıtıyordu.

Bazen onun şeker gibi dudağını öpüyor, bazen de eziyet vermeden öpücüğüne tuzlu göz yaşı katıyordu.

Bazen serkeş zülfünü dağıtıyor, bazen de iki güzel sihirli gözün içine bakıp kayboluyordu.

Sarhoş köle de o güzel kızın yanında kendinden geçmiş, onun güzelliğine dala kalmıştı.

Köle, doğudan şafak sökünceye kadar o güzel kızı seyretti durdu.

Sabah olup seher yelleri esmeye başladığında, köle sarhoşluktan kendini kaybetti.

Köle uykuya dalınca, onu tekrar alıp eski yerine götürdüler.

O gümüş tenli köle, ayılıp biraz kendine geldiğinde,

Heyecanlandı, çırpındı; ama alın yazısı ve takdir böyleydi, çırpınmanın bir faydası yoktu.

Yoksul ve zavallı olmasına rağmen, sayısız belâ ve musibete uğradı.

Elbiselerini elleriyle parçaladı, saçlarını yoldu, başına toprak saçtı.

O Tırâzlı güzele başından geçenleri sordular, dedi ki: "Bu hikâyeyi anlatamam!

Benim sarhoş ve kendimden geçmişken ayan beyan gördüğümü, kimse rüyasında dahi görmemiştir.

Ben şaşkının başına gelenler, bilmiyorum başkasının başına geldi mi?

Gördüklerimi anlatmama imkân yok. Bundan daha şaşırtıcı bir sır olmamıştır."

Onu dinleyenler, "Kendine gel de başından geçenlerin yüzde birini olsun bize anlat." dediler.

Köle şöyle dedi: "Ben zavallı bîçareyim, bütün bunları ben mi gördüm, yoksa başkası mı, bilmiyorum.

Her şeyi ben bizzat kendim işittim, ama sanki işitmemiş gibiyim. Her şeyi ben gördüm, ama sanki görmemiş gibiyim."

Gafilin biri ona, "Galiba sen bir rüya gördün de bu yüzden deliye döndün." dedi.

Köle şöyle cevap verdi: "Ben kendimde değildim ki gördüklerimin rüya mı yoksa gerçek mi olduğunu bileyim.

Gördüklerimi sarhoşken mi gördüm, duyduklarımı ayıkken mi işittim, bilemiyorum.

Âlemde bundan daha şaşılacak bir durum olamaz.

Başımdan geçenler ne âşikârdı, ne de gizliydi.

Ne anlatabilirim, ne susabilirim, ne de bu ikisinin arasında kendimden geçebilirim.

3903 Tırâz, Fars şiirinde güzelleriyle şöhret bulan Türkistan'da bir şehirdir.

3915 Ne bir an olsun candan arınabiliyor, ne de ondan bir zerrecik iz bulabiliyorum.

Öylesine güzel birini gördüm ki, hiç kimse hiçbir şekilde onun gibisini görmemiştir.

Onun yüzünün yanında güneş nedir ki? Allah bilir, bir zerreden ibarettir.

Evet onu önceden gördüm, ama bilmiyorum bundan daha fazla ne söyleyeyim?

Ben onu görmüş olsam da olmasam da, bu ikisi arasında şaşırıp kaldım."

Hikâye

3920 Bir anne, kızının kabrinin üzerine yıkılmış, ağlayıp duruyordu. Bir Hak eri o kadına bakıp,

Dedi ki: "Bu kadın erkeklerin önüne geçti. Çünkü o bizim gibi değil.

Kim gitti, kimden ayrıldı, kim kimden uzak düştü, kimin yüzünden böyle kararsız bir hale düştü, biliyor.

Ne mutlu biri, gerçeğin ne olduğunu, kimin için ağlaması gerektiğini biliyor.

Asıl benim işim zor, çünkü gece gündüz yas içinde oturmuşum, ama

3925 Bu âlemde yağmur gibi gözyaşlarımı zari zari, inleye inleye kimin için döktüğümü bilemiyorum!

Niçin ağladığımdan haberdar değilim, kimden uzak düşüp böyle şaşkına dönmüşüm, bilmiyorum!

Bu kadın benim gibi binlercesinden daha önde, çünkü kaybettiği şeyden haberdar.

Ben ise bilmiyorum, bu üzüntü gönlümü kana boğdu; beni şaşkınlıktan öldürdü."

Gönlün bile ortadan kaybolduğu böyle bir makamda, makam bile yok olur.

3930 Akıl ipinin ucu kaçar, zan evinin kapısı yok olur.

Kim bu makama ulaşırsa, kendini ve yön mefhumunu kaybeder, avâre olur.

Bir kimse bu makama açılan kapıyı bulursa, küll sırrını bir anda kavrayıverir.

Hikâye

Dervişin biri yolda giderken bir ses duydu. Birisi şöyle diyordu: "Anahtarımı kaybettim,

Burada bir anahtar bulan var mı? Kapı kapalı kaldı, ben ise sokaktayım.

3935 Kapım kapalı kalırsa ne yaparım, böyle yaslara batıp kalırsam ne ederim?"

Derviş ona dedi ki: "Sana kim dedi tasalan diye? Madem ki kapının nerede olduğunu biliyorsun, git, varsın kapalı olsun.

Kapalı olan kapının önünde oturur beklersen, birinin gelip o kapıyı açacağından şüphen olmasın.

Senin işin kolay, asıl güç olan benimkisi. Çünkü canım şaşkınlıktan yanıp yakılmaktadır.

Başımdaki işin ne kapısı var, ne bacası. Benim ne anahtarım var ne de kapım.

3940 Keşke bu derviş de çok koşsaydı da, açık ya da kapalı bir kapı bulsaydı."

Her insanın kısmeti, hayali ölçüsündedir. Hiç kimse hâlin ne olduğunu bilmez.

"Ben ne yapayım?" diyen kimseye de ki, "Ne yapayım?" demeyi bırak. Bu zamana kadar bunu söyleyip durdun, bundan sonra söyleme.

Hayret vadisine giren, her nefeste yüzlerce hasret âlemine düşer.

Hayret ve şaşkınlık içinde daha ne kadar giderim? Ayak izlerini silmişler, ben yolu nasıl bulurum?

3945 Hiçbir şey bilmiyorum, keşke bilseydim. Eğer bir şeyler bilseydim, hiç böyle hayrete düşer miydim?

Bu makamdaki şikâyetlerim şükür oldu; iman küfre, küfür de imana dönüştü.

Hikâye

Şeyh Nasrâbâdî dertlere gark olmuş, yanına hiç bir yol azığı almadan kırk defa haccetmişti; işte sana Hak eri! Sonra biri onu saçları ağarmış, vücudu zayıflamış, üzerinde sadece bir don çırılçıplak bir halde gördü. Gönlünde ıztırap, canında hararet; beline bir zünnar bağlamış, elini açmıştı.

3947 Şeyh Ebü'l-Kâsım-ı Nasrâbâdî, Nişâbur'a bağlı Nasrâbâd'da doğmuş, Şiblî ve Ebû Alî Rûdbârî'nin arkadaşlarındandır. Hayatının sonlarını Harem-i şerif'te geçirmiş ve 367/978 yılında Mekke'de vefat etmiştir.

Hiç bir davası, iddiası kalmamış, bir Mecusî tapınağının etrafında dönmekteydi.

Onu bu halde gören adam dedi ki: "Ey zamanın ulusu, senin bu yaptığın iş nedir; utansana!

Bu kadar hacca gittin, yıllarca şeyhlik ettin, bütün bunlardan elde ettiğin kâfirlik mi oldu?

Böyle bir iş hamlıktan kaynaklanmaktadır, senin yüzünden gönül ehlinin adı kötüye çıkacak.

Bu yaptığını hangi şeyh yaptı, seçtiğin yol kimin yolu? Burası kimin tapınağı, bilmiyor musun?"

Şeyh dedi ki: "İşim sarpa sardı, evime de malıma da ateş düştü.

Bu ateş sebebiyle harmanım yok oldu, adım sanım tamamen kayboldu.

Yaptığım işe ben de şaşırdım, hayrete düştüm. Ben bundan başka bir çare bilmiyorum.

Cana böyle bir ateş düşünce, bende bir an olsun ad ve san bırakır mı?

Böyle bir işe düçar olalı, havradan da Kâbe'den de bezdim, usandım.

Sende bir zerrecik hayret belirse, benim gibi yüzlerce hasrete düşersin."

Hikâye

Seyr ü sülûka yeni başlamış, gönlü güneş gibi parlayan bir derviş, bir gece şeyhini rüyasında gördü.

Ona; "Hayretten gönlüm kanla doldu, söyle, âhirette durumun nicedir?

Senin ayrılığından gönül mumunu yaktım, sen gittiğinden beri ben hayretten yanıp yakıldım.
Ben burada hayrete düşmüş, bir sır öğrenmek istiyorum. Orada senin hâlin nasıl, söyle bakayım." diye sordu.
3965 Şeyh de cevabında; "Ben de şaşkın ve kendinden geçmiş bir durumdayım, çaresizlikten sürekli elimi dişlemekteyim.
Biz bu zindanın, kuyunun dibinde, sizden daha fazla hayretler içindeyiz.
Ahirette içine düştüğüm hayretin bir zerresi bile, dünyada kapıldığım hayretten yüz kere daha fazla." dedi.

[Yedinci Vadi: Fakr ve Fenâ Vadisi]

Hayret Vadisinden sonraki vadi, "Fakr ve Fenâ" vadisidir. Bu vadide söz söylemek nasıl uygun olabilir?

Bu vadi, unutulmuşluk, dilsizlik, sağırlık ve kendinden geçmişliğin ta kendisidir.

3970 Burada, yüz binlerce sonsuz gölgenin bir güneş yüzünden kaybolduğunu görürsün.

Küll denizi köpürüp coşmaya başladı mı, üzerindeki nakışların kalması hiç mümkün müdür?

Her iki âlem de, o denizin nakışlarından ibarettir.

Kim buna hayır, böyle değil derse, boşa konuşmuş olur.

Kim bu küll denizinde kendini kaybederse, daima huzur içinde olur.

Gönül, bu huzur denizinde yokluk dışında bir şey elde etmez.

3975 Bu yokluktan çıkan kimse ârif olur, ona birçok sır verilir.

Fenâ mertebesine ermiş olan Hak yolunun yolcuları, kâmil erler, dert meydanına girdiklerinde,

Daha ilk adımda kayboldular, kuşkusuz ikinci adımı atacak geride kimse kalmadı.

Ancak herkes ilk adımda kaybolur giderse, er kişi de olsalar sen onları cansız farzet.

Öd ağacı ile odun, ikisi bir ateşe atıldı mı, ikisi de yanar küle döner.

Her ikisi de görünüşte aynıdır, küldür, ama sıfat itibariyle aralarında çok fark vardır.

Pis, murdar birisi küll denizine dalıp da kaybolursa, kendi aşağılık sıfatları da kendisiyle kalır.

[Fakat temiz bir er bu denize dalıp da kendi varlığını kaybederse,]

[Onun her hareketi denizin hareketi haline gelir, kendi varlığı ortada kalmayınca, daha da güzel olur.]

Onun varlığı hem vardır, hem de yok. Bu nasıl olur? İşte bu, aklın idrâk edemediği bir şeydir.

Hikâye

Bir gece, sır denizi gibi olan Mâşûk-i Tusî, bir müridine; "Devamlı yan, eri!

Aşk derdiyle tamamen yanıp erirsen, zayıflıktan kıla dönersin.

Varlığın bir kıl gibi inceldiğinde, sevgili zülfünde sana da bir yer verir." dedi.

3985 Hicrî dördüncü asırda yaşamış Horasanlı büyük bir şeyhtir.

Kim sevgilinin mahallesinde bir kıla dönerse, şüphesiz sevgilinin saçının bir teli olur.

Sen yol bilen ve tecrübe sahibiysen, dikkatlice bakınca işin aslını öğrenebilirsin.

3990 Eğer varlığından bir kıl ucu kadar bile iz kalsa, yedi cehennem senin kötülüğüne mağlup olur.

Hikâye

Günlerden bir gün âşığın biri kanlı gözyaşları döküyordu. Birisi, "Bu ağlamanın sebebi nedir?" diye sordu.

Âşık ona şöyle cevap verdi: "Derler ki, kıyamet gününde Hak teâlâ cemâlini âşikâr olarak gösterecek,

Kendi seçkin kullarını on binlerce yıl misafir edecek, ağırlayacak.

Sonra bir an kendilerine gelecek olsalar, bir önceki istiğrak haline dönmek için yalvarmaya başlayacaklar.

3995 Ağlamamın sebebi şudur ki, beni tekrar kendime getirirler ve bir an varlığımdan haberdar ederlerse,

İşte ben o an kendimle ne yaparım? Bu dertle kendimi öldürsem yeridir.

Kendime baktığımda sadece kötülükleri görürüm, ancak Hak'la beraberken kendimden geçer bir şey görmem.

Kendi benliğimden kurtulduğumda, varlığım kalmaz, kendimden geçer Hak'ta fânî olurum."

Bir kimsenin varlığı ortadan kalktığında, işte bu fenâ makamıdır. O kişi fenâ makamına erdiğini de unutursa, işte bu da bekâ makamıdır.

Ey muztarip ve perişan gönül, yakıcı ateşin üzerine gerilmiş Sırat köprüsünden geçmeye gücün varsa,

Üzülme, ateş, kandilde yağın etkisiyle karganın kanadı gibi siyah bir is meydana getirir.

Yağ o ateşten geçtiği zaman, artık yağlıktan çıkar, ateşe dönüşür.

Ateşe dönüşüp yanmaya başlayınca, onun alevinden bir is elde edilir. O isten mürekkep yaparlar ve onunla Kur'an'ı yazarlar. Böylece onun varlığı Kur'an'ın kalıbı olur.

Bu makama ulaşmak istiyorsan, fenâ makamından geçip "hiç" ve "yok" olman gerekir.

Önce kendini benlikten kurtar, sonra da yokluk Burak'ını önüne kat, nefsinden yüz çevir.

Yokluk elbisesini giy, fenâ ile dolu kâseden iç.

Sonra güçsüzlük ve acziyetten başını önüne eğ, yokluk taylesânını (örtüsünü) omuzuna at.

Hiçlik makamında mahv üzengisine ayağını koy, yokluğa karış.

Noksanlık ve eksiklikte perişan olan ve gerçekte var olmayan bele, yokluktan bir kemer bağla.

Dünya gözünü yok et, kalp gözünü aç; sonra da gözüne yokluk sürmesini çek.

Önce yok ol, ardından bu yok olmuşluktan da yok ol ve onu unut. Sonra bu ikinci defa yok olmayı da kaybet.

4005 Burak, Miraç gecesinde Hz. Peygamber'in üzerine binerek yolculuk yaptığı binitin ismidir.

Bu rahat ve huzur içinde yol almaya devam et ki yokluk âlemine varabilesin.

Sende bu varlık âleminden bir kıl ucu kadar bile iz varsa, yokluk âleminden zerre kadar haberin yoktur demektir.

Hikâye

Bir gece pervaneler dar bir yerde toplanıp, mum aramaya başladılar.

Hepsi birbirlerine, "İstediğimizden birazcık da olsa haber getirecek birisi gerek" dediler.

Pervanelerden birisi uçup gitti, uzakta bir saray gördü. Sarayın içinde mumun parıltısını buldu.

Geri döndü, defterini açtı, anladığı kadarıyla onu vasfetmeye başladı.

O topluluğun içinde ileri gelen yüce bir pervane vardı, "Bunun mumdan haberi yok." diye pervaneyi eleştirdi.

Bir başkası gitti, mumun ışığını geçti, kendini mumun alevine attı.

Kanatlarını çırparak, mumun alevine girdi, mumla başa çıkamadı.

O da geri döndü, birazcık sır söyledi, mumla olan visalini anlattı.

Yüce pervane yine konuşmaya başladı: "Azizim, bu bir alâmet değil! Sen de diğeri gibi nasıl haber vereceksin ki?"

Bir başka pervane kalktı, mestâne bir halde raksederek gitti, ateşin üzerine kondu.

Ateşe sarıldı, onu kucakladı ve kendisini onda güzelce yok etti.

Ateş pervaneyi baştan ayağa sardı, tüm vücudu ateş gibi kıpkırmızı kesildi.

Diğerlerini kınayan ulu pervane, uzaktan mumun o pervaneyi nuruyla kendi rengine boyadığını görünce, "İşte sadece o pervane gerekeni yaptı. Kim ne bilsin ki, mumun hakikatini yalnızca o kavradı." dedi.

Kendini ve varlığını kaybeden işte o pervane, topluluk içinde hakikatten haberdar oldu.

Cisim ve can ile ilgini kesmedikçe, canandan haber alabilir misin?

Varlığının hakikatinden sana kıl ucu kadar bir iz, alâmet gösteren, senin katlin için yüzlerce ferman vermiştir.

Bu makamda mahrem olan kimse bulunmadığı için, hiç kimse bu makamda kendine yer bulamaz.

Hikâye

Bir derviş, parasız pulsuz bir halde yolda giderken, taş kalplinin biri ensesine iyi bir tokat attı.

Dervişin kalbi kanla doldu. Başını çevirip şöyle dedi: "Senin tokat vurduğun kimse,

Yaklaşık otuz yıl önce öldü, varlık âlemini terkedip gitti."

4035 Adam ona dedi ki: "Senin bu iddian yersiz. Ölü nasıl olur da konuşur? Böyle söylemekten utan."

Sen konuşmaya devam ettiğin sürece, dost değilsin. Senin içinde bir kıl kadar varlık izi kalmışsa, hakikate mahrem olamazsın.

Varlıkla bir kıl ucu kadar bile irtibatın bulunursa, hakîkatle aranda yüzlerce âlemlik mesafe var demektir.

Bu makama erişmek istiyorsan, içinde varlığın kırıntısı bile kalsa, bu zordur.

Sahip olduğun her şeyi ateşe at, donuna varıncaya kadar her şeyini yak.

4040 Hiçbir şeyin kalmayınca, kefen kaygısından kurtul, her şeyden soyun ve kendini ateşe at.

Kendin, malın ve mülkün kül oldu mu, zan ve şüphen daha da azalır, yok olur.

Fakat İsa'nınki gibi yanında bir iğne bile kaldı mı, bil ki yolunun üstünde yüzlerce yol kesen eşkiya vardır.

İsa, Hak yolunda malını ve mülkünü terk etti, ama bir iğne nice sırları açığa çıkardı ve o dördüncü kat gökte kaldı.

Varlığın kendisi, bu makamda bir perde gibidir. O yüzden bu makamda, malın, mülkün, itibarın ve mevkinin yeri yok.

4045 Neyin varsa, hepsini terk et, sonra da nefsinde halvete çekil.

Gönlün yoklukta dirlik düzen bulunca, hem iyiden, hem de kötüden kurtulursun.

Ortada iyi ve kötü kalmadığında ise âşık olur, aşkta fânî olmaya lâyık olursun.

Hikâye

Ay yüzlü, güneş gibi ışık saçan bir padişah vardı. Bu padişahın, Yusuf gibi güzel bir oğlu vardı.

Hiç kimsede o gençteki güzellik yoktu. Hiç kimse ondaki ululuğa ve yüceliğe sahip değildi.

4050 Bütün güzeller onun yolunda toprak gibi serilmiş, bütün ulular ona köle olmuştu.

Geceleri halvetten çıktığında, sanki güneş yeni doğmuş da ortalık aydınlanmış olurdu.

Yüzünün güzelliğini övmeye imkân yoktu. Onun yüzünün güzelliği karşısında, ayın, kıl kadar değeri yoktu.

O kıvrımlı zülfünü urgan gibi örecek olsa, yüz binlerce gönül kendini kaybeder, kuyuya düşerdi.

O Tırâz'lı güzelin âlemi yakıp tutuşturan zülfü yüzünden, bütün cihan birbirine girerdi.

4055 O Yusuf benzeri güzelin tuzak gibi zülfü elli yıl vasfedilse, yine de anlatılamaz.

Nergise benzeyen gözlerini kırptığında, bütün âlemi ateşe salardı.

Şeker gibi gülüşüyle tebessüm ettiğinde, daha bahar gelmeden, yüzlerce gül açardı.

Ağzı var mıydı, yoksa yok mu, hiç bilinmedi. Doğrusu, yok olan bir şeyden hiç bahsedilebilir mi?

Perde arkasından çıktığında, saçının her teli, yüzlerce insanın kanına girerdi.

4060 O çocuk, her şeyin fitnesiydi. Bütün bu saydıklarımdan daha üstündü.

Atını meydana sürdüğünde, önünden ardından ellerine kınsız kılıçlar almış adamları da beraberinde gelirdi.

Kim o çocuğa bakacak olsa, hemen yoldan uzaklaştırırlardı.

Hiçbir şeyden habersiz bir derviş vardı. Çocuğa âşık olup kendinden geçti.

Aciz ve perişan bir haldeydi. Canından olmuştu, ama söylemeye cesareti yoktu.

4065 Derdine bir dert ortağı bulamadığından, aşk derdiyle canını ve gönlünü kaybetmişti.

Gece gündüz onun mahallesinde oturmuş, bütün insanlardan uzaklaşmıştı.

Dünyada tek bir sırdaşı yoktu, o dert gizliden gizliye kendisini öldürüyordu.

Gece gündüz altın gibi sararmış bir çehreyle yüreği yaralı bir halde oturur, gümüş gibi gözyaşları akıtarak onu beklerdi.

Sabrı, kararı kalmamış zavallı âşık, zaman zaman o çocuk uzaktan geçer de onu görürüm ümidiyle yaşardı.

4070 Şehzade uzaktan görününce, halk arasında bir gürültü kopar, bir uğultu yükselirdi.

Âlemde yüzlerce kıyametler kopar, halk birbirine girer, kaçışırdı.

Çavuşlar ön ve arkasından gider, her an yüzlerce kişinin kanını akıtırdı.

"Uzaklaşın, uzaklaşın!" sesleri göklere kadar yükselir, askerler bir fersahlık alanı doldururdu.

Derviş, çavuşların bağırışlarını duyunca, eli ayağı kesilir, olduğu yere yığılıverirdi.

4075 Onun aşkıyla kendinden geçer, kanlara bulanır, kendi varlığını terk ederdi.

Öyle bir duruma düşerdi ki, o anda onu görüp kanlı gözyaşları dökmek için yüz binlerce göz gerekirdi.

O güçsüz kuvvetsiz âşığın rengi bazen morarır, bazen gözlerinden kanlı yaşlar boşanırdı.

Bazen çektiği âhın etkisiyle gözyaşı donar, bazen kıskançlığından dolayı gözyaşları onu yakar kavururdu.

Yarı ölü, yarı diriydi. Yoksulluktan, yarım ekmeği bile yoktu.

4080 Böyle yoksul ve derde düşmüş bir kimse, o güzel şehzadeyi nasıl elde edebilir?

O hiçbir şeyden habersiz derviş, yarım zerrecik bir gölgeydi, ama güneşe kavuşmak istiyordu.

Şehzade bir gün askerleriyle birlikte yolda giderken, derviş orada bir nara attı.

Attığı nara ile kendinden geçti. Dedi ki: "Aklımı önceden kaybetmiştim, şimdi canımı da kaybettim.

Daha ne kadar canımı yakıp duracağım? Artık ne sabrım, ne de takatim kaldı."

4085 O çaresiz âşık hem bunları söylüyor, hem de derdinden başını taşlara vuruyordu.

Bu sözleri söyleyince, aklı başından gitti, gözünden kulağından kanlı yaşlar akmaya başladı.

Şehzadenin çavuşlarından biri bundan haberdar oldu, padişahın huzuruna varıp onu gammazladı.

"Padişahım, senin şehzadene kararsız bir rind sevdalanmış." dedi.

Padişah kıskançlıktan öylesine hiddetlendi ki canının sıkıntısından sanki beyni fırladı.

"Hemen gidin, yakalayıp onu asın, ayaklarını bağlayıp başaşağı sallandırın." dedi.

Padişahın adamları derhal harekete geçerek o zavallının etrafını çevirdiler.

Sonra sürükleye sürükleye onu darağacına getirdiler.

Bütün halk onun çevresine toplandı.

Fakat ne kimse onun derdini biliyor, ne de onun için şefaat diliyordu.

Vezir o dervişi darağacının altına getirdiğinde, hasret ateşiyle o zavallıdan bir feryat yükseldi.

Dedi ki: "Allah rızası için, biraz fırsat ver de bari darağacının altında secdeye varayım."

O öfkeli vezir izin verdi, o da yüzünü toprağa koydu.

Secde esnasında şöyle dedi: "Ey Rabbim! Padişah beni suçsuz yere öldürecek.

Canımı vermeden önce, lutfet de o çocuğun cemâlini bir göreyim.

Onun yüzüne bir kez daha bakayım da, öylece canımı feda edeyim.

O şehzadenin yüzünü bir kere görürsem, yüz binlerce canı seve seve veririm.

Padişahım! Kulun senden bir istekte bulunmakta, bu kulun âşıktır ve senin yolunda ölüme gidiyor.

Hâlâ canla başla bu kapının kuluyum ben. Âşık oldum ama henüz kâfir olmadım.

Sen, yüz binlerce haceti yerine getirirsin, benim muradımı da yerine getir, maksadıma ulaştır!"

Bu yolda mazlum durumundaki derviş bunu dileyince, oku hedefine ulaştı, maksuduna erdi.

4105 Onun bu sözlerini gizlice işiten vezir, o zavallının derdiyle dertlendi.

Padişahın huzuruna vardı, ağlayarak o âşık dervişin durumunu anlattı.

Onun yalvarırken söylediklerini, secdede iken ne dilediğini padişaha aktardı.

Bu hale vâkıf olan padişahın gönlüne de bir dert düştü; rahatlayıp dervişi affetti.

Şehzadeye şöyle dedi: "O elden ayaktan düşmüş biçareye yüz çevirme.

4110 Derhal kalk, darağacının dibine, sıkıntıda olan zavallının yanına var.

Senin yüzünden dertlere düşen, hali perişan zavallıya seslen. O, sana sevdalanmış, gönlünü al.

Ona lütufta bulun, çünkü senin kahrını çekti. Ona şerbet içir, çünkü senin zehrini tattı.

Onu yerden kaldır, gül bahçesine götür, sonra da benim huzuruma getir."

O Yusuf gibi cemal sahibi şehzade, zavallı dervişle görüşüp halleşmek üzere gitti.

4115 O ateş yüzlü güneş, zerreye kavuşmak için yola düştü.

O incilerle dolu deniz, damlayla kucaklaşmak üzere gitti.

Sevinçle buraya geliniz, ayaklarınızı yere vurup el çırpınız.

Nihayet o şehzade darağacının dibine vardığında, kıyamet gibi bir fitne koptu.

O dervişi ölüm toprağına bulanmış, yüzükoyun yere yatmış halde gördü.

4120 Toprak, dervişin gözlerinden akan kanlı gözyaşlarıyla çamur haline dönmüş, tüm âlem de sanki onun hasretine kapılmıştı.

Derviş bitmiş, harap olmuş, yok olmuştu. Bundan daha kötü ne olabilirse, işte o olmuştu.

Şehzade, kanlara bulanmış o zavallıyı bu halde görünce, gözleri yaşla doldu.

Gözyaşlarını askerlerden gizlemek istedi, fakat karşı koyamadı.

O anda yağmur gibi gözyaşları akıttı, gönlünde yüzlerce âlemi dolduracak dertler oluştu.

4125 Bir kimse aşkında sâdık olursa, mâşuk, onun başı ucunda âşık oluverir.

Aşkında samimi isen, senin mâşukun bu kez âşığın oluverir.

Nihayet, o güneşe benzeyen şehzade lütfederek dervişe seslendi.

Derviş, şehzadenin sesini duymamıştı, ama yüzünü hep uzaktan görmüştü.

Topraktan yüzünü kaldırınca, karşısında şehzadenin yüzünü gördü.

4130 Yanmakta olan ateş denize karışsa, yanmaya devam eder, ama hiç gücü kalmaz.

O âşık derviş de aynı bir ateş gibiydi, sanki güzelce bir denize kavuştu.

Canı ağzına geldiğinde dedi ki: "Efendim, madem ki beni böyle öldürebiliyordun,

Güçlü kuvvetli askerlere gerek yoktu." Bu sözü söyledi, sanki hiç bir zaman yoktu.

Bir feryatla canını feda etti, öldü. Bir mum gibi gülümsedi, sönüp gitti.

4135 Sevgilisine kavuştuğu belli olunca, mutlak fânî oldu, yok oldu.

Hak yolunun yolcuları bilirler ki, dert meydanında aşkta fânî olmak Hak erlerine neler etmiştir?

Ey varlığıyla yokluğu iç içe girmiş olan, senin mutluluğun gamla karışıktır.

Bir müddet meşakkat içinde mücadele etmedikçe, huzur ve sükûndan nasıl haber alacaksın?

Varlığın ve nefsânî eğilimlerin, suyun yoluna set olan çörçöp gibidir; senin kemâle giden yoluna, manevî yolculuğuna engel olmuştur.

4140 Bu, senin kârın değil, ama yine de mertçe yola gir; aklını yak, bir kenara bırak da divâne gibi gir.

Bu meşakkatli işe girişmeyeceksen, bari bir an için seyretmeye gel.

Daha ne kadar düşünüp duracaksın, benim gibi kendinden geç, biraz âkıbetini düşün.

Son nefese kadar bir an gelir de yokluğa kavuşursan, kendinden geçmişliğin yüce zevkine ermiş olursun.

Ne ben kaldım ortada, ne de benim dışımda bir şey.

Artık hayrım da, şerrim de akıldan üstündür, hiç bir şeyden haberdar değilim.

Bir anda kendimde kayboldum, çaresizliğin dışında çarem yok artık.

Fakr güneşi üzerime doğunca, her iki âlem de bir pencereden parladı.

O fakr güneşinin ışığını gördüğüm zaman, ben kalakaldım, damla denize kavuştu.

Kazandığım ve kaybettiğim ne varsa, hepsini kara bir suyun içine attım.

Yok oldum, kendimi yitirdim, hiçbir şeyim kalmadı. Gölge gibi kaldım sadece, içimde gam ve kederden bir zerre bile yok.

Bir damlaydım, sır denizinde yok oldum. Şimdi artık o damlayı bulmam imkânsız.

Yok olmak herkesin işi değil, ama ben fenâ makamında yokluğa erdim. Benim gibi bu makama eren çok kişi var.

Denizdeki balıklardan gökteki aya kadar şu âlemde, bu makama gelip de yok olmayacak kimdir?

Hikâye

Dindar biri, Ebü'l-Hasan-ı Nûrî'ye sordu: "Vuslat makamına kadar giden yol nasıl bir yol? O yola nasıl girilir?"

Nûrî dedi ki: "Ateşten ve nurdan yedi deniz var, bu uzak yolu aşmak gerekir.

O yedi denizi aşınca, birkaç balıkla karşılaşırsın, onlar seni bir anda yutarlar.

4153 Ebü'l-Hasen-i Nûrî, Horasan'ın önemli âriflerindendir. Bağdat'ta yaşamış, 295/907-8 yılında ölmüştür.

Öyle bir balık ki bir nefes alacak olsa, öncekileri de sonrakileri de yutuverir.
Hele bir balık var ki, onun ne başı ne ayağı görünür.
Durağı ise istiğna denizidir.
Ejderha gibi tüm âlemi yer, bir nefeste bütün insanları yutar."

Bu sözleri dinleyen ova kuşlarının ciğerleri kanla doldu. Hepsi başlarını önlerine eğdiler.
4160 Bu kat edilmesi güç olan yolun, öyle bir avuç çelimsiz kişinin harcı olmadığını anladılar.
Bunları duyunca canlarında karar kalmadı, kendilerinden geçtiler. O makamda da birçoğu can verdiler.
Kalan kuşlar, hayretler içinde bu menzilden ayrılıp yola koyuldular.
Yıllarca yokuşlarda, inişlerde uçtular. Yolda uzun bir ömür harcadılar.
Bu yolda onların başına gelenler, nasıl açıklanabilir?
4165 Sen de bir gün bu yola düşersen, yolun engellerini, sarp geçitlerini bir bir görür anlarsın.
Onların yaptıklarını, başlarına gelenleri anlar, nasıl kan içtiklerini açıkça görürsün.
Nihayet o kuşların pek azı o dergâha varabildi.
Bütün kuşlardan ancak bir kısmı oraya erdi; binlercesinden yalnız çok azı oraya ulaştı.
İçlerinden bir kısmı denizlerde boğuldu, bir kısmı da kaybolup yok oldu.

4170 Bir kısmı yüksek dağların tepesinde sıkıntı, keder ve meşakkat içinde susuzluktan can verdi.

Güneşin hararetinden bir kısmının kanatları yandı, gönülleri kebap oldu.

Bir kısmını da yoldaki arslanlar ve kaplanlar parçalayıp yok etti.

Bir kısmı kayboldu, avcı kuşların pençelerinde kaldı.

Yine bir kısmı çöllerde susadı, dudakları kurudu, sıcakta bitkinlikten ölüp gitti.

4175 Bir kısmı bir tane yem sevdasıyla divane gibi kendisini öldürdü.

Bir kısmı çok sıkıntıya düştü, geride kaldı, kafileden ayrıldı.

Bir kısmı yoldaki acayip şeylere dalıp oralarda kalakaldı.

Bir kısmı eğlenceyi seyre dalıp, gayelerini unuttu, onlara kapılıp yollarından oldu.

Sonunda yüzbinlercesinden çok azı oraya ulaşabildi.

4180 Bir âlem dolusu kuş yola çıkmıştı, oraya sadece otuz kuş varabildi.

Otuz kuş, gönülleri kırık, canları çıkmış, bedenleri yorgun, kolları kanatları dökülmüş, bezgin bir halde ...

Öyle bir dergâh gördüler ki, vasfetmeye, sıfatlarını saymaya imkân yok; aklın ve marifetin idrakinin çok üstünde.

İstiğnâ şimşeği habire çakmakta, yüzlerce cihanı bir solukta yakmaktaydı.

Yüz binlerce görkemli güneş, yüz binlerce ay ve sayısız yıldız.

4185 Hepsini böyle bir arada görünce şaşırdılar, zerre gibi ayaklarını yere vurarak kalakaldılar.

Hepsi birden, "Ne şaşılacak şey! Güneş bile bu dergâhta bir zerre gibi mahvolmuş.

Biz burada nasıl görüneceğiz? Yolda çektiğimiz sıkıntılara, emeklere yazık oldu, hepsi boşa gitti.

Kendimizden tamamen ümidi kestik, burası zannettiğimiz türden bir âlem değilmiş!" dediler.

Bütün kuşlar, ümitsiz ve gönlü kırık bir hale geldi. Yarı kesilmiş kuşlara döndüler.

4190 Mahvoldular, kendilerini kaybettiler, varlıkları da kalmadı. Böylece bir zaman geçti.

Nihayet o ulu dergâhtan ansızın bir yüce çavuş çıkageldi.

Perişan bir halde, kolsuz kanatsız, cansız, tenleri yanıp eriyen bu zavallı otuz kuşu gördü.

Tepeden tırnağa hayretler içinde kalmışlardı. Ellerinde bir şeyleri yoktu, kolsuz kanatsız bir haldeydiler.

Çavuş dedi ki: "Ey kuşlar topluluğu, kendinize gelin. Siz hangi şehirdensiniz? Böyle bir menzile ne için geldiniz?

4195 Ey zavallılar, adınız nedir? Sizin yeriniz yurdunuz neresidir?

Âlemde adınız nedir? Bir avuç güçsüz, kuvvetsiz kuşlarsınız, buraya ne yapmaya geldiniz?"

Hepsi birden: "Biz buraya, Sîmurg padişahımız olsun diye geldik.

Hepimiz bu dergâhın bîçâreleriyiz, bu yolun âşıkları ve kararsızlarıyız.

Epey bir zaman geçti bu yola düşeli. Binlerce idik, otuz kaldık, bu dergâha eriştik.

Bu dergâhta huzura erer, istediğimizi alırız ümidiyle uzak yollardan geldik.

Padişah bizim çektiğimiz sıkıntıları, zahmetleri takdir eder mi, sonunda lütfedip bize bir nazar eder mi?" dediler.

Çavuş dedi ki: "A başı dönmüş sersemler, çamur gibi gönül kanına bulanmış bîçareler!

Âlemde siz ister olun ister olmayın, mutlak olan ebedî padişah zaten odur.

Ordularla dolu yüz binlerce âlem, bu padişahın dergâhında bir karınca gibidir.

Nihayet sizin iniltiden başka neyiniz var ki? Ey bir avuç zavallılar, geri dönün."

Bu sözden her biri öyle me'yus oldu ki, o an sanki ebediyen öldüler.

Hepsi birden: "Bu yüce padişah, horlukla gerisin geriye nasıl bizi yollara düşürür?

Ondan hiç kimseye bir kötülük, aşağılama gelebilir mi? Şayet gelse bile, bu da bir yüceliktir." Dediler.

Hikâye

Mecnun dedi ki: "Bütün yeryüzündekiler her zaman bana aferin deseler, beni övseler, ne çıkar?

Ben kimsenin takdirini, beğenisini istemem. Leylâ'nın sövüp sayması bana övgü olarak yeter.

Onun bir sövüşü, yüzlerce medihten daha hoştur. Onun adı, iki cihan saltanatından daha iyidir."

Ey azîz, sana yolunu yordamını söyledim; horlasa da aşağılasa da ne çıkar?

Çavuş dedi ki: "Yücelik şimşeği çaktı mı, bütün canları yok eder.

Can, yüzlerce elem içinde yanacak olsa, ne fayda? O zaman yücelik ve horluktan ne fayda?"

O yanıp yakılan kuşlar güruhu dediler ki: "Canlarımızı, yanıp tutuşan ateşe atmaya hazırız.

Pervane ateşten nasıl uzak durabilir ki? O, ateşte huzura erer.

Dosta erişemesek, kavuşamasak da bari yanarız, bu da bir iştir.

Bu dergâha erişmemiz mümkün değilse de, tamamen mahvolup yok olunabilecek buradan başka yer yoktur.

Hikâye

Zamanın bütün kuşları pervanenin yanıp yakıldığını görünce,

Hep birden pervaneye, "Ey zayıf, güçsüz pervane! Daha ne zamana dek bu tatlı canınla oynayacaksın?

Nasılsa muma kavuşman mümkün olmayacak, cahillikle can verme. Ne zamana dek muhal olan şey uğruna kendini yok edeceksin?" dediler.

Pervane bu sözü işitince, kendinden geçti, perişan oldu. O safdillere hemen şu cevabı verdi:

"Ben gibi bir âşığın ona kavuşması mümkün olmasa da onda fanî olmam benim için yeter."

Bütün kuşlar Sîmurg'a olan aşklarında erlik gösterdiler, baştan ayağa kadar dertlere garkoldular.

Gerçi istiğnâ çok fazlaydı, ama lütfu da her an tazelenmekteydi.

Lütuf perdedârı geldi ve kapıyı açtı. Her an yüzlerce perde daha açtı.

Sonra örtüsüz bir cihan âşikâr oldu. Ardından da asıl olan nurdan, dirlik düzen bulundu.

Kuşların hepsini yakınlık mesnedine, izzet ve heybet tahtına oturttu.

Hepsinin önüne bir kâğıt koydu, "Haydi bunu sonuna kadar okuyun!" dedi.

O kuşların önüne konulan kâğıtlarda yazılı olan, misal olarak şu sarsıcı hikâyeden anlaşılır.

Hikâye

Güzelliğine kem gözler değmesin diye önünde yıldızların çörekotu gibi yandığı Yusuf'u on kardeşi sattıklarında,

Yusuf'u satın alan Mâlik-i Zu'r, ucuz fiyata aldığından onlardan kendi el yazılarıyla yazılmış satış senedi aldı.

Onlardan yazılı belgeyi aldı, sonra da on kardeşin hepsini şahit tuttu.

Mısır azîzi Yusuf'u satın aldığında, o satış yazısının olduğu hıyanet senedi olan belge Yusuf'un eline geçti.

Nihayet Yusuf padişah olunca, on kardeşi oraya geldiler.

Yusuf'un yüzünü tanımıyorlardı. Kendilerini onun önüne attılar.

Kendileri için çare aradılar. Şereflerinden vazgeçip onurlarını hiçe sayarak ondan ekmek istediler.

Yusuf, "Ey efendiler! Bende İbranca yazılmış bir yazı var.

Adamlarımdan hiç biri okuyamadı. Eğer okuyabilirseniz, size çok ekmek veririm." dedi.

Hepsi de İbranca bilen seçkin kişilerdi, sevinçle: "Ey padişah, yazıyı getir." dediler.

Gururundan dolayı kendi hikâyesini işitmemiş olanın gönül gözü kör olsun!

Yusuf ellerine kendi el yazıları olan yazıyı verince, üzerlerine bir titremedir düştü.

Ne o yazıdan bir harf okuyabildiler, ne de bir söz söyleyebildiler.

Hepsi de dertten eseflendiler. Yusuf'un başına gelenleri düşünüp perişanlığa düştüler.

Hepsinin dilleri tutuldu. Bu çetin işten sanki canları çıktı.

Yusuf dedi ki: "Sanki aklınız başınızdan gitti. Yazıyı okuyacakken neden susup kaldınız?"

Hepsi birden ona, "Biz ve sükut! Doğrusu bu yazıyı okumaktansa boynumuzun vurulması yeğdir." dediler.

O zavallı otuz kuş da önlerindeki o kâğıtta olan yazıya bakınca, aynı hale düştüler.

Ne yapmış ne etmişlerse, hepsi baştan sona kadar o kâğıtta yazılmıştı.

4250 Başlarından geçenlerin hepsi güç şeylerdi. Fakat o esirler kâğıtlara iyice baktıklarında, bu karşılaştıkları hepsinden de güçtü.

Bir yol hazırlığı yapıp gitmişler, Yusuflarını kuyuya atmışlardı.

Yusuf'un canını horlukla yakıp yandırmışlar, sonra da üstüne üstlük onu satmışlardı.

A değersiz zavallı! Bilmiyorsun, ama her an bir Yusuf'u satmaktasın.

Senin Yusuf'un padişah olacak, dergâhın reisi olacak.

4255 Sen de sonunda hem yoksul düşecek, hem de aç kalacaksın. Onun önüne de çırılçıplak çıkacaksın.

Madem ki sen onun sayesinde dirlik düzen bulacaksın, niçin onu bedavaya satıyorsun?

O kuşların canları utanç ve mahcubiyetten hayat buldu, tenleri ise tutya oldu.

Hepsi her şeyden arındıklarında, dergâhın nuruyla yeniden can buldular.

Yeni satın alınmış köle kesildiler, tekrar bir başka çeşit hayranlığa düştüler.

4260 Eskiden yaptıkları da yapmadıkları da temizlendi, sînelerinden silinip gitti.

Yakınlık güneşi doğdu, üstlerine ışık saldı. Onun ışığıyla hepsinin canı parladı.

Cihan Sîmurg'unun yüzünün yansımasından, o anda Sîmurg'un çehresini gördüler.

O otuz kuş bakınca gördüler ki, bu otuz kuş o Sîmurg'tu.

Hayretten hepsinin başları döndü, şaşırıp kaldılar. Ne olduklarını bir türlü anlayamadılar.

Kendilerini Sîmurg olarak gördüler, Sîmurg da zaten sî murg (otuz kuş) demekti.

Sîmurg'a baktıklarında, orada kendilerini gördüler.

Kendilerine bakınca da, onlar Sîmurg'u gördüler.

Hem kendilerine hem de Sîmurg'a aynı anda baktıklarında, her ikisi de eksiksiz fazlasız bir Sîmurg'tan ibaretti.

Bu oydu, o da bu. Bunu iki âlemde de kimse ne duymuş, ne de işitmişti.

Hepsi hayret denizine daldılar, tefekkürsüz tefekkürde kaldılar.

Bu halden hiç bir şey anlamadılar. Dilsiz dudaksız o dergâhtan sual ettiler.

Bu kavî sırrı keşfetmek, benlik ve senliğin çözümünü öğrenmek istediler.

O dergâhtan dilsiz dudaksız şöyle bir nidâ geldi: "Güneşe benzeyen bu dergâh bir aynadır.

Kim gelir bakarsa, onda kendini görür. Can ve ten onda kendini can ve ten olarak görür.

Siz buraya otuz kuş olarak geldiniz, bu aynada da otuz göründünüz.

Eğer kırk, yahut elli kuş gelseydiniz, üzerinizden varlık perdesi kaldırıldığında o kadar görünürdünüz.

Ne kadar gelmişseniz, kendinizi görür, kendinizi seyrederdiniz.

Yoksa bizi görecek göz kimde var? Bir karıncanın gözü Süreyyâ'ya nasıl erecek?

Demirci örsünü kaldırıp götüren bir karıncayı, dişiyle bir fili alıp götüren bir sineği gördün mü?

4280 Bildiğin ne olursa olsun, gördüğün şey gerçekte gördüğün değildir. Söylediğin ve işittiğin sözler de ondan farklı bir şeydir.

Katettiğiniz bunca vadi, gördüğünüz bunca insan ...

Sizin bilginiz dahilinde olan şey, bizden gördüğünüz fiillerdir; bizim zât ve sıfatlarımız hakkında sizin bilginiz yoktur. Zât ve sıfatlar vadilerimizdeki seyr ü sülûkunuzun hakikati yoktur. Sanki bu vadide gitmek ve hareket etmek yerine, âdetâ uyumuş kalmışsınız.

Sizin otuzunuz da hayretlere dalıp gönülsüz, sabırsız ve cansız kalakalmışsınız.

Biz Sîmurg olmaya daha lâyıkız, çünkü hakîkî Sîmurg biziz.

4285 Yüzlerce yücelik ve naz içinde bizde mahvoldunuz. Sonra da bizde kendinizi buldunuz."

Nihayet onda ebediyen mahvoldular, gölge güneşte kayboldu.

Yolda giderlerken çok sözler söylüyorlardı, huzura vardıklarında ne söz kaldı, ne de ses. Perişan bir hale geldiler.

Hülâsa burada söz kısaldı, yolcu da kalmadı, rehber de, yol da.

Hikâye

Bir ateş yakıp Hallâc'ı içine attılar. Hallâc tamamen yandı.

4290 Elinde bir sopa, bir âşık geldi. O külün başına oturdu.

Bir ateş gibi açtı ağzını, güzelce külü karıştırmaya başladı.

Sonra şöyle dedi: "Doğru söyleyiniz, güzel güzel 'Ene'l-Hak' diyen o adam şimdi nerede?"

Söylediğin ve işittiğin, bildiğin ve gördüğün ne varsa,

Hepsi efsanenin başlangıcından başka bir şey değildir. Mahv ol, çünkü senin yerin bu viraneler değildir.

4295 Müstağnî ve pâk bir asıl gerek, yoksa teferruat olsa ne çıkar olmasa ne çıkar!

Madem ki hakîkî olan güneş ebediyyen vardır ve yok olması sözkonusu değildir, o halde ne zerre kalsın, ne de gölge, vesselâm.

Yüzbinlerce asır geldi geçti. Zamansız asırlar... Ne gerisi var, ne de ilerisi.

Sonra o fanî kuşlara lütfedip bu yokluk âleminden tekrar kendilerine gelmeye izin verildi.

Hepsi kendilerinden geçmiş iken, kendilerine geldiler. Kendilerinden fanî olup Hakk'ın bekâsıyla sonsuz oldular.

4300 İster geçmişlerden olsun, ister şimdikilerden, hiç kimse asla bu fenâdan ve bu bekâdan söz edemez.

Mutlak varlık olan Hakk'ın zâtı nasıl nazardan uzaksa, vasfedilmekten, haber verilmekten de öyle uzaktır.

Fakat dostlarımız, fenâdan sonraki bekânın misal yoluyla anlatılmasını istediler.

Burada bunu anlatmak mümkün mü? Anlatmak için yeni bir kitap yazmak gerek.

Çünkü fenâdan sonraki bekâ sırlarını, ancak bu sırlara lâyık olan bilir.

Sen varlık ve yoklukla bağlı iken bu menzile nasıl ayak basacaksın?

Yola koyulmuşsun, ama sana ne bu kalmış ne de o. Öyle ise ey ahmak, gözüne nasıl uyku girer?

Bir bak bakayım, önünde ve sonunda ne olmuş? Eğer sonu biliyorsan, bu sondan ne fayda?

Yaratan, yüzlerce naz ve nimetle bir damla meniyi beslemiş, nihayet o meni akıllı ve işbilir bir hale gelmiş.

Onu kendi sırlarına mahrem etmiş, işlerinde ona marifet vermiş.

Sonra da onu tamamen mahvetmiş, verdiği yücelikten zelilliğe düşürmüş.

Tekrar onu yolun toprağına çevirmiş, yine onu bir kaç zaman fanî eylemiş.

Sonra bu yokluk arasında o olmadan yüzlerce çeşit sırrı söylemiş, fakat bunları tekrar ona bildirmiş.

Ardından ona tam bir bekâ lütfetmiş, önceki düşkünlük ve âcizliği onun için yüceliğin ta kendisi yapmış.

Önünde ne var, başına neler gelecek, sen ne bileceksin? Kendine gel de iyice düşün.

4315 Padişah tarafından kovulmadıkça, nasıl tekrar o huzura kabul edileceksin?

Fenâda noksanlığı elde etmedikçe, bekâda asla doğruluğu göremezsin.

Önce seni horlukla yola atar, sonra da ansızın seni tutar yüceliğe koyar.

Yok ol da varlığın peşinden gelsin. Nefsinin bencilliği var oldukça, o yüce varlık sana nasıl erişsin?

Fenânın horluğunda mahv olmadıkça, bekânın yüceliğinden sana bir ispat nasıl ulaşır?

Hikâye

4320 Bütün âleme hükmeden bir padişah vardı. Yedi iklimde onun fermanı geçerdi.

Buyruk yürütmede adeta bir İskender'di. Kaf'tan Kaf'a, yeryüzünün bir ucundan öbür ucuna bütün cihan onun askeriydi.

Makam ve mevkisinin görkemi ayı mat etmiş, ay da yüzünü o dergâhın toprağına koymuştu.

Bu padişahın yüce, akıllı bir veziri vardı. Her şeyi ince eler sık dokur, işlerinde kılı kırk yarardı.

Bu hünerli vezirin de bir oğlu vardı, âlemin güzelliği onun yüzünde toplanmıştı.

4325 Güzellikte onun gibi birini asla kimse görmemiş, hiç bir güzel de böyle bir yüceliğe ermemişti.

4321 Eskiler Kaf dağının yeryüzünün etrafını kapladığını düşünmüşlerdir. Bu sebepten yeryüzü, bir uçtan bir uca Kaf'tan Kaf'a diye isimlendirilmiştir.

O gönülleri aydınlatan kişi, sahip olduğu güzellikten dolayı gündüzleri hiç dışarı çıkmazdı.

Eğer o ay yüzlü gündüz görünecek olsa, ortalıkta kıyametler kopardı.

Kutluluk ve mutluluk âleminde, ondan daha sevimli ve güzel bir insan ebediyyen doğamaz.

O gencin güneş gibi bir yüzü, halis misk renginde ve kokusunda kâkülleri vardı.

4330 Güneşe tuttuğu gölgelik misktendi. Âbıhayâtın dudakları onun dudağına değmediğinden kuruyup kalmıştı.

Ağzı, gönül alıcı güneşin ortasında kalmış bir zerre gibiydi.

Onun zerreye benzeyen ağzı, insanlar için bir fitne idi. O zerrenin içinde otuz tane yıldız kaybolmuştu.

Otuz yıldız bir zerrenin içinde kaybolsa bile, yıldızlar gibi âleme yol gösterir.

Zülüfleri kendini beğenip baş kaldırmış, sonra da yine baş çekerek arkaya doğru düşüvermişti.

4335 O gümüş tenlinin kâkülündeki her kıvrım, bir anda yüzlerce can âlemini birbirine katar.

Yüzüne sarkan zülüflerinin, yüzlerce işvesi, her telinde şaşılacak yüzlerce hal vardı.

Kaşları yay gibiydi, fakat o yayı çekecek güce kuvvete sahip bir pazuya kimse sahip değildi.

Efsunlu nergise benzer gözlerindeki her bir kirpikle, yüzlerce sihirbazlık yapardı.

4333 "Daha nice alâmetler (yarattı). Onlar, yıldızlarla da yollarını doğrulturlar." âyetine işaret edilmektedir. [en-Nahl sûresi, âyet 16]

Onun lâ'l dudakları, âbıhayat kaynağıydı. Şeker gibi tatlı, etrafı yemyeşil çimenlerle kaplıydı.

4340 Kırmızı yüzünde yeni terlemiş bıyık ve sakalı, olgunluk pınarının papağanı gibiydi.

O gencin dişlerinden bahsetmek edepsizlik olur; çünkü o inci gibi dişler, kıymetinden dolayı perde arkasındadır.

Misk gibi beni, cemâl kelimesindeki cim harfinin noktasıdır. Geçmiş ve gelecek, onunla hâl olmuştur.

O gencin güzelliğini bir ömür anlatsam, yine de bitiremem.

Padişah bu gencin aşkıyla sarhoş olmuş, aşkının belâsından kendini kaybetmişti.

4345 Padişahın kadri çok yüceydi, ancak o dolunayın gamından dolayı hilâle dönmüştü.

Gencin aşkında öyle bir gark olmuştu ki, ondan başkasıyla uğraşmaya mecâli yoktu.

Genç bir an huzurunda olmasa, zaten kendinde olmayan gönlü kan ırmağına dönerdi.

Onsuz bir an ne kararı vardı, ne de bu aşkı yüzünden bir zaman sabrı.

Gece gündüz onsuz bir an bile durmaz, huzur bulmazdı. Daima munisi, dostu oydu.

4350 Uzun günlerde akşama kadar onu huzurunda oturtur, o ay yüzlüye sırlar söylerdi.

Karanlık gece çöktü mü, ne uykusu kalırdı, ne de kararı.

O genç, padişahın huzurunda uyurken, padişah da onun yüzüne bakar dururdu.

O güzel, mum ışığı altında bütün gece sırt üstü, yüzü gökyüzüne doğru uyurdu.

Padişah da o ay yüzlünün cemâline bakar, her gece yüz türlü kanlı gözyaşı dökerdi.

4355 Gâh yüzüne güller saçar, gâh onun saçındaki tozu temizlerdi.

Bazen aşk derdinden, buluttan dökülen yağmur gibi gözyaşlarını esirgemeden onun yüzüne serperdi.

Bazen o ay yüzlü genç ile şenlik yapar, bazen şerefine kadeh kaldırırdı.

Bir an bile onu huzurundan ayırmaz, sürekli yanında tutardı.

O genç daima padişahın huzurunda nasıl oturabilirdi? Fakat korkusundan sesini bile çıkaramıyordu.

4360 Bir an padişahın etrafından ayrılacak olsa, padişah kıskançlıktan başını vurdururdu.

Gencin anne ve babası, bir an olsun çocuklarının yüzünü görmek isterdi,

Ancak padişah korkusundan bunu dile bile getirmeye cesaret edemezlerdi.

Padişahın yakın bir dostu, onun da güneş yüzlü, dünyalar güzeli bir kızı vardı.

Genç, kızı görüp âşık oldu, aşkı gittikçe alevlendi.

4365 Bir gece onunla bir araya geldi, kendi yüzü gibi güzel bir meclis kurdu.

Padişahtan habersiz, gizlice onunla buluştu. Tesadüfen o gece padişah da sarhoştu.

Gece yarısı, yarı sarhoş bir halde, elinde bir hançer yatağından fırladı.

Genci aradı, hiç bir yerde bulamadı. Nihayet gencin bulunduğu yere koştu.

Gördü ki bir kız o gençle oturmuş, her ikisi de birbirine gönül vermiş.

Padişah bu durumu görünce, tâ ciğerine kıskançlık ateşi düştü.

Padişah mest, aşk sarhoşu, bir de saltanat ve itibar sahibi! Bütün bunlar varken onun maşuku nasıl bir başkasıyla olur?

Padişah kendi kendine şöyle dedi: "Ben gibi bir padişah varken, nasıl bir başkasını seçer? İşte aptallığın tâ kendisi!

Benim senin için yaptığım bunca şeyi, hiç kimse bir başkasına yapmadı.

Benim yaptıklarımın karşılığında yaptığın bu mu? Yap bakalım, doğrusu iyi yapıyorsun!

Hazinelerin anahtarı senin elinde, âlemin kahraman erkekleri önünde eğilmekte.

Hem bana sırdaş, hem sürekli yoldaş. Hem bana dert ortağı, hem de sırrıma sırdaş!

Buna rağmen gizlice bir yoksulla düşüp kalkıyorsun. Hemen şimdi varlığını dünyadan kaldıracağım."

Bunları söyledi ve genci sıkıca bağlamalarını emretti padişah.

O gencin saf gümüş teni, tozun toprağın içinde, padişahın kırbacından gömgök oldu.

Sonra toplantı yaptığı eyvanda darağacına çekilmesini emretti.

Dedi ki: "Önce derisini yüzün, sonra da onu darağacına çekin... Çekin de

Herkes, padişaha yakın olan kişinin, bir an bile başkasına bakmaması gerektiğini bilsin."

Genci zorla ve horlukla tuttular, kendinden geçmiş bir halde darağacına götürdüler.

Vezir oğlunun durumunu haber alınca, başına topraklar saçıp dedi ki: "Ey babasının canı!

4385 Bu başına gelenler, ne bahtsızlıktır! Bu nasıl bir kader ki padişah sana düşman olmuştur?"

Orada padişahın on kölesi vardı, genci yok etmeye hazırlandılar.

Vezir, gönlü dertli, içi yangın bir halde geldi, her birine çok kıymetli, parıltılı inciler verdi.

Dedi ki: "Padişah bu gece sarhoştur, bu çocuğun da bunu hakedecek günahı yoktur.

Yüce padişah kendine gelince yaptıklarından pişmanlık duyar; ama ne çare, rahat ve huzuru kaçar.

4390 Şüphesiz ki bu genci öldürmüş olan yüz kişiden birini bile sağ bırakmaz."

Köleler hep birden şöyle dediler: "Şimdi padişah gelir de darağacında kimseyi görmezse, ...

O zaman derhal kanlarımızı döker, sonra da başaşağı bizi darağacına çeker."

Vezir zindandan ölüm cezasına çarptırılmış birini getirdi. Sarımsak soyar gibi derisini teninden yüzdürdü.

Başaşağı darağacına astılar. Akan kandan toprak gül gül oldu kızardı.

4395 Genci de perdenin ardına gizledi, "Bakalım perdenin ardından ne çıkar?" dedi.

Ertesi gün padişah kendine gelince, öfkesinden halâ içi yanıyordu.

O köleleri çağırdı ve "O köpeğe ne cefalar ettiniz?" diye sordu.

Hepsi birden, "Kabul törenlerini yaptığınız eyvanın ortasına astık,

Derisini tamamen yüzdük, şimdi de başaşağı darağacında sallanmaktadır." dediler.

4400 Padişah bu cevabı duyunca sevindi. O on kölenin verdiği cevapla neşelendi.

Her birine değerli elbiseler verdi, her biri rütbeye ve makama erdi.

Padişah dedi ki: "Geç vakte kadar böylece darağacında hor ve zelil bir halde kalsın.

Bu hayırsız murdarın yaptığından insanlar ibret alsın."

Bu olayı haber alan şehir halkı, onun için üzülüp kederlendiler.

4405 Bir çoğu oraya seyretmeye geldi. Ama hiç biri onu tanımıyor, bilmiyordu.

İnsanlar, kana bulanmış, derisi yüzülmüş, başaşağı sallanan bir et parçası gördüler.

Büyük küçük onu bu halde görenler, gizlice yağmur gibi kandan gözyaşı döktüler.

Sabahtan aşama dek o ay yüzlünün yasını tuttular. Şehir dertle, kederle, âhla doldu.

O gün geçti, sevgilisiz kalan padişah yaptığına pişman oldu.

4410 Öfkesi, kızgınlığı yatıştı, aşkı galebe çaldı. Aşk, arslan yürekli padişahı karıncaya döndürdü.

Yusuf gibi bir güzelle gece gündüz halvette oturmakta olan padişah,

Vuslat şarabıyla daima mestti. Şimdi hicran sersemliğiyle nasıl oturabilirdi?

Nihayet bir an bile takati kalmadı, işi gücü içli içli ağlamaktı.

Ayrılık derdiyle canı yanmaktaydı. İştiyakından sabrı ve kararı kalmadı.

4415 Pişmanlıktan padişah çöktü, gözü kanla doldu, başını toprağa koydu.

Siyah matem elbisesine büründü, kan ve kül üstüne oturdu.

Ondan sonra ne bir lokma yedi, ne de bir yudum şarap içti. Kanlar saçan gözünden uyku da kaçtı.

Gece olunca dışarı çıktı, darağacının altındaki insanları uzaklaştırdı.

Yalnız başına gencin asılı olduğu darağacının altına vardı, gencin yaptıklarını anmaya başladı.

4420 Bir bir bunları hatırladıkça, her kılının dibinde bir feryat koptu.

Gönlüne sayısız dertler çöktü, her an yeni bir matem belirdi.

Öldürülmüş cesedin başında ağlayıp inliyor, akmış kanları yüzlerine sürüyordu.

Kendini yerlere atıyor, pişmanlıktan elinin üstünü parçalıyordu.

Döktüğü gözyaşları sayılacak olsa, yağan yüzlerce yağmurdan daha fazla olurdu.

4225 Bütün gece yalnız başına sabahladı. Bir mum gibi gözyaşı döktü, yandı yakıldı.

Seher yeli esmeye başlayınca, odasına geri çekiliyordu.

Tozun, külün ortasına oturuyor, yası her an yeniden tazeleniyordu.

Böylece tam kırk gün kırk gece geçti, yüce padişah adeta iğne ipliğe döndü.

Kapısını kapadı, gencin asılı olduğu darağacının altında oturdu. Onu iyi etmek için kendisi hasta oldu.

Bu kırk gün kırk gece boyunca, kimsenin ağzını açıp padişaha bir çift lâf söylemeye cesareti yoktu.

Kırk gecenin sonunda ne ekmek yedi, ne de su içti. Bir an rüyasında o genci gördü.

Aya benzeyen yüzü yaşlara garkolmuş, tepeden tırnağa kanlara bulanmıştı.

Padişah ona dedi ki: "Ey cana can katan güzel! Baştan ayağa niçin böyle kana bulandın?"

Genç dedi ki: "Seninle tanış olduğum için kanlara bulandım, senin vefasızlığın yüzünden bu haldeyim.

Suçum günahım olmadığı halde derimi yüzdürdün. Ey padişah, bu mudur vefakârlık?

Dost dostuna bunu mu yapar? Eğer bir kâfir bunu yaparsa, ben de kâfir olayım!

Ben ne hata yaptım da beni darağacına as'tın; başımı kesip başaşağı sallandırdın?

Şimdi de ben senden yüz çevireceğim, kıyamet gününde senden hakkımı alacağım.

Kıyamet günü olunca Rabbim, benim hakkımı mutlaka senden alacak."

Padişah o ay yüzlü gençten bu cevabı işitince uykudan fırladı, gönlü kanlara bulandı.

Perişanlığı daha da arttı, canına tak etti. Sıkıntısı çoğaldıkça çoğaldı.

Deli divane oldu, kendini kaybetti. Eridi, kurudu, elemlere eş oldu.

Divanelik evini açtı, içli içli ağlayıp inlemeye başladı.

Dedi ki: "Ey canım ciğerim, muradına ermedim! Senin ıztırabınla canım ve gönlüm ne yapar?

4445 Nicedir benim yüzümden derbeder oldun, sonra da inleye inleye benim emrimle öldürüldün.

Kim benim gibi kendi canına kasteder, benim ellerimle yaptığımı kim yapar?

Kendi mâşukumu öldürdüğümden dolayı kanlara bulansam yeridir.

Hele bir bak, ey genç neredesin? Sakın ola ki dostluğun üstüne bir çizgi çekme.

Ben kötülük ettim, aman sen etme. Çünkü bu kötülüğü zaten ben kendime ettim.

4450 Ben senin yüzünden şaşırmış, dertlere garkolmuşum.

Eyvahlar olsun, senin yüzünden başıma topraklar saçmaktayım.

Ey canım, seni nerelerde arayayım? Şu yanıp kavrulan gönlüme bir merhamet et, acı.

Sen, ben vefasızdan cefa gördün; sen vefalısın, bana cefa etme.

Hakîkatten habersiz olan ben senin kanını döktüm.

Ey genç, sen ne zamana dek benim kanımı dökmeye devam edeceksin?

Bu hatayı işlediğimde ben sarhoştum, peki kaderin bana yaptığına ne demeli?

4455 Sen, benden önce ansızın gidiverdin, sensiz ben bu dünyada nasıl yaşarım?

Sensiz bir an bile aklım başımda değil, kendimi kaybettim. Birkaç nefeslik ömrüm kaldı.

Sen yokken padişahın canı dudağına geldi, kan diyetin olarak onu feda edecek.

Ben kendi ölümümden korkmuyorum, fakat ettiğim cefadan korkuyorum.

Ebediyyen özürler dilese canım, bu günahın özrünü yerine getiremeyecek.

4460 Keşke boynumu kılıçla vurbalardı da gönlümdeki bu dert, bu elem tükenseydi.

Ey yüce Yaratan! Canım bu hasretle yandı. Bu hasret beni baştan ayağa yaktı.

Benim firaka gücüm kuvvetim kalmadı, bu iştiyak içinde canım daha ne zamana dek yanacak?

Lütfet de canımı al ey Rabbim! Çünkü artık ne gücüm kaldı, ne de takatim."

Böyle söylendi, söylendi, nihayet sustu; sükût içinde kendinden geçti.

4465 Nihayet inayet çavuşu yetişti, şikâyetten sonra şükür zamanı geldi.

Padişahın derdi haddi aşmıştı. O vezir orada gizlenmiş duruyordu.

Gitti, gizlice oğlunu süsledi, sonra onu padişahın yanına gönderdi.

Bulutun ardından ayın çıkması gibi, perdenin arkasından genç çıkıverdi. Elinde bir kefen ve kılıçla padişahın yanına vardı.

4468 Padişaha sığınan ve ondan aman dileyen kimselerin, padişahın huzuruna bir bez (kefen yerine) ve kılıçla gitmeleri adetmiş. Bu davranış, padişahın kendilerini öldürmek veya bağışlamak hususunda istediğini yapabileceğini göstermek içinmiş.

Padişahın huzurunda yere kapandı. İnleyerek yağmur gibi yaşlar boşalttı.

Cihan padişahı o ay yüzlü genci görünce, -bilmem ki o anı nasıl anlatayım-

Padişah yere kapandı, genç çocuk kanlara bulandı.

Kim bilebilir, bu acayip iş nasıl oldu?

Bundan sonra ne söylesem, artık söylemeye değmez.

İnci denizin dibindedir, delmeye değmez.

Padişahın gençle olan ayrılığı sona erince, beraberce mutlu bir halde has odaya gittiler.

Bundan öte sırlara kimse vâkıf değildir, çünkü artık orası ağyârın yeri değildir.

Birisi bir şey söyler, bir başkası da onu işitirse; sanki o hali kör biri görmüş, sağır birisi de işitmiş demektir.

Ben kimim ki bu hali anlatabileyim? Eğer anlatmaya kalksam, kendi ölüm fermanımı imzaladım demektir.

Oraya varmadan orayı nasıl anlatabilirim? O makamın dışında kalmışım ben, susmam iyidir!

Öncekilerden bana izin çıksaydı, beni memur ederlerdi bunu anlatmaya.

Bu makama bir kıl ucu bile sığmaz. Burada susmaktan başka yapılacak bir şey yoktur.

İnsanoğlunun kılıca benzeyen dilinin sükuttan daha güzel bir zineti yoktur.

Gerçi zambağın da ondan daha fazla dili var, ama yine de susmuş, kendi sükûtuna âşık olmuştur.

Şimdi madem ki sözü tamamladım, susayım artık. İş gerek, söylenip durmaya hacet yok artık.

Attâr Kendi Hâlini Şöyle Anlatır

Ey Attâr, âleme her an yüz binlerce sır miskleri saçtın. Senin sayende cihanın çevresi güzel kokularla doldu. Âlemdeki âşıklar senin sözlerinle coşup durmadalar.

4485 Gâh doğrudan aşktan bahset; gâh uşşak perdesinden çal.

Senin şiirin âşıklara sermaye oldu, âşıkların sermayesi hep bu olsun.

Nûrun güneşte kaybolduğu gibi, *Mantıku't-tayr* ve *Makâmât-ı tuyûr* da sende tamamlandı.

[Bu kitap, hayranlık yolunun makamları mıdır, yoksa perişanlık dîvanı mıdır?]

Dert sahibi olarak bu dîvana gir. Canını siper et de bu meydana gir.

4490 Canın, hattâ meydanın bile görünmez olduğu böyle bir meydana,

Dert sahibi olmadan girersen, bir zerre toz bile yüz göstermez sana.

Dert düldülün bu meydana adımını atınca, arzu ve isteklerini bir kenara koyup sen de gir.

Muratsızlık sana gıda olmadan, şaşkın gönlün nasıl dirilip hayat bulur?

Dert sahibi ol, çünkü derdin, kendinin dermanıdır. İki âlemde de can ilâcın kendi derdindir.

4495 Ey yol eri, kitabıma şiir ve böbürlenme vesilesi olarak bakma.

Defterime dertle bak ki bendeki yüz dertten birine inanasın.

Bu kitaba dertle bakan kişi, devlet topunu kapıp huzura dek sürer götürür.

Zahitlikten ve saflıktan vazgeç; insana dert ve musibet gereklidir.

Derdi olanın dermanı olmasın. Derdine derman isteyenin canı çıksın.

4500 Erin susuz kalması, yemeden uyumadan kesilmesi gerek. Öyle susamalı ki, ebediyen suya erişmemeli.

Bu çeşit sözden bir dert elde etmeyen, dertlenmeyen kimse, âşıklar yolundan bir toz bile elde edemez.

Bu kitabı okuyan kimse, işin eri oldu. Anlayan ise, muradına erdi, kurtuldu.

Sûret ehli benim sözlerime takılmış, içinde boğulmuş. Mânâ ehli ise, sırlarımı kavramış, işin eri olmuş.

Bu kitap zamanın zînetidir, süsüdür. Hem seçkinlere hem de sıradan insanlara ikbal bağışlamıştır.

4505 Birisi buz gibi perişan halde olmuş olsa da, bu kitabı görünce ateş gibi perdenin arkasından mutlu bir şekilde dışarı çıkar.

Benim nazmımda şaşılacak özellikler vardır, çünkü her an okuyanın nasibini biraz daha artırır.

Kitabı çokça okumak imkânını elde edersen, şüphesiz her defasında sana daha da güzel gelecektir.

Benim şiirim, zaman geçtikçe, nesiller değiştikçe yeni mânâlar kazanacaktır.

Artık kıyamete kadar, benim gibi kendinden geçmiş birisi çıkıp da böyle bir eseri kaleme alamaz.

4510 Ben hakîkat denizinden inciler saçmaktayım. Söz, benimle bitmiştir, işte örneği!

Kendi kendime çokça övünsem de, bu övüşümü kim beğenir, takdir eder?

Ancak insaf sahibi birisi benim kadrimi kıymetimi bilir. Çünkü benim dolunayımın nuru gizli değildir.

Halimi biraz gizemli söyledim, şüphesiz sözden anlayan biri bana hak verir.

İnsanların üzerine öyle mücevherler saçtım ki, ölsem bile kıyamete dek bu eserimle anılırım.

4515 Kıyamete kadar halkın dilinde anılıp duracağım, yadigâr olarak bu bana yeter.

Bu dokuz daire yerlere dökülse bile, bu kitabın bir noktası bile eksilmez.

Bu kitap birisine yol gösterdi mi, onun önündeki perdeleri kaldırır.

Bu armağan yüzünden huzura eren kişi, duasında bizi de hatırlasın.

Bahçeye benzeyen bu kitabımdan güller saçtım, ey dostlar sizler de beni hayırla anın.

4520 Herkes kendini olduğu şekliyle gösterdi. Bir parça cilvelendi, hemencecik çekip gitti.

Nihayet ben de geçip gidenler gibi can kuşunu uyuyanlara gösterdim.

Uzun bir ömür uyumuş bile olsan, bu sözle sırlara erer, bir anda gönlün uykusundan uyanıverir.

Şüphesiz muradıma ereceğimi bildiğimden, dertlerim de dermanım da kesilir.

Nice zamandır kendimi bir çerağ gibi yaktım, mum gibi bütün cihanı aydınlattım.

4525 Dumanımdan beynim kandilliğe döndü. Ebediyyen yanacak olan mumum, daha ne zamana dek çerağın dumanına gark olacak.

Gündüzleri yemeden içmeden kesildim, geceleri uykum kalmadı. Gönlümün ateşinden ciğerimde su kalmadı.

Gönlüme dedim ki: "Ey çok konuşan, daha ne vakte dek söylenip duracaksın? Sus, sırrın peşine düş."

Dedi ki: "Ateşlere gark oldum, beni kınama. Söylemesem de yanıp yakılıyorum.

Can denizim yüz türlü coşmada. Nasıl olur da bir an bile susabilirim?

4530 Bununla kimseye karşı övünmüyorum. Bununla sadece kendimi oyalıyorum.

Gönlümde bu işin derdi yok değil gerçi, ama ne söyleyeyim, bu işin eri değilim ki!

Bütün bunlar boş bir efsanedir, erlerin işi benlikten arınmaktır.

Bu boş şeylerle oyalanan gönülden ne çıkar ki! Durmadan boş sözler konuşmakta.
Derhal canı terketmek gerek. Bütün bu boş sözlerden dolayı tövbe etmek gerek.
4535 Can denizi ne zamana dek coşup duracak? Canı feda etmek gerek ve susmak.

Hikâye

Din sırlarına vâkıf ulu kişi ölüm anında dedi ki: "Eğer bundan önce
Şu dinlemenin konuşmaktan ne kadar üstün olduğunu bilmiş olsaydım, ömrümü konuşmakla telef eder miydim?
Söz, güzellikte altın gibi olsa da, o sözün söylenmemesi daha iyidir. Bu yüzden, 'Söz gümüşse sükut altındır.' denmiştir."

Erlerin payına çalışmak düşmüştür, bizim hissemize ise söz. İşte asıl dert bu!
4540 Sende de erler gibi din derdi olsaydı, söylediğim şeyleri yakînen bilirdin.
Gönlün âşinasından habersiz ise, sana ne söylersem söyleyeyim, senin için bir efsanedir.
Sen serkeş gibi nâz içinde uyu da, ben sana tatlı tatlı masallar anlatayım.
Attâr sana güzel masallar söyledi. senin de güzelce uykun gelmiştir, uyu.

Biz çömleğe nice yağlar döktük, faydasız işler yaptık; domuzun boynuna nice inciler astık.

4545 Nice defalar bu sofrayı hazırladık, nice kereler de bu sofradan aç kalktık.

Çok sözler söyledik, ama nefis ferman dinlemedi, söz tutmadı. Nice ilâçlar verdik, ama derman olmadı.

Elimden hiç bir iş gelmeyeceğini görünce, kendimden umudumu kestim, bir kenara çekildim.

Önce Hakk'ın inâyetinden bir cezbe gerek ki işler yoluna girsin. Yoksa bu iş benim gayretimle düzelmeyecek.

Nefis her an daha da semirmede, bunda daha iyi olacağa benzemiyor.

4550 Nefis bu sözleri hiç duymadığı için ıslah olmamış değil! Hepsini işitti, ama bir an bile düzelmedi.

Ben binbir zahmetle ölmedikçe o öğüt tutmayacak. Ey Rabbim sen koru!

Hikâye

İskender din yolunda istikamet üzere ölünce Aristo dedi ki: "Ey din padişahı!

Hayatta olduğun sürece hep halka öğüt verirdin, bugünkü öğüdün en etkilisidir."

4544 "Domuzun boynuna inciler asmak." ifadesi, İslâmî edebiyatta ilk olarak "İncileri domuzların ayakları altına atmayın!" şeklinde Hz. İsa (as.)'a atfedilir. Hz. Peygamber'den nakledilen hadiste ise; "İlmi lâyık olmayana vermek, domuzların boynuna mücevher ve inci takmak gibidir." şeklinde aktarılmıştır.

Ey gönül! Sen de öğüt tut, önünde belâ girdabı var. A kişi, gönlünü uyanık tut, çünkü ölüm hemen ardındadır.

4555 Ben sana bütün kuşların dilini, sözlerini aktardım; uyan ey hakîkatten habersiz!

Âşıklar arasında öyle kuşlar vardır ki, ecel gelmeden önce kafesten kurtulmuşlar, uçup gitmişlerdir.

Hepsini ayrıca anlatmak gerek, çünkü kuşların ayrı dilleri vardır.

Sîmurg'un huzurunda iksiri yapan, bütün bu kuşların dilini bilip anlayan kişidir.

Sen Yunanlıların hikmeti içinde rûhânîlerin sahip olduğu devleti nasıl bilebilirsin?

4560 O hikmetten ayrılıp uzaklaşmadıkça, dinî hikmette nasıl er olabilirsin?

Kim aşk yolunda o hikmetin adını anarsa, din divanında aşktan habersizdir.

Gerçekten bu durumda, "küfrün" "kef"ini, "felsefenin" "fe"sinden daha çok severim.

Çünkü küfrün üzerinden perde kalktığında küfürden kendini sakınabilirsin.

Ama o ilim, "nedir?" ve "nasıldır?" sorularıyla yol kesti mi, aklı başında olan insanlara daha çok zarar verir, onların yollarını keser.

4565 Gönlünü Yunan hikmetiyle aydınlatmışsan, Hz. Ömer gibi o gönlü ateşe verebilir misin?

Dinin mumu olan Ömer, Yunan hikmetine dair kitapları yakınca, gönül mumu artık o hikmetle aydınlanamaz.

4565 Rivayete göre Mısır İskenderiye kütüphanesinde bulunan çoğunluğu Yunan hikmetine dair eserler, Hz. Ömer'in emriyle yakılmıştır.

Ey din yolunun yolcusu, sana Yesrib (Medine) hikmeti yeter. Din derdine düş de, Yunan hikmeti üzerine toprak saç.

Ey Attâr! Ne zamana dek sözler söyleyip duracaksın? Sen de bu yüce işin eri değilsin.

Kendi varlığından tamamen arın, kurtul; yoklukla yerdeki toprak gibi ol.

4570 Sende varlık nişânesi bulundukça, bayağı kimselerin ayaklarının altında ezilir, çiğnenirsin. Yok olup fanî olduğun zaman ise, herkesin başına tâc kesilirsin.

Sen fanî ol, fenâ mertebesine er de, bütün yol kuşları huzurda bekâ mertebesine ermen için sana yol versinler.

Sana kılavuz olarak benim sözüm yeter. Çünkü bu söz, herkese yol gösterir.

Yoldaki kuşlardan olmasam da, onları andım, anlattım ya, bu bana yetmez mi?

Nihayet o kervandan bana da bir toz geldi, gidenlerden benim payıma da bir dert düştü.

Hikâye

4575 Yaşlı pîr bir sufiye, "Hak yolunun erlerinden daha ne zamana dek bahsedip duracaksın?" dedi.

Sufi cevap verdi: "Sürekli erlerden bahsetmek, kadınların hoşuna gider.

Onlardan olmasam bile, onlardan bahsettim. Mutluyum, içim rahat, çünkü bu hikâyeyi can u gönülden söyledim.

4567 Yesrib (Medine) hikmeti: Attâr, Yunan hikmeti karşısında, İslâm dininin öğretilerini Yesrib (Medine) hikmeti olarak adlandırmıştır.

Şekerin sadece adını biliyor olsam da, bu, ağzımda zehir olmasından daha iyidir."

Divanım, baştan başa divanelikten ibaret. Akıl bu sözlere yabancıdır.

Can, yabancılıktan arınmadıkça, bu divaneliğin kokusunu alamaz.

Şaşılacak şey! Bilmiyorum, daha ne söyleyeyim. Ne zamana dek kaybetmediğim şeyi arayacağım.

Ahmaklık yüzünden saadeti terk ettim, gaflet içindeki başıbozuklara ders vermeye kalkıştım.

Bana, "Ey yolunu kaybeden! Kendinden günahının özrünü dile." derlerse,

Bilmem bu iş nasıl mümkün olacak? Acaba bu yüz yıllık ömrün özrünü dileyebilir miyim, buna gücüm yeter mi?

Bir an olsun onun yolunda olsaydım, hiç böyle şiire dalar, manzumeler söyler miydim?

Onun yolunda bir makamım ve bir derecem olsaydı, "şiir"imin "şîn" harfi, "şerr"in "şîn" harfi olurdu.

Şiir söylemek, eli boş olmanın delilidir. Kendini aşikâr etmek ve kendini göstermek, cahilliktir.

Âlemde sırrıma mahrem olacak birini görmedim. Bu yüzden bunları şiirimle söyledim.

Eğer sen sır ehli isen, araştır; can feda et, kan gözyaşı dök ve sırrı ara.

Ben de kan gözyaşları döktüm de, böyle kanlı sözler söyledim.

Benim bu engin denizimi koklarsan, sözlerimden o kan kokusunu hissedersin.

Bid'at zehiriyle zehirlenen kimseye bu yüce sözler, tiryak (panzehir) olarak yeter.

Gerçi ben Attârım, ilâç olarak tiryak veririm, ancak sahte misk satanlarınki gibi yanmış ciğerim var.

Tatsız tuzsuz, hakikatten habersiz nice kimseler var. Çaresiz bu yüzden sıkıntı çekip duruyorum.

4595 Önüme, sadece kuru ekmek olan bir sofra koyuyorum, çorbaya benzeyen gözyaşımla o ekmeği ıslatıyorum.

Gönlümün ateşiyle o ekmeği kızartıyor, zaman zaman da Cebrâil'i misafir ediyorum.

Rûhu'l-kuds bana sofrada eşlik edince, nasıl olur da ben bedbahtların ekmeğini yiyebilirim?

Ben kötü kimselerin ekmeğini istemem, bana bu ekmekle bu yemek yeter de artar bile.

Gönül zenginliği, canıma can katmada. Kanaat, "bitmeyen bir hazine" oldu bana.

4600 Böyle bir hazineye sahip olan zengin, aşağılık kimselerin minnetini çeker mi?

Allah'a şükürler olsun ki derdim ve tasam yok, hürmete lâyık olmayanlara muhtaç değilim.

Ben, öyle herkese gönül veremem, her aşağılık kişiye efendi diyemem.

Hiçbir zalimin ekmeğini yemedim. Güç kuvvet sahibi kimseye de bir kitap takdim etmedim.

Övmek için Allah'a şükür yüce himmetim bana yeter.

4593 Gezgin attarlar, miskin içine hile ile yanmış ciğer karıştırırlarmış.

4599 "Gerçek zenginlik, gönül zenginliğidir." ve "Kanaat, bitmeyen bir hazinedir." hadislerine işaret edilmektedir.

Bedenimin gıdası ve ruhumun kuvveti bana kâfidir.

4605 Salih kimseler beni huzurlarına kabul ettiler. Kendini beğenenlerle daha ne zamana kadar uğraşacağım?

İnsanlarla bir işim yok, yüzlerce belânın içindeyim, ama yine de mutluyum.

Kötülük isteyen bu topluluktan tamamen uzağım. İster bana kötü desinler, ister iyi.

Ben kendi derdime düştüğüm için, bütün âlemden yüz çevirdim.

Eğer benim üzüntümü, derdimi duyacak olsan, sen benden de beter şaşkına döner, hayrete düşerdin.

4610 Cismim de gitti, canım da. Cismim ve canımdan benim nasibime, dert ve hayıflanmadan başka bir şey düşmedi.

Hikâye

Bir yol eri ölüm anında dedi ki: "Yol için hiç bir azığım yok.

Yalnız, mahcubiyet teriyle bir avuç toprağı yoğurdum. Sonra ondan bir kerpiç yaptım.

Bir de gözyaşlarımla dolu bir şişem var. Kefen olarak da eski bir hırka diktim.

Önce o gözyaşlarıyla beni yıkayın, sonra da o kerpici başımın altına koyun.

4615 O kefeni temizce vücuduma sarın, ardından hemen beni toprağa teslim edin.

Böyle yaptığınız zaman, artık kıyamete kadar mezarımın üstüne bulutlardan sadece dert ve hüzün yağar."

Biliyor musun bu kadar hayıflanma ne için? Bir sinek, rüzgârla beraber yaşayamaz ki!

Gölge güneşe kavuşmayı arzu eder, ama kavuşamaz. İşte sana olmayacak, gerçekleşmeyecek bir sevdâ!

4620 Bunun olmayacağı apaçık ortada. Ama onun olmayacak şeylerle uğraşmaktan başka işi yok ki!

Kim böyle bir düşünceye dalarsa, artık bundan daha güzel ne düşünebilir?

Her an daha şiddetli bir müşkille karşılaşmaktayım. Gönlüm bu zorluktan nasıl kurtulabilir?

Benim gibi tek ve yalnız kalan kim var? Denize daldığı halde susuz, dudakları kuru kalan kim var?

Ne bir sırdaşım, ne de hemdemim var. Ne dert ortağım, ne de sırrıma mahrem olan biri var.

4625 Ne himmetimden dolayı kimseyi övme isteğim, ne de ruhumun karanlıklarla halveti var.

Ne kimsenin gönlündeyim, ne de kendi gönlümdeyim. Ne iyilik endişem, ne de kötülük kaygım var.

Ne sultanın lokmasının sevdasındayım, ne de kapıcının tokat cezasına müstahakım.

Ne yalnızlığa bir an olsun sabrım var, ne de gönlümde halktan uzak kalma sevdası.

Benim altüst olmuş durumum, halinden haber veren pîrin şu hali gibidir:

Hikâye

4630 Dini bütün biri dedi ki: "Tam otuz yıldır, kendimden habersiz bir ömür sürmekteyim.

Babası İsmail'in başını keseceği zaman, dertlere dalıp kaybolduğu andaki gibiyim.

Ömrünü, İsmail'in o bir anlık hali gibi geçiren kimsenin durumu nasıl olabilirse, işte öyleyim."

Ömrümü gece gündüz mihnet hapsinde nasıl geçirdiğimi kim bilecek?

Bazen beklemekten mum gibi yanıyorum, bazen de ilkbahar bulutu gibi gözyaşı döküyorum.

4635 Sen mum ışığını görüyorsun, ama onun başındaki ateşi görmüyorsun.

Dışardan tene bakan kimse, sînenin içine, gönüle nasıl yol bulacak, içini nereden bilecek, anlayacak?

Çevgânın kıvrımındaki bir top gibi asla kendimden haberim yok, şaşırmış bir haldeyim.

Varlığımdan hiç fayda bulmadım. Yaptığım, söylediğim ne varsa hepsi bir hiç.

Yazık, hiç kimse bana yardım etmiyor. Aylaklıkla ömrüm zayi olup gitti.

4640 Gücüm kudretim yerinde iken bilemedim, ne fayda! Bildiğim, öğrendiğim zaman ise, gücüm kalmadı.

Şimdi, acz ve çaresizlikten başka bir çare bilmiyorum.

Hikâye

Şiblî, bu harap dünyadan göçüp gittikten sonra, bir yiğit onu rüyasında gördü.

Dedi ki: "Ey bahtiyar er! Allah sana ne yaptı?" Şiblî şöyle cevap verdi: "Hesap sırasında işim zora girip

Benim kendime düşman olduğumu, zayıflığımı, ümitsizliğimi ve acziyetimi görünce,

Zavallı halime acıdı, rahmet etti. Sonra da kereminden, lütfundan hemen beni bağışlayıverdi."

Ey Yaratıcı Rabbim! Ben de senin yolunda zavallı bir çaresizim. Topal karınca gibi, senin kuyuna düşmüşüm.

Bilmiyorum nereliyim, neredenim. Kimim ben, ben neyim?

Varlıksız, bahtsız ve eli boş. Çaresiz, kararsız ve gönülsüz bir âşık.

Ciğer kanına bulanarak ömür geçirdim. Ömrümden hiç bir fayda görmedim.

Ne yaptımsa, hepsi ziyan ve suç oldu. Canım dudağıma geldi, ömrüm sona erdi.

Gönlüm elimden çıktı, dünyayı da kaybettim. Sûretim kalmadı, mânâyı da yitirdim.

Ne kâfirim, ne de Müslüman. İkisinin arasında şaşırıp kalmışım.

Ne Müslümanım, ne de kâfir, ne yapayım? Başı dönmüş ve acze düşmüşüm, nasıl edeyim?

Daracık bir kapıda sıkışıp kalmışım. Zann içinde, aciz ve çaresiz bir haldeyim.

Çaresiz bir halde olan ben kuluna bu kapıyı aç da; yolda kalmış olan bendene bir inayet göster.

Bu kulun hiç yol azığı yoksa da, göz yaşı dökmekten ve âh çekmekten bir an olsun geri kalmaz.

Bu âhıyla onun günahını yakabilir, döktüğü gözyaşıyla amel defterini yıkayabilirsin.

Kimin gözyaşları deniz olup coşmuşsa, gelsin, o bu makama lâyık demektir.

Kanlar saçan göze sahip olmayan kimseyi, bırak gitsin. Onun bizimle işi yoktur.

Hikâye

4660 Yol rehberi bir pîr yolda gidiyordu. Bir bölük melek gördü.

Yanlarında ayarı tam akçeler vardı. Bu paraları birbirinden kaçırıyorlardı.

Pîr onlara, "Anlatınız bu paralar nedir?" diye sordu.

Meleklerin pîri dedi ki: "Ey yol pîri! Bu dergâhtan bir dertli geçiyordu.

Gönülden tertemiz bir âh çekti ve gitti. Toprağa sıcak gözyaşları döktü ve gitti.

4665 Biz şimdi o sıcak gözyaşıyla o soğuk âhı dert yolunda birbirimizden kapışıyoruz."

Ey Rabbim! Gözyaşı ve âhlarım çok. Hiçbir şeyim yoksa da, yoldaki yüküm budur.

Orada madem ki gözyaşı ve âh geçerlidir, benim de dergâhta makbul olacak ancak bu metâım ve bu malım var.

Can evimi bu âhla arındırıp temizle. Sonra da amel defterimi gözyaşımla yıka.

[Yolumu kaybetmiş bir halde gidiyorum. Gönlüm de amel defterim gibi kapkara.

4670 Yol göstericim ol, yol göster bana, amel defterimi arındır. Gönül levhamda iki âleme ait ne varsa sil, temizle.

Senin yüzünden sonsuz gönül derdine sahip oldum.

Canım varsa bile, senden utanmaktayım.

Ömrümü senin derdinle, gamınla bitirdim. Keşke böyle yüz canım daha olsaydı da

Senin derdinle tüketseydim. Her an yeni bir derde giriftar olsaydım.

Kendi yüzümden yüzlerce ıztıraba düştüm. Ey elimden tutan Rabbim, sen tut elimden!

Hikâye

Ebû Saîd-i Mihne yol erleriyle beraber bir gün dergâhta idi.

Gözünden yaşlar boşalan, sabrı kararı kalmamış, perişan halde bir sarhoş, dergâhın kapısına geldi.

Uygunsuz davranışlar yapmaya, ağlayıp ileri geri sözler sarfetmeye başladı.

Şeyh onu yanına kadar gelmiş görünce, şefkatle vardı, başında durdu.

Dedi ki: "Ey sarhoş, kendine gel ve burada gürültü yapma. Niçin durup duruyorsun, elini ver bana ve kalk."

Sarhoş adam dedi ki:" Ey Hak yardımcısı olasıca şeyh! Elden tutmak senin harcın değildir.

Sen kendi işine bak, erce yürü. Tepetaklak olmuş olan beni ona bırak.

Eğer herkes düşkünlerin elini tutabilseydi, karınca emirlik mertebesinin baş köşesine ererdi.

El tutmak, yardım etmek senin kârın değil, git. Ben senin safında değilim, yürü."

Şeyh, onun derdinden yere düştü. Sapsarı kesilmiş yüzü, gözyaşından kızıla boyandı.

Ey sadece kendisi var olan Allah'ım, yalnızca sana muhtaç olayım! Düşüp kalmışım, benim elimi sen tut, sen bana yardımcı ol.]

Ayaklarım bağlı, zindan kuyusuna düşmüşüm. Böyle bir kuyuda senden başka benim elimi tutacak, bana yardımcı olacak kim var?

Mahkûm olan bedenim kirlendi, pisliklere bulandı. Mihnetler çeken gönlüm, pörsüdü, bitkin bir hale düştü.

Kirli, pis bir halde yola girdim, affet; çünkü zindandan, kuyudan çıkıp geldim.

Hikâye

Bir aziz dedi ki:" Celâl sahibi Allah yarın mahşer sahrasında bana sorar:

4690 "Ey aciz kulum! Yoldan bize ne getirdin?" derse, "Ey Rabbim, zindandan ne getirilir?" diye cevap veririm.

Talihsizliklere garkolmuş, zindandan gelmişim. Kendimi kaybetmiş, hayretlere dalmışım.

Elim boş, senin dergâhına toprak olmuşum. Senin yolunun kulu ve mahkûmuyum.

Beni satmamanı, lütuf ve kereminden libaslar giydirmeni ummaktayım.

Bütün bu kirlerden ve pisliklerden arındır çıkar beni.

Müslümanlıkta yüzümü yerden kaldırıp başımı göklere erdir.

4695 Vücudum toprakta ve kerpiçte gizlendi mi, iyi kötü ne yaptımsa hepsini görmezden geliver.

Beni hiç bir beklenti olmadan yaratman nasıl revâ ise, aynı şekilde bağışlayıvermen de yerindedir.

Hikâye

Nizâmülmülk ölüm halinde şöyle der: "Ey Rabbim, bu dünyadan gidiyorum, elim boş.

Ey Yaratıcı, ey Rabbim! Ben, seni anan ve senden bahseden kimi gördümse,

Ne şekilde olursa olsun o sözü satın aldım. Ona yardımcı oldum, onunla dost oldum.

4700 Ben senin yolunda alıcı olmayı, her şeyi senin hatırın için satın almayı adet edindim. Ama bir gün olsun, asla seni kimseye satmadım.

Seni bir hayli satın aldım, ama herkes gibi asla seni satmadım.

Son nefesimde sen de beni satın al. Dostu olmayanların dostu sensin, bana yardım et."

Ey Rabbim! O an, bir nefeslik bana yardım et. Çünkü o anda benim yanımda senden başka kimse olmayacak.

Tertemiz dostlarım, gözleri kanlı bir halde mezarımın başından uzaklaştıkları zaman,

4705 Bana el uzat; yardım et de hemencecik lütuf ve ihsan eteğine tutunayım.

Hikâye

Hz. Süleyman onca yüceliğine rağmen aciz kalıp topal karıncaya sordu:

"Ey benden daha muztarip halde olan karınca, söyle! Hangi toprak daha çok gamla yoğrulmuştur?"

Topal karınca o an şu cevabı verdi: "Daracık mezara konan en son kerpiç!"

Son kerpiç de mezara kondu mu, bütün ümitler kesilir.

4710 Ey tertemiz olan Rabbim! Toprağın altında bütün kâinattan ümidim kesilince,

Son kerpiç de yüzümü kapatınca, sen lütuf ve ihsan yüzünü benden çevirme.
Aciz ve zavallı ben yüzümü toprağa koyunca, yaptıklarımı hiç bir şekilde gözümün önüne getirme.
Ey Rabbim! Bunca günahıma rağmen yaptıklarımı yüzüme vurmamanı umuyorum.
Sen mutlak kerem sahibisin ey Allah'ım! Yapılanları görmezlikten geliver ve affediver.

Hikâye

4715 Ebû Saîd-i Mihne hamamda idi. Keselemek üzere ham bir tellâk geldi.
Keselerken, şeyhin kirlerini kollarına topladı, hepsini gözünün önüne biriktirdi.
Şeyhe sordu: "Ey temiz adam! Söyle, dünyada erlik nedir?"
Şeyh cevap verdi: "Kirleri gizlemek, insanların gözlerinin önüne getirmemektir."
Bu, onun durumuna uygun bir cevaptı. Tellâk derhal şeyhin ayaklarına kapandı.
4720 Cahillik ettiğini kabul etti, şeyh buna sevindi, tellâk tevbe etti.

Ey bizi yaratan, besleyip nimetler veren! Ey padişah, kulların işlerini yoluna koyan, onlara ikramlarda bulunan Allah!
Bütün âlem halkının erliği, cömertliği, ancak senin lütuf ve ihsan denizinden bir çiy damlası mesabesindedir.
Zâtıyla mutlak olarak kâim olan Sensin. Lütuf ve keremin saymakla anlatılamaz, vasfedilemez ve tükenmez.
Bizim kirliliğimizi ve utanmazlığımızı bağışla, affet.
Kirimizi, pisliğimizi gözümüzün önüne getirme, yüzümüze vurma. Amin.

İndeks